# Leidenschaftliche Sucht

EDEN SUMMERS

# Prolog



BLAKE KENNEDY TIPPTE die Worte mit zittrigen Fingern und hoffte, dass einer der vier Anwesenden in dem Chatroom antworten würde. Seit er vor fünf Minuten eingestiegen war, hatte keiner von ihnen ein Wort geschrieben und er begann sich zu sorgen, dass sie nicht reagieren würden.

Dies war seine letzte Option. Seine *einzige* Option. Er wusste nicht, was er sonst tun sollte. Es gab niemanden, an den er sich wenden konnte. Niemanden, dem er trauen konnte. Und wenn er sich nicht bald zusammenriss, wäre sein Leben nicht mehr lebenswert.

**Modaroo**: *Ich bin hier. Wie kann ich helfen?*

Seine Finger schwebten über der Tastatur. Das Tattoo, das die Knöchel seiner rechten Hand zierte, verhöhnte ihn mit seinen dicken schwarzen und verzerrten Buchstaben – *Reckless*. Waghalsig. Ohne Scheiß. Er sollte sich gleich noch „idiotisch" auf die andere Hand schreiben lassen.

**Lost**: *Ich brauche eine Ablenkung. Ich darf nicht rückfällig werden. Ich brauche nur jemanden, der mir Gesellschaft leistet, bis das Brennen nachlässt.*

Seine Dämonen überkamen ihn, wollten ihn packen, wollten ihn locken – schafften es beinahe, ihn zurück auf die dunkle Seite zu ziehen. Schnaubend stieß er einen Atemzug aus und wischte sich den Schweiß von der Stirn. Er war erschöpft.

Die Anonymität des Internets war sein einziger Trost. Selbsthilfegruppen waren keine Option und eine Entziehungskur auch nicht. Sollten die Paparazzi oder irgendjemand sonst von seinem Problem erfahren, würde er aus der Band fliegen und sich vor der weltweiten Fangemeinde von Reckless Beat blamieren.

*Modaroo: Das kann ich machen. Ich bin ziemlich gut darin, über belanglose Dinge zu chatten, bis die Leute einschlafen. Ist ein Frauending.*

Er lachte halbherzig auf, der Klang abgehackt, manisch. Aber das hier war gut. Ein Anfang. Die pochende Unruhe in seiner Brust schien sich sogar ein wenig zu legen und ließ einen Funken von Hoffnung in ihm aufkeimen.

*Lost: Du bist also eine Frau und es macht dir Spaß, lange aufzubleiben und in Selbsthilfegruppen mit Drogenabhängigen zu chatten? Bist du Moderatorin oder süchtig?*

*Modaroo: Ja, ich bin eine Frau. Eine der –wenn nicht die– atemberaubend großartigsten Frauen, denen du jemals begegnen wirst. Aber nein, eine Nachteule bin ich nicht. Ich liebe meinen Schlaf. Ich nehme an, dass ich aus deiner Sicht am anderen Ende der Welt bin. Ich lebe in Down Under ;) Und ja, ich bin eine Moderatorin.*

Blakes Handy vibrierte auf dem Couchkissen neben ihm, als ein Anruf einging. Hastig griff er danach, um das unbedeutende Geräusch zu beenden. Der Laptop schaukelte auf seinen Oberschenkeln und drohte, hinunterzufallen.

„Scheiße." Während er sein Handy in der einen und den Laptop in der anderen Hand hielt, schloss er seine Augen, nahm einen tiefen Atemzug und wartete darauf, dass das Vibrieren aufhörte. Mit jeder Sekunde, die verstrich, wuchs die Verlockung, wurde die Verleitung stärker, abzuheben. Seine Dämonen wussten, wer ihn anrief. Er musste keinen Blick auf den Bildschirm werfen, um sich sicher zu sein.

Sekunden später breitete sich Erleichterung in ihm aus. Den ersten Test hatte er bestanden. Wenn er die Anrufe ignorieren konnte, konnte er vielleicht auch den Rest schaffen. Gleich morgen Früh würde er sich eine neue Nummer besorgen. Und fürs Erste würde er das verdammte Ding einfach abschalten.

Er warf einen Blick quer durch die Hotelsuite, hinüber zu der offenstehenden Schlafzimmertür von Mitchell Davies. Der Leadgitarrist musste Blakes Ruhelosigkeit nach dem heutigen Auftritt mitbekommen haben, denn er hatte begonnen, Fragen zu stellen. Fragen, die Blake nicht beantworten durfte, oder konnte, wenn er seinen Platz in der Band behalten wollte. Er war erst seit acht Monaten mit von der Partie und hatte es schon vermasselt. Und wie.

*Lost: Ja, ich bin in den Staaten. Hier ist es drei Uhr morgens und ich bin so verdammt müde. Ich will einfach nur schlafen, aber diese abartigen Albträume hören einfach nicht auf. Erzähl mir von Australien. Wie ist es so in Down Under?*

Er musste aufhören, darüber nachzudenken, jeden Gedankengang in etwas zu verwandeln, was mit dem weißen Pulver zu tun hatte, das sein Leben zerstörte.

*Modaroo: Der Entzug kann richtig fies für deinen Körper und deinen Geist sein. Denk einfach immer daran, dass das alles nur vorübergehend ist und dass es ganz bestimmt besser wird. Hast du jemanden vor Ort, der für dich da ist? Und wie es in Down Under ist? Ziemlich fantastisch. Im Moment ist es heiß draußen, die Klimaanlage ist angenehm kühl und der Strand ist genial.*

Blake ignorierte ihre Frage. Er hatte niemanden. Nicht eine einzige Menschenseele, und er weigerte sich, ihr den Grund dafür zu erklären.

*Lost: Surfst du?*

*Modaroo:* Ein wenig. Ich halte mich etwa so lange auf einem Surfbrett, wie ich den Atem anhalten kann.

Wieder musste er auflachen. Diesmal klang es ungezwungener, natürlicher, weniger hysterisch.

*Lost:* Lol. Also in anderen Worten bist du mies darin.

*Modaroo:* Na, na. Wir wollen doch nicht auf meinen Schwachstellen herumreiten. Ich sehe es lieber als eine Gleichgewichtsunstimmigkeit.

Blake musste glucksen und fuhr sich langsam mit einer Hand durch die verworrenen Spitzen seiner Haare. Eine Fremde am anderen Ende der Welt hatte ihn gerade zum ersten Mal seit Monaten zum Lachen gebracht. Sie war seine Rettung.

*Lost:* Deine Schwachstellen sind nichts im Vergleich zu meinen, Süße. Ich werde das Beste verlieren, was mir je passiert ist, wenn ich meine Kokainsucht nicht in den Griff kriege.

*Modaroo:* Tut mir leid, Lost, aber verwende bitte keine konkreten Bezeichnungen für Drogen in den offenen Chaträumen. Das kann bei anderen Abhängigen gefährliche Erinnerungen auslösen.

Verdammt. Das Letzte, was er wollte, war, es für einen anderen Abhängigen schwieriger zu machen.

*Lost:* Tut mir leid.

*Modaroo:* Kein Problem. Also. Geht es um eine Frau?

*Lost:* Eine Frau?

Er rollte seine Schultern, neigte seinen Kopf zur Seite, bis es knackte, und streckte seine Arme über seinen Kopf aus. Von einem entspannten Zustand war er meilenweit entfernt. Aber jede Sekunde, die er damit verbrachte, mit dieser Frau zu chatten, brachte ihn näher heran.

**Modaroo**: *„Das Beste", das du verlieren wirst.*

Seine Hände ballten sich zu Fäusten. Ekel und Selbstverachtung waren seine Wegbegleiter und er war zu schwach, um etwas dagegen zu unternehmen. All dieser Schmerz, dieses Leiden und dieser ganze Wahnsinn wegen einer klitzekleinen Sache – Schönheit.
Oh, und Lust.

**Lost:** *Nein. Eine Frau ist der Grund dafür, warum ich überhaupt erst in dieser Scheißlage bin*

# Kapitel Eins

GABRIELLE SMITH WARF einen Blick auf die Textnachricht von ihrer Kollegin Tammy. *Du wirst alt, Gab. Ich hoffe, deine gebrechlichen Knochen sind bereit für eine wilde Nacht.*

Sie schmunzelte und warf ihr Handy auf das Bett. Da musste Tammy sich keine Sorgen machen. Mit ihren jetzt neunundzwanzig Jahren hatte Gabi jede Menge Erfahrung mit Alkohol. An einem guten Abend konnte sie sogar ihren eigenen Vater unter den Tisch trinken. Und heute Nacht würde sie von diesen Fähigkeiten Gebrauch machen. Es war ein Fall von trinken, um zu feiern, oder nüchtern bleiben und in Selbstmitleid ertrinken. Sie wählte Ersteres. An ihrem Geburtstag tat sie das immer.

Ihr Handy bimmelte wieder, diesmal war es eine eingehende E-Mail. Anstatt jedoch hektisch auf ihr Bett zu springen, wie ihre innere Aufregung es von ihr verlangte, machte sie damit weiter, ihre Haare mit einem Handtuch zu trocknen, und beugte sich dann gemächlich über die Matratze, um das Handy hochzunehmen. In ihrem Alter sollte sie die Aussicht auf Kontakt mit einem männlichen Wesen nicht mehr derart aus der Ruhe bringen. Musste wohl ihre biologische Uhr sein und der ganze Hormon-Mist.

Ach, wem machte sie etwas vor? Diese Art von Kick erlebte sie seit vier Jahren immer wieder. Wegen eines einzigen Mannes.

Als sie Blakes Namen auf dem Bildschirm sah, klopfte ihr das Herz bis zum Hals.

*Hey, Engel, wenn du Zeit hast, komm auf Skype.*

Sie schnaubte. Als ob es eine Option wäre, ihn abzuweisen. Sie konnte sogar in den Armen eines anderen Mannes liegen und würde immer noch die Zeit finden, nebenbei mit Blake zu chatten.

Mit einem Tippen aktivierte sie die App ... sah auf den Bildschirm ... und wartete. Nach zehn Sekunden, die sich wie eine Ewigkeit anfühlten, kam ein Anruf von seinem Account durch. Das Blut floss schneller durch ihre Venen, wie immer, wenn er anrief, selbst nach all dieser Zeit. Sie drückte auf das Symbol, das die Verbindung herstellte, hielt sich das Handy ans Ohr und versuchte, ihr Grinsen zu unterdrücken.

„Wenn ich mich recht erinnere, hat heute eine ganz besondere Person Geburtstag", schnurrte er.

Gott, er hatte solch eine weiche, verführerische Stimme. Und erst dieser Akzent. Sie schloss die Augen und ließ sich den Klang unter die Haut gehen. Amerikanische Männer schienen diese sexy Keckheit perfekt zu beherrschen. Oder vielleicht waren es nur weltberühmte Rockstars.

„Hey, Blake."

„Hey, Engel. Hattest du einen tollen Tag?"

Sie überlegte – ein entspannter Tag bei der Arbeit, tolles Wetter, Geschenke, Kaffee, ein Mädelsabend stand bevor und nun rief noch der Mann an, den sie vergötterte. „Er war großartig."

„Du findest doch immer alles großartig."

Sie lachte. „Stimmt. Ich habe wohl einfach Glück."

„Und? Schmeißt du eine Party?"

Sie schüttelte den Kopf, obwohl er es nicht sehen konnte. Die letzten fünf Jahre hatte sie sich allein bei dem Gedanken daran schuldig gefühlt, eine große Party zu organisieren. Es hatte sich nicht richtig angefühlt, jene Nacht offiziell zu feiern, in der man bei ihrem Bruder lebenserhaltende Maßnahmen hatte einleiten müssen. Ihre Eltern wären jedenfalls nicht bei irgendeiner Art von Feier aufgetaucht.

„Ich gehe mit den Mädels aus." Sie durchsuchte ihren Kleiderschrank und wählte ein Paar bequeme enganliegende Jeans. In einen Club zu gehen und sich abzulenken, das tat sie jedes Jahr. Das Trinken half ihr dabei, den Schmerz zu stillen und die Schuldgefühle zu verdrängen.

Blake räusperte sich. „Und wo ist meine Einladung? Hm?"

Sie hielt sich das Telefon mit ihrer Schulter ans Ohr und zog das pinke seidene Neckholder-Top von einem Kleiderhaken. „Ähm, tut mir leid. Da habe ich gar nicht dran gedacht, weil du doch auf der anderen Seite der Welt lebst und so … außerdem hast du einen Penis. Und du hast doch gehört, dass ich ,Mädels' gesagt habe, oder?"

Er gluckste und ihr Brustkorb zog sich zusammen. Das Schicksal war grausam. Sie war mit den Männern immer wählerisch gewesen, und doch hatte sie sich – zack – in einen Typen am anderen Ende der Welt verliebt. Noch dazu in einen, der wahnsinnig berühmt war.

„Ja, soweit ich weiß, habe ich dieses Anhängsel. Es ist auch voll funktionsfähig. Ich schätze also, ich kriege keine Einladung."

*Autsch.* Auf diese Weise daran erinnert zu werden, dass er Frauen gerne wechselte wie andere die Unterwäsche, war nicht schön. Eifersucht regte sich in ihrer Magengrube und je mehr sie sie zu ignorieren versuchte, desto schlimmer wurde sie.

„Danke für die bildliche Erklärung, aber falls du dich fragst, ich lese ab und zu die Klatschmagazine und sie präsentieren mir den Beweis für die Funktionsfähigkeit deiner Anatomie immer schwarz auf weiß." Vielleicht war „ab und zu" eine Untertreibung. Sie hatte seine Hashtags auf Twitter abonniert, eine Google-Benachrichtigung für seinen Namen mit Weiterleitung zu ihrer E-Mail-Adresse eingerichtet und schaute täglich auf der Website von Reckless Beat vorbei, um den neuesten Klatsch und Tratsch zu lesen. Der Begriff *Stalking* gefiel Gabi nicht. Blake lebte nun mal auf der anderen Seite des Planeten und das Internet war eine tolle Möglichkeit für sie, mit seinem Leben Schritt zu halten.

Während sie zurück zum Bett ging, zog sie sich ihre Sachen an. Ihre Stimmung hatte umgeschlagen und war nun weit von ihrer bisherigen „Lasst uns tanzen und Spaß haben"-Einstellung entfernt. Ihre Eifersucht, dieses grünäugige Monster, verlangte, dass sie sich so richtig herausputzte und die bequemen Schuhe abschüttelte, die beim Tanzen viel angenehmer gewesen wären. Sie brauchte die glänzend schwarzen acht Zentimeter hohen Stilettos, deren Bänder sich um ihre Fesseln schmiegten und vorne zu binden waren. Nicht, dass Blake jemals sehen würde, wie großartig sie darin aussah. Jetzt würde sie ihre Frustration und ihren Liebeskummer an einem weiteren nichtsahnenden Junggesellen auslassen müssen.

„Ist das ein ‚Nein‘ zu der Einladung?“

„Was?“ Sie runzelte die Stirn. „Wieso fängst du immer wieder damit an?“

Genervt schüttelte sie den Kopf und grummelte in ihr Handy. Wenn er doch nur wüsste, was sie nicht alles täte, um ihn heute Abend sehen zu können. Vielleicht würde er sie dann nicht mit seinen mühsamen Fragen quälen.

„Oh, du weißt doch, wie sehr ich es liebe, wenn du dieses Geräusch machst“, gurrte er.

Verdammt. Jetzt musste sie wieder lachen. „Also gut, Blake. Ich fände es wunderbar, wenn du heute bei unserem Mädelsabend dabei wärst.“ Sie verdrehte die Augen und begab sich auf Hände und Füße, um die sexy Schuhe unter ihrem Bett hervorzukramen.

„Ok, dann bis bald.“

Sie hielt inne, die Hände in den Teppich gedrückt, Augen auf dem Schuhkarton. „Was meinst du damit?“

Stille.

„Blake?“

Sie setzte sich auf die Fersen, nahm das Handy in die Hand, das noch zwischen ihrer Schulter und ihrer Wange eingeklemmt war, und starrte auf den Bildschirm. Aufgelegt. Was zum Geier?

Gabi drückte auf seinen Namen in ihrer Skype-Liste und rief ihn zurück.

Keine Reaktion. Dieser Sack hatte seinen Status zu „offline“ geändert.

Also rappelte sie sich auf, setzte sich an die Bettkante und begann, eine E-Mail zu tippen.

*Was ist los? Wieso hast du das gesagt?*

Obwohl sie sich nun jahrelang per E-Mail, Chat und Telefon unterhalten hatten, hatten sie sich noch nie persönlich getroffen. Sie war sich ziemlich sicher, dass Blake nicht einmal wusste, wie sie aussah. Das war auch ihre Forderung gewesen, Monate, nachdem sich ihre Unterhaltungen von gelegentlichen Chats in einen natürlichen Teil ihres Alltags verwandelt hatten. Sie hatte sie an dem Tag gestellt, an dem er ihr anvertraut hatte, dass er der weltberühmte Gitarrist von Reckless Beat war.

Sie besaß durchaus Selbstvertrauen, dennoch hatte ihr Ego dem Gedanken an seinen prüfenden Blick nicht standgehalten. Es war schon schlimm genug gewesen, als er noch ein anonymer Abhängiger auf dem Weg aus der Sucht gewesen war, der ihr mit Leichtigkeit den Tag versüßte und sie mit jedem Satz zum Lächeln brachte. Und dann waren da noch die Tatsache, dass er aussah wie ein sexy Bad Boy, seine talentierten Finger und dieser beneidenswerte Lebensstil … Ja, damals hatte sie sich dazu entschlossen, sich lieber noch eine Weile länger in der Anonymität des Internets zu verstecken.

Gabi starrte auf den Bildschirm ihres Handys, ihr Herz wie ein flattriger kleiner Vogel unter ihren Rippen. Sie würde nicht rechtzeitig fertig sein, wenn Tammy sie abholen kam, und zum ersten Mal machte es ihr nichts aus. Sie war gefesselt von einer Vorstellung, von der ihr Gehirn wusste, dass sie nie eintreten werden würde, die sie aber emotional dennoch alles andere als kalt ließ.

Wieso sollte er sie so aufziehen? Das ergab keinen Sinn. Es war doch geplant, dass er mit Reckless Beat den Teil ihrer Welttournee durch das Vereinigte Königreich fertigspielte.

Sie hasste ihn dafür, dass er sie dazu zwang, auch nur über diese Möglichkeit nachzudenken. Noch dazu an ihrem Geburtstag! Wo er doch wusste, dass ihr seine Freundschaft alles bedeutete.

Ihr Handy vibrierte und pingte, als eine E-Mail eintraf.

*Tut mir leid. Schlechter Empfang. Ich hoffe, es wird eine tolle Nacht. ;)*

Ihr rutschte das Herz in die Hose. Sie war dumm. Dumm. Dumm. Dumm. Natürlich war er nicht in Australien. Reckless Beat würden nicht vor Freitag in Melbourne spielen – in sechs Tagen. Und selbst dann, so hatte Blake ihr bereits gesagt, würde er keine Zeit für sie haben. Zwischen den Auftritten und all den anderen Verpflichtungen würde er nicht einmal zum Schlafen kommen. *„Es ist besser für uns, wenn wir uns erst dann zum ersten Mal treffen, wenn nicht alles so hektisch ist. Ich will dich sehen, wenn ich nicht von dem Schlafmangel und dem vielen Koffein völlig neben der Spur bin."*

Mit einem frustrierten Schnauben warf sie ihr Handy zurück

auf das Bett und machte sich fertig. Tschüss, bequeme Jeans. Ihre schlechte Laune verlangte nun nach einhundert Prozent Femme fatale. Also stürmte sie zu ihrem Schrank und zog ihr hautenges, schwarzes, kurzes Spitzenkleid heraus. Dann musste sie aufpassen, dass nicht zufällig fremde Männer einen Blick auf ihre Unterwäsche erhaschten. Wenn sie schon nicht Blakes Aufmerksamkeit kriegen konnte, würde sie sie sich eben anderswo holen.

Sie würde sich zusammenreißen und sich auf dieses Spiel einlassen – genauso wie jede andere Frau auch.

~

Blake schritt über die Cavill Avenue in Surfers Paradise auf der Suche nach dem Nachtclub, den Gabis Freundinnen ihm per E-Mail genannt hatten. Es war eine klare Nacht, die Luft war warm und legte sich wie eine dicke Decke über ihn. Der Jetlag machte seinen Geist träge und seinen Kopf schwer, und sein Körper kämpfte mit dem abrupten Wechsel des brutal kalten Wetters in London zu der feuchten Hitze in Queensland, Australien.

Es wäre nicht so schlimm gewesen, wenn er diese Reise ans andere Ende der Welt in dem Privatjet der Band angetreten hätte, aber er hatte Gabi sehen wollen. Also war er vor dem Rest der Band abgereist und hatte sich mit einem Linienflug begnügen müssen. Nicht, dass es ihm in der ersten Klasse an etwas gefehlt hätte, er konnte einfach nicht schlafen, wenn die Leute ihn angafften. Und es hatte viele Leute gegeben, die gegafft hatten, neugierig und begierig darauf, mit ihm zu sprechen."

Aber er würde damit klarkommen. Mittlerweile kam er mit so ziemlich allem klar. Über Jahre hinweg war er scharf auf eine Frau gewesen, die er noch nie zu Gesicht bekommen hatte. Beinahe eintausendfünfhundert Tage, in denen er sich Hals über Kopf in jemanden verliebt hatte, der sich gut und gerne als ein zweihundertfünfzig Kilo schwerer Yeti entpuppen könnte.

Vier verdammte Jahre.

Als Blake damals endlich den Mut hatte aufbringen können ihr zu erzählen, wer er war, mehr als nur ein schwaches, drogenabhängiges Arschloch aus den Vereinigten Staaten, sondern all das und obendrein noch der Bassgitarrist einer weltberühmten Band, hatte

Gabi einen kleinen Rückzieher gemacht und ihm offen gesagt, dass sie lieber anonym bleiben wollte.

Und größtenteils hatte sie das auch getan.

Er hatte ein Jahr gebraucht, um ihr ihren vollständigen Namen zu entlocken. Dann ein weiteres Jahr, um herauszufinden, in welchem Teil von Australien sie lebte. Wie sie aussah, wusste er noch immer nicht, und die Tatsache, dass sie ihm nie ein Foto von sich geschickt hatte, sagte mehr als tausend Worte. Nur, dass er nicht darauf hörte.

Gabi war seine beste Freundin. Seine Rettung. Sein Engel.

Yeti hin oder her, er würde sie immer lieben. Allerdings würde sich der Ausdruck seiner Liebe von den sexuell aufgeladenen Emotionen, von denen er nachts hart wurde, in eine eher brüderliche Zuneigung verändern, falls sie aussah wie ein NFL-Verteidiger. Er musste sie nur ein einziges Mal sehen. Damit seine Fantasie endlich aufhörte, durchzudrehen, wann immer sie miteinander redeten. Oder sich E-Mails schrieben. Oder online plauderten.

Sie hatte die schönste, verspielteste Stimme, die er je gehört hatte. Und ihr Lachen. Es machte ihn wahnsinnig.

Er schüttelte den Kopf und marschierte weiter die Straße entlang. Die neugierigen Blicke einiger Passanten ignorierte er. Wenn er stehenblieb, auch nur zögerte, würden sie an ihm kleben wie Groupies bei einem Auftritt. Doch zur Abwechslung war das Glück auf seiner Seite und niemand tat mehr als ihn anzustarren. Sobald er langsamer wurde, würde sich das jedoch ändern. Es gäbe den Menschen mehr Zeit, einen genaueren Blick auf ihn zu werfen und herauszufinden, wer zum Teufel er war. Also blieb er in Bewegung, setzte einen kräftigen Schritt vor den anderen, und die Vorfreude brachte sein Herz zum Pochen.

Er spürte die Vibrationen eines Beats und weiter vorne las er den Namen eines Clubs, der ihm bekannt vorkam. Vor den Fenstern blieb er kurz stehen und prüfte den Namen auf seinem Handy, bevor er einen weiteren Blick auf das Neonschild an der Vorderseite des Gebäudes warf – Pinker Stier.

Hier war es.

Einen ganzen Monat lang hatte er auf diesen Moment hingefiebert, denn er hatte gewusst, was das Ende der Tour durch Großbritannien bedeutete. Bisher hatten Frauen ihn nie aus der Fassung gebracht. Ja, er liebte es wie jeder andere Mann auch, sie zu genießen, sich mit denen zu unterhalten, die zumindest ein bisschen Grips hatten, und sich zwischen die Schenkel derer zu drängen, die nicht so viel Glück hatten, aber zumindest attraktiv waren. Er war sonst nicht nervös. Und doch, jetzt, wo er nur ein paar Meter vom Türsteher des Pinken Stiers entfernt stand, kribbelten seine Finger und er spürte so etwas wie Panik darin aufsteigen.

*Jetzt bloß nicht kneifen.*

Er ging zu dem Kerl, dessen Brustkorb so breit war wie ein Kühlschrank, und nickte ihm zu. „Hey."

Der Mann hob eine Augenbraue und musterte Blake. Diese Art von Reaktion war ihm nicht fremd. Mit Blakes Vorliebe für schwarze Klamotten, seinen aufgestellten schwarzen Haaren, den Ledermanschetten um seine Handgelenke und der Tatsache, dass jeder Millimeter sichtbarer Haut tätowiert war, war er doppelt so einprägsam. Der Fick-dich-Blick, den er im Moment aufsetzte, war da auch keine Hilfe.

„Hast du 'nen Ausweis?"

Blake unterdrückte ein Augenrollen. Er sah ganz sicher nicht jünger aus als die Dreißig, die er war. Ganz offensichtlich war dieser Typ kein Reckless-Fan.

„Kein Problem." Er griff in die Tasche seiner graffitgrauen verwaschenen Jeans, überlegte kurz, ob er nicht lieber seinen Mittelfinger herausziehen sollte, zeigte dem Türsteher dann aber doch seinen Ausweis.

Der Mann grunzte etwas und Blake machte einen Schritt an ihm vorbei in der Annahme, dass die Lautäußerung, die ihn an einen Höhlenmenschen erinnerte, seine Erlaubnis war, den Club zu betreten. Drinnen stieg der Lärmpegel schlagartig an. Der lauteste Bassbeat kam aus dem oberen Stockwerk, brachte die Wände zum Vibrieren und man verstand den Text des Liedes kaum. Pärchen saßen in Nischen und entlang der Bar. Niemand von ihnen beachtete ihn, da sie alle in ihre eigenen Gespräche vertieft waren. Er ließ sich Zeit damit, jede der anwesenden Frauen eingängig zu betrachten, das Herz schlug ihm dabei bis zum Hals, doch noch hatte er die Gruppe feiernder Frauen nicht ausmachen können, die er suchte.

Er bahnte sich seinen Weg zur Treppe und nahm sie zwei Stufen auf einmal. Mit jedem Schritt wurde die Musik lauter, pulsierte sie in seiner Brust, als bräuchte er es, dass es darin noch wilder hämmerte. Als er oben ankam, hielt er inne und ließ seinen Blick durch den Raum wandern.

Die Bar leuchtete in einem tiefen Violett und tauchte den Rest des Clubs in Schatten. Eine Menschenmenge tanzte ganz hinten in der Ecke, wo Blitzlichter und Laserstrahlen durch die Luft schnitten. Weitere Kojen reihten sich entlang der deckenhohen Fenster, hinter denen ein Balkon zu erkennen war. Ein Mann kam auf ihn zu und knallte bei dem Versuch, es zur Treppe zu schaffen, stockbesoffen gegen seine Schulter. Blake ignorierte ihn, denn er war zu sehr damit beschäftigt, Gabi zu finden, als dass ihn ein Idiot interessiert hätte, der es nicht auf die Reihe kriegte, seine Beine richtig einzusetzen.

Gründlich suchte er die einzelnen Gruppen an den Tischen ab, die Leute, die auf den Barhockern saßen. Als sein Blick an der mittleren Koje angelangt war, in der eine Runde lachender Frauen um den Tisch saß, hielt er inne. Schluckte. Sie hatten sichtlich schon gut einen sitzen und befanden sich in der „leicht aus ihren Höschen zu locken"-Phase. Leere Gläser waren über den Tisch verteilt, hier und dort entdeckte er auch ein halbvolles. Er betrachtete jedes Gesicht einzeln, wartete auf irgendeinen Hinweis, das Gefühl einer Verbindung, ein Anzeichen von Vertrautheit.

Aber nichts geschah.

Eine der Frauen entdeckte ihn und begann zu strahlen. Oh, verdammt, war das sein Engel? Sein Atem stockte. Sie war ein stattlicher Mann, groß genug, dass er sich neben ihr mickrig vorkam, mit den breiten Schultern einer Schwimmerin und einer gesunden Bräune.

Gabi schwamm. Sie liebte es zu surfen. Sie konnte es durchaus sein.

Sie glitt aus der Koje, torkelte leicht, richtete sich dann auf und grinste jetzt schelmisch. Sein Herz schlug schneller, als sie auf ihn zukam. Er versuchte sich einzureden, dass das an seiner Nervosität lag, aber wem machte er etwas vor? Da war kein Funke, nichts von diesem märchenhaften Liebe-auf-den-ersten-Blick-Schwachsinn, auf den er gehofft hatte. Doch anstatt Trübsal zu blasen, konzentrierte er sich darauf, der beste Freund zu sein, den sie in ihm sah, und schenkte ihr ein Lächeln.

„Gabi?", rief er ihr durch den Lärm zu.

Die Frau hob eine Augenbraue und legte den Kopf schief, bevor sie ein Schnauben ausstieß. Zumindest fand er, dass „schnauben" dieses animalische Geräusch noch am besten beschrieb.

„Nein, ich bin Tammy." Sie legte sich eine Hand auf den Brustkorb, direkt über ihrem gigantischen und gut sichtbaren Dekolleté.

*Ahh, Gabis Freundin. Dem Himmel sei Dank.*

„Gabi ist da hinten." Sie zeigte in die Ecke hinter ihnen.

Er atmete tief ein, wieder aus, und drehte sich dann langsam in Richtung Tanzfläche. Die Menge tanzte gerade zu einem ihm unbekannten Lied. Die meisten waren Männer, alle auf der Jagd nach den wenigen weiblichen Ärschen, an denen sie sich reiben konnten.

„Sie wünscht sich ein Lied", schrie Tammys Stimme über seine Schulter.

Sein Blick schnellte zum D.J. – und zu der Frau, die sich in diesem Moment über einen der Lautsprecher beugte. Ihre straffen Beine wurden von den Lichtern um sie herum angestrahlt – und waren gut sichtbar –, die Spitze, die ihr Kleid einfasste, war an ihren Schenkeln nach oben gerutscht, als sie sich nach vorne gelehnt hatte, um mit dem Kerl zu reden.

Blake taumelte vorwärts und klammerte sich an einen der Stehtische am Rande der Tanzfläche. Er stützte seine Ellbogen auf das kalte Holz und starrte.

„Ich lass dich dann mal alleine", schrie Tammy.

Er hätte etwas antworten sollen, Gabis Freundin zumindest für all ihre Hilfe danken sollen, das Treffen an diesem Abend zu ermöglichen, aber er war schlicht und einfach nicht in der Lage zu funktionieren. In seinem Kopf war nur noch Platz dafür, sie anzubeten, und die Leere in seinem Geist hatte ihn seiner Fähigkeit zu sprechen beraubt. Fasziniert stand er da und mit seinen Augen saugte er den Anblick jener Frau auf, die sein Herz auserwählt hatte.

Sie war blond, genauso wie er es sich vorgestellt hatte, mit kurzem, gewelltem Haar, das ihr nicht ganz bis zu den Schultern ging. Die Kurven ihres Körpers ließen ihm, zumindest von hinten, das Wasser im Mund zusammenlaufen. Ihr schwarzes Kleid umschmeichelte ihren Hintern und lag eng um eine schmale Taille und zierliche Schultern.

Sie war makellos. Für einen Mann mit einem gesunden sexuellen Appetit brauchte es nicht viel, sich diese Beine um seine

Hüften geschlungen vorzustellen – oder um seinen Kopf, wenn er schon dabei war.

Er schüttelte den Kopf in einem Versuch, seine Verdorbenheit aus seinen Gedanken zu vertreiben. Mit Sicherheit war sie hässlich wie die Nacht. Er glaubte an Karma und wusste, dass er es nicht verdient hatte, dass die Vorderseite ihres Körpers zu dem köstlichen Anblick ihrer Rückseite passte.

Sie nickte dem D.J. zu. Der Wichser grinste sie an, als würde er gerade von einem Supermodel einen geblasen kriegen. Eifersucht regte sich in ihm und Blake musste sich bemühen, sie in Schach zu halten. Er umklammerte nun die Tischkante und zum ersten Mal in einer verdammt langen Zeit wünschte er sich, ein starkes Getränk in der Hand zu halten. Irgendetwas, um seine Nerven zu beruhigen, seine Eifersucht zu beschwichtigen, seine Besessenheit zu kontrollieren.

Sie drehte sich um.

„Heiliger. Himmel." Die Worte waren mehr ein Flüstern zu sich selbst. Er klappte seinen Mund zu und beschäftigte seine Finger, indem er sich damit den Schweiß von der Stirn und an seinem T-Shirt abwischte.

Sein Engel war atemberaubend schön. Eine Mischung aus lieblicher Schönheit und selbstbewusster Sinnlichkeit. Ihr blondes Haar fasste ein Gesicht ein, das aus der Nähe zu betrachten er kaum erwarten konnte, und ihre Lippen formten das souveräne Grinsen einer Femme fatale, als sie sich nun zurück in die Mitte der Tanzfläche bewegte, die Arme über dem Kopf, im Takt des Beats.

Das Lied endete und das nächste begann. Eines, das er auswendig kannte. Es war ihr Lied – *Du, mein Engel.* Das Lied, das er mit Mason Lynch, dem Leadsänger von Reckless Beat, und Sidney Higgins, einer weltbekannten Songwriterin mit Hang zu brutal ehrlichen und herzzerreißenden Texten geschrieben hatte.

Es ging darin um Blakes Retterin. Seinen Engel. Die Frau, die ihn vom Abgrund gezerrt und ihm neue Kraft zu leben geschenkt hatte. Es war das einzige Lied, das er beigesteuert hatte, dessen Inhalt ihm mehr bedeutete als jede andere Errungenschaft seiner Karriere. Während seiner schwersten Zeit, wenn Gabi am anderen Ende der Welt tief und fest geschlafen hatte, hatte dieses Lied in ihm den Willen aufrechterhalten, durchzuhalten. Es erinnerte ihn daran, welche Tiefen er erlebt, und wie er sie überstanden hatte.

Nur hatte er seinen Bandkollegen nie erzählt, dass es in dem Lied um seine Realität ging. Er hatte gelogen, wieder einmal, und ihnen gesagt, dass er darin die Erfahrungen eines alten Freundes aufgriff.

*Du hast meine Seele gerettet. Meinem Leben einen neuen Sinn gegeben.*

*Hast gegen meine Dämonen gekämpft, während ich schlief.*

Wusste sie, dass das ihr Lied war? Erzählt hatte er es ihr nie. Er hatte es nicht gekonnt. Die geheimnisvollen Worte hatten eine zu große Bedeutung. Sie legten seine Seele vor der ganzen Welt bloß, und obwohl Gabi wusste, wie viel sie ihm bedeutete, hatte sie keine Ahnung davon, wie sehr er sie verehrte. Diesen Teil ihrer Beziehung hatte er während ihrer gesamten Freundschaft hinter seinem Bildschirm und einer verkorksten Persönlichkeit versteckt.

Jetzt lächelte er, sah ihr beim Tanzen zu und versuchte, nicht zu blinzeln. Mit jeder verstreichenden Sekunde wünschte er sich, da drüben bei ihr zu sein, an ihrer Seite, an ihren weichen Körper geschmiegt. Wenn er sich nur bewegen hätte können. Seine Beine waren wie angewurzelt und er bezweifelte, dass sein Gehirn in der Lage wäre, einen geraden Satz zu bilden, ganz abgesehen von den bedeutungsschweren Worten, die er für ihr erstes Treffen vorbereiten hätte sollen.

Er bewunderte sie, während die anderen Männer auf Tuchfühlung gingen und ihren Körper mit ihren Blicken verschlangen. Nicht für eine Sekunde schenkte sie ihnen ihre Aufmerksamkeit. Stattdessen bewegte sie ihre Arme im Rhythmus des harten Beats, schwang ihre Hüften im Takt und verschmolz mit der Musik. Es fühlte sich an wie in einem Traum. Sein Engel, wie er zu der Melodie seiner Seele tanzte.

*Meine Retterin mit einem Herz aus purem Gold.*

Das Lied endete und sie drängelte sich durch die Menge, lächelte Männern zu, die sie angrinsten, und entschuldigte sich bei anderen, gegen die sie stieß. Als sie den Rand der Tanzfläche erreichte, wanderte ihr Blick an ihm vorbei in Richtung der Bar. Sie zögerte erst, hielt dann kurz inne und ihr Körper erstarrte, als sie endlich seine Anwesenheit wahrnahm. Ihr Mund öffnete sich langsam und die Zeit schien stillzustehen.

Er war verloren. Auf immer und ewig verloren in ihren Augen. Seine innere Stimme drängte ihn, sich die Farbe genau anzusehen. Und das hätte er nur zu gern getan, wenn er doch nur Herr über seine Beine gewesen wäre. Es war zu dunkel in dem Club und die vielen Technolichter flackerten zu schnell auf, um ihm die Bestätigung zu verschaffen, nach der er sich verzehrte.

Ein Mann stieß von hinten gegen sie und sie geriet auf ihren schwarzen hochhackigen Schuhen ins Wanken. Endlich schnappte er aus seiner Trance heraus und war bereit, auf sie zuzulaufen. Doch sie richtete sich ganz ohne Hilfe wieder auf und bewegte sich vorwärts, wobei ihr Blick nie von ihm abließ. Mit jedem Schritt konnte er ihre Gesichtszüge deutlicher erkennen – die Kurve ihrer zarten Nase, die weichen Lippen, die gebräunte Haut. In jedem ihrer Züge lag Schönheit und in Summe bewirkten sie, dass ihm die Spucke wegblieb.

Sie kam auf ihn zu und blieb zwei Schritte vor ihm stehen. Ihre glatte Stirn verzog sich zu einem Runzeln, als sie ihren Blick über sein Gesicht wandern ließ.

Blau. Ihre Augen waren so blau wie der Himmel an einem klaren Tag, ruhig und absolut fesselnd.

Seine Nervosität legte sich, als er ihre Verwirrung wahrnahm. Gabi war wie für ihn geschaffen. Daran gab es keinen Zweifel. Das Schicksal hatte sie zusammengeführt und nun musste er nur noch beweisen, dass er ihrer würdig war.

Also grinste er sie an und versuchte dabei, all die leidenschaftlichen Gefühle, die er über Jahre unter Verschluss gehalten hatte, zum Vorschein zu bringen. „Hallo, Engel."

# Kapitel Zwei

GABI STARRTE DEN MANN AN, der sonst nur in ihren Fantasien herumgeisterte, und versuchte, ihre zitternden Knie zu beruhigen. Sie hatte doch nur während der letzten zwei Stunden getrunken, oder nicht? Niemals war sie betrunken genug, um zu halluzinieren.

„Blake?" Ihre Stimme war brüchig und kaum hörbar über das laute Pochen der Musik.

Die Mundwinkel des Mannes hoben sich leicht. „Alles Gute zum Geburtstag, du Schönheit." Er ging an die Seite des Tisches, näherte sich und ermöglichte ihr so einen guten Blick auf seinen atemberaubenden Körper.

Ihr eigener Körper schmolz dahin, überwältigt und unsicher, ob er sich erregt aufbäumen oder panisch unter seinem Blick winden sollte. Heiliger Himmel. Niemand sollte so sündhaft aussehen. Ein reicher, talentierter Bad Boy, noch dazu verpackt in eine Hülle aus Scheiß-drauf, Ich-weiß-wie-heiß-ich-bin.

Was machte er hier? Wie war er hierhergekommen? Und wie hatte er sie gefunden? Die Fragen überschlugen sich in ihrem Kopf, überfielen sie, machten es schwierig, sich zu konzentrieren.

Sie saugte einen holprigen Atemzug ein, blinzelte die Feuchtigkeit in ihren Augen zurück und bedeckte ihren offenstehenden Mund mit einer tauben Hand. Er war nur ein Traum. Eine Illusion. Es musste so sein. Vielleicht hatte ihr jemand etwas in ihr Getränk gemischt und der sehnlichste Wunsch ihres Herzens war daraufhin auf wundersame Weise in Erfüllung gegangen.

Er war bedrohlich und schlichtweg gefährlich – optisch und auch für ihr Herz. Eine Ledermanschette lag um sein rechtes Handgelenk und bunte Tattoos zierten beide seiner durchtrainierten Arme unter einem T-Shirt, das sich über kräftige Brustmuskeln spannte. Sie hatte sich die Kunst eingeprägt, die seinen Körper bedeckte, war ihr verfallen und kannte die Art, wie sie sich verzerrte, wenn er seine Gitarre spielte. Sein rabenschwarzes Haar war stand beinahe wie Stacheln von seinem Kopf ab und die Farbe seiner Iris ging in dem schwachen Licht fast nahtlos über in das Schwarz seiner Pupillen.

So. Verdammt. Heiß.

Sie schluckte. Heftig. Dann atmete sie einmal tief ein und gleich noch einmal.

Er lachte und das makellose Lächeln, das er ihr schenkte, hellte seine teuflischen Züge auf. „Kriege ich eine Umarmung von meinem Geburtstagskind?"

Ein Geräusch glitt ihr über die Lippen, eine Mischung aus Wimmern und Stöhnen, und sie dankte Gott für die laute Musik.

Nun machte sie einen Schritt vorwärts, ihr Herz schlug wie verrückt, und warf sich in seine wartenden Arme. Seine Brust war steinhart und sie musste mit aller Kraft gegen die Vorstellung ankämpfen, wie ihr bester Freund wohl nackt aussehen musste. Stattdessen schlang sie ihre Arme um seine Taille, kuschelte sich eng an ihn und verstärkte damit nur noch das elektrisierende Knistern, das durch ihre Venen schoss. Als er sich zurückzog, um zu ihr nach unten zu sehen, biss sie sich auf die Lippe und versuchte, nicht in seinen dunkler-als-Schokolade-farbenen Augen zu ertrinken.

Es half nicht, dass dieser neckische Mistkerl sich sein Grinsen nicht aus dem Gesicht wischen konnte.

„Darf ich das Geburtstagskind auf ein Getränk einladen?", fragte er mit über die laute Musik erhobener Stimme.

Sie warf einen Blick auf die Bar und all die Flaschen mit Spirituosen, die an der Wand dahinter aufgereiht standen, bevor sie durch ihre plötzliche Panik hindurch lächelte. Blake sollte nicht hier sein, in einer Bar, umgeben von Alkohol.

„Ich mache das schon." Nur zögerlich löste sie ihre Arme von seiner Hüfte und vermisste sofort seine Wärme. „Was willst du trinken?"

Er verzog kaum merklich das Gesicht. „Ich kann uns was holen, Gabi."

Sie schüttelte den Kopf, stellte sich auf ihre Zehenspitzen und lehnte sich zu ihm, um nicht schreien zu müssen. Nun, zugegeben, eigentlich tat sie es, um ihn wieder berühren zu können, aber ihre Nähe würde ihm *auch* helfen, sie besser zu verstehen. „Das ist das Mindeste, was ich tun kann, nachdem du diesen weiten Weg gekommen bist, um mich zu überraschen. Limonade vielleicht?"

Der Ausdruck auf seinem Gesicht verstärkte sich, doch dann nickte er langsam.

Nachdem sie im Gegenzug selbst genickt hatte, manövrierte sie um ihn herum und steuerte auf die Bar zu. Ihr Fuß klopfte auf den Boden, ihre Finger auf das polierte Holz, und sie knabberte an ihrer Unterlippe, während sie darauf wartete, bedient zu werden. Sobald sie ihre Getränke hatte, ging sie zurück zu ihm, unfähig es zu ertragen, auch nur einen Moment seiner Anwesenheit zu versäumen. Als sie sein Glas auf dem Tisch vor ihm abstellte, blieb sein Blick an der Tanzfläche haften und sein Ausdruck war leer.

„Hier, bitte."

Er nahm das Glas in die Hand und wandte sich ihr zu. Sie konnte spüren, wie sein Blick ihre Haut liebkoste und ihre Wirbelsäule vorfreudig zum Kribbeln brachte. Anstatt sich über ihre Lippe zu lecken, wie ihr Instinkt es in diesem Moment vorgab, nippte sie an ihrem Wasser.

„Du trinkst nichts?"

Sie hatte Mühe, ihn über den lauten Bass hinweg zu verstehen. „Nein." Nun, zumindest nicht mehr. Zuerst einmal wollte sie nicht vor ihm trinken, und außerdem musste sie schnell nüchtern werden, damit sie sich später an jede Sekunde erinnern konnte, die sie gemeinsam verbrachten. „Willst du raus auf den Balkon gehen?" Sie deutete auf ihre Ohren. „Ich verstehe kein Wort."

Er nickte. Es war eine schlichte Geste, nur eine Neigung seines Kopfes, aber verdammt, er rockte sie. Es war, als wäre er der Gott der Geschmeidigkeit. Und ja, sie war sich der Tatsache bewusst, dass es kein gutes Zeichen war, dass sie allein von einem Nicken so gefesselt war. Es würde nicht lange dauern, bis sie sich zum Narren machte und ihn durch ihre Handlungen wissen ließ, dass ihre Gefühle für ihn über eine reine Freundschaft hinausgingen.

Sie unterbrach ihren Blickkontakt, ging in Richtung des Balkons und öffnete die gläserne Schiebetür, die hinaus in die warme Nachtluft führte. Blake folgte ihr und seine Nähe versetzte ihre Nerven in höchste Alarmbereitschaft. Eine Gruppe von Leuten stand draußen und wartete darauf, wieder zurück hineinzugelangen. Leute, die sie kannte und mit denen sie gerade keinesfalls reden wollte.

Eine böse Vorahnung regte sich in ihrem Inneren. Sie konnte nicht weglaufen. Blake klebte an ihr wie eine zweite Haut – eine köstliche, ihre tiefe Lust ansprechende Haut –, die sie nicht ablegen konnte. Also senkte sie ihren Blick und ging weiter. Es war genug Platz für sie alle, um aneinander vorbei durch die Tür zu gehen, und doch erwischte sie jemand an der Schulter und sie spürte, wie ihr eine kalte Flüssigkeit den Rücken hinunterrann.

„Scheiße. Tut mir leid, Gabi." Sie spürte Blakes Hand auf ihrer Schulter. „Verdammtes Arschloch", fügte er gut hörbar hinzu.

Plötzlich riss er seine Hand von ihrer Schulter, und als sie sich umdrehte, stand er Brust an Brust mit einem Mann, von dem sie sich wünschte, sie würde ihn nicht kennen. Beide standen sie breitschultrig da, mit stolz erhobenen Köpfen, während sie einander anstarrten.

„Blake, *nein*." Sie wischte sich ein paar Tropfen der Flüssigkeit ab und drängte sich zwischen die beiden, ihren Blick auf den anderen Mann gerichtet. „Zieh Leine, John."

„Du kennst dieses Arschloch?", knurrte Blake hinter ihr.

Sie ignorierte die Frage und sah John flehend an. Doch er ignorierte sie und ließ seinen finsteren Blick über ihre Schulter zurück zu Blake wandern. Sie legte ihm die Hände auf die Brust und schob ihn langsam rückwärts. „John, bitte."

„Was machst du mit diesem Stück Scheiße, Gab?" Johns Pupillen waren unnatürlich geweitet von den Drogen. „Du musst dich von Typen wie dem fernhalten."

„Von Typen wie mir", wiederholte Blake ruhig und mit einem Hauch von Drohung in der Stimme. „Geh zur Seite, Hübsche. Ich will mich mit Mickey Mouse unterhalten."

Angst schnürte ihr die Kehle zu. Sie drehte sich um, wissend, dass John weit über den Punkt hinaus war, an dem er auf sie gehört hätte, und schluckte bei dem Anblick des Hasses in Blakes Augen.

„Blake, er ist einer der ältesten Freunde meines Bruders. Er ist high." Sie legte ihre Hände an Blakes Wangen und zwang ihn, sich ihr zuzuwenden. „Bitte. Lass es gut sein und komm mit. Er ist es nicht wert."

„Er hat dich absichtlich angerempelt. Dein Kleid ist ruiniert."

Sie lächelte zu ihm hoch und sah, wie er sich auf den Kiefer biss, während sie ihre Hände zu ihren Seiten sinken ließ. Er holte tief Luft, nickte und drehte sich um, bevor er die paar Schritte in Richtung Balkontür machte.

„Alles okay. Wirklich."

„Feigling", schrie John.

Gabi drehte sich zu ihm um. Sie war nicht wütend genug, um ihn anzufunkeln. Sie schaffte es lediglich, ihn mit Mitleid anzusehen. „Er ist ein guter Kerl, John."

Er schnaubte. „Er ist auch nur ein volltätowierter Junkie wie der Rest von uns. Du bist besser als das, Gab, und du schuldest es deinem Bruder, dich von Versagern wie ihm fernzuhalten."

„Das reicht." So schnell war ihre Unfähigkeit, ihn anzufunkeln, dahin. Nun ballte sie ihre freie Hand so stark zu einer Faust, dass es weh tat, während sie mit der anderen ihr Glas fest umklammerte. „Du weißt nichts über ihn. Und er nimmt nichts. Nur, weil er ein paar Tattoos hat, heißt das nicht, dass er schwach ist." Sie ging näher an ihn heran und baute sich vor ihm auf. „Wie du."

Er lachte lange und laut, was sein Delirium nur noch untermauerte. „Da ist die hochmütige Gabs, die ich kenne." Er legte vermeintlich freundschaftlich eine Hand auf ihre Schulter, doch sie konnte den bedrohlichen Blick in seinen Augen sehen. „Ich wollte nur auf dich aufpassen."

Damit machte er einen Schritt zurück und wandte sich zum Gehen. Nachdem er ein wenig Abstand gewonnen hatte, warf er noch einen Blick über seine Schulter und holte ein weiteres Mal zum Schlag aus. „Wenigstens bin ich nicht so schwach wie dein Bruder."

Die Ansage traf sie mit der Wucht eines Sattelschleppers, genau wie er es beabsichtigt hatte, doch sie weigerte sich zu reagieren. In der Highschool waren ihr Bruder Greg, John und sie eng befreundet gewesen. Dann hatten John und Greg mit Drogen zu experimentieren begonnen und alles hatte sich verändert.

Gabi hob ihr Kinn und zuckte nicht mit der Wimper, bis er weiterging. Sobald er außer Sicht war, stieß sie ein gequältes Stöhnen aus und ließ ihre Schultern nach vorne sacken, um ihren hektischen Atem zu beruhigen. Einen Moment lang schloss sie ihre Augen und sah ihren Bruder vor sich, wie er sie mit besorgtem Blick ansah.

Gott, sie hasste Drogen. Am meisten hasste sie, dass sie ihr Greg genommen hatten. Er war unschuldig gewesen, charmant und voller Lebensenergie und Potential.

Mit einem tiefen Atemzug ließ sie ihren Blick über den Balkon wandern und entdeckte Blake, der am Geländer lehnte und sie anstarrte. Sein Ausdruck war mitfühlend und alles, was sie wollte, war sich ihm in die Arme zu werfen, sich ganz in diese Umarmung fallen und den Rest der Welt um sie verblassen zu lassen.

„Was ist los?", erklang Tammys Stimme neben ihr.

„Selber Geburtstag, anderes Jahr." Gabi zuckte mit den Schultern und verdrehte die Augen. „John ist ein Arsch."

Tammy reichte Gabi ihre Handtasche, die sie am Tisch stehengelassen hatte.

„Und was ist mit deinem abartig heißen Rockstar?"

Der Gedanke an Blake zauberte ihr ein Lächeln auf die Lippen. Oh, er war verdammt heiß. An diesem männlichen Exemplar gab es nichts zu bemängeln. Wirklich nicht. Nur würde es jetzt seltsam zwischen ihnen sein und damit wollte sie sich nicht auseinandersetzen müssen. „Dem geht es gut. Allerdings habe ich keine Ahnung, wie er mich gefunden hat."

Tammys Augen strahlten. „Möglicherweise hatte ich etwas damit zu tun."

„Du?" Gabi verengte ihren Blick.

„Ich habe ihm vor ein paar Monaten eine E-Mail geschickt, als du erwähnt hast, dass sie auf ihrer Tour nach Australien kommen. Ich habe ihm gesagt, dass ich ihm helfen kann, falls er dich überraschen will."

Gabis Mund klappte auf. „Wie zur Hölle hast du *das* vor mir geheim gehalten?" Tammy konnte Geheimnisse schlechter drin behalten als Alkohol.

Tammys Brustkorb weitete sich, als sie einen tiefen Atemzug nahm, den sie anschließend dramatisch wieder ausstieß. „Es war so unfassbar schwierig. Und die Anstrengung total wert. Und für den Rest meines Lebens werde ich mich jetzt fühlen, als würde ich durch dich leben."

Gabi lachte auf und warf Blake einen Blick über ihre Schulter zu. Er starrte immer noch herüber und zog sie mit seinem Blick aus, gemächlich, einen Zentimeter nach dem anderen. „Ich gehe mal besser meinen Gast unterhalten. Außerdem werde ich bald nach Hause fahren. Da ist Limonade auf meinem Rücken und jetzt, wo sie trocknet, bin ich total klebrig."

Tammy kicherte laut genug, dass sie es noch über den lauten Bass hinweg hören konnte. „Aber sicher doch … klar. Wenn du das sagst. Viel Spaß."

Gabis Herz polterte, als Tammy davonging. Sie brauchte ein paar Sekunden, um ihren Mut zusammenzusammeln, bevor sie sich auf den Weg zu Blake machte. Mit jedem Schritt in seine Richtung wurde das *bumm, bumm, bumm* in ihrer Brust fordernder und schnürte ihr die Kehle zu. Sie ging hinaus auf den Balkon und blendete die laute Musik aus dem Inneren des Clubs diesmal aus, indem sie die Glastür schloss. Nun waren sie allein.

„Es tut mir leid." Seine Stimme war kaum hörbar, obwohl der Lärm von drinnen nun gedämpft zu ihnen drang.

„Das ist nicht nötig." Sie schüttelte den Kopf. „John mag es, Ärger zu machen. Er dachte, dass wir zusammen sind. Das ist seine seltsame Art war zu zeigen, dass er sich um mich sorgt, fürchte ich."

Sie lehnte sich neben ihm an das Geländer und versuchte, ihn normal und freundschaftlich anzusehen, anstatt ihren Blick auf seine Brustmuskeln zu richten, als würde sie gerne jeden Zentimeter Haut unter seinem T-Shirt ablecken.

Er nickte und senkte seinen Blick auf den hölzernen Fußboden. „Willst du mit mir in mein Hotel kommen?"

Ihre Lippen verzogen sich zu einem Grinsen. Sie konnte es sich nicht verkneifen. Wie viele Male hatten Männer ihr diese Frage schon gestellt mit der Absicht, sie für einen Matratzentango mit nach Hause zu nehmen? Aber Blake meinte es nicht auf diese Weise. In seinem Ton klang keine Anspielung mit. Dennoch konnte sie die Freude und Aufregung nicht unterdrücken, die sich bei der Vorstellung dieser Möglichkeit in ihrem Inneren regten.

Er sah vom Boden hoch und seine Augen weiteten sich, als er

ihren Gesichtsausdruck sah. „Oh, Scheiße. Das klang total wie eine Anmache." Kapitulierend hob er seine freie Hand. „So habe ich es wirklich nicht gemeint, Gabi. Ich würde nie ..." Er stieß sich vom Geländer ab, richtete sich auf und seine gespielte Lässigkeit verschwand.

Sie brach in Gelächter aus. „Ach, und die Beleidigung, dass ich dir nicht gut genug fürs Bett bin, ist besser? Du weißt wirklich, wie man einem Mädchen eine ganz besondere Nacht bereitet."

Sein Mund klappte auf und er griff nach ihr, packte sie um ihre Rippen. In seiner Brust polterte ein Grummeln und er zog sie an seinen Körper. „Du weißt, was ich gemeint habe, Gabrielle." Seine Berührung fühlte sich so natürlich an, als hätte er sie schon unzählige Male so festgehalten, und doch war sie innerlich bereit, in Flammen aufzugehen – aus Schock und ... ja, aus Erregung.

Sie neigte ihren Kopf zur Seite und hob ihre Augenbrauen, während sie die Hitze ignorierte, die von ihren Zehen bis hinauf zu ihren Wangen durch sie strömte. „Jetzt nennst du mich schon Gabrielle? Du musst es ja wirklich ernst meinen."

Amüsiert schüttelte er den Kopf und lächelte zu ihr herunter. „Gott, ich liebe deinen Akzent."

Ihr Lachen verhallte, als er mit seinem durchdringenden Blick all ihre inneren Schutzwände niederriss. Sie wollte ihm sagen, dass er es noch mehr lieben würde, wenn sie ihm ihre schmutzigen Gedanken ins Ohr flüstern würde, nur fehlte ihr dafür der Mut. „Lass uns abhauen", flüsterte sie stattdessen und räusperte sich. „Ich bin total klebrig."

Sein Lächeln verwandelte sich in ein Grinsen. „Also so fühlen sich die Damen sonst üblicherweise nicht, wenn sie einen Club mit mir verlassen, aber damit komme ich klar."

Gabi drückte sich von ihm weg und hielt sich in gespielter Entrüstung eine Hand an die Wange. „Flirtest du jetzt auch noch mit mir? Himmel, Blake, ich bin empört."

Seine Augen verengten sich für den Bruchteil einer Sekunde, bevor er ihr einen Finger in die Rippen bohrte. „Hör auf, mich zu verarschen, Engel, oder ich sehe mich gezwungen, körperliche Maßnahmen zu ergreifen."

Sie versuchte, sich nicht anmerken zu lassen, wie sie nach Luft schnappte, scheiterte jedoch kläglich. In seiner Drohung schwang zu viel sinnliche Absicht mit, die sie nicht ignorieren konnte.

Verdammt, sogar ihre Brustwarzen zogen sich vor Verlangen zusammen. Wenn sie nicht bald anfing, Wasser zu trinken und den Alkohol aus ihrem Körper zu spülen, würde sie etwas tun, was sie später noch bereuen würde. Wie etwa, sich mit Schokolade zu beschmieren und sich ihm zu Füßen zu werfen.

# Kapitel Drei

Blake konzentrierte sich darauf, einen Fuß vor den anderen zu setzen, während sie Seite an Seite die Cavill Avenue entlangschlenderten. Die seltsame Stille trieb ihn in den Wahnsinn. *„Willst du mit mir in mein Hotel kommen?"* Er war so ein verdammter Idiot. Und sie hatte ihn sogar dafür ausgelacht. Noch besser.

„Verdammt", schnaubte Gabi und hüpfte plötzlich auf einem Bein. „Da steckt ein Steinchen in meinem Absatz. Kannst du kurz warten?"

„Sicher." Er blieb nahe dem Bürgersteig stehen, während sie zum nächstgelegenen Gebäude humpelte und sich gegen die dunkle Scheibe eines Ladens lehnte. Sein Blick klebte an ihren makellos glatten Schenkeln und an ihrem Kleid, als es nach oben rutschte, während sie ihr Bein hinter sich anhob, um ihren Schuh zu inspizieren.

„Verdammt. Ernsthaft?", flüsterte er unter seinem Atem. Keine zwei Zentimeter weiter und er würde das Gelobte Land sehen. Seine Fähigkeit, sich zurückzuhalten, war nichts, auf das er stolz war, selbst an seinem besten Tag. Jetzt musste er seinen Fokus mit viel Mühe von der süßesten Versuchung an seiner besten Freundin lenken. „Die Verlockung kann mich mal kreuzweise", murmelte er und ließ seinen Blick stattdessen ziellos über die Gebäude um sie herum schweifen.

„Was hast du gesagt?", rief Gabi ihm zu.

„Nichts", sagte er lauter, damit sie ihn hören konnte, bevor er murmelte: „Ich versuche nur, nicht auf das Höschen meiner besten Freundin zu glotzen, sonst nichts." Er machte einen Schritt vorwärts und arrangierte dabei diskret die Ausbuchtung in seiner Hose neu. „Toll. Genau das, was ich jetzt brauche."

„Hey, M-Mann", ertönte eine lallende Stimme hinter ihm. „Kann ich m-mir 'ne Lun-t-t-teschnorrn?"

Blake hielt inne und wiederholte die verzerrten Worte in seinem Kopf. Hatte der Kerl ihn gerade nach einer Tunte gefragt? „Was zum Teufel hast du da gesagt?" Er drehte sich um und starrte den Typen an, der torkelnd näherkam. Seine Haut war schmutzig, seine Kleidung verdreckt, sein Gesicht unrasiert, und gekämmt hatte er sich auch nicht. Der Mann wirkte jedoch bestürzt und sah Blake fragend an.

Gabi sagte hastig etwas im Hintergrund und er könnte schwören, sie lachen zu hören.

„Ich wolltemir nur 'ne Lunteschnorrn", zuckte der Trottel mit den Schultern.

Das hatte gerade eben in seinen Ohren noch ganz anders geklungen und diese Art von Beleidigung würde er dem Feigling mit Sicherheit nicht durchgehen lassen. Er hatte schwule Freunde. Und selbst, wenn er keine gehabt hätte, würde der Kerl damit nicht durchkommen. Hätte sich diese Art öffentlicher Diffamierung zuhause in den Staaten abgespielt, hätte den Typen schon längst jemand niedergestochen.

Blake trat vor ihn. Der Mann richtete sich auf, so gut er es in seinem Zustand konnte, und machte einen wackligen Schritt rückwärts. Blake hatte nicht vor, ihn zu schlagen – sein ganzes Leben drehte sich darum, dass er seine Finger verwenden konnte. Er wollte den Kerl lediglich konfrontieren und ihm eine Lektion in Sachen Benehmen erteilen.

„Blake", rief Gabi und ihre Absätze klackten über den Boden, als sie auf ihn zukam. Sie lachte immer noch. Er drehte sich zu ihr um. „Was zur H–"

Doch er schaffte es nicht, den Satz zu Ende zu sprechen. Ihre Brüste wippten bei jedem Schritt und der Anblick davon war viel zu faszinierend, als dass er sich auf etwas anderes hätte konzentrieren können.

„Was genau gibt es da zu lachen?" Er war sauer und doch konnte er nichts anderes tun, als ihr entgegenzugrinsen.

Sie blieb einen halben Meter vor ihm stehen und hob eine Hand vor ihren Mund in dem Versuch, ihr Lachen zu verbergen.

„D-dummer Ami", murrte der Mann.

Blake sah über seine Schulter zu ihm, doch der Kerl hatte sich bereits umgedreht und torkelte davon.

Gabi senkte ihre Hand und ihre Lippen verwandelten sich in das strahlendste Lächeln, das er jemals gesehen hatte. „Er wollte doch nur freundlich nach einer Zigarette fragen."

Blake riss die Augen auf und sah sie fragend an. „Wie kommst du darauf? Der Drecksack hat mich für eine Tunte gehalten."

Sie lachte erneut herzhaft auf und brachte sich sofort mit beiden Händen zum Schweigen. Er machte den einen Schritt auf sie zu, der die Lücke zwischen ihnen schloss. „Willst du mir vielleicht erklären, was daran so lustig ist?"

Der Humor war deutlich in ihrer Stimme zu hören und sie ließ ihre Hände an ihre Seiten sinken, während sie sich ein Stück weit von ihm entfernte. „Der Kerl war doch sternhagelvoll. Er hat dich nicht Tunte genannt, er hat nach einer *Lunte* gefragt. Nach einer Zigarette."

Er machte wieder einen Schritt auf sie zu. „Ich bin mir nicht sicher, ob ich dir das glauben kann."

Sie machte einen noch größeren Schritt rückwärts. „Google das Wort doch ... auf deinem Handy. Jetzt."

Sie versuchte, seinen Annäherungsversuch abzuwehren. Er würde es nicht bis zu ihr schaffen. Je näher er an sie herankam, desto schneller zog sie sich zurück. Das erwartungsvolle Schimmern in ihren blauen Augen brachte sein Blut in Wallungen.

Ihre Mundwinkel formten ein verspieltes Lächeln. „Du hältst dich scheinbar für ziemlich attraktiv, aber er hat dich nicht angemacht und schon gar nicht mit einer Tunte verwechselt. Du hast dich einfach verhört."

Er hob eine Augenbraue. Sie standen jetzt nur noch einen Meter vor dem dunklen Schaufenster. „Ich freue mich, dass du dich auf meine Kosten amüsieren konntest. Natürlich hättest du mir das nicht zurufen und mich warnen können."

Sie stieß mit dem Rücken gegen das Gebäude und lehnte sich dagegen, während ihr Blick zu ihm hochwanderte. „Es war das Witzigste, was ich seit Jahren erlebt habe."

Er neigte seinen Kopf anerkennend zur Seite und täuschte eine

Ruhe vor, die er nicht verspürte, bevor er sich nach vorne lehnte, sodass sein Becken gegen ihres stieß. Die Hitze ihres Körpers nahm sofort jeden Zentimeter seines Körpers in Beschlag. Bei der Art und Weise, wie ihr der Atem stockte, wurde sein Schwanz steinhart. Er war ihr so nahe gekommen, um ihr das Lachen auszutreiben, und es hatte funktioniert. Jetzt konnte er sich allerdings nicht mehr von ihrem süßen Duft nach Vanille losreißen, von ihren köstlichen Kurven und der Versuchung ihrer Lippen. In rekordverdächtiger Zeit war er zum Sklaven ihrer Muschi geworden.

Jetzt sah er ihr in die Augen, wo dieses hypnotisierende Blau sich in einen grauen Sturm verwandelt hatte. Sie hielt still, rührte sich nicht, die einzige Regung das wilde Pochen ihres Pulses am Ansatz ihrer Kehle und ihre Zunge, die flüchtig ihre Unterlippe berührte.

Sie war die fleischgewordene Versuchung und erneut war er zu schwach, ihr zu widerstehen.

Ohne nachzudenken legte er ihr eine Hand in den Nacken und berührte zärtlich ihre Lippen mit seinen, die elektrisierend zu kribbeln begannen. Er atmete ihr Keuchen ein und packte sie an der Hüfte, da er seine Hand nicht an seiner Seite halten konnte. Sie war so weich – ihre Haare, ihre Hüften, ihre Schenkel – und geschmeidig, wie sie nach Himmel duftete und nach süßem Alkohol schmeckte. Er wollte sich an ihr reiben und die Spannung ihres Körpers an der Länge seines Schwanzes spüren.

Sie wimmerte und legte ihre Hände auf seine Brust, vergrub ihre Finger in seinem T-Shirt. Das Geräusch ließ ihn hochschrecken, verdrängte seine Libido aus der ersten Reihe und gestattete es seinem Geist, wieder rational zu denken. Was zum Teufel machte er da? Drängte er sich ohne Vorwarnung seiner besten Freundin auf, obwohl sie betrunken war? Er hatte nicht einen einzigen Gedanken an die Konsequenzen seiner Handlungen verschwendet. Sie war doch kein Groupie, willig und bereit, vor ihm auf die Knie zu gehen. Das hier war Gabi. Sein Engel. Jemand, ohne den er nicht leben konnte.

Er zog sich zurück, löste ihre Verbindung. Seine Hand glitt aus ihrem Nacken und er sah sie an, hielt den Atem an, während ihre Augen sich öffneten, ihre Pupillen nun geweitet und durchdringend.

„Es tut mir leid." Er zog seine Hand von ihrer Taille und machte einen Schritt zurück. „Das ist nur meine Art, den heutigen Abend noch ein wenig seltsamer zu gestalten."

Es klang mehr wie ein Keuchen, als sie ausatmete. „Schon … in Ordnung." Ein finsterer Ausdruck huschte über ihre Züge und sie drückte sich von der Wand ab, glitt um ihn herum und ging dann weiter den Bürgersteig entlang.

Toll, wirklich toll. Jetzt musste er die Sache in Ordnung bringen. Er durfte sie nicht verlieren. Nicht wegen so etwas Banalem wie überschießenden Hormonen oder einem reaktionsfreudigen Schwanz. Wenn sie diese Art von Beziehung nicht wollte, wäre das in Ordnung für ihn. Womit er nicht klar käme, wäre ein Leben ohne sie. Wieso zum Teufel hatte er nicht länger als zwei Sekunden warten können, bevor er ihr die Zunge in den Hals stecken musste? Sie mochten seit Jahren befreundet sein, aber das änderte nichts daran, dass sie sich erst vor kurzem kennengelernt hatten. Nur, weil er sich bei ihr zuhause fühlte, hieß das noch lange nicht, dass sie dasselbe für ihn empfand.

Er lief ihr ein paar Schritte nach, um aufzuholen, und hielt seinen Mund. Es war sicherer so. Er hatte schon genug getan, um ihren Geburtstag zu ruinieren. Wenn er die Klappe hielt, würde das die Situation hoffentlich nicht noch weiter verschlimmern.

Die restlichen Häuserblocks bis zu seinem Hotel legten sie schweigend zurück. Mit jedem Schritt wuchs sein Bedauern. Als er die Tür zu seiner Penthouse-Suite aufsperrte, drehte er sich zu ihr um und betete für die richtigen Worte, um die Lage zu retten.

Aber sie kamen nicht.

Er beobachtete, wie sie ungeduldig eine Augenbraue hob und an ihm vorbeimarschierte. Dabei hielt sie so viel Abstand zu ihm, wie sie nur konnte.

Gabi stand vor dem bodenhohen Fenster und sah auf die Straßen hinunter. Sie verschränkte ihre Arme über ihrer Brust, in der es wie wild pochte, und ignorierte, wie ihre Lippen von Blakes Kuss in Flammen standen. Und was für ein Kuss es gewesen war. Die selbstbewusste Berührung seiner Lippen hatte jeden Nerv in ihrem Körper in Brand gesteckt und Fantasien erweckt. Jetzt wusste sie nicht, wie zum Teufel es weitergehen sollte.

So hatte sie es sich nicht vorgestellt, ihren besten Freund zum ersten Mal persönlich zu treffen. Sie hatte immer gehofft, dass es von Anfang an gut laufen würde. Dass ihr virtuell verspielter Umgang sich irgendwie im realen Leben einfach fortsetzen würde. Aber eine seltsame Unbeholfenheit hatte sie nie erwartet. Auch nicht, dass sie es peinlich finden würde, klebrige und nun angetrocknete Limonade auf dem Rücken zu haben.

Blakes Spiegelbild sah ihr nun vom Fenster aus entgegen. Als er stark und selbstsicher auf sie zuschritt, wollte sie ihre Augen verdrehen und aufstöhnen. Er war einfach zu männlich. Zu stark und verwegen. Ein zum Leben erwachter Traum der obersten Liga und sie wusste nicht, wie sie verhindern sollte, dass ihr Körper jedes Mal kaum merkbar bebte, wenn sie ihn ansah.

Als sie in seiner Suite angekommen waren, war er in seinem Schlafzimmer verschwunden. Sie hatte unauffällig vom Wohnzimmer aus zugesehen, wie er sich durch seinen Koffer gewühlt hatte. Die ganze Zeit über hatte sie so getan, als würde sie die noble Penthouse-Suite bewundern. Dabei hatte sie nicht ein einziges Detail davon wahrgenommen. Ihr Gehirn, ihre Augen und auch ihr Herz waren alle damit beschäftigt gewesen herauszufinden, was er da drinnen machte und wann er zurückkommen würde, damit sie ihn weiter anhimmeln konnte.

„Es tut mir leid, Gabi." Er blieb hinter ihr stehen und sah sie durch die Spiegelung in der Fensterscheibe an. „Ich wollte nicht, dass unser erstes Treffen so läuft." Seine Hände legten sich auf ihre Schultern und er drehte sie zu sich um. „Verzeihst du mir?"

Sie konnte nicht anders, konnte nicht verhindern, dass ihr Blick zu seiner vollen Unterlippe wanderte, während ihre Zunge herausschnellte, um ihre eigene zu benetzen. Seine Nasenlöcher blähten sich auf und sie sah weg, da sie die Situation nicht noch komplizierter machen wollte. „Es gibt nichts, was dir leidtun müsste." Sie schüttelte den Kopf und zwang sich zu einem Lächeln. „Ich finde es unglaublich, dass du tatsächlich hier bist." Sie ging seitlich an ihm vorbei, da es ihr ein Bedürfnis war, ihre Verbindung zu lösen.

Doch er griff nach ihrer Hand, verwehrte ihr diesen Rückzug und zog sie wieder an sich. „Ich habe etwas für dich."

Ihre Haut kribbelte unter seiner Berührung und ihr Blick huschte erst zu seinen Augen, in denen ein Lächeln sich regte, und dann weiter zu einer kleinen rechteckigen Schmuckschachtel in seiner anderen Hand. „Du hättest nicht –"

„Es ist dein Geburtstag."

Gabi verdrehte ihre Augen. „Du bist um die ganze *Welt* geflogen, um mich zu sehen. Du hättest mir nichts kau–"

Er öffnete die Schachtel und die Worte blieben ihr im Hals stecken. Auf blauem Samt lag ein glänzender Anhänger in Form einer Schildkröte, deren Panzer mit indigenen Mustern verziert war. Er hing an einer etwas dickeren Gliederhalskette und war zwischen einem silbernen Plektrum auf der einen und einer kleinen Gitarre auf der anderen Seite aufgefädelt.

„Die ist …" Ihr Mund funktionierte. Aber es kam nichts heraus. Keine Worte konnten ausdrücken, wie wunderschön und passend dieses Schmuckstück war.

„Ich weiß, dass du Schildkröten liebst, also dachte ich, dass dir das vielleicht gefällt. Das Plektrum und die Gitarre sind rein für mein Ego. Ich wollte nicht, dass du mich vergisst, wenn ich wieder weg bin."

Sie war so gerührt, dass sie kaum noch atmen konnte, und sie wusste, wenn sie ihm jetzt ins Gesicht sah, würde sie unkontrolliert schluchzen. Stattdessen griff sie nach der Kette und fühlte mit ihrem Handballen ihr Gewicht.

„Du trägst doch Weißgold, nicht wahr? Zumindest diesen Teil habe ich nicht vermasselt, oder?"

*Weiß. Gold.* Ihre Lippen formten die Worte. Heiliger Himmel, die Kette musste ihn ein Vermögen gekostet haben. Sie zog ihre Hand zurück und schüttelte den Kopf. „Ich kann das nicht annehmen. Das ist zu viel."

Sie traf seinen Blick und spürte, wie ihr Herz einen Schlag aussetzte. Er sah zu ihr herunter und sein Gesicht strahlte. Sie hoffte, dass es Stolz war, den sie in seinem Ausdruck erkannte. „Du hast mir das Leben gerettet *und* du bist meine beste Freundin. Für dich ist mir nichts zu viel."

Sie blinzelte einige Male schnell, um die Tränen zurückzudrängen. „Wenn du mich zum Weinen bringst, Blake Kennedy, dann werde ich dir wehtun."

Er gluckste und unterbrach ihren Blickkontakt, um die Kette von der Klammer zu lösen, die sie fixierte. „Dreh dich um", flüsterte er.

Sie tat, was er verlangte, ihre Kehle war trocken und eine Gänsehaut breitete sich auf ihrem Körper aus, als sie ihre Haare anhob, damit er ihr die Kette anlegen konnte. Seine Finger strichen über ihre Schultern und schon die sanfteste Berührung ließ ihre Brustwarzen sich zusammenziehen. Als das schwere Gewicht des Goldes auf ihre Haut traf, drehte sie sich um und griff nach den Anhängern, die nun auf ihrem Brustbein lagen.

„Wie sieht es aus?" Sie tastete nach dem Plektrum und spürte das glatte Gold.

„Wunderschön." Seine Stimme war rau, absolut verführerisch und einfach nicht fair.

Seine Aufmerksamkeit ruhte auf der Kette. Sie schluckte, in der Hoffnung, dass er durch ihr enges Kleid und den dünnen Spitzen-BH hindurch ihre harten Nippel nicht sehen konnte.

Sie standen sich so nahe, dass ihre Zehen sich beinahe berührten, und das Einzige, was sie tun wollte, war ihn zu küssen. Langsam. Ihre Lippen in einer zärtlichen Liebkosung über seine gleiten zu lassen. Sie wollte ihm zeigen, wie sehr sie ihn liebte. Wollte all ihre Empfindungen in diese intime Verbindung legen.

*Zum Teufel damit. Es war ihr Geburtstag!*

Während sie sich auf die Zehenspitzen stellte, ließ sie ihre Hände von seiner muskulösen Brust zu seinen Schultern gleiten. Sie sah ihm in die Augen und wartete darauf, dass er reagierte oder sich zurückzog. Er tat nichts dergleichen, also näherte sie sich ihm weiter, bis sein hitziger Atem ihr Gesicht streichelte, und drückte ihre Lippen auf seine.

Es war kein leidenschaftlicher Kuss, lediglich eine sanfte Verbindung von zwei Mündern, und dennoch stand ihr Blut in Flammen und jeder Zentimeter ihrer Haut verzehrte sich danach, von ihm berührt zu werden.

Seine Hände wanderten zu ihren Hüften und hielten sie sanft fest. Sie sehnte sich danach zu stöhnen, das Verlangen zu verlautbaren, das sich in ihrem Inneren aufbaute, und doch blieb sie still und hoffte, sich auf einen freundschaftlichen Kuss als Dank für das Geschenk hinausreden zu können, sollte er sich wieder zurückziehen. Doch im selben Moment glitt seine Zunge über den äußeren Rand ihrer Lippen und es war um sie geschehen.

Sie wimmerte, klammerte sich fester an seine Schultern und drückte ihren Körper an seinen. Die Haut an ihrem unteren Rücken zog ein wenig von der klebrigen Limonade, doch das ignorierte sie. Es gab nichts auf dieser Welt außer sie beide. Sie ließ ihre Zunge die Bewegungen seiner nachahmen, neckte, drückte, kostete. Kein Mann hatte sie jemals so gewissenhaft geküsst, so von innen heraus berührt und damit bis in ihre Zehenspitzen bewegt.

Ihre Hüften verschmolzen mit seinen, sie rieb ihr Becken an ihm und die Härte seiner Erektion drückte gegen ihren Unterbauch. Er knurrte auf und ließ seine Zunge tiefer in ihren Mund gleiten. Starke Hände wanderten hinauf zu ihrem Hintern, über ihre Taille, und hielten seitlich an den Wölbungen ihrer Brüste inne. Gott, sie wollte, dass er weitermachte, dass er seine Hände um ihr Fleisch legte und ihre Nippel durch den Stoff hindurch kniff.

Und dann kam alles zum Stillstand.

Wie ein Déjà-vu.

Er zog sich zurück und starrte sie an. Ihre Kehle zog sich zusammen, während ihre heftigen Atemzüge sich mit seinen vermischten.

*Sag etwas.*

Sie schluckte und stellte sich auf ihre Fußsohlen.

*Bitte entschuldige dich nicht und tu so, als wäre nichts passiert. Schon wieder.*

„Gab, ich glaube nicht, dass ich das schaffe, ohne mein Herz an dich zu verlieren."

Seine Worte lösten ein Feuerwerk des Glücks in ihr aus. Sie biss sich auf die Lippe, um ihre Aufregung zu bändigen. Nichts wäre wundervoller, als den wertvollsten Teil von ihm zu besitzen. „Mein Herz gehört schon so lange dir, Blake, dass es sich seltsam anfühlt, es so nah bei mir zu spüren."

„Wirklich?" Sein Blick suchte ihren.

„Wirklich."

Er strich ihr das Haar aus dem Gesicht und mit seinem Daumen an ihrem Kiefer entlang. „Was habe ich getan, um dich zu verdienen?"

Sie stellte sich so nah vor ihn, dass nicht einmal ein Blatt Papier zwischen ihren Körpern Platz gehabt hätte. „Du hast alles verdient, was du dir nur wünschst. Ich hoffe nur, dass ich es dir auch geben kann."

Er ließ seine Hand zu ihrer Taille hinunterwandern und legte sie auf ihren unteren Rücken. Sie zuckte zusammen, da ihr Kleid nun an ihrer klebrigen Haut haftete.

„Stimmt etwas nicht?"

„Ich muss mir die Limonade runterwaschen. Macht es dir etwas aus, wenn ich dusche?"

„Nein, natürlich nicht." Er deutete mit seinem Kopf in Richtung eines Raumes, von dem sie annahm, dass es das Hauptschlafzimmer war. „Auf dem Bett da drin liegt eine Tasche mit ein paar deiner Sachen."

Sie versteifte sich, woraufhin ihre Haut wieder zu kneifen begann. „Wie bist du an meine Sachen gekommen?" *Heilige Scheiße.* Wie demütigend es gewesen wäre, wenn er in ihre Wohnung eingebrochen wäre. Nicht nur wegen der Verletzung ihrer Privatsphäre, sondern auch, weil in ihrem Gästezimmer die Wände voll mit Bildern von ihm bei seinen Auftritten waren.

„Stehst du nicht drauf, dass ich mich durch deine Sachen wühle?" Er gluckste und hob eine Augenbraue. „Tammy hat das organisiert. Sie sagte, sie hätte einen Schlüssel und könnte sich reinschleichen, während du Unterricht hast."

Das war wohl der Nachteil daran, mit seinen engsten Freunden zusammen in denselben Ferienwohnungen am Strand zu leben und zu arbeiten.

„Heute Abend sollte es darum gehen, deinen Geburtstag zu feiern. Dich zum ersten Mal zu treffen, die Penthouse-Suite, Zimmerservice."

Sie grinste zu ihm hoch. „Du hast geplant –"

„Ich hatte und habe immer noch die Absicht, auf dem Sofa zu schlafen." Er verengte seinen Blick. „Also wisch dir das Grinsen aus dem Gesicht." Er lehnte sich vor und drückte ihr einen Kuss auf die Lippen. „Es war nicht geplant, dass ich meine Finger nicht von dir lassen kann. Versuchungen zu widerstehen war noch nie meine größte Stärke."

Sie hasste es, wenn er so redete. Er hatte bisher nie die Entschlossenheit gewürdigt, mit der er es geschafft hatte, seine Drogensucht hinter sich zu lassen. Dabei spielte es keine Rolle, dass er nicht stark abhängig gewesen war oder selbst die ersten Schritte gesetzt hatte, um sein Problem in den Griff zu kriegen, sobald ihm klar wurde, dass das Kokain ihn im Griff hatte. Sucht war Sucht. Und doch hielt Blake sich immer noch für schwach.

„Du bist der stärkste Mann, den ich kenne." Sie legte ihre Hand um seine Wange und versuchte mit dieser Berührung, die Aufrichtigkeit ihrer Worte zu untermauern. Er lachte höhnisch auf, was sie ignorierte. „Und ich danke dir für alles, was du für mich getan hast. Ich könnte mir keinen besseren ..." *Freund* schien nicht das passende Wort zu sein, wo sie doch die letzten fünfzehn Minuten damit verbracht hatten, übereinander herzufallen.

Er grinste. „Diese ganze feurige Lust und meine tobende Erektion geben unserer Freundschaft irgendwie eine ganz neue Bedeutung, was?"

„Irgendwie schon." Eine Freude überkam sie, von der ihr ganz schwindlig wurde.

Er stellte sich ganz nahe vor sie, seine Bartstoppeln rieben kaum merklich über ihre Wange und sein Atem strich über ihr Ohr. „Willst du rausfinden, wohin uns das führt?"

Sie presste ihre Lippen aufeinander und schloss die Augen. Das war ganz genau das, was sie wollte. Sich endlich befreien und ihre Gefühle mit ihm teilen, dieses aufgestaute Verlangen, ihre Bewunderung und Liebe für ihn. „Ja", presste sie keuchend hervor.

Seine Zähne glitten an ihrem Ohrläppchen entlang und bescherten ihr ein lustvolles Kribbeln in den Brustwarzen, das kurz darauf in ihren Unterleib einschlug.

„Dann geh jetzt besser duschen. Geduld ist keine meiner Tugenden."

# Kapitel Vier

BLAKE MARSCHIERTE in der Küche auf und ab und lauschte dem höhnischen Klang der Dusche. Er war so ein schwacher Scheißkerl. Kaum tauchte eine Versuchung auf, schaltete sich sein Gehirn ab und seine Handlungen wurden nur noch von seinen Grundbedürfnissen gesteuert. Er musste mit ihr da drin sein, ihre weiche Haut waschen, ihre Kurven kennenlernen. Musste ihr die Dinge zeigen, die er mit ihrem Körper seit über tausend Tagen in seinen Fantasien gemacht hatte.

Er rieb sich den Nacken und ging auf die Tür zu. Sie summte, das Geräusch so leise, dass es eine gute Entschuldigung für ihn war, um noch näher heranzugehen. Er hörte ihr über das Rauschen des Wassers hinweg zu, der Klang davon ungewohnt. Die Weiblichkeit in ihrer Stimme lockte ihn an, jede Note verlangte danach, dass er näherkam, und in diesem Moment wäre ihm jede Ausrede recht gewesen. Als er die Badezimmertür erreichte, lehnte er seine Stirn gegen das kalte Holz und musste sich zurückhalten, nicht fest dagegenzuschlagen.

„War ja eine tolle Idee", murmelte er. „Gabi kennenlernen. Rausfinden, ob sie scharf ist. Das macht die Dinge überhaupt nicht komplizierter." Er war ja so ein Idiot. Und für diese dumme Aktion konnte er nicht einmal die Drogen verantwortlich machen.

Das Teufelchen auf seiner Schulter bestand darauf, dass er da reinging und sich nahm, was sie anbot. Auf seiner anderen Schulter saß ein miserables Engelchen, das nur mit den Achseln zuckte und sagte: *„Warum auch nicht?"*

„Ganz genau." Er richtete sich auf. „Warum auch nicht?"

Er erinnerte sich vage daran, dass er vor wenigen Augenblicken noch ausgezeichnete Gründe dafür gehabt hatte, es nicht zu tun. Aber jetzt, wo er das Bild von ihrem feuchten Körper vor Augen hatte, konnte er beim besten Willen nicht mehr klar denken.

Er griff nach dem Türknauf, drehte ihn und drückte die Tür auf. Warmer Dampf traf ihn wie ein Schlag ins Gesicht. Doch das war gar nichts dagegen, was der Anblick vor ihm mit seinem Körper machte. Seine Knie wurden weich und seine Oberschenkel spannten sich an. Sogar sein Magen machte einen kleinen Salto, sodass er schwer schlucken musste, während er in das Badezimmer stolperte und sich mit dem Rücken an die Tür lehnte.

Gabi stand mit ihrem eigenen gebräunten Rücken zu ihm in der Dusche, das Wasser rann ihr über die Schultern und an ihrer Wirbelsäule entlang nach unten. Der Dampf hatte die Glaswand beschlagen und verhinderte, dass er einen Blick auf ihre untere Körperhälfte erhaschen konnte, aber die Rundungen ihres Hinterns und die Umrisse ihrer wunderschönen Beine, von denen er hoffte, dass sie sie bald um ihn schlingen würde, konnte er dennoch ausmachen. Ihr Körper trotzte jeder Logik – er war eine Mischung aus himmlischer Verführung und köstlicher Sünde – und einfach makellos.

Sie wirkte so natürlich verführerisch, als sie ihn über ihre Schulter hinweg ansah, ihn mit ihrem willigen Blick beinahe versengte und sich dann wieder zu der Armatur umdrehte. „Willst du mich weiter anstarren, oder kommst du rein?"

*Grünes Licht. Los, los, los, Kumpel.*

Im Normalfall hätte er seine Kleider schneller ausgezogen, als jemand „sofortiger Ständer" hätte sagen können, aber hier ging es um seinen Engel. Hier war kein Platz für Fehler. Wenn sich die heutige Prüfung ihrer Beziehung als zu schwierig herausstellte, musste er sichergehen, dass ihre gemeinsame Zeit perfekt war. Unvergesslich. Nicht gehetzt und voller Reue.

„Bist du dir sicher, dass du das willst?", fragte er sie und hatte keine Ahnung, warum. Wenn sie ihre Meinung änderte, wäre er erledigt. „Danach gibt es kein Zurück mehr."

Sie kicherte und der feminine Klang davon traf ihn mitten ins

Herz. „Ich denke, dafür ist es ein bisschen zu spät." Sie warf ihm einen weiteren Blick über ihre Schulter zu. „Und außerdem hast du mich jetzt nackt gesehen. Bis wir in dieser Hinsicht quitt sind, lasse ich dich hier bestimmt nicht raus."

Er wirkte überrascht und sie wandte sich grinsend ab.

Nichts wäre ihm ferner gelegen, als eine Frau abzuweisen, ganz besonders eine so wichtige. Das Einzige, was ihn nun mit den Händen am Saum seines T-Shirts innehalten ließ, war das Wissen darüber, was er ihr abgesehen von seinem Körper gleich offenbaren würde … nämlich viel mehr als nur sein bestes Stück. Er hatte Tattoos. Jede Menge. Und jedes davon hatte eine besondere Bedeutung. Gabi wusste über die meisten davon Bescheid, zur Hölle, die ganze Welt kannte die meisten seiner Tattoos, aber von einem wusste sie ganz sicher nichts. Es war eines, das er nicht zur Schau stellte. Das ihn jetzt noch einmal überlegen ließ, ob er das richtige tat, während seine Hände immer noch den Stoff seines T-Shirts hielten.

*Ach, scheiß drauf.* Endlich war er hier mit seinem Engel und jetzt würde er mit Sicherheit nicht kneifen. *Wo hast du deine Eier, Kennedy?*

Binnen Sekunden lag sein T-Shirt auf dem Boden und er kickte es in eine Ecke, dann folgten seine Stiefel, Socken, Boxershorts und Jeans. Sein Schwanz ragte stolz in die Luft, hart wie Stein und bereit wie kein zweiter, in ihr Nirvana einzutauchen. Er stieg in die Dusche, unbeeindruckt von seiner Nacktheit, doch sein Inneres war in Aufruhr, denn er machte sich gerade verletzlich. Sein Körper war nie seine Schwachstelle gewesen. Alles andere an ihm schon – sein Geist, sein Herz, seine Seele. All das schien beschmutzt zu sein von den dummen Entscheidungen, die er in der Vergangenheit getroffen hatte, und davon gab es viele.

Die eine Sache, die ihm die Stärke verliehen hatte, weiterzumachen, war zu wissen, dass Gabi von all seinen Fehlern wusste und dennoch weiterhin seine beste Freundin blieb. Niemals würde er sie anlügen. Nicht einmal, wenn es um seine Gefühle ging. Wenn sie ihn fragte, was er sich von dieser Begegnung erwartete, würde er es ihr sagen – und sie damit zweifellos verschrecken. Sich mit einer Frau niederzulassen, jagte ihm keine Angst ein. Tatsächlich war das genaue Gegenteil der Fall. Er hatte die Liebe vielleicht nicht verdient, aber das konnte ihn nicht davon abhalten, sich danach zu sehnen. Sich nach ihr zu sehnen.

*Wann zum Teufel hatte er sich in so ein Mädchen verwandelt?*

Er schluckte seine Aufregung hinunter, ballte seine Hände ein paar Mal hintereinander zu Fäusten und öffnete dann die Glastür zum Paradies. Die Dusche war geräumig, etwa so groß wie die in seinem Apartment zuhause, mit schwarz glänzenden Fliesen und zwei Duschköpfen an beiden Seiten. Allerdings hatte er nicht die Absicht, alleine unter dem Wasserstrahl zu stehen. Sein Platz war an Gabis Seite.

Sie wandte ihm weiter den Rücken zu, bemerkte ihn vielleicht nicht oder es war ihr egal, dass er hinter ihr stand und den Kampf gegen seine Selbstbeherrschung zu verlieren schien. Hinter der Glastür blieb er kurz stehen und starrte auf das Wasser, das sich seinen Weg ihre Wirbelsäule hinunter bahnte, über die kleinen Einbuchtungen an ihrem unteren Rücken, bevor es den üppigen Hintern bedeckte, den er so dringend in seine Hände nehmen wollte. Er schüttelte den Kopf und redete sich ein, dass die heutige Nacht nicht gut ausgehen würde. Jeder, der seine Geheimnisse kannte, wusste, dass er nicht genügend Pluspunkte gesammelt hatte, um in den Genuss zu kommen, diese Frau auch auf einer intimen Ebene in seinem Leben zu haben. Er hatte sie nicht verdient.

Vermutlich hörte Michelle deshalb nicht auf, ihn anzurufen. Diese Schlange von einer Frau war eine permanente Erinnerung an seine vielen Fehlentscheidungen. Diese zugedröhnte reiche Erbin und Möchtegern-Berühmtheit war schon eher der Typ Frau, mit dem er irgendwann enden würde.

Aber bis seine Vergangenheit ihn einholte, würde er jedes noch so kleine Stückchen des Himmels annehmen und würdigen, das er in die Finger bekommen konnte. Während er seine düsteren Gedanken in die hinterste Ecke seines Kopfes schob, machte er einen Schritt nach vorne, ließ aber einen Abstand von zwei Zentimetern zwischen ihnen – eine Lücke, die sein zuckender Schwanz nur zu gerne füllen würde. In diesem Moment drehte sie sich um und sein Herz blieb stehen.

Er erhielt einen Blick auf ihre vollen Brüste, deren rosarote Nippel nun in seine Richtung standen, bevor er sich zwang, ihr in die Augen zu sehen. Sie sah ihn durch blinzelnde Wimpern hindurch von unten herauf an und ihre blauen Augen waren nun etwas dunkler, als sie ihn angrinste.

„Weißt du, wie oft ich mir dich nackt vorgestellt habe?" Er konnte das Lächeln nicht verhindern, das sich um seine Mundwinkel legte, als sie die Augen aufriss.

„Lügner."

Er ließ seinen Blick an ihrem Körper hinabwandern und musste sich zusammenreißen, nicht zu lange auf das kleine gelockte Fleckchen zwischen ihren Schenkeln zu starren. Dann schloss er den Abstand zwischen ihnen und die Härte seiner Erektion drückte sich gegen ihren Unterbauch. Ihre Haut war so sanft, so weich. „Es ist wahr. Obwohl ich keine Ahnung hatte, wie du aussiehst, habe ich ständig von dir geträumt."

Sie verengte ihren Blick und legte ihre Hand auf seinen Bizeps.

„Glaubst du mir immer noch nicht?", fragte er.

Sie zog die Augenbrauen hoch und schüttelte den Kopf. „Nicht einmal ansatzweise. Dein Aussehen hat mich jahrelang in Versuchung geführt. *Ich* bin diejenige, die durch die Hölle gegangen ist, weil ich dich so dringend aus der Nähe sehen wollte … und splitternackt", fügte sie mit einem frechen Grinsen hinzu.

Er beugte sich vor, um ihre Halsbeuge zu liebkosen und seinen Schock zu verbergen. Die Wärme ihres Körpers kroch nun unter seine Haut und wärmte seine kalte Seele. Er war ein drogenabhängiger Rockstar aus einer Versagerfamilie. Er verdiente ihre Freundschaft nicht und schon gar nicht, dass sie ihn begehrte.

Ihre Hände legten sich um seine Hüften und wanderten von dort über die muskulöse Kerbe zwischen seiner Leiste und seinem Bauch nach oben. Sanft ließ sie ihre Finger mittig über seinen Bauch gleiten, tastete mit ihren Fingerspitzen seine Haut ab und fand schließlich die kleine verblasste Kampfwunde an seiner Flanke.

„Schusswunde", murmelte er und liebte das Kichern, mit dem sie antwortete. Sie kannte all seine Geschichten, wusste von all den Herausforderungen und Errungenschaften, die ihn zu dem Menschen machten, der er heute war.

Als sie seinen linken Brustmuskel erreichte, hielt sie inne. Dann, als er über das Fließen des Wassers hinweg hörte, wie sie scharf einatmete, spannte er sich an, denn er wusste genau, was der Grund dafür war. Er wusste nicht, was er sagen sollte, während sie seine Haut an dieser Stelle genauer betrachtete.

Es pochte wild in seiner Brust, während er darauf wartete, dass sie flüchtete. Doch sie tat nichts dergleichen. Sie stand einfach vor ihm, den Blick auf das Bild eines Engels geformt aus indigenen Mustern gerichtet, an dessen ausgestrecktem Flügel entlang Gabrielles Name geschrieben stand.

Ihr Blick wanderte zu ihm hoch, ihre Augen waren weit aufgerissen und der Mund stand ihr leicht offen. In Erwartung des Schlimmsten schluckte er und sein Adamsapfel wippte unangenehm. All seine Tattoos hatten eine Bedeutung und keines von ihnen war monumentaler als das über seinem Herzen. „Du bist mein Engel, Gabi."

Sie schloss ihren Mund und ihre Nase runzelte sich leicht, als sie zu blinzeln begann, schneller und immer schneller.

„Hey, nicht weinen." Er nahm ihr Kinn in seine Hand und hob es an, um ihr einen sanften Kuss auf die Lippen zu drücken. Als sie sich zurückzog, lächelte er. Wenn sie jetzt noch nicht davongelaufen war, trotz der verfänglichen Irrsinnigkeit und seiner tiefen Gefühle, dann würde sie es niemals tun, dessen war er sich sicher. Denn was war schon verrückter, als sich den Namen eines Menschen auf die Brust tätowieren zu lassen, den man noch nie persönlich kennengelernt hatte?

„Du hast mir das Leben gerettet. Das möchte ich niemals vergessen. Nicht einmal, wenn ich alt und senil bin. Nicht einmal, falls wir uns irgendwann aus den Augen verlieren. Egal, was kommt, du wirst mir immer am Herzen liegen."

Gabi starrte auf die verschnörkelten Linien, aus denen der Engel gezeichnet worden war, der Blakes Brust zierte. Mit jeder verstreichenden Sekunde brannten ihre Augen stärker und klopfte ihr Herz wilder. Ein Schrei bahnte sich in ihren Lungen an, einer der puren Freude und Begeisterung, und sie hatte alle Mühe, ihn nicht tatsächlich auszustoßen.

Sie hatten gemeinsam so viel durchgestanden. Sie hatte ihm dabei geholfen, aus der Abhängigkeit zu kommen und die Dämonen zu bekämpfen, die immer wieder ihre Krallen nach ihm ausgestreckt hatten. Im Gegenzug war er der Fels in ihrer Brandung gewesen. Hatte sie getröstet, als sie um ihren Bruder getrauert hatte, hatte ihr zugehört, wenn sie über ihren Schmerz gesprochen hatte, und sich nicht ein einziges Mal von ihr abgewandt.

„Sag doch was", bat er sie mit kratziger Stimme.

„Ich liebe dich." Die Worte sprudelten ohne nachzudenken aus ihr heraus. Sie liebte ihn schon so lange, als Freund und weit darüber hinaus. Sie gestand ihm seine Liebe jedoch nicht zum ersten Mal. Auf freundschaftliche Weise hatten sie das über die Jahre schon oft getan.

Aber in diesem Moment war es anders. Jetzt kamen die Worte aus ihrem tiefsten Inneren und es war eine Erleichterung für sie, sie auszusprechen.

Sie hob ihren Blick und sah ihm in seine dunklen Augen, aus denen seine ungefilterte Leidenschaft jetzt in Wellen über sie hereinbrach. Er knurrte tief und instinktiv beugten sie sich beide vor, sodass ihre Lippen sich in der Mitte trafen. Seine Zunge strich über ihre Unterlippe, sanft und feucht, sodass sie weiche Knie bekam und ihr Herz anfing zu stottern.

Er war so stark, so fordernd, und sie musste ihm näher sein. Sie rieb sich an ihm, um ihn ihr Verlangen spüren zu lassen. Als Antwort darauf packte er ihren Hintern und entlockte ihr dabei eine Reihe von kleinen Wimmerlauten. Ihr Kuss wurde schneller, intensiver, bis sie zu benebelt von all der Leidenschaft war, um einen Ton von sich zu geben.

Als er ihre Verbindung löste, war ihr schwindlig und sie musste sich an seiner Brust abstützen. „Ich will dich lieben", sagte er, während er atemlos an ihren Lippen knabberte. „Ich will die ganze Nacht in dir sein. Dich berühren. Dich schmecken." Seine Arme legten sich um ihren Rücken und zogen sie eng an sich. „Ich werde niemals damit aufhören wollen."

Sie nickte, ließ ihre Hände in seinen Nacken gleiten und streichelte seine kurzen Haare. Verdammt, wie sehr sie diesen Mann liebte, seine Augen, die schwarz waren wie die Nacht, sein Herz aus Gold. Er besaß das Aussehen eines Schufts und die Seele eines Engels – eine verhängnisvolle Kombination, der sie nicht hatte widerstehen können.

Er drückte sie fest an sich und drehte sie dann innerhalb der begrenzten Fläche um. Sie quiekte auf und klammerte sich an ihn, als er um ihre Taille herumgriff und die Duschtür öffnete. Tropfend und nass führte er sie beide aus dem Badezimmer und in das angrenzende Schlafzimmer. Bei jedem Schritt küssten sie sich und das Kribbeln davon spürte sie bis in ihre Zehenspitzen. Bei den tiefen Stößen ihrer Zungen zog sich ihr Schoß zusammen. Ihre Hände wanderten mit unersättlicher Begierde über ihre Körper, glitten und streichelten, Haut an Haut.

Gabis Unterschenkel stießen gegen die Matratze und Blake wirbelte sie beide wieder herum. Dann ließ er sich auf das Bett sinken, setzte sich hin und zog sie mit sich, sodass sie auf seinem Schoß saß. Die Härte seiner Erektion drückte sich gegen ihren Eingang und neckte sie mit der Vorfreude auf das, was kam.

Er sah ihr in die Augen, ein verspieltes Grinsen im Gesicht. „Ich bin gestorben und im Himmel angekommen, nicht wahr? Oder vielleicht hat Mitch mir Drogen gegeben und ich träume das alles." Er streichelte mit der Nase über ihre Wange und küsste sich an ihrem Kiefer entlang. „Ich habe nichts getan, um das ... dich zu verdienen."

Die Hitze seines Atems strich über ihre nasse Haut und ließ sie kribbeln, trieb sie in den Wahnsinn. Sie fuhr ihm mit den Fingern durch seine Haare, kratzte, zog, bot ihr etwas zum Festhalten, während seine Zunge diese empfindliche Stelle unter ihrem Ohr fand. Ihre harten Nippel sehnten sich nach der Sanftheit seines Mundes und sie drückte ihren Rücken durch, um den verhärteten Knospen an seiner leicht behaarten Brust die Reibung zu verschaffen, nach der sie sich so sehr verzehrten.

„Du bist so verdammt wunderschön", murmelte er in ihren Nacken. Einen Arm hatte er um ihre Taille gelegt, während der andere hinauf zu ihrer Brust wanderte. „Es wird sich so gut für dich anfühlen, Gabi. Du wirst niemals bereuen, was wir heute Nacht miteinander teilen."

Sie lehnte sich zurück, um ihm in die Augen zu sehen. Sie waren in Schatten getaucht, die einzige Lichtquelle der sanfte Schein der Wohnzimmerlampe, der seine Augen nun tiefschwarz erscheinen ließ, noch dunkler und tiefer als die Tinte, die seine beiden Arme und seine linke Brust zierte. „Ich werde dich niemals bereuen, Blake. Niemals."

Einen ausgedehnten Moment lang starrten sie sich an, liebkosten einander mit neckenden Bewegungen ihrer Finger und dem leichten Kreisen ihrer Hüften, verloren sich dabei nie aus den

Augen. Der Moment war surreal. Dass er hier war, war surreal. Sie konnte es nicht fassen, nicht verstehen, aber niemals würde sie in Frage stellen, was zwischen ihnen passierte. Das hier war alles, was sie sich jemals gewünscht hatte.

Während sie ihn durch ihren Blick ihre Liebe spüren ließ, kühlte ihre Haut langsam ab durch das Wasser, das von ihrem Körper tropfte, und sie zitterte.

„Kalt, Engel?", murmelte er mit tiefer Stimme.

Sie lächelte, denn sie liebte diesen Spitznamen mehr, als sie mit Worten hätte ausdrücken können. „Ein bisschen. Vielleicht kannst du mich aufwärmen." Sie drückte ihre Knie in die Matratze, um sich ein wenig über ihn zu erheben, sodass die Hitze ihrer Weiblichkeit über seinem Schwanz schwebte. „Glaubst du, du kriegst das hin?"

Er lachte hell, packte ihre Unterarme und drehte sie daran herum, sodass sie nun auf dem Bett lag und seiner Gnade ausgeliefert war. Von den Knien abwärts hingen ihre Beine von der Matratze, er thronte über ihr und fixierte sie mit einem selbstbewussten Grinsen unter sich. „Ich kann es auf jeden Fall versuchen."

Sein linker Handballen strich über ihre Haut, an ihrer Schulter hinunter, entlang der Kurve ihrer Brust und über ihren Bauch. Sie hielt den Atem an, schwelgte in der Art und Weise, wie er ihren Körper anbetete. Jeder Nerv in ihrem Körper stand in Alarmbereitschaft, jeder Herzschlag fühlte sich holprig an in Erwartung seines nächsten Zuges.

Er glitt über sie und senkte seinen Kopf an ihre Brust. Sie vergrub ihre Finger in der Tagesdecke und ließ sich lustvoll treiben, während er einzelne Wassertropfen von ihrem Brustbein, ihren Rippen und schließlich ihren festen Brüsten leckte. Für einen Moment verweilten seine Lippen über ihrer Brustwarze und er sah durch seine dicken schwarzen Wimpern hindurch zu ihr hoch. „Immer noch kalt?"

Sie schluckte, denn sie stand kurz davor, ihn anzuflehen, weiterzumachen. „Mmm-hmm." Sie nickte und biss sich auf die Lippe, während sie ein Lächeln zu unterdrücken versuchte, als er grinste.

„Es ist wohl nicht der beste Zeitpunkt, um dich darauf hinzuweisen, dass dein eiskaltes Herz das Probl–"

Sie packte ihn an seinen kurzen Haaren und zog sanft daran, bis sein Gesicht über ihrem schwebte. Er gluckste und ließ sich zwischen ihren Schenkeln nieder, sodass seine Erektion gegen ihren Eingang drückte. „Ich habe also ein eiskaltes Herz, ja?"

Er zuckte mit den Schultern und grinste weiter. „Das ist nur meine medizinische Diagnose."

Die angenehme Vertrautheit zwischen ihnen war nervenaufreibend und gleichzeitig so unfassbar anregend. Sie hatte schon zuvor Partner gehabt, manche länger als andere, aber immer hatte es Wochen gedauert, manchmal sogar Monate, bis sich diese seltsame Unsicherheit im Bett gelegt hatte.

Nicht mit Blake. Allein sein Blick stärkte sie, gab ihr das Gefühl, etwas ganz Besonderes zu sein. Bewundert zu werden.

Er zog sich zurück, griff nach seinem Portemonnaie, das auf dem Nachttisch lag, und holte ein Kondom heraus. Mit effizienten Bewegungen rollte er es sich über seine Länge und bewegte sich wieder über sie.

Während er ihr in die Augen sah, rieb er sich an ihr und drückte die Spitze seines Schwanzes gegen ihren Eingang. „Bist du dir sicher, Engel?" Jede Verspieltheit verschwand aus seinem Blick und verwandelte sich in Besorgnis. „Ich will dich so sehr, Gabi, aber dich zu verlieren ..." Er schloss die Augen und schüttelte den Kopf.

Sie legte ihre Hände um sein Gesicht und zog es an sich. „Du wirst mich niemals verlieren. Ich verspreche es."

Er beugte sich über sie und ließ seine Lippen mit zarten Streicheleinheiten über ihre tanzen, lockte jedes Stück ihres Herzens und ihrer Seele in seine Hände. Sie konnte fühlen, wie sie von ihrer Liebe zu ihm überrollt wurde, die sich von etwas, das sie kontrollieren und ignorieren konnte, in etwas viel Potenteres und Fornderndes verwandelte.

Zentimeter für Zentimeter schob er sich in sie, sodass sich ihr Innerstes anspannte und von kleinen Beben der Lust erschüttert wurde.

„Gott, Gabi, das hier hätte ich niemals erwartet."

Er zog sich zurück stieß sich erneut in sie, diesmal kraftvoller, tiefer. Seine Lippen fanden ihre Nackenbeuge, während er sich auf einen Unterarm stützte und mit seiner freien Hand die Seite ihrer Brust streichelte. „Du fühlst dich so perfekt an", murmelte er ihr ins Ohr. „So heiß und eng. Gott, du bist der Himmel."

Sie stöhnte und löste ihren Griff um die Decke, um eine Hand auf seinem unteren Rücken zu platzieren. Seine Muskeln waren straff unter ihren Fingern und spannten sich mit jedem Stoß seiner Hüften an. Ihre andere Hand packte seinen Arsch und sie bohrte ihre Fingernägel in seine Haut, forderte mehr. „Liebe mich, Blake."

Er knurrte in ihr Ohr, bis die Vibration seiner Brust durch ihre eigene hallte. Sie begegnete jedem Stoß seiner Hüften und hob ihre Beine an, um sie um seine Schenkel zu schlingen, damit er noch tiefer in sie eindringen konnte.

Sie passten so perfekt zueinander – körperlich und seelisch.

Ein Wimmern nach dem anderen kam ihr über ihre ausgetrockneten Lippen, während er sich von ihrer Halsbeuge hinunter zu ihrer Brust küsste, leckte und knabberte, bevor er ihren Nippel in seinen Mund saugte. Sie bäumte sich auf, als das Vergnügen wie ein Blitz in sie einschlug, erst in ihre Brüste und von dort aus weiter zwischen ihre Schenkel. Sein Rhythmus wurde jetzt schneller, seine Stöße immer noch ein intimes Hineingleiten und Zurückziehen, wenn auch kraftvoller.

„Verdammt, Gab. Ich bin so nah dran."

Sie verspürte die Reibung seiner Haut an ihrer Klitoris mit jedem Mal, das ihre Körper sich vereinten. Sie wimmerte, stand auf der Kippe. Sein Mund wanderte an ihrer Brust entlang nach oben und hinterließ einen sengend heißen Kuss bei jeder Bewegung tief in ihr. Als sein stoppeliges Kinn über die empfindliche Stelle an ihrem Halsansatz strich, erschauderte sie und ihre inneren Wände verkrampften sich um seinen Schwanz.

„Ich liebe dich, Gabi", flüsterte er.

Diese Liebesbekundung war alles, was sie noch gebraucht hatte. Sie schrie ihren Höhepunkt heraus und umklammerte seinen sündhaften Körper mit ihren Beinen. Ihre Mitte pulsierte, ihr Rücken bäumte sich auf. Das Vergnügen, mit dem er sie beschenkte, nahm sie zur Gänze in Besitz. Sein Mund saugte fest an ihrem Hals und er steigerte noch einmal sein Tempo, um ihrem Verlangen gerecht zu werden, ihre Lust zu erwidern. Und dann, mit einem letzten beherzten Stoß, stieß Blake einen tiefen kehligen Schrei aus und kam in ihr.

Seine Bewegungen verlangsamten sich, als ihr Höhepunkt abflachte und sie gesättigt und benommen zurückließ. Er rollte sich zur Seite, nahm sie mit, ihre Beine ineinander verschlungen, sein erschlaffender Schwanz immer noch in ihr. Sie keuchten in die Stille hinein und Gabi konnte ihren Blick nicht von ihm abwenden, immer noch ungläubig, dass er tatsächlich hier war.

„Du weißt, dass das nicht gilt, oder?" Sie legte ihren Kopf auf der Matratze ab und fuhr mit ihrem Finger über die Linien seines Engelstattoos.

Seine Arme legten sich um ihre Taille und zogen sie näher an sich. „Was gilt nicht?"

„Mir zu sagen, dass du mich liebst." Sie sah ihm in die Augen und beobachtete, wie er eine Augenbraue hob. „Tut es nämlich nicht. Wenn man es während des Sex sagt, oder bei dem Versuch, Sex zu *kriegen*, dann gilt es nicht." Sie zuckte die Schultern. „Das weiß doch jeder."

Seine Mundwinkel zuckten. „Wirklich? Und wenn ich es jetzt sage?" Er beugte sich zu ihr und strich mit seinen Lippen über ihre. „Ich liebe dich, Gabrielle Smith."

Sie schloss ihre Augen und prägte sich seine Worte ein, bevor sie den Kopf schüttelte. „Es gilt auch nicht, wenn man gerade high ist von einem Orgasmus."

Er küsste sie, wieder und wieder, jeder Kuss intimer und zarter als der davor. „Oh", flüsterte er. „Nun, dann werde ich es dir wohl morgen beweisen müssen."

Der Klang eines Gitarrenriffs platzte in ihren Moment. Blake ließ sie los und glitt vom Bett. „Tut mir leid. Das ist mein Handy."

Sie protestierte murrend und vermisste schon jetzt seine Wärme. Er entsorgte das Kondom und schritt dann durch den Raum, völlig nackt, völlig faszinierend.

„Ich erwarte einen Anruf von den Jungs."

Sie nickte und ruhte für einen Moment ihre Augen aus. Mit jeder verstreichenden Sekunde wurde sie schläfriger, wollte aber den Schlaf nicht die Überhand gewinnen lassen. Bevor sie sich aufsetzen konnte, um die Müdigkeit abzuschütteln, verfiel sie wieder in einen Zustand des Dösens und ihr Körper summte vor Glück.

Blake schnappte sich sein Handy vom Küchentresen und konnte nicht aufhören zu grinsen. Gabi seine Liebe zu gestehen hatte sich so natürlich angefühlt. Es war ihm leichter über die Lippen gekommen, als er es sich jemals erträumt hatte. Noch nie hatte er Ähnliches empfunden. Er glaubte, schon zuvor verliebt gewesen zu sein, hatte ein- oder zweimal überlegt, die Worte auszusprechen, aber nun wusste er, dass er sich geirrt hatte. Und wie.

Er hob das Handy an sein Ohr und sprach mit leiser Stimme. „Hallo." Gabi war kurz davor gewesen einzuschlafen, als er hinausgegangen war, und er war sich sicher, dass sie tief und fest schlafen würde, wenn er zurückkehrte.

„Blake?"

Die weibliche Stimme ließ ihm das Blut in den Adern stocken. Wieso zum Teufel hatte er nicht nachgesehen, wer dran war?

„Es ist gerade ungünstig, Michelle. Ich muss los."

„*Warte*. Leg nicht auf."

Er hielt inne – mieser Schachzug. Nachdem er ihre Beziehung so unverblümt beendet hatte, hatte er noch immer nicht seinen Frieden damit machen können. Oft nagte die Neugierde an ihm, weil er wissen wollte, warum sie ihn nach all den Jahren immer noch anrief. Obwohl er sie verlassen hatte, ohne auch nur einen Blick zurückzuwerfen, hoffte er immer noch, dass sie sich eines Tages dafür entschuldigen würde, ihn mit sich in die Hölle gezerrt zu haben.

„Ich brauche dich." In ihrer Stimme erkannte er nichts mehr von dem hypnotischen Schnurren von einst. Ihre Worte klangen verzerrt, ihre Aussprache zweifellos von den Drogen beeinträchtigt.

Er ging um die Küche herum und bewegte sich über den schmalen Korridor auf die Eingangstür der Penthouse-Suite zu, wo man ihn hoffentlich nicht mehr hören konnte. Es fühlte sich falsch an, mit seiner Ex zu telefonieren, wo er nur Augenblicke zuvor mit Gabi geschlafen hatte. Splitterfasernackt zu sein und noch ihren süßen Duft wahrzunehmen, half auch nicht. „Tut mir leid. Ich habe das alles hinter mir gelassen. Und du solltest dasselbe tun."

Er war derjenige gewesen, der sich von ihr befreit hatte, und dennoch fühlte er sich schuldig dafür, dass er sie nicht hatte retten können. Damals war er nicht stark genug gewesen, ihr zu widerstehen. Jedes Mal, wenn sie ihn damit gelockt hatte, „ein bisschen Spaß zu haben", war er zu ihr gelaufen. Sie auszuschließen, war ein Teil der Entscheidung gewesen, sein Leben von Grund auf zu ändern.

Beste verdammte Entscheidung seines Lebens.

„Blake, bitte. Mein Vater hat mir den Geldhahn zugedreht. Ich bin pleite."

Er unterdrückte ein spöttisches Lachen. Armes kleines reiches Mädchen. Gerüchten in den Klatschblättern zufolge hatte ihr Vater, ein millionenschwerer Baulöwe, die Ausschweifungen seiner ältesten Tochter satt. Und Blake konnte es ihm nicht verdenken. Wenn der Mann wüsste.

„Tut mir leid, Michelle. Bitte ruf mich nicht mehr an."

Damit legte er auf, fuhr sich mit einer Hand durch die Haare und schlurfte zurück in die Küche, um sein Handy auf den Tresen zu legen. Er klammerte sich an den kalten Marmor, beugte sich vornüber und nahm tiefe beruhigende Atemzüge. Er war nicht wütend. Das lag nicht in seiner Natur. Allerdings kehrte, wenn Michelle sich zurück in sein Leben zu schlängeln versuchte, oder wenn er an seine Vergangenheit erinnert wurde, diese widerwärtige Enge in seine Brust zurück. „Verdammter Idiot."

Es war zwölf Monate her, seit er das letzte Mal mit ihr gesprochen hatte. Er hatte es sich angewöhnt, auf den Bildschirm zu sehen, bevor er abhob, hatte ihre Nachrichten gelöscht, sobald er ihre Stimme gehört hatte, doch hin und wieder passierten ihm noch Ausrutscher.

Sein Handy klingelte wieder und er schaltete schnell den Ton ab. Sie musste wirklich high sein zu denken, dass er noch einmal abheben würde, nachdem er sie abgewürgt hatte. Als sich durch einen Signalton eine Sprachnachricht ankündigte, knirschte er mit den Zähnen.

Er war erst zwei Monate bei Reckless Beat gewesen, als sie sich bei einem seiner ersten Auftritte hinter die Bühne geschlichen und ihn mit ihrem Interesse … und ihrem talentierten Mund fasziniert hatte. Damals war er ein Niemand gewesen, das jüngste Mitglied der Band, das die Fans noch nicht so richtig akzeptiert hatten.

Sie hatte ihn angelächelt, hatte mit ihren falschen Wimpern geklimpert und mit einem Mal hatte er sich hormonell gesehen wieder gefühlt wie ein Teenager – und auch wie einer gedacht. Sie kam aus einer weithin bekannten Familie, verfügte über viel Geld und hatte umwerfend ausgesehen in ihren Designerklamotten.

Er hatte keine Chance gehabt.

Getränke im Backstagebereich waren übergegangen in eine

Limousinenfahrt zu seinem Hotel. Und ehe er sich versah, hatte sie einen kleinen Beutel mit weißem Pulver aus ihrer Tasche gezogen. Davor hatte er sich nie für Drogen interessiert, abgesehen von einem gelegentlichen Joint in der Highschool, und allein seiner Dummheit hatte er es zu verdanken, dass er bei der Aussicht darauf, zum ersten Mal Kokain zu probieren, sofort angesprungen war, um sie zu beeindrucken. Dies war der Moment gewesen, in dem sein Leben im Sturzflug bergab gegangen und er schließlich mit voller Wucht auf dem Asphalt aufgeschlagen war.

Er wischte sich mit einer Hand über sein Gesicht, wählte sich in seine Sprachbox ein und folgte der Ansage, um Michelles Nachricht abzuspielen. „Blake, es tut mir leid, dass ich das tun muss –"

Bevor er noch mehr Zeit damit vergeudete, sie zu bemitleiden, löschte er die Nachricht und schaltete sein Handy ab. Sollte Mason ihn anrufen, würde er morgen zurückrufen. Aber eine weitere Störung von Michelle heute Nacht würde er nicht riskieren.

Er hatte vor, die nächsten acht Stunden damit zu verbringen, zu schlafen und Liebe mit Gabi zu machen. Der Rest der Welt konnte ihn mal kreuzweise.

# *Kapitel Fünf*

GABI KÄMMTE sich ihr Haar hinter die Ohren und versuchte, sich auf die Frühstückskarte zu konzentrieren. Blakes hitziger Blick lenkte sie ab. Sie konnte ihn auf ihrer Haut spüren, wie er über ihre Brüste wanderte und zwischen ihre Schenkel. Himmel, sie hatte schon unzählige Male hier gefrühstückt, aber jetzt konnte sie sich beim besten Willen nicht daran erinnern, was auf der Speisekarte stand.

Als sie aufsah, starrte er gerade auf ihr Dekolleté – auf ihre Halskette, aber trotzdem brachte sein Blick ihre Haut zum Glühen. Sie räusperte sich. Keine Reaktion.

„Blake?"

„Hm?" Nur langsam hob sich sein Blick.

Sie grinste ihn an und er reagierte mit einem arroganten Grinsen. Verdammt, wie sehr sie dieses Grinsen liebte. Es passte zu der Bad Boy-Persönlichkeit, hinter der er sich so gekonnt versteckte.

„Willst du etwas trinken?" Aufzustehen und etwas zu trinken zu bestellen, würde sie davon abhalten, ihn in Gedanken aus seinem schwarzen Muskelshirt und seiner braungrauen Stoffhose zu schälen.

Er hatte sie in den frühen Morgenstunden geliebt. Dann wieder in der Dusche, nachdem sie aufgewacht waren. Teile von ihr taten weh, weil sie so oft beansprucht worden waren, und doch wollte sie mehr.

Er schüttelte den Kopf. „Ich bestelle die Getränke. Du bleibst hier."

„Nein." Sie stieß sich von ihrem Stuhl hoch und stellte sich neben den Tisch. „Schon okay. Ich mache das."

Es gab einen Haufen Cafés in dieser Gegend, sodass sie innerlich zusammengezuckt war, als Blake darauf bestanden hatte, in das eine Pub zu gehen, in dem sie Frühstück servierten. Er hatte gesagt, er erinnere sich an ihre Erzählungen über die riesigen Ausnüchterungsteller dort und wolle sich selbst ein Bild davon machen, was es damit auf sich hatte. Sie wäre lieber woanders hingegangen, wo es ruhiger war, intimer – in eines der Lokale, an denen der Alkohol nicht die Wände hinter der Bar säumte.

Blake verzog das Gesicht und warf einen Blick über seine Schulter. Sie folgte seinem Blick in Richtung der Spirituosenflaschen. Als er sich zurückdrehte, um sie anzusehen, kramte sie in ihrer Handtasche, um sich zu beschäftigen.

Er griff nach ihrer Hand und zwang sie dazu, aufzuhören. „Gabi, du weißt, dass ich kein Alkoholproblem habe, oder?"

Bei der rauen Emotion in seiner Stimme wurde ihre Kehle trocken. Langsam hob sie ihren Blick zu seinem Gesicht und presste ihre Lippen aufeinander, als sie die Beschämung in seinen Augen erkannte.

„Engel, Kokain war das Problem. Nur Kokain. Mit dem Trinken habe ich aufgehört, weil mein Drogenproblem damit zusammenhing, dass ich betrunken war, und daran werde ich nicht gerne erinnert."

Sie nickte. „Ich weiß. Es ist nur ..." Sie zuckte mit den Schultern und schob den Träger ihres zitronengelben Strandkleides zurück nach oben – offenbar drehte sich Tammys Vorstellung von passender Kleidung um alles, was leichten Zugang zu Gabis Unterwäsche bot. „Ich will nicht, dass du dich unwohl fühlst. So oft wir auch online darüber geredet haben, war ich nie bei dir, um die Auswirkungen davon zu sehen." Ihre Stimme war gedämpft und jedes ihrer Worte weckte schmerzhafte Erinnerungen. Sie konnte nicht verhindern, sich an die Erlebnisse von damals zu erinnern, als ihr Bruder auf dem Höhepunkt seiner Sucht gestanden hatte. Blake verdiente mehr Respekt als das. Er war nicht wie Greg, nicht einmal annähernd. „Die Augen meines Bruders wurden bei der kleinsten Erwähnung von Drogen oder Alkohol glasig. Das will ich dir nicht antun."

Blake rutschte mit seinem Stuhl zurück und zog sie zu sich,

damit sie sich auf seinen Schoß setzte. „Du bist wunderschön, weißt du das?" Er küsste ihre Lippen und legte seine Hand auf ihren unteren Rücken. „Ich bin nicht dein Bruder und du musst dir um meine Probleme keine Sorgen mehr machen, okay? Das ist alles vorbei. Schon sehr lange."

Sie schloss die Augen und lehnte sich an seinen Körper, ließ ihren Kopf auf seiner Schulter ruhen. „Ich weiß. Ich bin nur unruhig. An den Tagen um meinen Geburtstag ist das immer so."

Er küsste ihre Stirn und schlang seinen anderen Arm um ihre Taille. „Ich hasse es, dass du dir Sorgen um mich machst. So wie damals wird es nie wieder sein."

Sie saßen schweigend da, während ihre Unsicherheit an ihr nagte. Es war nicht so, dass sie Blake nicht vertraute. Es war vielmehr ihr mangelndes Vertrauen in ihren Bruder, das sie plagte. Greg hatte ihr zu oft versichert, dass es ihm gut ginge, dass er der Versuchung widerstehen könnte. Und doch war es eine Überdosis gewesen, die ihn vor fünf Jahren an ihrem Geburtstag ins Koma befördert und vier Tage später das Leben gekostet hatte.

„Sprichst du oft mit ihr?" Die Frage kam aus dem Nichts. Sie hatte nicht einmal bemerkt, dass sie sie laut ausgesprochen hatte. Nach all dieser Zeit schwebte die Erinnerung an Blakes Ex immer noch wie ein Schatten in ihrem Hinterkopf. Als sie damals begonnen hatten, online zu chatten, hatte er ihr davon erzählt, dass seine Sucht nicht nur mit den Drogen, sondern auch mit Michelle Clarkson selbst in Verbindung stand. Damals war diese Frau auf jede denkbare Weise verführerisch gewesen – ihr wunderschönes Gesicht, ihr toller Körper, der Wohlstand und die Berühmtheit. Gabi konnte es ihm nicht verübeln, dass er sich in die Schauspielerin verliebt hatte. Wäre Gabi so gepolt gewesen, hätte sie es wohl auch bei der Frau versucht.

Er versteifte sich bei der Frage und sie sah ihm in die Augen.

„Nicht gerne", murmelte er.

Sie runzelte die Stirn und versuchte, die Mischung aus Eifersucht und Abneigung gegen die Frau zu unterdrücken, die Blake in die Welt der Drogen gezerrt hatte. „Was bedeutet das?"

Er umarmte sie fester und sie bemerkte, wie er blass wurde bei ihrer Frage. „Sie ruft mich ab und zu an, üblicherweise, wenn die Band im Mittelpunkt steht. Ich habe gelernt, nachzusehen, wer anruft, bevor ich abhebe, und ihre Nachrichten zu löschen, ohne sie mir anzuhören."

Gabi kuschelte sich an seine Brust, um sich ihre Verunsicherung nicht anmerken zu lassen. Michelle würde immer ein Teil seines Lebens sein – jedenfalls ein großer Teil seiner Vergangenheit. Und obwohl Gabi die Schönheit in den Zügen der Erbin nicht mehr sehen konnte, war sie nicht sicher, wie Blake dazu stand.

„Wann war das letzte Mal?" Sie sprach leise und versuchte zu verbergen, wie ihr Körper vor Furcht zitterte. Mit jeder Sekunde wurde diese Furcht nun größer, bis sie sich zu einem großen Klumpen in ihrem Magen ausgewachsen hatte. Sie konzentrierte sich darauf, wie sein Herz in seiner Brust pochte und schloss die Augen, wünschte sich, dass er antwortete.

„Gestern Nacht", flüsterte er.

Ihr blieb das Herz stehen. „Was? Wann?" Sie setzte sich aufrecht hin und sah ihn an. „Bevor du in den Club gekommen bist?"

Er zuckte zusammen und schüttelte den Kopf. „Nein. Nachdem wir miteinander geschlafen hatten."

Galle stieg in ihr auf und sie griff nach den Anhängern an ihrer Halskette und spielte damit, um sich zu beschäftigen und die Eifersucht zu lindern, die sich in ihr ausbreitete. Es gab nichts, worüber sie sich Sorgen machen musste. Blake liebte sie. Er hatte es letzte Nacht selbst gesagt. Nach allem, was sie gemeinsam durchgemacht hatten, nach all dem Vertrauen, das er ihr geschenkt hatte, all den Leichen, die er aus seinem Schrank geholt hatte, war ihm zu vertrauen das Mindeste, was sie tun konnte.

„Sie war es, die angerufen hat, bevor ich eingeschlafen bin?"

Seine Arme waren immer noch um ihre Hüften geschlungen, als er innehielt. „Jep."

Und er hatte abgehoben. Sie hatte ihn Hallo sagen hören, bevor sie weggedöst war.

Gabi nickte zittrig und stieß sich von seinem Schoß hoch. Sie zwang sich zu einem Lächeln, wandte sich ihm zu und fragte: „Was ist jetzt mit dem Getränk? Was hättest du gern?"

Sie selbst hätte in diesem Moment einen Wodka vertragen. Selbst ein Scotch wäre ihr recht gewesen. Das Brennen würde sie von Michelle ablenken. Aber um eine detaillierte Schilderung der Ereignisse würde sie ihn nicht bitten. Wenn er nicht darüber sprechen wollte, war das in Ordnung. Damit konnte sie umgehen. Kein Problem.

Er griff nach ihrer Hand und verwebte ihre Finger mit seinen, während er sie an seine Lippen führte. Er sah zu ihr auf, der Schmerz deutlich erkennbar in den Tiefen seiner Augen. „Es gibt nichts, worum du dir Sorgen machen müsstest, Engel. Ich will nichts mit ihr zu tun haben."

Vermutlich hätte sie ihm geglaubt, hätte sie nicht jedes intime Detail seiner Beziehung mit seiner Ex gekannt. Er war verliebt gewesen. Sie war seine erste große Liebe und so etwas vergaß man nicht so leicht.

Gabi nickte, diesmal enthusiastischer. Sie musste Abstand gewinnen, tief Luft holen und die Dinge in ihrer Ganzheit sehen. Er war bei ihr. Das musste sie sich vor Augen halten.

„Ich weiß." Ihre Stimme klang optimistisch, aber trotzdem zuckte er zusammen. Er bekam mehr mit als ihm guttat. „Also. Willst du Orangensaft zum Frühstück? Ich bestelle gleich auch das Essen, wenn ich schon an der Bar bin."

Seine Gewissensbisse darüber, ihr Informationen über Michelle vorzuenthalten, brannten Blake auf der Seele. Er konnte Gabis Schmerz sehen, konnte ihre Ängste spüren. Verdammt, ihre Hände zitterten sogar. Das Gespräch nicht weiterzuführen erschien ihm als einzige Möglichkeit, dieses Massaker zu beenden. Jahrelang hatte er diesen Teil seines Lebens vor ihr geheim gehalten. Nicht, dass es etwas zu verheimlichen gab; er wollte sie nur nicht unnötig ängstigen. Michelles Anrufe waren lästig, nichts weiter, und ein einziges Mal wollte er sich zur Abwechslung selbst um seine Probleme kümmern, ohne sie bei Gabi abzuladen.

„Saft, danke", antwortete er.

Darauf, dass er jeden gemeinsamen Augenblick mit ihr vermasselte, war Verlass. Es passierte ganz von allein. Sein Karma kam mit zu vielen guten Dingen nicht zurecht und warf ihm mit Vorliebe Bomben vor die Füße, wann immer es konnte.

„Okay, ich bin in einer Minute zurück."

Er ließ ihre Hand los und drehte sich in seinem Stuhl, um ihr nachzusehen. Bei Gott, er liebte sie, von diesen niedlichen Sandalen über ihre weichen, straffen Beine und darüber hinaus. Von innen und von außen war jeder Zentimeter an ihr wie geschaffen für ihn.

„Hey, Gabi", rief er, als sie an der Bar angekommen war.

Sie drehte sich zu ihm um, genauso wie die Barkeeperin und unzählige Leute an den umliegenden Tischen. Ihr Lächeln war süß und brachte diesmal ihre Augen zum Funkeln, anders als das falsche Lächeln, das sie die letzten fünf Minuten über aufgesetzt hatte.

Er grinste sie an. „Ich liebe dich."

Das Gemurmel der Fremden blendete er aus und konzentrierte sich ausschließlich auf Gabi. Sie riss ihre Augen auf, die in dem fluoreszierenden Licht schimmerten. Ihre Wangen hoben sich und verdunkelten ihre wunderschönen, köstlichen Lippen. Bevor sie etwas erwidern konnte, zwinkerte er ihr zu und drehte sich auf seinem Stuhl zurück zum Tisch, sodass sie nun auf seinen Rücken starrte. Er brauchte keine Antwort. Seine Arbeit hier war getan.

So wie er die Sache sah, hatte er ihre lächerlichen Regeln für Liebeserklärungen damit in die Wüste geschickt. *Jetzt versuch mal, mir zu erklären, dass das nicht zählt, Kleine.*

Zwei Minuten später kam sie mit ihren Getränken zurück, glitt auf ihren Stuhl und belohnte ihn mit einem verträumten Ausdruck auf ihrem Gesicht.

„Hat diese den Regeln und Richtlinien entsprochen?" Er hob eine Augenbraue und griff nach seinem Glas.

Ihre Augen strahlten und den Schimmer darin deutete er hoffnungsvoll als Freude. „Ähm … ja." Sie nickte ruckartig und fischte nach ihrem Strohhalm, bevor sie einen großen Schluck von ihrem Orangensaft nahm. „Die zählt definitiv."

Dieser große Feuerball in seiner Brust fühlte sich besser an als alles, was er bisher erlebt hatte. Er liebte die physische Erleichterung von Sex, hatte das vereinnahmende Glücksgefühl erlebt, das man auf Drogen verspürte, und doch konnte nichts diesem emotionalen Paradies bei klarem Verstand das Wasser reichen, das gerade jede Zelle seines Körpers durchflutete.

Er griff nach ihrer Hand, denn er wollte ihr durch seine Berührung verständlich machen, was er mit Worten nicht beschreiben konnte. Bevor sich ihre Finger berührten, vibrierte jedoch sein Handy in seiner Hosentasche. Eine Sekunde später füllte der vertraute Klang des Gitarrenriffs die Stille.

Gabi machte ein langes Gesicht und jede Freude wich aus ihren Zügen, als sie wegsah und sich räusperte.

„Das ist wahrscheinlich Mason." Er zog das Handy aus seiner Tasche und verspürte ein Gefühl der Erleichterung, als ihn der Name des Frontmannes der Band vom Display aus anblinkte. „Macht es dir etwas aus, wenn ich abhebe?"

Sie schüttelte den Kopf. „Nein. Gar nicht."

*Lügnerin.* Zerbrechlichkeit hatte sich in ihre Stimme geschlichen. Er konnte nicht glauben, dass Michelle noch immer die Fähigkeit besaß, sich in sein Leben einzumischen. Hatte er für seine Sünden nicht ausreichend gebüßt? Scheinbar nicht.

Zur Hölle, Michelle war in den letzten paar Jahren nicht einmal ein kleiner Punkt auf seinem Radar gewesen. Ihr Anruf hatte ihn einfach zu einem ungünstigen Zeitpunkt erwischt. Es war einer ihrer willkürlichen Versuche gewesen, mit ihm in Kontakt zu treten, was sie ab und zu machte, wenn sie Lust dazu hatte … oder genauer gesagt – wenn sie zugedröhnt war. Das Einzige, was ihm übrig blieb, war, es von der positiven Seite zu betrachten. Sie hatten über seine Ex geredet und er hatte daraus gelernt, dass es ein Thema war, das er in Zukunft besser für sich behalten würde. Er würde Gabi niemals anlügen, aber es war etwas anderes, solche Dinge nicht zu erwähnen, die sie aufregten.

Er drückte auf annehmen und hob das Handy an sein Ohr. „Hey, Süßer."

„Hey, Arschloch", erwiderte Mason. „Wie ist die Hitze in Down Under?"

Er sah zu Gabi, die immer noch wegsah. „Nicht schlecht", log er, da er wusste, dass Mason nicht das Wetter meinte.

„Nicht schlecht? Das klingt wie ein totaler Reinfall. Was stimmt nicht mit ihr? Steht sie nicht auf deinen Emo-Look?"

*Emo.* Hörten diese Witze denn niemals auf?

„Ich bin kein verdammter Emo", schoss Blake zurück, bevor er seine Verärgerung hinunterschluckte, als er bemerkte, dass Gabi grinste.

„Ja, okay, wie auch immer. Wann lernen wir sie kennen?"

Er hob eine Augenbraue. Die Jungs von Reckless Beat – nicht nur die Band, sondern auch die Roadies und ihre Managerin, Leah – waren seine Familie. Zumindest die einzige Familie, die es wert war, dass man sie kennenlernte. Gabi die ganze Truppe vorzustellen wäre ein großer Schritt. Einer, den er kaum erwarten konnte. „Hoffentlich bald. Wir haben noch nicht darüber gesprochen."

„Dann steig mal aufs Gas. Wir sind schon in der Luft."

„Und du rufst von deinem Handy an?"

„Ja, diese *freche* Flugbegleiterin hat es mir erlaubt, solange ich schnell mache", sagte Mason mit aufreizender Stimme, etwas, das Blake nicht leiden konnte, wenn er am anderen Ende war.

„Das wäre ja mal ganz was Neues. Sonst sind die Frauen immer angepisst, weil du zu schnell bist."

„Oh, hahaha, sehr witzig, Mikropimmel. Aber nein, diese *wunderbare* Dame ist sehr großzügig."

„Sie steht direkt neben dir, oder?"

„Absolut ... wie dem auch sei, Mitch und ich haben morgen etwas in Melbourne geplant und wir brauchen dich dort."

Blake verzog das Gesicht. „Was habt ihr denn geplant? Mitch hat mir gegenüber nichts erwähnt."

Der Leadgitarrist stand Blake so nahe wie ein Bruder. Die meiste Zeit auf Tour verbrachten sie miteinander, meistens teilten sie sich eine Suite und manchmal auch die Frauen. All das hatte sich geändert, als Mitchs Freundin, Alana, auf der Bildfläche erschienen war. Jetzt wurde von Blake erwartet, dass er sich rar machte oder sich Stöpsel in die Ohren steckte, um sich davor zu bewahren, all ihre keuchenden Schreie zu Gott im Himmel mitanhören zu müssen.

„Das ist streng geheim. Und du musst dabei sein." Es knisterte im Lautsprecher. „Bring d– Mädel mit."

„Die Verbindung bricht ab. Kannst du Leah bitten, mir die Adresse eures Hotels zu schicken? Ich versuche, heute Abend einen Flug nach Melbourne zu kriegen."

Gabi hob ruckartig den Kopf und die leichte Falte auf ihrer Stirn vertiefte sich. Er lächelte sie an und versuchte, ihr ohne Worte zu verstehen zu geben, dass alles in Ordnung war.

„Mache ich. Bis bald."

Blake beendete das Gespräch und legte sein Handy auf den Tisch. „Was hältst du von einem Ausflug nach Melbourne?"

„Das wäre toll ... aber ich muss morgen arbeiten."

„Bist du dir da sicher?" Er grinste, als er sah, wie sie die Augen zusammenkniff. „Ich habe Tammy gebeten sich darum zu kümmern, dass du ein paar Tage frei bekommst. Allerdings hat sie sich nicht mehr gemeldet, also solltest du besser bei ihr nachfragen."

Gabi griff in ihre Handtasche. „Du hast an alles gedacht, nicht wahr?"

Nicht einmal ansatzweise. Er hoffte nur, dass Tammy damit erfolgreich gewesen war, Gabis Schichten umzuplanen. Er war nicht bereit, sie zu verlassen. Er bezweifelte, dass er es jemals sein würde.

# Kapitel Sechs

„Janice kann deine Schichten am Montag und Dienstag übernehmen. Und unser Boss hat dafür gesorgt, dass jemand anderer an diesen Abenden auf Abruf ist", erklärte Tammy ihr per Telefon.

Wow. Das kam aus heiterem Himmel. Gabi hatte normalerweise die Nase vorn, speziell, wenn es um die Arbeit ging. Sie war in Teilzeit für das Management des Apartmentkomplexes zuständig, in dem sie wohnte, und die Schichten einzuteilen, war eine ihre Aufgaben. Sie war auch die meisten Abende und Wochenenden auf Abruf für Notfälle der Mieter zuständig, um die Zeit aufzuholen, die sie zum Lernen brauchte, oder um an Vorlesungen für ihre Ausbildung teilzunehmen. Wie hatte ihr entgehen können, dass Tammy Blakes Geheimagentin war?

„Und das hat dem Boss nichts ausgemacht?", fragte Gabi. „Bist du sicher, dass ich noch einen Job habe, wenn ich zurückkomme?"

„Keine Sorge. Alles in Ordnung. Am Mittwoch hast du ja sowieso schon Urlaub genommen …"

Die unbehagliche Stille, die auf diesen Satz folgte, ging Gabi unter die Haut. Jedes Jahr stellte sie sicher, dass sie am vierten Tag nach ihrem Geburtstag nicht arbeiten musste. Den Todestag ihres Bruders verbrachte sie immer mit ihren Eltern.

„Toll", zwang sie sich zu Fröhlichkeit. „Danke, dass du das alles organisiert hast. Du bist die Beste."

„Also, erzählst du mir dann jetzt alles haarklein?"

Gabi lachte. Sie hatte schon früher mit dieser Frage gerechnet. „Nö."

„So schlimm, ja?"

Sie senkte ihre Stimme. Obwohl sie draußen stand, während Blake ihr Essen bezahlte, wollte sie nicht beim Tratschen erwischt werden. „Ganz und gar nicht."

„Dann spuck es schon aus, Mädel. Ich platze vor Neugier."

„Ich will dich nicht eifersüchtig machen", flüsterte Gabi, während sie versuchte, ein Lachen zu unterdrücken.

„Eifersüchtig worauf?", fragte Blake.

Sie keuchte auf, als sie seine flüsternde Stimme so nah an ihrem Ohr hörte, und ließ sich gegen seine Brust sinken, als er seine Arme von hinten um ihre Taille schlang.

„Ich muss los, Tam. Wir reden gegen Ende der Woche."

Blake küsste den Ansatz ihres Nackens und ließ eine Hand unter ihr Oberteil gleiten, um ihren Unterbauch mit seinen Fingern zu streicheln.

„Hey, damit kannst du mich nicht abspeisen. Komm schon. Ich brauche wenigstens ein paar heiße Details", flehte Tammy.

Gabi unterdrückte ein Stöhnen, als Blakes Finger über ihre Haut wanderten. Es war mitten am Tag, sie standen an einer gut befahrenen Straße und alles, woran sie denken konnte, waren seine Hände, wie sie sich höher bewegten, um ihre Brüste zu umschließen und ihre Nippel zu kneifen.

„Ich kann nicht … muss los … tut mir leid." Sie beendete den Anruf, warf ihr Handy in ihre Handtasche und drehte sich in Blakes Armen um. Sein Anblick – seine halb geschlossenen Augen und seine Lippen waren nur wenige Zentimeter von ihren eigenen entfernt – raubte ihr den Atem.

„Wen hast du eifersüchtig gemacht?" Er lehnte sich heran und liebkoste ihren Nacken mit seiner Nase.

Sie neigte ihren Kopf zur Seite, um ihm mehr Platz für seine magischen Berührungen zu verschaffen. „Geht dich nichts an", stöhnte sie.

„Was muss ich tun, damit es mich etwas angeht?", murmelte er.

Etwas erwachte in ihr zum Leben, etwas Hitziges, Flatterhaftes und Überwältigendes. Sie wollte nichts mehr, als dass ihr ganzes Leben ihn etwas anging. Dass sie alles teilten. Dennoch schien dieses Ziel unerreichbar angesichts der Welten, die zwischen ihren Leben lagen.

„Blake." Sie richtete sich auf, brauchte seine Aufmerksamkeit, um in seinen Augen lesen zu können.

Er löste seine Lippen nicht von ihrem Nacken. „Hmm?" Er küsste sie wieder, zärtlich und sanft. „Was muss ich tun, Engel?" Seine Hände glitten über ihre Hüften, um in ihren Po zu kneifen. „Um dein Ein und Alles zu werden?"

Sie schloss die Augen und erschauderte. Pures Vergnügen überkam sie – bei seinen Worten, seinen Berührungen, seinen Emotionen. Er erweckte sie zum Leben, doch sie wusste, dass all das verblassen würde, sobald sie nicht mehr zusammen waren. Dieser Gedanke war unerträglich.

„Was passiert, wenn ich aus Melbourne zurückkomme?", fragte sie.

Er hörte auf, sie zu küssen. „Du kommst mit nach Melbourne?" Er richtete sich auf und seine Hände kehrten zurück an ihre Mitte.

Sie nickte zu ihm hinauf. „Ja."

Etwas blitzte in seinen Augen auf. „Ist es zu viel verlangt, wenn ich dich frage, ob du mit mir nach Hause kommst?"

Bei der Verletzlichkeit in seiner Stimme wurde Gabi das Herz schwer. Sie wünschte, es wäre so simpel, einfach auf ihr Herz zu hören und Ja zu sagen.

Gabi konnte hier nicht weg. Jedenfalls nicht so schnell. In wenigen Monaten würde sie ihren Bachelor zur Hotelfachfrau machen. Und sie wollten diesen Abschluss unbedingt machen. Sie *musste* ihn machen. Sechs Jahre als Teilzeitstudentin, einschließlich sechs Monaten Auslandssemester und einem Jahr Pause, um sich von Gregs Tod zu erholen, hatten gereicht. Sie war bereit, dieses Kapitel ihres Lebens abzuschließen.

„Blake, ich würde liebend gern, aber du weißt, dass das nicht geht. Noch nicht." Es war nicht so, dass sie nicht seit Jahren davon geträumt hätte, mit ihm abzuhauen. Sie würde ihre ganze Welt aufgeben, um mit ihm zusammen zu sein, wenn er nur ein bisschen länger warten konnte.

„Ich weiß." Er lächelte ihr traurig zu. „Das habe ich auch nicht erwartet. Es war wohl mehr ein Wunsch."

*Du bringst mich um den Verstand.*

Er war so stark, so loyal seinen Freunden gegenüber und

trotzdem sprach er sich selbst keinen Wert zu. Wenn er nur wüsste, dass sie in Gedanken schon ihre Hochzeit geplant und Babynamen ausgesucht hatte, seit sie damals begonnen hatten, über Skype zu telefonieren. In die Staaten zu gehen war nicht das Problem.

Sie schlang ihre Hände um seinen Nacken und sah zu ihm hoch, starrte in seine dunklen Augen, bis sie seine volle Aufmerksamkeit hatte. „Ich *würde* umziehen, um mit dir zusammen zu sein.“

Hoffnung flackerte in seinen Augen auf und er biss sich abwartend auf die Lippe.

„Ich kann es nur nicht sofort tun. Zuerst will ich meinen Abschluss machen. Aber danach …“

Er nahm ihr Gesicht in seine Hände, suchte ihre Augen ab, blickte bis in ihre Seele und stahl ihr ein weiteres kleines Stück ihres Herzens. „Du würdest für mich umziehen?“

Und wieder war es um sie geschehen und sie schmolz dahin bei seiner Verletzlichkeit. „Ich würde alles für dich tun.“

Ein Kaleidoskop von Emotionen huschte über seine Züge – Ungläubigkeit, Bewunderung, Freude und dann gewann seine freche Persönlichkeit wieder die Oberhand und ein breites Grinsen breitete sich auf seinen Lippen aus. „Ich werde diese Aussage wohl auf die Probe stellen müssen.“

Sie hob ihr Kinn, ignorierte die Art und Weise, wie er sich hinter einem dünnen Schleier aus Arroganz versteckte, und zog den Bügel ihrer Handtasche höher auf ihre Schulter. „Tu, was du nicht lassen kannst.“

~

*„Bring mir das Surfen bei.“*

Als er diesen Vorschlag gemacht hatte, hatte es sich wie ein guter Test angehört – er war in Queensland, Australien, dem Ort der hohen Wellen und des ewigen Sonnenscheins. Doch jetzt war er bereits weit darüber hinaus, seinen unfassbar dummen Vorschlag zu hinterfragen. Was hatte er sich nur dabei gedacht? Tja, er hatte das gedacht, was wohl jeder andere Typ auch gedacht hätte. *Gabi im Badeanzug? Her damit!*

Was Blake nicht eingeplant hatte, war die ungezügelte Erektion, die nun seine Badehose ausbeulte, und auch nicht die Menschenmassen, die ihn anstarrten. Frauen, Kinder, sogar Männer.

„Leg dich einfach auf das Brett und tu so, als würdest du paddeln." Gabi beugte sich über ihm nach vorne, die Füße am vorderen Ende des Surfbretts, ihr köstlicher Hintern eine unwiderstehliche Verlockung. „Als nächstes will ich, dass du aufspringst –"

„Gabi, das wird nicht klappen", murmelte er.

Nicht einmal das unangenehme Gefühl des Sandes, der ihn am Bauch kratzte, konnte die Erwartungshaltung seines Schwanzes lindern. Er bezweifelte, dass eine elektrische Schleifmaschine an seinen Eiern es gekonnt hätte. In seinem derzeitigen Zustand konnte er unmöglich „aufspringen", ohne die Badegäste zu verstören.

„Es ist ganz einfach. Du musst nur –" Sie beugte sich wieder vornüber, sodass nun ihre Brüste über seinem Kopf schwebten.

*Aber sicher, Gabi an einen öffentlichen Ort locken, während sie nur einen winzigen schwarzen Bikini trägt. Mit Tanga. Absolut großartige Idee.*

„Gabi", knurrte er und stützte sich auf seine Ellbogen, um zu ihr hochsehen zu können. „Wenn du die Zwillinge nicht aus meinem Gesicht entfernst, ficke ich dich an Ort und Stelle. Verstanden?"

Sie starrte ihn mit großen Augen an und ihre Zunge glitt heraus, um ihre Lippen zu befeuchten. Allein dieser Anblick zwang ihn dazu, seine Augen fest zusammenzukneifen.

„Im amerikanischen Recht kenne ich mich nicht aus, aber hier ist das total illegal", flüsterte sie kichernd.

„Ist. Mir. Scheiß. Egal."

Ihr Lachen wurde lauter, und als er seine Augen wieder öffnete, hüpften ihre verführerischen Liebeshügel auf und nieder, ihre Nippel waren hart und zeichneten sich unter dem dünnen Material ihres Oberteils ab.

„Ich habe dich gewarnt." Er stieß sich von dem Brett ab, stand auf, so schnell er konnte, und hob sie in die Luft.

Sie quiekte und legte ihre zarten Arme um seinen Hals. Während er auf die Wellen zulief, hielt sie sich fest und ihr Geschrei verwandelte sich in Aufforderungen, sie runterzulassen. Er ignorierte sie, bis man sein drittes Bein nicht mehr sehen konnte, besänftigt durch das warme australische Wasser.

Dann konzentrierte er sich auf die Wellen. Der Klang des Ozeans lenkte ihn ab und die heiße Mittagssonne erhellte die düstere Finsternis in seinem Inneren ein wenig. Noch nie hatte er sich so zuhause gefühlt. Selbst in einem fremden Land, an der Seite einer Frau, die er in der Nacht zuvor zum ersten Mal getroffen hatte, fühlte sich sein Herz voll an.

Noch nie hatte er irgendwo hingehört. So richtig. In der Highschool war er das arme Kind mit den nichtsnutzigen Eltern gewesen. Andere Schüler hatten ihn wegen seiner gebrauchten Klamotten und seiner abgetragenen Schuhe aufgezogen. Enge Freunde waren spärlich gesät gewesen und sogar sie hatten dazu geneigt, ihm in den Rücken zu fallen, wenn er sie am dringendsten gebraucht hätte.

Sein einziger Trost war die Musik gewesen, speziell der Musiklehrer, der versucht hatte, Blake aus den falschen Kreisen fernzuhalten, indem er ihn in seinen Mittagspausen mit Gitarrenstunden abgelenkt hatte. Vom ersten Moment an, in dem er das kalte Holz des Basses in seinen Händen gespürt hatte, hatte er gewusst, was er mit seinem Leben anfangen wollte. Und es hatte eine Menge unbezahlter Gigs und Entschlossenheit gebraucht, um dorthin zu gelangen.

Dann kam Reckless Beat. Die Jungs beurteilten ihn nach nichts anderem als seiner Fähigkeit, seine Gitarre zu rocken. Dennoch schien nicht einmal seine Rolle als Bassgitarrist gesichert. Er hatte zu viele Geheimnisse und machte zu viele Fehler, als dass er jemals das Gefühl gehabt hätte, ein permanentes Mitglied der Band zu werden. Eines Tages würden sie die Leichen finden, die er im Keller begraben hatte, und dann würden sie ihn ohne zu zögern vor die Tür setzen.

Jetzt, hier mit Gabi, wusste er, dass er zu jemandem gehörte. Zu einer Person, die er sehnlichst zu einer Konstante in seinem Leben machen wollte, selbst, wenn er sie nicht verdient hatte.

„Du hast es faustdick hinter den Ohren", flüsterte er ihr ins Ohr und sprang über die erste hohe Welle. Er musste in Bewegung bleiben, musste sich mit Salzwasser umgeben, bis das Blut wieder zurück in sein Hirn floss, anstatt seinen Schwanz zu überfluten.

Sie kicherte und küsste seinen Kiefer. „Vielleicht."

*Vielleicht?* Er sah zu ihr hinunter und steckte eine weitere Welle weg. „Das war Absicht?"

Ihr Grinsen wurde breiter.

„Deine Titten in meinem Gesicht? Dich an mir zu reiben? Der weltweit knappste Bikini? Das hast du alles mit Absicht gemacht?"

Ihre Wangen hoben sich und sie grinste nun von Ohr zu Ohr, das Weiß ihrer Zähne blitzte auf und sie zuckte mit den Schultern.

*Luder.* „Dafür wirst du büßen, mein wunderschöner Engel." Er beugte sich zu ihr vor, das Wasser stand ihm nun bis zur Brust, und eroberte ihre Lippen. Es war nichts Sanftes an seinem Kuss. Er war hart, unbeugsam und reuelos, genauso wie die wachsende Schwellung zwischen seinen Beinen.

Gabi hielt sich an ihm fest, schlang ihre Beine um seine Mitte und seine Erregung erreichte ein ungeahntes Ausmaß. Die Lust und Liebe, die er für diese Frau empfand, rasten mit solcher Geschwindigkeit durch seine Venen, dass er vor ihr niederknien und sie anflehen wollte, sein zu werden. Nicht für ein Wochenende. Nicht für einen Monat. Für immer.

Keuchend löste sie ihre Verbindung und blickte hinter ihn. „*Welle*", schrie sie, stieß sich von seiner Brust ab und tauchte in das blaue Wasser.

Ihm blieb eine Sekunde, um einen Blick über seine Schulter zu werfen und Gabi zu folgen, bevor das Wasser über ihm zusammenbrach und heftig an seinen strampelnden Füßen zerrte. Als er auftauchte, um Luft zu holen, war Gabi vor ihm und ihr schulterlanges Haar lag nun leicht gewellt an ihrem Kopf an.

„Lass uns weiter rausgehen. Dort draußen sind nicht so viele Wellen." Sie packte ihn am Handgelenk und verwebte ihre Finger miteinander, während sie in tieferes Wasser gingen.

Als eine weitere Welle sich zu bilden begann, ließ sie ihn los und tauchte unter die heranrollende Kraft – so fließend und geschmeidig. Als er ihr diesmal nachtauchte, öffnete er die Augen, ignorierte das Brennen des Salzwassers und packte sie um die Taille. Sie zuckte nicht zusammen, zögerte auch nicht, als er sie in seine Arme zog und sie beide zum Luftholen an die Oberfläche brachte.

Er gab ihr eine Sekunde, um nach Luft zu schnappen, bevor er seine Lippen auf ihre drückte und seine Zunge die Tiefen ihres Mundes erkunden ließ. Das Grummeln in seiner Brust brachte das feurige Verlangen seines Körpers nach dieser Frau zum Ausdruck. Es war ihm egal, ob er dabei ertrinken würde, sie zu küssen. In seinem gegenwärtigen Zustand erschien ihm das Atmen viel unwichtiger als seine Leidenschaft.

Sie wickelte ihre Beine wieder um ihn und rieb mit ihrer Hitze über seine Länge. Sein Körper bebte genussvoll und forderte ihn auf, ihr Bikinihöschen zur Seite zu schieben und sie zu nehmen. Gleich hier. Gleich jetzt. Umgeben von Surfern und Schwimmern und Eltern mit Kindern.

Scheiß auf die Welt. Niemand sonst zählte. Nichts. Außer Gabi. Ihr wunderschöner Körper, der ihn molk, der ihn an Orte entführte, die er noch nie zuvor betreten hatte.

Er vertiefte ihren Kuss, legte seine Hand an ihren Hinterkopf, ließ die andere zu ihrem Hintern wandern.

Er spürte die Meeresströmung kraftvoll an seinen Oberschenkeln und unterbrach ihren Kuss, um eine massive Welle heranrollen zu sehen.

„Wir schaffen es über die Welle." Gabi ließ von seinem Körper ab und schwamm voran, beeilte sich, über die Welle zu kommen, bevor sie brach.

Er setzte ihr nach und bemühte sich nach Kräften, seine Erektion, die jetzt wie ein Ruder ins Wasser stand und sein Vorankommen verlangsamte, zu ignorieren. Sie beide erreichten die Spitze der Welle Augenblicke, bevor sie zu brechen begann, und segelten an ihrer Rückseite abwärts, einen Meter voneinander entfernt, während sie sich mit feurigem Verlangen ansahen.

Als das Wasser sich wieder beruhigte, tauchte er erneut unter und unmittelbar vor ihrem Körper auf. Er hatte keine Zeit, sie zu küssen oder sich an ihren Hüften festzuhalten, bevor sie über ihn herfiel, ihre Zunge in seinem Mund, ihre Hände auf seiner Brust. Ihre Finger glitten tiefer, über seine Mitte, um seinen Schwanz zu packen, woraufhin dieser zu zucken begann.

„Heiliger Himmel." Er stand so kurz davor, so stimuliert davon, wie sie sich anfühlte, wie sie schmeckte, wie lustvoll sie war, dass er nicht lange brauchen würde, um zu explodieren. „Sachte, Engel." Er trat auf der Stelle, das Wasser ging ihm bis zum Kinn. Mit Gabis Hand in seiner schwamm er ein paar Meter zurück in Richtung Strand, wo er den Sand unter seinen Zehen spüren konnte. Sobald er stehen konnte, zog er sie an ihren Hüften an seinen Schoß. „Ich will dich zum Kommen bringen."

Sie presste ihre Lippen aufeinander und lächelte. „Was hält dich davon ab?" Ihr Blick wurde mit einem Schlag verführerisch, als sie durch ihre feuchten Wimpern hindurch zu ihm aufsah und das Wasser ihr von den Haaren tropfte.

Er knurrte und eroberte ihre Lippen leidenschaftlich, öffnete ihren Mund mit seiner Zunge, während seine Hand von ihrer Hüfte zum Schritt ihres Bikinihöschens glitt. Sie atmete ruckartig ein. *Heiliger Bimbam.* Sie waren wohl beide überempfindlich. Mit seiner freien Hand stabilisierte er ihre Mitte, während die andere Hand, die bereits ihre Weiblichkeit umspielte, nun über ihre Schamlippen streichelte. Ihr Körper erbebte an seiner Hand und ihre Augenlider flatterten wild, während sie ihren Rücken an seine Brust drückte.

Der Ozean war stürmisch um sie herum und schob sie vom Meeresboden fort und in Richtung Strand, bevor er wieder sanfter wurde. Seine Finger neckten ihren Eingang, während ihre Zungen einen leidenschaftlichen Tanz begannen. Der Genuss, den ihr Körper ihm bescherte, steigerte sein Verlangen, ließ ihn sich danach verzehren, sie an Land zu bringen und an einem Strand voller Fremder zu nehmen. Aber das konnte er nicht. Er konnte sie nicht einmal in den Tiefen des Ozeans nehmen, wo ihr Liebesspiel unter den Wellen verborgen geblieben wäre. Er hatte kein Kondom und sein letzter Test auf Geschlechtskrankheiten war über sechs Monate her. Er nahm es ernst mit der Sicherheit und nur für seine eigene Befriedigung würde er niemals Gabis Gesundheit riskieren. Zu wissen, dass er würde warten müssen, bis sie bei ihr zuhause waren, machte den pochenden Schmerz nur schlimmer.

„Du willst, dass ich dich zum Kommen bringe?", knurrte er in ihr Ohr.

Sie wimmerte und nickte an seinem Nacken.

Er lächelte, denn es gefiel ihm, dass er eine so wunderschöne Frau berauschen und dazu bringen konnte, ihn zu begehren.

„Bist du sicher?", neckte er sie und rieb seine Finger immer wieder über ihre Perle.

„Oh, Blake, bitte." Sie vergrub ihre Nägel in seiner Haut und rieb ihre harten Nippel über seine Brust. „Es wird nicht lange dauern … Ich … Aber bitte hör auf, mich zu reizen."

Sanft ließ er seine Finger in sie gleiten. Sie stöhnte auf, während ihre Muskeln sich unmittelbar um ihn herum anspannten.

„Du bist so unfassbar schön", flüsterte er ihr ins Ohr.

Ihre Lippen waren halb geöffnet, ihre Augen geschlossen, ihre

Wangen rosig und warm. Das Wasser umströmte sie, als sie über eine sich aufbauende Welle glitten. Er ignorierte sie und blendete die Welt um sie beide herum aus. Er wollte Gabi etwas geben, das sie an ihn erinnerte, etwas, an das sie denken konnte, wann immer sie auf das Meer hinausschaute. Und Vergnügen war eine Sache, in der er richtig gut war.

Während er seine Finger immer wieder in sie stieß, fand er einen Rhythmus. Er zog sie näher an sich und schob einen seiner Oberschenkel zwischen ihre Beine, um zusätzlichen Druck zu erzeugen. Seine Eier pulsierten, sein Schwanz pochte, und doch konzentrierte er sich einzig und allein auf sie. Alles war nur für sie.

„Fühlt es sich gut an, Engel, hier draußen zu sein vor hunderten von Leuten, mit meinen Fingern in deiner Muschi? Ich hätte nie gedacht, dass du ein ungezogenes Mädchen bist."

Sie wimmerte in seinen Nacken und versenkte ihre Zähne in seiner Haut. „Es ... ist ... so ... gut."

Er bewegte seine Finger schneller und dehnte gleichzeitig das Material ihres Bikinis, um seinen Daumen an ihrer Klitoris zu platzieren.

„Oh ... verflucht", keuchte sie und bäumte sich um seine Hand herum auf. Sie hob ihr Bein an und legte es um seinen Oberschenkel, um ihm besseren Zugang zu ihrer heißen Mitte zu verschaffen. „Mehr, bitte." Mit ihrem Mund sog sie seine Haut ein und ihre Hände wanderten an seinem Körper hinab, unter den Bund seiner Badehose. „Bitte, Blake." Sie griff nach seiner Erektion und begann zu pumpen.

Er biss sich auf die Zähne, schluckte heftig und dachte an Basslines, Verspätungen an Flughäfen und alles andere, das seinen Fokus von den rhythmischen Bewegungen ihrer seidig weichen Hände lösen konnte. Sie hatten sich die ganze Nacht über geliebt und er hatte immer noch nicht genug.

Er konnte dieser Frau nicht widerstehen.

„Oh, Blake." Sie küsste seinen Nacken, winzig kleine neckische Berührungen, bei denen sich seine Schenkel anspannten.

„Wirst du für mich schreien, meine Schönheit?" Seine Lippen wanderten an ihr Ohr und mit seinen Zähnen kratzte er über ihr Ohrläppchen. „Ich will dich meinen Namen schreien hören. Ich will, dass alle ihn hören können, damit sie wissen, dass du zu mir gehörst. Damit sie niemals anzweifeln, wo du hingehörst."

Er stieß in ihre Hand, war so nahe davor zu kommen, wollte sich aber nicht ohne sie fallen lassen. Während er mehr Druck auf ihre Klitoris ausübte, versenkte er einen dritten Finger in ihrer Muschi und spürte, wie sich seine Eier bei ihrem Stöhnen zusammenzogen.

„Ich ... Ah ...“

Ihre Stimme trieb ihn in den Wahnsinn. Dann begann ihr Innerstes um ihn herum zu pulsieren. Das Blut rauschte in seinen Ohren, unsagbar laut, und ihre Hand hörte auf zu pumpen und hielt ihn einfach fest. Er hielt inne und stieß weiter seine Finger in sie, als sie ihren Kopf nach hinten warf und leidenschaftlich aufkeuchte.

Aus dem Augenwinkel nahm er weißen Schaum wahr und er wirbelte mit dem Kopf herum, um eine Welle über sie hereinbrechen zu sehen.

Zum Nachdenken blieb keine Zeit.

*„Gabi.“* Er zog seine Hand aus ihr zurück und packte sie am Arm.

Ihre Augen flatterten auf, registrierten nicht die Gefahr, während er einen tiefen Atemzug nahm und untertauchte. Er versuchte, sie mit sich zu reißen, aber die Kraft der Welle in seinem Rücken löste ihren Arm aus seinem Griff. Die Strömung zog an seinen Beinen, verdrehte seinen Körper und presste ihm die Luft aus der Lunge. Dann, so schnell sie gekommen war, war die Welle wieder verschwunden.

Er strampelte kräftig, um an die Oberfläche zu gelangen, durchbrach sie keuchend und drehte sich hastig im Kreis, um sie zu finden. Wo war sie? Gabi war sonst immer vor ihm wieder aufgetaucht. Sie war die Wassernixe, diejenige, die es liebte zu schwimmen, und doch konnte er sie jetzt nirgendwo entdecken.

Sein Herz klopfte wild in seiner Brust und die Angst schnürte ihm die Kehle zu. Gerade wollte er seine Hand in die Luft strecken, um einen der Rettungsschwimmer auf sich aufmerksam zu machen, als ihr Kopf gute drei Meter neben ihm auftauchte. Sie war näher am Strand als er und war nun gefangen in dem Bereich, in dem die Wellen heftig brachen.

„Gabi.“ Er stieß sich vom sandigen Boden ab und schwamm zu ihr. Sie lächelte nicht, wischte sich nicht die nassen Haarsträhnen aus dem Gesicht. Sie stand einfach da und blinzelte ihn verwirrt an, während das Wasser gegen ihre Brust klatschte.

Er schwamm schneller, als er eine weitere Welle kommen spürte. „*Gabi.*"

Sie hob das Kinn und hielt nach ihm Ausschau.

„Gabi, tauch unter." Sein gesamter Körper versteifte sich, nur seine Erektion hatte sich während dieser Schrecksekunden gelegt.

Sie wurde sich der Welle hinter ihm bewusst und er wartete, bis sie untergetaucht war, bevor er dasselbe tat. Unter der Oberfläche suchte er nach ihr, und als sie auftauchten, hielt er sie um ihre Taille.

„Geht es dir gut?"

Sie lehnte sich an ihn und wimmerte. „Heftigster ... Orgasmus ... aller ... Zeiten."

Er drückte sie fest an sich und gluckste halbherzig. „Ja?" Irgendetwas stimmte nicht. Sie taumelte und starrte orientierungslos in die Ferne. Er musste sie aus dem Wasser bringen. „Ich habe mir schon gedacht, dass er eine gute Note kriegen würde, denn du wirkst immer noch ganz weggetreten."

Sie lachte oberflächlich, was seine Bedenken noch verstärkte. Nichts an Gabi war oberflächlich. Sie war enthusiastisch, verspielt und leidenschaftlich. Immer. Sie war nicht wie die Person, die nun vor ihm stand und direkt durch ihn hindurchstarrte.

„Wir werden dir jetzt Hilfe holen."

Sie schüttelte den Kopf und verzog das Gesicht. „Nein, mir gehts gut." Sie legte sich die Finger an die Schläfen. „Ich muss mich nur hinsetzen. Das ist das erste Mal seit Jahren, dass ich unter Wasser die Kontrolle verloren habe."

Er führte sie aus dem Wasser und hielt sie eng an seiner Seite, um sicherzustellen, dass die starken Wellen sie nicht umwarfen. Als sie den Strand erreichten, kam ein Rettungsschwimmer auf sie zu. Er lief mit seinen leuchtend roten Shorts und einem gelben T-Shirt in das knöchelhohe Wasser.

„Gabi?" Der Kerl stellte sich an ihre andere Seite und legte ihr seine Hand an die Hüfte.

Die Vertrautheit zwischen den beiden erwischte Blake völlig unerwartet. Er war sonst nicht eifersüchtig, aber wie dieser Schönling seinen Arm um sie schlang, hatte auf ihn denselben Effekt, als würde man einem Bullen eine rote Fahne ins Gesicht halten. Niemand berührte seine Frau. *Sie ist nicht wirklich deine Frau.*

„Es geht mir gut, Troy. Ihr seid beide melodramatisch."

Troy – ihr Surflehrer. Blake erinnerte sich daran, dass Gabi ihn öfter als einmal erwähnt hatte. Sie führten sie den Strand hinauf und halfen ihr, sich in der Nähe ihrer Handtücher in den weichen Sand zu setzen.

„Ernsthaft", sie schützte mit ihren Händen ihre Augen vor der Sonne und sah zu ihnen hoch, „alles okay. Ihr könnt beide aufhören, mich zu bemuttern. Ich muss nur kurz verschnaufen."

„Sie wurde mitgerissen und war eine Weile unter Wasser", knurrte Blake durch zusammengebissene Zähne. Er hatte nie einen Erste-Hilfe-Kurs belegt, und wenn dieser blonde, aufgeblasene Rettungsschwimmer der einzige war, der sich um Gabi kümmern konnte, dann sollte es so sein.

Jetzt warf der Typ Blake einen abwertenden Blick zu und wandte sich wieder an Gabi. „Was hast du da draußen gemacht, dass es dich so schlimm erwischt hat? Normalerweise bist du eins mit dem Ozean."

Seine eigene Unsicherheit ließ Blake sich neben Gabi niederknien, um in ihrer Nähe zu bleiben. Verdammt irrational, aber das war ihm jetzt egal. Plötzlich überkam ihn das starke Bedürfnis, sein Territorium zu markieren. „Diesmal war sie ‚eins' mit mir." Ein Grinsen breitete sich auf seinem Gesicht aus. Ja, er war ein arroganter Sack, aber er wollte, dass der Typ Bescheid wusste.

Gabi schnaubte und hob eine Augenbraue, als sie wieder zu ihm aufsah. „Ja, es war ganz allein deine Schuld." Sie grinste.

„Ähm … alles klar", murmelte der Rettungsschwimmer und machte einen Schritt rückwärts.

Gabis Grinsen wurde breiter. „Blake, das ist Troy. Troy, das ist Blake, der Bassgitarrist von Reckless Beat."

Blake hatte immer noch sein Ich-schlafe-mit-ihr-also-verpiss-dich-Grinsen aufgesetzt, als er sich in der Hocke zu Troy umdrehte. Den Kerl beeindruckte das wenig. Er sah auf ihn herab und ließ seinen Blick angewidert über Blakes Tattoos wandern.

„Tag", murmelte Troy und hielt Blake seine Hand hin.

„Hey." Blake nickte anerkennend mit dem Kopf und schüttelte ihm die Hand. Sie hielten einander länger als nötig fest und starrten einander an, keiner von beiden gewillt, zuerst wegzusehen.

Gabi räusperte sich und stieß sich vom Boden ab, aber das Arschloch ließ seine Hand immer noch nicht los. Mit einem Augenrollen ließ Blake ihn nun los und rappelte sich auf, während er weiterhin ignorierte, wie der Typ ihn musterte. Sollte er doch auf einem seiner Gummientchen zurück nach Hause schwimmen. Es würde nicht das letzte Mal sein, dass Blake auf Ablehnung stoßen würde, wenn es um Gabi ging.

„Fahren wir nach Hause", sagte Gabi und klopfte sich den Sand von ihrem Hintern.

Die Art und Weise, wie sie „nach Hause" sagte, ließ ihn schlucken. Dabei kamen ihm Bilder einer Familie und Gefühle einer langfristigen Beziehung in den Sinn, eine angenehme Erlösung von der Panik, die in ihm tobte, wenn er daran dachte, wieder ohne sie zu sein. Gott, wie sehr er das wollte. Und er wollte es verdienen.

Troy stellte sich vor sie. „Zuerst muss ich dich durchchecken."

Gabi hielt inne und starrte Troy ungläubig an. „Ist das dein Ernst? Ich habe nur leichte Kopfschmerzen. Sowas musste ich schon öfter wegstecken und du warst sogar dabei."

Sie wischte sich den nassen Sand von ihrem gebräunten Bauch und wackelte dabei mit ihren üppigen Brüsten. Blake ärgerte sich darüber, dass er nicht der Einzige war, der ihren Bewegungen folgte.

„Ich bin im Dienst, Gabi. Wenn du im Krankenhaus landest, nachdem ich dich nach Hause fahren habe lassen, ist es meine Verantwortung, weil ich dich nicht ordentlich untersucht habe."

Gabi stützte eine Hand in ihre Hüfte und funkelte Troy an. Blake hatte keine Ahnung, wie eine „ordentliche Untersuchung" aussah, und hasste die Vorstellung davon jetzt schon. Dennoch war er bereit, sich zurückzuhalten, damit der Schönling die volle Wucht ihres Zorns abbekam.

Leider passten sie gut zusammen. Die Surferin und der Rettungsschwimmer. Beide braungebrannt, durchtrainiert und allen ästhetischen gesellschaftlichen Standards nach – perfekt.

„Gut", murrte Gabi. „Dann untersuch mich eben." Genervt streckte sie ihre Arme aus.

Troy kam einen Schritt näher. Ihre Körper waren sich nahe, intim nahe. Als er sie sanft am Kinn packte, um ihr tief in die Augen zu sehen, platzte Blake fast der Kragen. Die ganze Zeit über hatte er Gabi zugehört, wenn sie ihm davon erzählt hatte, mit wem sie ausging, und obwohl er sich gewünscht hatte, es selbst zu sein, hatte er sich nie damit belastet. Er hatte nichts dagegen tun können. Jetzt fuhr dieses Arschloch ihr mit seinen Fingern durch die Haare und über ihren Kopf und Blake wollte den Wichser am liebsten kastrieren, nur um jede zukünftige Bedrohung auszuschließen.

„Ich habe keine Kopfverletzung, Troy." Gabi sah ihn ungehalten an.

„Wie ich schon sagte, ich muss es überprüfen."

„Klar musst du das", murmelte Blake und wandte sich ab. Was ihm am meisten wehtat, war zu wissen, dass Troy noch hier sein würde, wenn Blake wieder auf dem Weg zurück in die Staaten war. Seine Beziehung zu Gabi war keine, bei der sie ein paar Kilometer voneinander entfernt wohnten und sich an den Wochenenden sehen konnten. Sie mussten damit klarkommen, in unterschiedlichen Ländern zu leben, einmal quer über den Globus.

Als Blake sich im Sand herumdrehte, um sie anzusehen, starrte sie ihn an und warf ihm einen entschuldigenden Blick zu. Ihre Lippen bewegten sich und formten die Worte „Ich liebe dich." Sein Herz machte einen Luftsprung. Sie war wirklich ein Engel und vielleicht machte er sich etwas damit vor zu denken, dass das zwischen ihnen tatsächlich funktionieren konnte.

Er hatte kein Problem mit Treue. Das war kein Thema. Sein Leben ohne sie zu leben, wenn auch zeitlich begrenzt, würde ihn allerdings umbringen. Es war die letzten vier Jahre über schwierig genug gewesen. Jetzt zurückzufliegen, in dem Wissen, dass Gabi so weit von ihm entfernt war, zu wissen, was sie miteinander geteilt hatten und wie richtig es sich angefühlt hatte, wäre die reinste Folter.

„Ich liebe dich auch", erwiderte er in aller Stille.

Sie lächelte und er konnte die Freude in ihren strahlend blauen Augen funkeln sehen.

„Hast du zwischendurch das Bewusstsein verloren?", fragte Troy und ließ seine Hände an seinen Seiten hängen.

„Keine Ahnung, vielleicht für eine Sekunde." Gabi zuckte mit den Schultern. „Es war mehr der Schock davon, dass es so unerwartet passiert ist, der mich benebelt hat. Ich hatte nicht damit gerechnet."

Troy entfernte sich ein wenig von ihr. „Und Erschöpfung? Fühlst du dich müde?"

„Ach, komm schon, Troy. Du weißt, dass es mir gut geht." Gabi ging auf Blake zu und griff nach seiner Hand. Sie verschränkte ihre Finger mit seinen und küsste das *Reckless*-Tattoo, das seine Knöchel zierte.

Troys Blick folgte ihren Lippen und sein Kiefer zuckte. „Es ist eine einfache Frage, Gabi."

Sie sah ihn gereizt an und schüttelte den Kopf. „Ja, Troy, ich bin müde. Und willst du wissen, woran das liegt?" Sie hob ihre Augenbrauen und neigte ihren Kopf so weit zur Seite, bis ihm klar wurde, dass er sich auf ein Donnerwetter gefasst machen musste. „Weil ich *die ganze Nacht* Blake geritten habe."

Hätte Blake den Mund voller Wasser gehabt, hätte er es in diesem Moment quer über Troys schockiertes Gesicht gespuckt. Damit hatte keiner der beiden Männer gerechnet.

„Ja, du hast richtig gehört. Und glaub nicht, dass ich die Verachtung in deinem Blick nicht bemerkt habe, als du ihn angesehen hast." Gabi ließ Blakes Hand los und beugte sich hinunter, um ihre Handtücher aufzuheben. „Ich habe dich meinem besten Freund vorgestellt, Troy", sagte sie über ihre Schulter hinweg, „und du hast ihn einfach nur böse angestarrt. Also danke für deine Besorgnis, aber ich bin mir sicher, wenn ich noch etwas brauche, wird Blake es mir geben können."

*Autsch. Der hat gesessen.*

Blake empfand Mitleid für den Kerl. So, wie Troy nun der Mund offenstand und er die Schultern hängen ließ, war offensichtlich, dass er sich fühlte, als hätte man ihm die Eier abgerissen. Blake überlegte kurz, sich auf die Seite des Idioten zu schlagen … Scheiß drauf. Wenn Blake erst einmal weg war, hatte der Kraftprotz immer noch Zeit, Gabi in den Arsch zu kriechen. Er glaubte daran, dass Männer zusammenhalten sollten, aber nicht, wenn es um sie ging.

Sie marschierte los in Richtung Straße und er versuchte nicht zu grinsen, als er ihr folgte.

Blake hatte Männerfreundschaften immer hochgehalten, Bruder vor Luder und der ganze Mist. Aber während er sie einholte und sie Hand in Hand in Richtung ihrer Wohnung gingen, konnte er nicht aufhören, daran zu denken, dass kein anderer Kerl – Mitchell und die anderen Bandmitglieder eingeschlossen – ihm jemals mehr bedeuten könnten als Gabi.

# *Kapitel Sieben*

"WIE GEHT ES DIR?", murmelte Blake von dem Sitz neben ihr in der Business Class in ihren Nacken.

Er hatte ihr diese Frage öfter gestellt, als sie zählen konnte, und seine Besorgnis brachte sie zum Schmunzeln. Seit der Angelegenheit am Strand hatte er sich verhalten wie der perfekte Gentleman – hatte sie mit sanften Küssen überhäuft, ihr zärtlich mit Shampoo die Haare gewaschen und sogar ein Strandkleid mit Blumenmuster für sie ausgesucht. Das Design wirkte geschniegelt und gestriegelt an ihr und sie fühlte sich darin wie eine der Frauen von Stepford, speziell, wenn sie neben Blake stand, aber sie trug es trotzdem, wegen der Art, wie er sie darin anhimmelte.

Er hatte auf der Kante ihres Bettes gesessen und ihr dabei zugesehen, wie sie ihre Sachen von letzter Nacht ausgepackt und wärmere eingepackt hatte, die zu dem kühleren Wetter eines späten Frühlings in Melbourne passten. Nicht ein einziges Mal hatte er auf die glühende Lust in seinen Augen hin gehandelt. Und dafür war sie dankbar. Ihr Verlangen nach ihm war zwar ungebrochen, aber sie war immer noch ein wenig mitgenommen von dem Vorfall im Wasser. Ihre Beine waren vom Ozean gut durchgerüttelt worden und ihr Kopf war fest auf dem Meeresboden aufgeschlagen, woraufhin sie verwirrt und orientierungslos gewesen war und sich vermutlich eine leichte Gehirnerschütterung zugezogen hatte.

"Gut." Sie griff nach Blakes Hand auf der Armlehne und drückte sie. Abgesehen von den heftigen Kopfschmerzen ging es ihr gut. Sobald sie wieder festen Boden unter den Füßen hatte, würde sie ein paar Aspirin nehmen und wäre wieder so gut wie neu.

„Du siehst blass aus."

Das konnte etwas mit dem stechenden Schmerz zu tun haben, der ihr bei jeder Turbulenz durch den Kopf schoss, von der das Flugzeug gebeutelt wurde. „Sobald wir landen, geht es mir wieder gut." Und wenn Aspirin nicht half, würde sie die Theorie testen, dass Sex gut gegen Kopfschmerzen war.

Sie nahm einen tiefen Atemzug und konzentrierte sich auf die Ledermanschette um Blakes Handgelenk. Wirklich sexy. Wirklich verführerisch. Seltsam, wie ein Stück Leder sie innerlich zum Schmelzen bringen konnte. Dann waren da noch die Tattoos, die sich über seinen Arm erstreckten. Mit ihrem Zeigefinger fuhr sie sie jetzt nach, strich über vertraute Liedertexte, indigene Schnörkel und Musiknoten und genoss die Art und Weise, mit der sein Blick ihren Bewegungen über die ineinander übergehenden Kunstwerke folgte.

Das Flugzeug wurde von einer weiteren Turbulenz durchgerüttelt und sie kniff die Augen zusammen und vergrub bei dem plötzlich auftretenden stechenden Schmerz ihre Nägel in Blakes Haut.

„Heilige ... Scheiße." Blake keuchte und griff nach ihrer Hand. „Zieh die Krallen ein, Kätzchen."

Sie öffnete eines ihrer Augen einen Spalt breit und stöhnte auf, bevor sie es wieder schloss. „Tut mir leid."

„Wieso stehst du nicht auf und vertrittst dir ein wenig die Beine? Vielleicht geht es dir dann besser."

Das Pochen zwischen ihren Schläfen flachte ab, als das Flugzeug wieder ruhig weiterglitt. „Vielleicht später." Jetzt gerade war er das Einzige, was ihr half, und das wollte sie nicht verlieren.

Er führte ihre Hand an seine Lippen und sie lehnte sich gegen die Kopfstütze, um ihn anzusehen. Seine Augen waren tiefbraun. Der Farbton grenzte an Schwarz und erzählte von Sünden im Schlafzimmer und heißer Lust. Es war unmöglich für sie, diesem Mann zu widerstehen. Er besaß die Fähigkeit, sie mit einem einzigen Blick zu verführen. Selbst jetzt, als sie mit einer sich anbahnenden Migräne kämpfte, brachte er ihren Körper zum Glühen.

„Soll ich dich ablenken?"

Sie liebte diesen Tonfall in seiner Stimme – den, den er mit solch verführerischer Männlichkeit über seine Lippen gleiten ließ.

Er legte seinen Mund um die Spitze ihres Zeigefingers und biss sanft auf ihren Nagel. Ihre Nippel zogen sich als Reaktion darauf zusammen und sie rutschte diskret in ihrem Sitz hin und her, in einem Versuch, das Verlangen zu lindern, das sich zwischen ihren Schenkeln aufbaute.

„Weißt du, vielleicht ist ein kleiner Spaziergang eine großartige Idee", platzte es aus ihr heraus, da sie ihm schon wieder zu verfallen drohte. „Ich werde auf die Toilette gehen und mich ein wenig auffrischen." Er hatte bereits bewiesen, dass ihr moralischer Kompass in seiner Gegenwart nicht funktionierte. Himmel. Sie waren erst heute Morgen am Strand übereinander hergefallen, Herrgott nochmal. Zwischen den roten und gelben Fahnen und umgeben von Unmengen von Leuten. Wirklich stilvoll. Wenn sie nicht aufpasste, saß sie am Ende noch vor den Augen der gesamten Business Class auf seinem Schoß.

Sie ignorierte sein Grinsen, als sie sich abschnallte, und rutschte hinaus auf den Gang. „Ich bin gleich zurück."

Auf wackligen Beinen ging sie durch die Kabine und hielt sich an der nächstbesten Kopfstütze fest, sobald das Flugzeug wieder zu wackeln begann. Als sie die Toilettentür erreichte, legte sich eine feste Hand auf ihre Hüfte und sie erschrak. Als sie sich ruckartig umdrehte, sah sie mit schmerzverzerrtem Gesicht, dass Blake hinter ihr stand und sie verschmitzt angrinste.

Während er sich nach vorne beugte, legte er ihr seine Lippen ans Ohr. „Was läuft?"

Sein warmer Atem schickte einen Schauer durch ihren verräterischen Körper und beantwortete ihr Unbehagen mit einem warmen Kribbeln. „Blake", warnte sie ihn. „Ich bin hierhergekommen, um dir und deinen schmutzigen Fingern zu entkommen."

„Mmm", knurrte er in ihren Nacken. „Meine Finger sind noch gar nicht schmutzig, aber das können wir ändern."

Sie schnappte nach Luft und machte einen Schritt zurück, um sich zu fangen. Ihre Mutter wäre entsetzt, wenn sie von den lasziven Gedanken wüsste, die ihrer Tochter gerade durch den Kopf gingen.

„Schatz, du siehst nicht gut aus." Er hob seine Stimme und sprach plötzlich laut genug, dass die Passagiere in ihrer Nähe ihn hören konnten. Er wischte sich das Grinsen aus dem Gesicht und sein plötzlicher Wechsel von geilem Bock zu besorgtem Partner machte sie verlegen. *So* schlimm sah sie doch sicher nicht aus.

„Du bist echt seltsam, mein Freund", flüsterte sie und entriegelte die Tür.

„Alles in Ordnung bei Ihnen, Mr. Kennedy?", fragte eine weibliche Stimme.

Gabi verdrehte die Augen, und als sie sich umdrehte, stand eine Flugbegleiterin vor ihnen, die Blake schöne Augen machte. Sie schienen mit System an seine Seite zu eilen, wann immer er hustete, oder nieste, oder atmete. Und dieses Exemplar hier verdeutlichte seine Besorgnis gerne mit einer Extraportion Dekolleté.

„Ich mache mir echte Sorgen um sie", erklärte Blake der gut ausgestatteten Brünetten. „Gabi hat sich heute Morgen heftig den Kopf gestoßen und ich bin mir ziemlich sicher, dass sie eine Gehirnerschütterung hat. Ich will sie nicht allein lassen."

Die Frau warf Gabi einen flüchtigen Blick zu, bevor sie sich wieder auf Blake konzentrierte. „Ich verstehe Ihre Sorge, aber unsere Vorschriften besagen, dass niemals mehr als ein Passagier sich in der Toilette aufhalten darf."

„Ja, ich weiß. Ich will sie nur einfach nicht allein lassen", fuhr Blake fort. „Besonders, da sie sagt, ihr sei übel und schwindlig."

Gabi ignorierte die beiden und betrat die Toilette. Bevor sie die Tür schließen konnte, stellte er seinen Fuß in den Türrahmen.

„Ich will nicht, dass du die Tür schließt, *Süße*." Das letzte Wort betonte er in einem Südstaatendialekt. „Was, wenn du ohnmächtig wirst?"

Gabi rollte wieder mit den Augen. Es bestand keine Gefahr, dass sie ohnmächtig wurde. Sie hatte Kopfschmerzen und der einzige Grund, warum ihr leicht übel war, war der Pilot, der keine Ahnung davon hatte, wie man das Flugzeug geradeaus steuerte.

„Blake." Sie sah ihn schief an und legte ihre Hände auf seine Hüften.

Als sein Grinsen breiter wurde und er ihr zuzwinkerte, fing ihr Magen freudig an zu hüpfen. *Achsooo.* Vielleicht war ihre Gehirnerschütterung doch schlimmer als gedacht. Hier ging es um den Mile High Club, nicht um ihre Gehirnerschütterung. Sie hatte gar nicht mitgekriegt, dass er es darauf anlegte.

Nun verengte sie ihren Blick und versuchte zu denken,

während ihr Herz so kräftig gegen ihre Rippen pochte wie stampfende Elefantenfüße. Wollte sie wirklich diese schmutzige kleine Grenze überschreiten und dem Club jener beitreten, die während eines Fluges Sex gehabt hatten, noch dazu mit einem sexy Rockstar, den sie erbarmungslos liebte? Ähm, ja … Sie hatte eindeutig eine Gehirnerschütterung, wenn sie darüber wirklich nachdenken musste.

Nun stieß sie einen unterlegenen Seufzer aus und versuchte sich an einer oscarreifen Darbietung. „Nun, ich will schließlich nicht vor den Augen der Passagiere kotzen, oder? Also komm rein oder bleib draußen." Sie bewahrte ihren genervten Gesichtsausdruck, während sie mit aller Kraft gegen den Lachanfall ankämpfte, der sich in ihrem Inneren aufbaute.

Gabis bissiger Tonfall ließ die Flugbegleiterin zurückzucken. „Also, wenn ihr wirklich so übel ist, dann kümmern Sie sich um sie, Mr. Kennedy. Sollte sich ihr Zustand verschlechtern, holen Sie mich bitte umgehend."

„Kein Problem", antwortete Blake, während er Gabi mit seinem Blick einen Zentimeter nach dem anderen auszog. Er folgte ihr, dominant und vielleicht ein wenig arrogant, als sie sich an das hintere Ende der eng bemessenen Toilette zurückzog. Sobald er die Tür schloss und sie damit in den winzigen Raum sperrte, schluckte sie ihre Vorfreude hinunter.

„Es hat ein bisschen gedauert, bis du mitgespielt hast, Engel. Vielleicht bist du nicht so ungezogen, wie ich dachte."

Sie sah ihn fragend an. Ihr stetiger Strom ehemaliger Liebhaber bewies, dass sie alles andere als unschuldig war. Dennoch war sie weit davon entfernt, ein Ticket zum Mile High Club zu besitzen. Oder einen Meeres-Pass, wenn sie schon dabei waren. Zumindest bis heute.

„Oder war das der Schlag an den Kopf?" Er nahm ihre Hand und zog sie an seine Brust.

„Vielleicht wollte ich dich einfach loswerden, nachdem du mich bei meinem letzten Orgasmus fast ertränkt hättest."

Er lachte hell und beugte sich vor, um ihren Kiefer zu küssen. „Ich werde es wiedergutmachen."

Sie schloss ihre Augen und begann wieder zu ertrinken, diesmal in der vereinnahmenden Welle der Leidenschaft, die ihren Körper durchzuckte, als seine Lippen sie berührten.

Mit einem sanften Stoß seiner Hüften drehte er sie zu dem winzigen Waschbecken um, ihren Rücken an seine Brust. Er hörte dabei nicht auf, sie zu küssen und zu liebkosen, während seine Hände hitzig und hastig über ihren Körper glitten. Sie hielt sich an dem Waschtisch fest und rieb sich an seiner Erektion. Sie liebte das Gefühl seiner Härte an ihrem Hintern.

„Wir sollten das nicht tun." Es war ihr Gewissen, das da aus ihr sprach. „Auf der anderen Seite dieser Tür sind hunderte von Leuten." *Wie am Strand* ... Bei dem Gedanken daran riss sie die Augen auf. „Stehst du auf sowas?"

Er hielt inne und ihre Blicke trafen sich im Spiegel, seine langen dunklen Wimpern rahmten seine stürmischen Augen ein.

Sie räusperte sich. „Ich meine, bist du ein Exhibitionist? Stehst du drauf, Sex zu haben, wenn viele Menschen in der Nähe sind?"

Er neigte seinen Kopf zur Seite und musterte sie. „Ich bin Musiker, Gabi. Ich liebe Menschenmassen."

Ihr stockte der Atem. Obwohl ihre Begegnung heute Morgen am Strand aufregend gewesen war, glaubte sie nicht, dass sie sowas ständig machen konnte. Sie war noch nie der Typ für ausgefallenen Sex gewesen.

Er lehnte sich vor und saugte fest an der Haut in ihrem Nacken, berührte dabei die Halskette, die sie nicht ertragen konnte abzulegen. „Aber wenn es um Sex geht", sprach er in ihr Ohr, „würde ich eher sterben als einen anderen Mann dich nackt sehen zu lassen. Dafür bin ich viel zu eifersüchtig." Seine Hände wanderten hinunter zu ihrer Taille, wo er ihr Sommerkleid zu raffen begann, bis der knielange Saum ihr nur noch bis zu ihrem Po ging. „Ich will dich ganz für mich allein."

Beide seiner Hände wanderten nun unter den Bund ihres Höschens und seine Finger begannen, ihre Klitoris mit sanften Bewegungen zu necken. Ihre Mitte zog sich krampfartig zusammen bei dem Versprechen, das in seiner Berührung lag, und sie lehnte sich an seinen Körper und hob einen Arm hinter sich, um ihre Hand in seinen Nacken zu legen, während sie sich mit der anderen an dem Waschtisch festhielt.

„Ich will dich auch nicht teilen." Ihr Eingeständnis erstaunte sie. Sie wollte ihn nicht teilen, hatte es schon nicht gewollt, als sie nur Freunde gewesen waren, aber sie lebten so weit voneinander entfernt. Er war ein erschreckend gutaussehender Mann und sein

Leben war voll von alleinstehenden und willigen Frauen. Würde er darauf verzichten, vorübergehend oder dauerhaft, für sie?

„Worüber denkst du nach?", fragte er mit den Lippen an ihren Haaren.

Sie kehrte aus ihren Gedanken zurück und zwang sich zu einem Lächeln. Sie musste jede Minute genießen, die ihr noch mit ihm blieb, und durfte nicht darüber grübeln, was passieren würde, sobald dieses Märchen endete.

„Über gar nichts." Sie schüttelte den Kopf und drehte sich um, um seinen Kiefer zu küssen.

„Engel sollten nicht lügen", schnurrte er und zog seine Finger aus ihrem Höschen.

Er legte ihr eine Hand auf die Schulter, verstärkte den Druck und drehte sie zurück in seine Umarmung. Sie waren nur Zentimeter voneinander entfernt und seine Hände ruhten nun auf dem Waschtisch an beiden Seiten ihrer Hüften, als sie zu ihm aufsah.

„Sag es mir." Sein Blick wanderte über ihr Gesicht und ein Anflug von Sorge tauchte in den Tiefen seiner Augen auf.

Sie griff nach seinem Gürtel und begann ihn zu öffnen. Es war weder die Zeit noch der Ort für diese Unterhaltung. *Diese* Zeit, *dieser* Ort, waren für genau eine Sache reserviert – den Mile High Club, und plötzlich hatte sie es eilig, ein vollwertiges Mitglied davon zu werden. „Wir können später darüber sprechen."

„Sag es mir, Gabi."

Sie zog an seiner Gürtelschnalle und öffnete den Verschluss an seinen Jeans. „Nicht jetzt." Sie ignorierte die Art, wie er zum Trotz seinen Brustkorb aufblähte, und zog den Reißverschluss nach unten. „Ich will dich." Mehr als alles andere wollte sie, dass er ihr ihre Sorgen nahm und ihr nur für ein paar flüchtige Augenblicke das Gefühl gab, dass es keinen Grund gab, sich vor der Zukunft zu fürchten.

Durch seine Boxershorts hindurch legte sie ihre Hand auf die harte Länge seiner Erektion und begann, ihn zu pumpen. Er lehnte sich an sie und legte seine Stirn an ihre.

„Du *wirst* es mir sagen", seufzte er.

Sie machte weiter, längere und festere Stöße, und konnte sich ein Grinsen nicht verkneifen, als er lustvoll seine Augen schloss.

„Vielleicht ... nicht gleich ... jetzt", fuhr er fort und endete mit einem sanften Stöhnen. „Aber du wirst ... es mir sagen, Gabi."

Sie griff nach dem Bund seiner Jeans und Boxershorts und zog an dem Stoff, bis dieser ihm um die Mitte seiner Oberschenkel hing. Sein Schwanz sprang hervor und sie legte ihre Hand um ihn, bevor sie mit ihrem Daumen über seine sensible Spitze rieb.

„Oh, Mann", zischte er und öffnete die Augen. „Mach das nochmal."

Sie gehorchte und rieb wieder mit ihrem Daumen über die Flüssigkeit, die sich in kleinen Perlen an seinem Schlitz gebildet hatte.

„Verdammt, Engel. Deine Finger sind einfach himmlisch."

Er presste seine Lippen hart auf ihre und sie keuchte in seinen Mund. Er rieb sich an ihr und presste seine Erektion gegen ihr Schambein. Sie setzte ihr Spiel fort, streichelte ihm über die Spitze und dann über seinen Schaft. Ihre Zungen begannen einen wilden Tanz und ihre Zähne stießen aneinander, während er sie auf den Waschtisch hob.

„Scheiße, warte." Er stellte sie zurück auf ihre Füße und zog sich sein T-Shirt über den Kopf. „Hier, setzt dich da drauf. Er legte das Shirt auf den Waschtisch und hob sie dann hoch, um sie daraufzusetzen. Verdammt, er war so zuvorkommend. Wie konnte ein Mann, der so viele Tattoos hatte und so viele emotionale Narben, so … perfekt für sie sein? Seine Fürsorglichkeit kannte keine Grenzen.

Sie starrte zu ihm hoch, während ihr Hintern an der Kante des Waschtisches hing, der kaum genug Platz bot, um sich daran abzustützen. War das wichtig? Verdammt, nein. Mit einer Hand packte er ihre Hüfte, mit seinem anderen Arm hielt er sie um ihre Mitte herum fest.

„Kannst du in meine Tasche greifen?", keuchte er in ihren Mund und knabberte an ihren Lippen.

Sie wich ein wenig zurück, verwirrt.

„Vorne links." Er küsste ihr Ohr, ihren Kiefer, ihren Nacken. „Kondom."

*Oh.* Sie suchte nach seiner Tasche, erwartungsvoll und ungeduldig. Ihr Blut schoss ihr durch die Venen, ihre Muschi war nun triefnass und wartete darauf, ausgefüllt zu werden. Das folierte Päckchen knisterte unter ihren Fingerspitzen und sie zog es hektisch hervor.

Er überhäufte sie weiter mit Küssen, während seine Hand von ihrem Hintern über ihre Taille wanderte, um den Vorderteil ihres Kleides und die Körbchen ihres BHs nach unten zu ziehen. Als er sie zum ersten Mal in die Brustwarze kniff, atmete sie scharf ein und das Kondom fiel ihr fast aus den Fingern. Von ihrer Brust aus schoss ihre Lust durch ihre Gliedmaßen und verschmolz schließlich mit dem leidenschaftlichen Pochen in ihrem Innersten.

„Ich will, dass du es mir überziehst", flüsterte er. „Beeil dich, Gabi. Ich will so dringend in dir sein."

Sie unterdrückte ein Wimmern und riss die Kondomverpackung auf. Ihre Finger zitterten, als sie sie auf den Boden warf und ihm das Kondom über seine Länge rollte. Seine Erektion zuckte in ihrem Griff und pulsierte bei jeder Berührung. Sobald sie den Ansatz seines Schwanzes erreicht hatte, schob er ihr Kleid bis zu ihrer Hüfte nach oben und zog ihr das Höschen bis zu den Knöcheln.

„Oh, verdammt. Du hast wirklich die wunderschönste Muschi, die ich jemals gesehen habe."

„Schhh." Gabi legte ihm eine Hand über den Mund. Es würde schon schwierig genug werden, zurück zu ihren Plätzen zu gehen, wenn sie stillen Sex hatten, aber wenn Blake sich nicht bemühte, leise zu sein, würde sie vor Erniedrigung sterben.

„Was ist?", flüsterte er. „Es ist wahr." Er nahm seine Länge in die Hand und rieb mit der Spitze von oben nach unten über ihren Eingang. „Mmm, so verdammt gut."

Dann hob er ihr Bein an, um sie für sich zu öffnen, und drang dann mit einem zügigen Stoß in sie ein, um sie bis zum Anschlag auszufüllen. Sie öffnete ihren Mund, um zu schreien, zu wimmern, zu stöhnen, und er presste seinen Mund auf ihren, um das Geräusch aufzufangen und ihre Lust mit einem Streicheln seiner Zunge noch zu steigern.

Sie wiegte sich gegen ihn mit winzigen Bewegungen ihrer Hüften und streichelte mit ihren Händen über seine Brust. Seine Haut war weich unter ihren Fingerspitzen, seine Muskeln spannten sich bei jedem Stoß seines Beckens an. Ein Kribbeln begann tief in ihrer Mitte zu vibrieren und mit jeder Sekunde intensiver zu werden. Sie konnte das schnelle Herannahen ihres Höhepunktes in ihren Nippeln spüren, in ihrem Bauch und ihrer Muschi. Jeder Teil von ihr wurde von ihm zum Leben erweckt, summte und vibrierte von der köstlichen Reibung seines Schwanzes.

Er knurrte in ihren Mund und wurde schneller. „Gabi?"

„Ja ... ich bin nah dran."

Seine Hand legte sich um ihre Brust, wo sie ihre empfindliche Brustwarze kniff und rieb.

„Ich werde aufhören müssen."

Sie schüttelte den Kopf und schlängelte ihre Hand zwischen ihre Körper, um an ihre Muschi zu gelangen. Sie war so nah dran, ihr Orgasmus stand kurz bevor. Jetzt blendete sie den Rest der Welt aus, zog ihre Hand zurück und konzentrierte sich allein auf ihre Lust. Blakes Stirn war vor Anstrengung in Falten gelegt, seine Hand hielt immer noch ihr Bein hoch, hielt sie offen, damit sie sehen konnte, wo ihre Körper ineinander übergingen. Das Kondom funkelte von ihrem Saft und seine Eier klatschten gegen ihren Damm.

„Oh Gott, ich komme." Sie biss sich auf die Lippe, um ihren Schrei zu unterdrücken, während ihr Körper bebte, eine Welle nach der anderen, als ihr Orgasmus sie überrollte.

Blake stöhnte lange und tief, als er ihr folgte. Seine Hüften behielten ihre Bewegungen bei, stießen nun fester in sie hinein, bis sein Rhythmus schneller wurde und sich dann ganz verlor. Der winzige Raum war erfüllt von dem Klatschen von Haut an Haut. Langsam lüftete sich die Wolke ihrer Leidenschaft und sie lockerte ihren Griff um ihn. Gemeinsam kehrten sie aus ihrer Ekstase zurück und verlangsamten ihre Bewegungen immer weiter, bis ihr lustvoller Höhepunkt langsam verebbte.

„Du bist", keuchte er in ihren Nacken, „der Wahnsinn."

Sie schlang ihre Arme um seinen Rücken und zog ihn fest an sich, da sie ihn nicht loslassen wollte. Sie waren füreinander geschaffen. Ihr Herz wusste es genauso wie ihre Seele. „Du bist auch nicht schlecht", antwortete sie und spürte die Hitze seines Atems an ihrer Schulter, als er leise gluckste.

Nachdem sein Puls sich wieder beruhigt hatte, entsorgte Blake das Kondom, strich seine Kleidung glatt und küsste Gabi flüchtig auf den Mund.

„Dann gehst du da jetzt raus und tust so, als würde ich mich immer noch frisch machen?"

Sie wurde panisch, machte große Augen und ihr Hals zuckte, als sie hart schluckte.

„Du kriegst das hin. Geh einfach hinaus und tu so, als wäre nichts geschehen."

„Mhm, na klar, so tun, als wäre nichts geschehen. Und hoffentlich wird niemand bemerken, dass mein Kleid jetzt total zerknittert ist und ich einen hochroten Kopf habe."

Seine Lippen verzogen sich zu einem Grinsen. „Vergiss nicht den Knutschfleck an deinem Hals."

Sie riss die Augen auf und sie drehte sich um, um in den Spiegel zu sehen. „Verarschst du mich?"

Er lachte und sie wirbelte herum, um ihm unsanft eine Hand über den Mund zu legen ... schon wieder. „Lach so viel du willst, Blake, aber wenn ich verhaftet werde und meine Eltern rausfinden, dass es daran lag, dass mein tätowierter Rockstar-Fr–" Sie zögerte und unterbrach ihren Blickkontakt, bevor sie ihre Tirade fortsetzte. „Dass ich auf der Toilette eines Linienfluges gevögelt wurde, dann wirst du ganz allein mit dem Zorn meines Vaters fertig werden müssen."

*Freund.* Verdammt, das klang gut, obwohl ihre Augen nun mit einem Ausdruck geweitet waren, den er als Verlegenheit einordnete. Er war schon zuvor in Beziehungen gewesen und normalerweise hätte diese Bezeichnung seine Eier zum Schrumpfen gebracht und sein Geist hätte mit Hochdruck begonnen, seine Flucht zu planen. Aber nicht diesmal. Diesmal wusste er, dass er gefunden hatte, wonach er gesucht hatte, und er konnte es kaum erwarten, ihren Vater kennenzulernen.

„Er wird dich kastrieren." Sie lenkte ihren Blick auf sein T-Shirt und bohrte ihm einen Finger in die Brust.

Nun gut, das dämpfte seine Freude darauf, ihren Vater kennenzulernen, ein klein wenig.

„Du wirst nicht verhaftet." Er gab vor, das Wort *Freund* zu ignorieren, um ihre Panik nicht noch zu verschlimmern. Dann tätschelte er ihren Hintern und genoss, wie sie erschrocken zusammenzuckte. „Komm in ein paar Minuten nach und sei ganz natürlich."

„Ganz natürlich", murmelte sie. „Klingt, als hättest du Erfahrung damit."

Er klopfte ihr noch einmal auf den Po, diesmal fester, als Warnung. Seine „Erfahrung" war rein gar nichts wert, jetzt, wo er sich in Gabis Gegenwart fühlte wie ein jungfräulicher Teenager. „Wir sehen uns draußen."

Sie atmete scharf ein und nickte.

Blake verließ die Toilette, schloss die Tür hinter sich und machte sich auf den Weg zu seinem Sitzplatz. Er blähte seine Brust auf und konnte sich den Ich-hatte-gerade-Sex-Ausdruck nicht aus dem Gesicht wischen. Oh ja, jeder in der Business Class wusste es. Manche starrten ihn angewidert an, doch die meisten grinsten und teilten seine Begeisterung. Er konnte den Stolz nicht aus seinem Gang heraushalten und bemühte sich auch gar nicht, ihn zu verbergen. Wieso zur Hölle sollte er? Wenn es um Gabi ging, ließ er die Welt liebend gerne wissen, was für ein verliebter Narr er war.

Sobald er sich hingesetzt hatte, kam die Flugbereiterin auf ihn zu und schüttelte kaum merklich den Kopf, während sich auf ihren prallen Lippen ein Lächeln formte.

„Mr. Kennedy." Sie hockte sich neben seinem Sitzplatz auf den Gang und sah ihn fragend an. „Ich hoffe, Ihrer Begleitung geht es besser."

Er musste sich bemühen, nicht in Gelächter auszubrechen. „Ja, ich bin mir sicher, meiner *Freundin* wird es den Rest des Fluges über gut gehen."

Noch nie zuvor hatte er das Bedürfnis verspürt, seinen Beziehungsstatus vor jemandem klarzustellen. Niemals. Und doch wollte er nun, dass diese Frau wusste, dass er vergeben war. Er wollte ihr das kokette Lächeln aus dem Gesicht wischen und ihr klarmachen, dass keine andere Frau jemals eine Versuchung für ihn darstellen würde.

Sie neigte ihren Kopf zur Seite und griff in ihre Hosentasche. „Würde es Ihnen etwas ausmachen, das hier für mich zu signieren?" Sie reichte ihm einen kleinen Notizblock und einen Stift. „Es ist gegen die Vorschriften, Sie das zu fragen, aber da sie vermutlich sehr ... *erleichtert* darüber sind, dass es Ihrer Begleitung so plötzlich wieder besser geht, dachte ich, Sie hätten vielleicht nichts dagegen."

Übersetzung: Gib mir dein Autogramm oder ich erzähle dem Piloten, dass du beim Sex in einem Flugzeug erwischt wurdest, und sorge dafür, dass du bei der Landung von der Flughafenpolizei in Empfang genommen wirst. Es war nicht das erste Mal, dass er dafür unter Druck gesetzt wurde, sich dem Vergnügen zehn Kilometer über dem Erdboden hingegeben zu haben.

„Sicher." Er griff nach dem Block und signierte ihn. Darunter schrieb er – *Was für ein großartiger Trip.*

Als er seinen Blick hob, um ihr den Notizblock zurückzugeben, stand Gabi hinter der Flugbegleiterin, ihr Gesicht ausdruckslos, ohne jegliche Emotion darin. War sie eifersüchtig? Mit diesem Problem hatte er noch in jeder Beziehung zu kämpfen gehabt, seit er mit den Live-Gigs begonnen hatte. Selbst am Anfang, als er noch kleine Auftritte in den Lokalen seiner Heimatstadt gehabt hatte, hatten die Frauen, mit denen er ausgegangen war, ihm niemals vertraut und die Aufmerksamkeit gehasst, die er gekriegt hatte. Eifersucht war verdammt mühsam, aber er war daran gewöhnt. Außerdem konnte er sie Gabi nicht verübeln, hatte er doch dasselbe aggressive Gefühl früher am selben Tag wegen Troy gehabt.

„Hey, Schönheit." Er reichte der Flugbegleiterin den Block und griff nach Gabis Hand, um sie auf den Sitz neben sich zu ziehen. „Wie geht es dir?"

Sie räusperte und setzte sich. „Ähm …" Sie wand sich auf ihrem Platz und ihr Blick wanderte von ihm zu der Brünetten, die neben ihm stand. „Gut."

Die Frau beugte sich zu ihnen hinunter. „Ich lasse Sie jetzt allein, damit Sie den Rest Ihres Fluges genießen können."

Blake konzentrierte sich weiter auf Gabi, bedacht darauf, der Flugbegleiterin nicht die Aufmerksamkeit zukommen zu lassen, nach der sie sich so sehr sehnte. Als sich ihre Hand auf seine Schulter legte, um sie in einem stillen Abschiedsgruß sanft zu drücken, biss er sich auf den Kiefer und hoffte inständig, dass Gabis leerer Gesichtsausdruck nicht die Verärgerung überdeckte, mit der er rechnete.

Gabi sah zu, wie die Frau davonging, und folgte ihr mit ihrem Blick bis zum vorderen Ende der Kabine, bevor sie sich wieder ihm zuwandte. „Wie unfassbar peinlich", zischte sie lächelnd. „Sie hat eindeutig mitgekriegt, was wir da drin gemacht haben, und trotzdem hat sie dich angemacht."

Er wartete darauf, dass ihr Unmut zum Vorschein kam. Dass Verachtung ihre fröhliche Miene trübte. „Ja. Fans machen manchmal schräge Dinge."

Gabi erschauderte. „Ich bin froh, dass du es bist und nicht ich."

„Dann stört es dich nicht?"

„Was? Eine verrückte Frau, die um dein Autogramm bittet?

Oder wollte sie deine Handynummer?" Sie zuckte mit den Schultern. „So oder so, eigentlich ist es egal. Du kannst nichts dagegen tun, dass andere Leute dich umwerfend finden. Irgendwie tut sie mir leid, weil ich dein wahres Ich kenne, und das ist bei Weitem nicht so sensationell." Sie grinste breiter.

Er ignorierte ihren frechen Kommentar, denn er musste sichergehen, dass sie ihn nicht einfach nur beschwichtigen wollte. „Du bist nicht eifersüchtig?"

Sie sah ihm in die Augen und ihr Ausdruck wurde weicher, als er Bewunderung darin zu erkennen hoffte. „Vielleicht ein bisschen. Aber ich vertraue dir. Wenn ich das nicht schaffe, solange du nur ein paar Meter von mir entfernt bist, wie soll ich es dann hinkriegen, wenn du am anderen Ende der Welt bist?"

Gegen ihre perfekte Logik kam er nicht an. Also nahm er ihre Hand und führte ihre Knöchel für einen Kuss an seine Lippen. „Ich liebe dich, das weißt du."

„Zählt nich–"

Er drückte ihr eine Hand auf ihren Mund, als Heimzahlung für die Male, die sie es bei ihm auf der Toilette gemacht hatte. „Es zählt doch." Er beugte sich vor, um ihr ins Ohr zu flüstern. „Es zählt jedes verdammte Mal, wenn ich es sage. Ganz egal, ob ich dich gerade ficke oder liebe oder versuche, dich im australischen Ozean zu ertränken. Ich liebe dich, Gabi, mehr als das Leben selbst."

Er meinte jedes einzelne Wort davon. Nichts bedeutete ihm mehr. Reckless war seine Karriere. Gabi war seine Ewigkeit. Von nun an würde er sie immer an erste Stelle setzen. „Und wenn wir schon beim Thema sind, will ich über die ganze Freund-Freundin-Sache reden."

Sie errötete leicht. „Ich wollte das vorhin nicht sagen. Ich war aufgebracht. Da ist es mir rausgerutscht."

Ihre Nervosität löste seltsame Reaktionen in seinem Magen aus. „Dann hast du es also nicht so gemeint?"

Sie schwieg und konzentrierte sich auf die Rückenlehne vor sich. „Nein ... Es ist nur ... Ich weiß nicht, was wir sind." Sie deutete langsam zwischen ihnen hin und her. „Wie ich schon gesagt habe, vertraue ich dir ... von ganzem Herzen, und ich weiß, dass du mir niemals absichtlich wehtun würdest. Ich bin mir nur nicht ganz sicher, was das zwischen uns ist, und was genau passieren wird, wenn wir wieder getrennt sind."

Ihre Nervosität mochte ihm zwar seltsame Empfindungen in der Magengegend beschert haben, dennoch zogen sich seine Eier zusammen, als er die Verwundbarkeit in ihrer Stimme wahrnahm.

„Sieh mich an", sagte er mit leiser Stimme, da er nicht wollte, dass jemand ihre private Unterhaltung mitanhören konnte und sie demnächst in einem der Klatschmagazine auftauchte.

Sie drehte sich langsam zur Seite, um ihn anzusehen, und lehnte ihren Kopf gegen ihren Sitz.

„Was willst du?"

Sie unterbrach ihren Blickkontakt, um den Gang hinunter zu starren, und er strich ihr mit einem Finger an ihrem Kiefer entlang, um ihre Aufmerksamkeit wieder auf sich zu lenken.

„Ich will alles, was ich kriegen kann, Blake." Ihre Stimme war rau und machte brutale Dinge mit seinem Herzen. „Ich will alles, was du mir gibst."

# Kapitel Acht

Der Rest des Fluges und ihre Fahrt durch den Verkehr zu ihrem Hotel war für Blake reine Routine gewesen. Die Dinge waren zu einfach zwischen ihnen, zu richtig. Sie wollten beide dasselbe. Aber warum fühlte es sich dann so an, als schrammte er an einem Desaster vorbei, anstatt dass er glücklich darüber war, einen ersten Einblick in eine perfekte Zukunft zu erhalten?

Er machte sich weiter Sorgen und fragte sich, ob Gabis Gefühle sich verändern würden, wenn sie erst die unangenehmeren Aspekte seines Lebens kennenlernte. Bisher war alles ruhig verlaufen. Sie hatten nur von einem einzigen Leibwächter durch die Flughäfen begleitet werden müssen. Er war nach ein oder zwei Fotos gefragt worden und hatte gleich viele Autogramme gegeben, sonst nichts. Kaum jemand hatte ihn erkannt.

Das würde sich alles ändern, sobald er zum Rest von Reckless Beat stieß – die dreisten Fans, die mangelnde Privatsphäre und auch die Distanz, die all das zwischen ihn und Gabi bringen würde, wenn sie auf Tour waren. Das hier war der einfache Teil. Und doch, als ihr Chauffeur den Wagen vor das Crown Hotel steuerte, weit nach Einbruch der Dunkelheit, und das Fahrzeug von einer Horde schreiender Fans umringt war, legte sich seine anfängliche Panik bei dem Ausdruck der Bewunderung in ihren Augen. Sie wartete geduldig an seiner Seite, als er sich mit den Fans unterhielt, bevor sie in das Hotel gingen.

Es war surreal. Und viel zu einfach.

„Du bist ruhig", brach Gabi die Stille, als sie mit dem Lift in den einunddreißigsten Stock fuhren. „Bist du müde?"

Er schüttelte den Kopf. „Nein, Engel, aber du siehst geschafft aus." Er hatte sie letzte Nacht nicht viel schlafen lassen und ihre Erschöpfung machte sich nun durch dunkle Augenringe bemerkbar.

Sie kicherte schelmisch. „Ach, bist du süß."

Er stellte sich nah vor sie, legte eine Hand um ihre Wange und streichelte mit seinem Daumen über ihren Wangenknochen. „Werd mal nicht frech." Er drückte sich an sie und küsste zärtlich ihre Lippen, wieder und wieder und wieder. „Wie geht es deinem Kopf?"

Der Aufzug kam zum Stehen und die Türen glitten auf.

„Besser als meinem Magen", antwortete sie und ging um ihn herum in den Flur. „Ich bin am Verhungern."

Wie konnten die Dinge zwischen ihnen nur so ungezwungen sein? Über Nacht waren sie in eine Beziehung gestolpert, deren Basis solider war als alles, was er jemals erlebt hatte. Jetzt mussten sie nur noch einen Weg finden, sie am Leben zu erhalten.

Monogamie würde eine der wichtigsten Komponenten sein, zumindest für ihn. Er konnte nicht so weit von ihr entfernt sein, wissend, dass jeder Kerl da draußen Anspruch auf ihren wunderschönen Körper erheben könnte, bevor er mit der Australien-Tour fertig war. Sobald sie die verbleibenden Konzerte gespielt hatten, würde er etwas Zeit mit ihr verbringen können, vielleicht eine Woche oder zwei, bevor er zurück in die Staaten musste. Und danach würde es nicht mehr lange dauern, bis sie ihren Abschluss machte.

Aber auch das reichte nicht. Er konnte den Gedanken nicht ertragen, dass sie am Dienstag zurückfliegen musste. Er fühlte sich wie ein Schlappschwanz dabei, es zuzugeben, aber von Gabi umgeben zu sein, erwärmte ihn – seine Brust, sein zerrüttetes Herz, seine kalte Seele. Sie erweckte ihn wieder zum Leben und er wollte ihre unerschütterliche Unterstützung erwidern.

Er wartete auf der Couch darauf, dass ihr Gepäck aufs Zimmer gebracht wurde, während Gabi sich frischmachte. Als sie aus der Dusche kam, gekleidet in ein atemberaubendes pinkes Negligé, war es nicht mehr das Essen, welches der Zimmerservice serviert hatte, das ihm das Wasser im Mund zusammenlaufen ließ.

„Oh Gott, das riecht so köstlich", stöhnte sie und nahm am Esstisch auf dem Stuhl ihm gegenüber Platz.

„Sieht auch gut aus", murmelte er und ließ dabei die femininen Kurven ihres Körpers nicht aus den Augen.

Sie ließ ihre Zunge über ihre Lippen gleiten und hauchte damit seinem Schwanz mit einer einzigen Geste neues Leben ein.

„Du bist unersättlich." Sie kicherte und begann, ihr Steak zu schneiden.

„Nur, wenn es um dich geht."

Er steckte sich eine Gabel voll Essen in den Mund. Er wusste nicht, was es war, und es war ihm auch egal, denn er war zu konzentriert auf die Art, wie Gabi bei jedem Bissen ihre Augen schloss und tief in ihrer Kehle aufstöhnte. „Das ist so lecker. Es fühlt sich an, als hätte ich seit Tagen nicht gegessen."

Er fühlte sich, als hätte er sie seit Tagen nicht berührt.

„Du verwöhnst mich, Blake Kennedy."

Gott, er liebte es, wie sie seinen Namen sagte – halb vorwurfsvoll, halb verführerisch. Liebend gerne würde er sie mit Geld überhäufen und an jedem Abend der Woche in feine Hotels ausführen, wenn sie ihm dafür ihre Aufmerksamkeit schenkte. Die Art und Weise, wie ihr Gesicht gestrahlt hatte, als sie ihre Suite und die Aussicht über Melbourne gesehen hatte, war unbezahlbar. Verführerisch. Erhellend. Unfassbar sexy ... und verdammt, er war schwer verliebt.

*Konzentrier dich.*

Er hatte einen weiteren Weg gefunden, wie sie mehr Zeit miteinander verbringen konnten, und wollte das Thema ansprechen, bevor sein Schwanz die Führung übernahm. Also manövrierte er seine Hand über den schwarzen Holztisch, zwischen Tellern und Gläsern hindurch, um ihre Hand zu drücken. „Ich will am Dienstag mit dir zurück nach Hause kommen."

Ihre Augen weiteten sich und sie räusperte sich.

„Wir können schon auf das Konzertgelände", fuhr er fort, „also können die Jungs und ich schon vorzeitig alles vorbereiten. Ich kann den Mittwoch mit dir verbringen und erst spät am Abend zurückkommen."

Sie reagierte jedoch nicht mit der Freude, die er erwartet hatte. Ein Schlucken wanderte in ihrer Kehle abwärts und sie wandte ihren Blick ab, um auf ihre ineinander verschränkten Finger zu starren. „Blake … ich glaube nicht, dass das eine gute Idee ist. Ich werde den Mittwoch mit meiner Familie verbringen. Wir werden dasselbe tun wie jedes Jahr an Gregs Todestag." Langsam hob sie ihren Blick zu ihm an, ihre Züge nun angespannt.

„Ich weiß – und ich will für dich da sein. Ich würde gerne deine Eltern kennenlernen." Scheiße. Er setzte gerade alles auf eine Karte und aus irgendeinem Grund hatte er kein gutes Gefühl bei der Sache.

Sie schüttelte langsam den Kopf. „Es wäre nicht der beste Zeitpunkt dafür."

„Ich weiß, dass der Zeitpunkt nicht perfekt ist, aber ich wäre trotzdem gerne dabei. Für dich."

Sie lächelte ihn an und drückte seine Finger. „Du bist lieb. Aber das geht nicht."

Er wartete auf eine Erklärung, darauf, dass sie ihm einen anderen Grund als schlechtes Timing nannte. Aber sie schwieg.

„Warum?" Er zog seine Hand zurück und lehnte sich an seinen Stuhl. Jahrelang war er für sie da gewesen, wenn sie am Todestag ihres Bruders geweint hatte. Sie nicht in seinen Armen halten und trösten zu können, hatte ihn innerlich zerrissen … und jetzt, wo er die Gelegenheit dazu hatte, stieß sie ihn weg.

Sie sah auf seine Hand, als er sie zurückzog. „Meine Eltern."

„Was ist mit ihnen?" Er griff nach Messer und Gabel und begann manisch, sein Steak in Stücke zu schneiden.

„Blake", flehte sie.

Der Schmerz in ihrer Stimme gab ihm den Rest und irgendetwas lag dahinter verborgen, etwas, das sie vor ihm zu verheimlichen versuchte. Er musste herausfinden, was es war.

Also legte er sein Besteck zurück auf den Tisch. „Was ist mit deinen Eltern?"

Gabi zuckte zusammen und sah ihm in die Augen. „Egal, wie ich das sage, du wirst es falsch auffassen und das will ich nicht."

Fuck. Jetzt war er mehr als besorgt. Kalter Schweiß bildete sich auf seiner Stirn. „Sag es mir."

Sie beugte sich auf der Suche nach seiner Hand über den Tisch und er lehnte sich vorwärts, um ihre Berührung zuzulassen. Gleich ließ sie eine Bombe platzen. Er konnte es an der Hitze erkennen, die von seiner Brust ausströmte.

„Meine Eltern werden dich verurteilen."

Er bemühte sich, seinen Ärger zu unterdrücken. Die Leute verurteilten ihn ständig und dieses Verhalten war nicht ansatzweise neu für ihn, wenn es um sein Aussehen ging. Also warum hatte ihn das bis jetzt nie gestört?

Er nickte und zuckte mit den Schultern. „Mach dir darüber keine Sorgen." Er tätschelte ihre Hand und stand dann von seinem Stuhl auf. Sein Hunger war verflogen. Er griff nach seinem leeren Glas, ging in die angrenzende Küche und füllte es mit Wasser, um damit seinen Schmerz hinunterzuspülen.

„Blake." Er hörte ihren Stuhl über den Boden scheuern und ihre leisen Schritte, als sie ihm folgte.

„Ich sagte, mach dir deswegen keine Sorgen, Gabi. Ich verstehe schon."

Sie stellte sich hinter ihn, schlang ihre Arme um seine Mitte und legte ihren Kopf an sein Schulterblatt. „Sie machen sich Sorgen um mich."

Das verstand er. Wirklich. Er verstand es. Nur hatte er es satt zu wissen, dass er nicht gut genug für sie war. Dass er nicht der Kerl war, den sie verdiente. Und es nie sein würde. Schon vor diesem Wochenende hatte er das gewusst. Und das waren nur seine eigenen Gedanken. Was, wenn da noch jemand war, der bekräftigte, dass er ihrer nicht würdig war?

„Ich habe dir schon gesagt, dass sie voreingenommen sind. Sie wollten mich immer an der Seite eines Investmentbankers oder eines Anwalts sehen, oder bei einem Mann mit einem ähnlich angesehenen Beruf." Sie sprach weiter in seinen Rücken. „Und das ist ihr Problem. Ich wusste, dass sie früher oder später mit dem Mann klarkommen würden müssen, den ich mit nach Hause bringe, weil ihre Vorstellung davon, mit welchem Typ Mann ich zusammen sein sollte, weit entfernt ist von dem, was ich mir wünsche. Aber ..." Sie drückte ihn fest und küsste seine Schulter. „Du wirst sie an Greg erinnern. Die Tattoos. Deine Kleidung. Dein Selbstvertrauen. Sie werden dich sehen und in Panik verfallen."

Er schlang seine Finger enger um sein Glas und hielt sich mit der anderen Hand am Küchentresen fest. Jedes einzelne Wort riss ihn innerlich in Stücke. Erinnerte ihn daran, dass er ihrer nicht würdig war. Aber wie ein Masochist konnte er sie nicht bitten, aufzuhören.

„An jedem anderen Tag wäre mir das egal, Blake. Ich schwöre es dir. Ich kann es ihnen nur nicht an Gregs Todestag zumuten."

Er drehte sich um, bereit, sich aus ihrer Umarmung zu lösen und sich ein wenig Abstand zu verschaffen. „Ich verstehe. Und sie haben jedes Recht, ihre eigenen Schlüsse zu ziehen. Ich *bin* alles, was Greg verkörpert hat. Ich bin der Drogensüchtige aus schlechten Verhältnissen." Er machte einen Schritt um sie herum.

Sie packte ihn an der Vorderseite seines T-Shirts und zog fest daran. „Nein, bist du nicht." Sie stellte sich auf ihre Zehenspitzen, sodass ihre Münder sich beinahe berührten und ihr heißer Atem über seine Haut strich. „Du denkst gerne, dass du ein schlechter Mensch bist. Aber das bist du nicht. Du bist ein sanfter Kuschelbär, der sich hinter Tätowierungen, Ledermanschetten und dunklen Klamotten versteckt." Ihre Finger wanderten in seinen Nacken und er schloss flüchtig die Augen bei dem Gefühl davon. „Ich liebe dich."

Er wollte sie von sich stoßen, wollte Distanz, um alleine schmollen zu können. Aber Gabi ließ es nicht zu.

„Ich kann es kaum erwarten, dass du meine Eltern kennenlernst", sagte sie dann. „Damit wir ihnen beweisen können, dass sie falsch liegen. Gemeinsam." Sie presste ihre Lippen an seine, sanft und liebevoll, und zwang seinen unkontrollierbaren Körper zu einer Reaktion. Als sie sich zurückzog und ihm in die Augen sah, waren ihre Augen unergründlich und tiefblau. „Aber der kommende Mittwoch ist nicht der Tag dafür. Lass mich ein letztes Mal diesen Tag mit ihnen verbringen, denn nächstes Jahr verbringe ich ihn hoffentlich allein mit dir."

Gabi wusste, wie sie die Dinge drehen und ihm Hoffnung schenken konnte.

„Komm, leg dich mit mir ins Bett", fuhr sie dann fort. „Mir tut der Kopf weh und ich muss mich ein wenig ausruhen."

Er stand reglos da und sein Herz pochte in seiner Brust. So würde er sich immer fühlen. Minderwertig. Es zerriss ihn innerlich und doch, so sehr ihn dieses Gefühl auch quälte, konnte er sich nicht vorstellen, ihr den Rücken zuzukehren. Er würde sich jedem Kampf stellen, um mit ihr zusammen zu sein, selbst, wenn es der Kampf gegen seine eigenen Unsicherheiten war.

Sie bewegte sich um ihn herum und zog an seiner Hand.

„Komm schon, du sexy Rockgott. Wenn du Glück hast, lasse ich dich mich verführen."

Und von einem Moment auf den anderen wechselte seine Stimmung von Selbstentwertung zu „Legen wir los".

~

Gabi schreckte später in dieser Nacht aus dem Schlaf hoch. Der Wecker auf dem Nachttisch zeigte null Uhr siebenundvierzig an. Sie waren zu Bett gegangen, hatten Liebe gemacht und mussten erschöpft eingeschlafen sein. Ein lautes Klopfen dröhnte an der Tür zu ihrer Suite und ließ sie erneut hochschrecken. Sie drückte sich von ihrem Bauch auf ihre Ellbogen hoch und blinzelte in die Dunkelheit.

„Blake?", flüsterte sie. „Da ist jemand an der Tür."

Er stöhnte und rollte sich auf den Rücken.

„Hey du Hengst, mach die verdammte Tür auf." Der Satz hallte durch die Suite und ließ Blake ruckartig den Kopf heben.

„Verdammt, Mason", murrte er und setzte sich auf, während er sich müde mit einer Hand über das Gesicht fuhr. *Hau ab.*

Ein männliches Glucksen ertönte in der Ferne. „Keine Chance, Mann. Wir müssen Pläne schmieden und ich will die Frau kennenlernen, deren Nippel nach Bier schmecken."

Gabi rutschte das Herz in die Hose. Sie wollten sie kennenlernen? Zumindest nahm sie an, dass sie sie meinten. Nicht, dass irgendein Körperteil an ihr nach Bier geschmeckt hätte.

Blake stöhnte wieder. „Er wird nicht weggehen." Er beugte sich zu ihr, um sie auf die Schulter zu küssen. „Schlaf weiter, Engel, wir sehen uns morgen Früh."

„Wohin gehst du?", fragte sie hastig. Plötzlich wurde sie von der Unausweichlichkeit überwältigt, eine Band voller berühmter Rockstars kennenzulernen. Blakes Besuch war zwar eine Überraschung gewesen, aber immerhin kannte sie ihn seit Jahren. Seine Freunde hingegen waren ein ganz anderes Thema. Sie waren die heiß begehrten Mitglieder von Reckless Beat.

„Ich gehe rüber in Masons Suite, damit du schlafen kannst. Bin nicht lange weg."

Er schnappte sich seine Klamotten von dem Stuhl in der Ecke und zog sich an.

„Willst du, dass ich mitkomme?" Sie hielt sich die Decke vor ihre nackte Brust.

„Nein. Mason klingt, als hätte er Lust auf Ärger. Da willst du nicht in der Nähe sein." Er schritt zur Tür und hielt sich am Rahmen fest, als er ihr einen Blick zuwarf. „Du kannst sie morgen Früh kennenlernen." Ohne sich zu verabschieden, ging er.

Licht drang in das Schlafzimmer, als er die Tür zur Suite öffnete, und Masons Stimme wurde lauter. „Wo ist die scharfe Braut?"

„Sie schläft. Also sei verdammt nochmal leise."

Sie hörte, wie Fleisch an Fleisch klatschte, und hoffte, dass sie einander umarmten und sich nicht die Scheiße aus dem Leib prügelten.

„Ich wette, mir fällt ein angenehmer Weg ein, sie zu wecken." Mason lachte hell.

„Sie ist zu viel Frau für dich Mace. Da kommst du nicht mit."

„Scheiß drauf. Versuchen kann ich es."

„Geh aus dem Weg und lass sie weiterschlafen."

Das Licht ging aus.

„Gute Nacht, Frau, deren Nippel nach Bier schmecken."

Gabi dämpfte mit ihrer Hand ein Lachen.

„Du bist ein Trottel", erwiderte Blake. Die Tür zur Suite schloss sich mit einem Klicken und sie blieb in der Dunkelheit zurück.

Gabi verging das Lachen, als sie sich zurück auf die Matratze fallen ließ. Ihre Bedenken von vorhin schlichen sich wieder in ihre Gedanken. Vielleicht hätte sie Blake gegenüber nicht ehrlich sein sollen, was das Kennenlernen mit ihren Eltern anging. Sie hätte sich irgendeine Ausrede einfallen lassen können, warum er sie nicht zurückbegleiten konnte, anstatt ihn mit der brutalen Wahrheit zu konfrontieren. Aber das war nicht sie. Sie log nicht. Sie hasste es, wenn Leute sie anlogen, also behandelte sie ihn mit demselben Respekt, den er ihr immer entgegengebracht hatte. Nur hatte sie ihn dabei gekränkt und war dann eingeschlafen, bevor sie sichergehen konnte, dass es ihm gut ging.

„Ich bin so ein Idiot." Sie kniff die Augen zusammen.

Gleich am nächsten Morgen würde sie mit ihm sprechen – wenn ihr Kopf nicht mehr pulsierte und sie wieder klar denken konnte. Bis dahin brauchte sie jeden Schönheitsschlaf, den sie kriegen konnte, wenn sie Reckless Beat, seine Familie, kennenlernen wollte.

# Kapitel Neun

BLAKE GING neben Mason auf den Lift zu und wartete darauf, dass der Leadsänger der Band den Knopf drückte.

„Also … gibt es einen Grund dafür, dass du mich mitten in der Nacht aufgeweckt hast?" Blake gähnte und blinzelte so lange, bis seine Augen von allein offen blieben.

Mason schlug ihn sanft mit der Faust in die Rippen. „Ich habe dich vermisst, Mann."

„Spar dir den Scheiß. Es waren nur ein paar Tage."

Die Fahrstuhltüren öffneten sich und Mason trat hinein, hielt die Hotelkarte an das Lesegerät und drückte dann den Knopf für das nächsthöhere Stockwerk. „Ja, ich war nie ein guter Lügner."

Blake folgte ihm hinein für die kurze Fahrt nach oben. „Was ist dann los?"

Mason wackelte mit den Augenbrauen. „Wir müssen Pläne schmieden."

Er folgte Mason in den Flur. „Was für Pläne?"

„Das soll dir Mister Schwerverliebt selbst erklären."

Mister Schwerverliebt? Eindeutig Mitch. Sofern sich nicht sonst noch jemand in den letzten Tagen Hals über Schwanz verknallt hatte.

Mason öffnete die Tür zu der einzigen Suite auf dieser Seite des Flurs und führte ihn in einen schwach beleuchteten Essbereich. Mitch saß auf einer kaffeebraunen Couch, hatte den Kopf auf der

Rückenlehne abgelegt und die Augen geschlossen. Leah, ihre Bandmanagerin, saß am anderen Ende und las eine Zeitschrift.

„Blake." Leah begrüßte ihn mit einem Lächeln und warf das Heft auf den Kaffeetisch vor sich.

„Wenigstens kann einer von uns ein bisschen schlafen", grummelte Blake.

Mitch setzte sich auf und öffnete gähnend seine Augen. „Auch schön, dich zu sehen, Sackgesicht."

Mason ließ sich auf die gegenüberliegende Couch fallen und verschränkte seine Beine.

„Wo sind alle?" Blake ging um Mason herum und setzte sich auf die Armlehne.

„Die schlafen. Alana und ich sind unten im selben Stockwerk wie du. Wie geht es deinem Mädel?"

„Gabi geht es gut. Noch besser ginge es ihr, wenn ich neben ihr schlafen würde, also kommt zur Sache."

Mitch grinste. „Sieh es als Revanche. Ich werde niemals den Tag vergessen, als du Allie im Schlaf befummelt hast."

Blakes Mundwinkel hoben sich. Obwohl seine wilden Tage vorüber waren, ließ die Erinnerung an jenen Morgen mit Alana und Mitchell sein Herz höherschlagen. „Ich kann sie immer noch auf meinen Lippen schmecken."

Mitchells Grinsen verwandelte sich in ein Starren und er vergrub seine Fäuste in den Couchkissen. „Heimzahlung, Arschloch. Sie wird kommen." Blake lachte auf. Mitch war viel zu leicht zu reizen. „Spar dir dein blödes Lachen. Du wirst kriegen, was du verdienst. Schon bald bin ich es vielleicht, der sich an Gabi reibt, wenn sie aufwacht."

Leah wirbelte auf ihrem Platz herum und fixierte Mitch mit ihren blaugrünen Augen. „Hältst du das nicht für ein wenig unangebracht, jetzt, wo du dich mit Alana verloben wirst?"

*Verloben?*

Mitch verschränkte die Arme vor der Brust und sah sie finster an. „Du weißt, was ich meine, Leah. Er wird dafür büßen, dass er so ein dreister Penner war. Wenn es nötig ist, werde ich Mason dazu bringen, es zu tun."

*Verloben?* Es hatte sich viel verändert in den letzten achtundvierzig Stunden.

„Keine Sorge. Wenn sie heiß ist, brauche ich keine Ermutigung."

Mason grinste und sie alle wandten sich zu Blake und warteten auf seine Retourkutsche. „Also, ist sie heiß?"

Blake verzog das Gesicht. Er war nur zwei Tage weggewesen und die gesamte Dynamik hatte sich verschoben. „Wann zur Hölle habt ihr euch verlobt?"

Mitch lächelte und lehnte sich auf seinem Platz nach vorne. „Ich mache ihr morgen den Antrag."

Blake ignorierte die Enge in seiner Kehle, denn er wollte sich nicht eingestehen, dass das Gefühl von Neid herrührte. Es hatte allerdings nichts mit Mitchells wunderschöner Freundin zu tun, sondern rein damit, was Blake sich erhoffte mit Gabi zu haben.

Er wollte derjenige sein, der seinem Mädchen einen Antrag machte. Er wollte es sein, der sich niederkniete und hinauf in das wunderschöne Gesicht der Frau blickte, die er liebte. Nur, dass er noch in der Schublade des geheimen Freundes steckte, von der aus er nicht einmal ihre Eltern kennenlernen konnte.

Während er sich ein unechtes Lächeln auf die Lippen zwang, stand er auf und ging an die Seite des Tisches, um Mitch eine Hand hinzuhalten. „Heilige Scheiße, Mann. Das ist fantastisch." Es *war* fantastisch. Was Alana anging, so hatte Mitch sich weit über seiner eigenen Liga eingekauft. Sie war eine ganz besondere Art von Frau. Eine, die man nicht mehr gehen ließ, und die beiden gehörten zusammen.

Sie schlugen ihre Hände über die Ecke des Couchtisches hinweg ineinander und klopften einander auf die Schulter in der einzig akzeptablen Form maskuliner Zuneigung.

„Danke. Das ist der Grund, warum du hier bist."

Blake machte einen Schritt zurück und setzte sich wieder auf die Armlehne.

„Ich brauche Hilfe bei der Planung." Mitch seufzte. „Ich will, dass es etwas ganz Besonderes für sie wird."

Blake nickte. „Tja, nachdem du bei deinem ersten Versuch ein Superheldenkostüm getragen hast und davor weder geplant noch nachgedacht hattest, hast du diesmal die Nase vorn."

Mitch streckte ihm den Mittelfinger hin und murmelte: „Es war ein Piratenkostüm, Arschloch, und du bist derjenige, der gewettet hat, dass ich mich das nicht traue."

Sie redeten noch mehr als eine Stunde auf diese Weise dahin, bis keiner von ihnen mehr die Augen offenhalten konnte.

„Ich muss schlafen, Jungs. Seid ihr mit dem Plan für den Antrag morgen generell einverstanden?" Leah stand auf und sah zu Mitch hinunter. Sie schien nicht sie selbst zu sein. Diesen Eindruck hatte Blake schon gehabt, als er die Suite betreten hatte. Sorgenfalten lagen auf ihrer Stirn und ihr sonst permanentes Lächeln war nirgendwo zu sehen.

„Ich denke schon." Mitch beugte sich vor und rieb sich mit den Händen über das Gesicht. „Irgendwie werde ich es trotzdem vermasseln."

Mason nickte. „Stimmt. Zu deinem Glück ist es immer der Gedanke, der zählt."

„Sehr witzig, du Frauenheld. Zumindest kenne ich von jetzt an immer den Namen der Frau, mit der ich schlafe."

„Pfft." Mason schnaubte. „Namen werden überbewertet."

„Sitte und Anstand auch, wie es scheint." Leah drehte sich um und ging auf die Tür zu. „Wir sehen uns später."

„Warte. Ich komme mit." Blake stand auf und salutierte zum Gruß vor den Jungs.

Mason beugte sich über die Couch und legte sich eine Hand an den Mund. „Sei vorsichtig, Tiger. Leah hat seit London richtig miese Laune. Stell sicher, dass deine Eier zu jedem Zeitpunkt gut geschützt sind."

Blake starrte auf Leahs Rücken, während sie langsam über den Flur in Richtung Eingangstür ging. „Warum das?"

Mason zuckte mit den Schultern. „Ich vermute, dass vielleicht die rote Tante ihr einen Besuch abstattet."

Wenn Leah so distanziert wirkte, musste mehr dahinterstecken als ein Frauenthema, so viel wusste Blake. „Okay … wir sehen uns dann später, Jungs. Ich habe noch eine Verabredung mit dem Himmel."

Mitch schnaubte. „Sperr besser ab. Man weiß nie, wer euch sonst vom Schrank aus beobachtet."

„Ernsthaft, Mann." Mason setzte sich auf und starrte Mitch an, während Blake gluckste und Leah nachging. „Du kannst so einen Scheiß nicht mehr sagen. Ich bin die männliche Hure in dieser Band und sogar ich weiß, dass das falsch ist."

Blake joggte die letzten Schritte zur Tür und hielt sie für Leah auf.

„Du weißt doch, was ich meine", hallte Mitchs Stimme über den Flur und wurde abrupt abgeschnitten, als die Tür ins Schloss fiel.

Leah marschierte weiter und Blake musste große Schritte machen, um mit ihr mithalten zu können. Sie war sonst nicht so reserviert und unzugänglich. Auch, wenn sie manchmal gestresst war, schaffte sie es immer, zu lächeln.

„Was ist los, Lee-Lee?"

Sie warf einen Blick über ihre Schulter und durchbohrte ihn mit ihren müden Augen. Dann wischte sie sich eine Strähne ihrer blonden Haare aus dem Gesicht und seufzte. „Es tut mir leid. Ich weiß, dass ich heute Nacht miese Laune habe."

Er legte ihr eine Hand auf die Schulter und zog sie an sich. „Willst du darüber reden?"

Sie zuckte die Achseln und schüttelte den Kopf. „Ich kann nicht … besser nicht."

„So schlimm wird es schon nicht sein."

Schweigen.

„Lee?" Es machte ihn nervös, dass sie nicht antwortete. Ihr Lebensstil kannte im Normalfall keine Grauschattierungen. Entweder war alles großartig oder katastrophal. Dazwischen gab es nichts. Und wenn ihre Bandmanagerin sich so verhielt, dann konnte es nichts Gutes bedeuten.

„Es ist geht um eine der Boulevardzeitschriften zuhause. Sie behaupten, sie haben ein Exklusivinterview und wollen die andere Seite der Geschichte, bevor sie sie in den Druck geben." Sie seufzte schwer auf und ließ ihre Schultern unter seinem Arm hängen. „Wenn das, was sie behaupten, wahr ist …" Sie schüttelte den Kopf. „Nein. Es muss frei erfunden sein." Sie richtete sich auf und betrat den Aufzug, sobald die Türen sich öffneten. „Ich weiß einfach nicht, wie ich damit umgehen soll. Ihre Behauptungen werden einen von euch treffen. Schwer."

Blake folgte ihr und sein Shirt fühlte sich plötzlich um seinen Hals herum zu eng an. Hatten sie die Wahrheit über seine Vergangenheit herausgefunden? Ging es darum? Versuchte Leah, ihn zu beschützen?

„Geht es um mich?" Er neigte seinen Kopf, damit sie ihn ansehen konnte. „Geht es bei der Geschichte um mich?"

Sie schluckte und die Falten um ihre Augenwinkel vertieften sich. „Ich hätte es nicht erwähnen sollen." Sie presste den Knopf für das Stockwerk unter ihnen. „Ich habe euch Jungs zu sehr ins Herz geschlossen. Ich kann es nicht ertragen, wenn einer von euch verletzt wird."

Er bekam feuchte Hände. Seine Sünden hatten ihn eingeholt, er wusste es. Die Galle begann in ihm aufzusteigen.

„Es geht nicht um dich", flüsterte sie.

*Großer Gott, danke.* Er atmete tief ein und dann langsam aus, froh darüber, dass er nicht mehr das Bedürfnis verspürte, sein Abendessen hochzukotzen. Die Fahrstuhltüren öffneten sich und sie traten hinaus auf den leeren Flur.

„Um wen dann?", fragte er Leah, als diese in die entgegengesetzte Richtung seiner Suite losging. Sie hielt inne und drehte sich auf den Zehenspitzen zu ihm um. Dann lächelte sie ihn traurig an. „Vergiss es fürs Erste." Sie wandte sich wieder ab.

„Das schaffe ich nicht. Diese Jungs sind meine einzige Familie. Ich kann das nicht einfach vergessen."

Wieder ließ sie die Schultern hängen und stand wie angewurzelt da, mit dem Rücken zu ihm.

In drei Schritten stand er hinter ihr. „Erzähl es mir."

Sie schniefte, und als sie sich umdrehte, hatte sie Tränen in den Augen.

„Oh, Lee." Er öffnete seine Arme und sie fiel ihm an die Brust und schlang ihre Arme um seine Mitte.

„Bitte ignoriere diesen Zusammenbruch einfach . Ich bin erschöpft und entgegen Masons Vermutung ist *nicht* die rote Tante zu Besuch."

Er lachte auf und zog sie fester an sich. Für einen kurzen Moment war in diesen Worten die normale Leah erkennbar gewesen. „Das hast du gehört?"

Sie schnaubte in seine Schulter. „Dieser Mann sagt absichtlich Dinge laut genug, dass ich sie höre. Er tut es nur, weil er glaubt, dass ich es ihm nicht heimzahle. Aber eines Tages in der nahen Zukunft werde ich ihm das Gegenteil beweisen."

In seiner Brust polterte ein halbherziges Lachen. Wenn sie nicht über ihn oder Mason besorgt war, blieben noch Sean, Ryan und Mitch übrig. *Fuck.* Hatte es vielleicht etwas mit Mitch und Alana zu tun? Um ihnen eine öffentliche Blamage zu ersparen, würde er sich freiwillig in die Schusslinie stellen, wenn das Klatschblatt eine Granate auf sie warf. Im Gegensatz zu ihm hatten sie eine Erniedrigung vor den Augen der Welt nicht verdient. Keines der Bandmitglieder hatte das.

„Wer ist es, Süße?"

Halb schluchzte sie, halb lachte sie, als sie ihn fragte: „Du lässt nicht locker, oder?" Dann löste sie sich aus seiner Umarmung und er ließ seine Hände sinken, während sie einen Schritt zurück machte. Als sie sich die Tränen von den Wangen wischte, sah sie ihn an. „Es ist Ryan. Sie behaupten, Fotos von seiner Frau mit einem anderen Mann zu haben."

Blake zuckte zusammen.

*Ryan?* Er war ein guter Kerl, der loyale Typ, der nie auch nur ein einziges negatives Wort über seine Frau, Julie, verlor, obwohl sie es verdient hätte. Und Blake hatte viel weniger Vertrauen in Julies Treue als Leah. Er konnte sich gut vorstellen, dass sie Ryan bei jeder sich bietenden Gelegenheit betrog.

„Hast du die Fotos gesehen?"

Leah schüttelte den Kopf. „Sie wollen zuerst mit Ryan sprechen."

„Das ist reine Verarsche. Wenn sie Beweise hätten, würden sie sie dir einfach schicken."

Sie nickte. „Ja, darauf hoffe ich."

„Also, was passiert als Nächstes?"

Sie presste die Lippen aufeinander und zuckte mit den Schultern. „Das Büro in New York soll sich darum kümmern. Sie reden gerade mit dem Blatt. Sie wollten mich nur informieren für den Fall, dass diese Leute Ryan direkt kontaktieren."

Die Verzweiflung stand ihr ins Gesicht geschrieben und es steckte mehr dahinter als nur reine Erschöpfung.

„Du sorgst dich um ihn."

Sie riss die Augen auf. „Natürlich tue ich das. Ich sorge mich um euch alle."

„Ja, aber um ihn sorgst du dich mehr."

Sie gluckste. „In dieser Sache schon, weil er so etwas nicht verdient hat. Würde ich einen Anruf wegen eines PR-Albtraums erhalten, würde ich instinktiv Mason verdächtigen, weil er ein arroganter Perversling ist, oder Mitchell, der liebend gern in Fettnäpfchen tritt, oder dich und Sean, euch zwei Klugscheißer. Ihr Jungs stiftet Chaos und habt auch noch Spaß dabei." Ihr Lächeln verblasste. „Ryan nicht."

Das stimmte. Abgesehen davon, dass Blake kein Klugscheißer war. Er bezeichnete sich lieber als geistreich.

„Sag es mir, wenn du mich für irgendetwas brauchst. Wenn du willst, dass ich mit ihm rede –"

„*Nein*. Bitte tu das nicht. Ich will kein Wort darüber verlieren in der Hoffnung, dass sie nur auf gut Glück nach Insiderinformationen angeln. Ich will ihm nicht unnötig wehtun. Von Julie getrennt zu sein, ist hart für ihn. Sie brauchen nicht auch noch diese zusätzliche Belastung."

Oh, ja. Ryan hatte es mit dem Zölibat auch so schon nicht leicht. Groupies, die ihn jagten und davon zu überzeugen versuchten, dass er seine Frau für sie verließ, würden ihm das Leben nicht gerade leichter machen. „Mach dir keine Sorgen. Ich werde nichts verraten. Aber falls *du* jemanden zum Reden brauchst, weißt du ja, dass ich für dich da bin."

Sie lächelte und diesmal erreichte es auch ihre glänzenden blaugrünen Augen. „Danke, Blake. Deine Frau kann sich glücklich schätzen, dich zu haben."

Er lachte verächtlich. „Da muss ich dir widersprechen. Gabi ist eindeutig mehr, als ich verdiene." Dann machte er auf dem Absatz kehrt und ging los in Richtung seiner Suite. „Nacht, Leah."

„Nacht, Loverboy", kicherte sie. „Schlaf ein bisschen, ja?"

# Kapitel Zehn

DIE SONNE BLINZELTE SPÄT an diesem Morgen durch die Vorhänge und half Gabi, sich jedes noch so kleine Detail an Blake einzuprägen. Er schlief friedlich auf seinem Rücken, sein rechter Arm ruhte auf seinem Bauch, während der linke auf dem Kissen über seinem Kopf lag.

Für einen Mann, der vorgab, eine harte Schale zu haben, sah sie nur sanfte Schönheit. Seine schwarzen Haare, die er für gewöhnlich mit Gel aufstellte, hingen ihm lose in die Stirn, seine sinnlichen Lippen waren leicht geöffnet. Sie wollte sich vorbeugen und ihn küssen. Ihn mit Leidenschaft und Liebe wecken, aber sie wusste, dass er nicht viel Schlaf gekriegt hatte. Er war erst nach halb vier zurück ins Bett gekrochen. Daher zügelte sie ihre Lust vorerst damit, all die raffinierten Details seiner Tätowierungen auswendig zu lernen.

Langsam glitt sie Millimeter über seiner Haut mit ihren Fingern entlang und folgte der Tintenspur mit ihren Schatten. Um seine Handgelenke befanden sich dicke, schwarze, verschnörkelte Bänder, die wie Handschellen wirkten. Auf der rechten Seite befand sich über dem Band der Schwanz einer Schlange. Das Reptil wand sich über seinen Unterarm und hinauf bis zu seinem Bizeps. Auf der Fläche um die Schlange herum entdeckte sie kleinere Kunstwerke, viele aufwendige Abbildungen von Musiknoten und Symbolen, sogar einen kleinen dunkelpinken Kirschblütenzweig – ihren Lieblingsbaum. Sie alle fügten sich zusammen zu einer wunderschönen Collage aus Hell und Dunkel, Freude und Verzweiflung.

„Ich fühle mich irgendwie belästigt."

Ihre Hand hielt inne, als ihr Blick zu seinem huschte. „Guten Morgen." Sie lächelte. Seine Iriden, so tief und so dunkel, machten Dinge mit ihr, zu denen kein Mann jemals die Macht besitzen sollte.

Er streckte seine Arme über seinem Kopf aus und ächzte. „Wie lange hast du mich schon mit deinen Blicken befummelt?"

Sie kletterte auf ihn, legte ihren nackten Körper auf seinen und ließ sich zwischen seinen Beinen nieder. „Zu lange." Sie rieb ihr Becken an seinem härter werdenden Schwanz und genoss die Vibrationen in seiner Brust unter ihren Handflächen.

Gabi grinste, als ihre Blicke sich trafen. Sie liebte diesen Mann – von ganzem Herzen. Das hatte sie schon immer. Er war ehrlich, ging offen mit seinen Schwächen um, und obwohl sie wusste, dass er sich hinter einer dicken Haut zu verstecken versuchte, konnte sie seine Gefühle deutlich in seinen Zügen erkennen.

„Ist alles okay zwischen uns?", flüsterte sie. Das Gespräch vom Abend zuvor lag ihr noch schwer im Magen.

Er senkte seine Hände und führte sie an ihre Hüften. „Was meinst du?"

„Dass ich ... allein nach Hause fliege?"

Er zog die Augenbrauen zusammen. „Ich habe dir gesagt, dass es nicht wichtig ist, also mach dir keine Gedanken mehr darüber."

„Ich weiß, was du mir gesagt hast", sagte sie sanft. „Aber ich bin es, Blake. Obwohl wir nicht viel Zeit von Angesicht zu Angesicht zusammen verbracht haben, kenne ich dich. Ich kann den Schmerz in deinen Augen sehen. Bitte sei ehrlich mit mir."

Einer seiner Mundwinkel hob sich und er knuffte sie in die Rippen, sodass sie sich zu winden begann. „Verwandelst du dich wieder in meine kleine Modaroo? Erteilst mir Ratschläge, damit alles gut wird?"

Ihr Magen zog sich zusammen. „Tu das nicht."

Sein Lächeln verblasste.

„Erinnere uns nicht in jedem Gespräch daran, wer du einmal warst. Ich bin schon seit sehr langer Zeit nicht mehr deine Entzugshelferin. Ich bin dein Kumpel." Sie schluckte. „Deine Liebhaberin. Deine Freundin. Du bist nicht mehr dieser Mann, also hör auf, dich selbst zu foltern, und lass mich an deinen Gefühlen teilhaben."

Sie konnte sich nicht erklären, wie er seinen Kampf so lange vor seinen Freunden geheim gehalten hatte. Für sie war sein Schmerz unübersehbar. Seine Narben so sichtbar wie die Tinte auf seiner Haut.

„Ich wünschte, ich wäre gut genug für dich", flüsterte er.

Ihr Mund klappte auf. „Du bist *perfekt* für mich." Sie unterbrach ihren Blickkontakt, musste das Brennen aus ihren Augen blinzeln und senkte ihr Kinn, um die weiche Haut neben seinem Engelstattoo zu küssen. „Ich liebe dich. Du bist nicht nur gut genug, du vervollständigst mich. Ohne dich wäre ich nicht der Mensch, der ich bin."

Er schüttelte den Kopf und schwieg.

„Wenn du meine Eltern kennenlernst", fuhr sie fort und hob ihren Blick, „werden wir ihnen zeigen, wie perfekt wir zueinander passen. Sie werden sehen, wie glücklich du mich machst und ihren Irrtum einsehen." Das würden sie. Dafür würde sie sorgen. Sobald der Mittwoch vorbei war, würde sie mit ihnen sprechen.

Sein Blick bohrte sich in ihre Augen. „Klingt gut."

Gabis Magen knurrte zwischen ihnen, doch Blake ignorierte das Geräusch. Noch nie war er so mit einer Frau dagelegen. Zu keinem Zeitpunkt. Sich damit wohlzufühlen, einander einfach gegenseitig anzusehen, bewirkte seltsame Dinge in seiner Bauchgegend. Dinge, die er noch nie zuvor gespürt hatte.

„Bist du noch anwesend?", fragte sie leise und unterbrach seine Gedanken.

„Ja, Schönheit. Ich denke nur nach." Er grinste, doch sie wirkte nicht überzeugt.

Sie fuhr mit ihren Fingern über seine Brustmuskeln, über die Flügel seines Engels, und bescherte ihm damit eine Gänsehaut. „Worüber?"

Er lachte hell, um sie abzulenken. Zwischen ihnen hatte es schon zu viel tiefsinniges und emotionales Zeug gegeben. Wenn sie wieder getrennt waren, wollte er, dass sie sich an die schönen Stunden mit ihm erinnerte, nicht an die dramatischen. „Über dich …" Er legte seine Hände auf ihren Hintern und rieb seine Erektion an ihrem Bauch. Sein Schwanz war angespannt gewesen, seit Blake sie über die überfüllte Tanzfläche hinweg zum ersten Mal gesehen hatte. Die Reibung ihres Körpers und das Wissen darüber, dass ihre enge Hitze nur wenige Zentimeter entfernt war, ließ ihn nun summen und erforderte Aufmerksamkeit. „Und mich ...“ Er hob sein Kinn und eroberte ihre Lippen mit einem leidenschaftlichen Kuss. Ihre Zungen tanzten einen lustvollen Tanz und ihre Nägel bohrten sich in seine Haut. „Wie wir ein bisschen Spaß haben.“

Er glitt mit seiner Zunge ein letztes Mal über ihre Lippen und genoss den Anblick davon, wie ihre hellblauen Augen ganz dunkel und sinnlich wurden.

„Schaust du immer so finster drein, wenn du darüber nachdenkst, *ein bisschen Spaß zu haben?*“

Erwischt. Er wollte sie nicht mit seinen Gedanken belasten. Sie hatte genug mitgemacht. Es war an der Zeit, dass er sich selbst um seine Probleme kümmerte, ohne sie mit sich in die Finsternis zu ziehen. Anstatt ihr zu antworten, küsste er sie wieder. Wild. Er presste ihre Münder aufeinander und raubte ihr den Atem.

Als er nach Luft schnappte, keuchte sie und klammerte sich an seine Schultern. Er drehte sie um, sodass sie nun auf dem Rücken lag und er über ihr schwebte. Sanft stieß er ihre Beine auseinander und ließ sich dazwischen sinken, während er blind auf dem Nachttisch nach einem Kondom tastete. Als er ein quadratisches Folienpäckchen fand, führte er es an seinen Mund und riss es mit den Zähnen auf. Binnen weniger Augenblicke setzte er sich zurück auf seine Fußballen, zog sich das Kondom über und legte sich wieder auf ihren Körper.

Sie war Wärme und Geborgenheit und ein Zuhause. All die Dinge, die er nie gehabt hatte. All die Dinge, ohne die er nicht so leicht würde leben können, wenn sie wieder getrennt waren.

„Versuchst du, mich abzulenken?“, fragte sie ihn und wimmerte auf, als er seinen Mund senkte, um an ihrem Nippel zu saugen.

Er fuhr mit seiner Zunge über den versteiften Hügel und schnippte über das feste Fleisch.

„Wann lerne ich deine Freunde kennen?“

Er entließ ihre Brustwarze ploppend aus seinem Mund und hob fragend eine Augenbraue. „Das fragst du mich jetzt?“

„Ja“, keuchte sie und blinzelte ihn benommen an. „Ich will es wissen.“

Während er seine Zunge über ihren Warzenhof gleiten ließ, fuhr er mit einer Hand an ihrer Seite hoch. „Sobald ich jeden Zentimeter deines Körpers mit meinen Knutschflecken bedeckt habe und mein Geruch überall an deiner Haut klebt."

Ihre Augen schlossen sich für eine Sekunde. „Und wie ..." Sie stöhnte, als er mit seiner Hand ihre andere Brust umschloss und ihren festen Nippel mit sanften Berührungen neckte. „Und wie willst du das machen? Wie willst du dafür sorgen, dass dein Geruch überall an mir ist?"

Verdammt, sie war hartnäckig. Er konnte an nichts anderes denken als daran, in ihr zu sein, und sie wollte eine langatmige Unterhaltung führen. „Ich verspritze meine Ladung auf deinem Bauch und verschmiere sie überall auf deiner Haut."

„*Igitt.*" Ihre Augen öffneten sich ruckartig und sie spannte ihre Muskeln an. „Das ist ja widerlich." Dann klatschte sie ihm mit der flachen Hand auf die Brust und begann zu lachen.

Er musste selbst lachen und war froh, sie aus diesem endlosen Strudel befreit zu haben, so, wie sie es nur Minuten zuvor mit ihm gemacht hatte.

„Ich liebe es, dich zum Lachen zu bringen." Es war der süßeste Klang der Welt. Zusammen mit den femininen Lauten, die sie ausstieß, wenn er sie zum Orgasmus brachte. „Ich liebe es, dass ich einfach alles zu dir sagen kann, und du weißt, wenn ich nur scherze."

Sie grinste ihn an. „Nun, ich hoffe wirklich sehr, dass du nur gescherzt hast."

„Was?" Er drückte sich auf seine Ellbogen und sah sie entsetzt an. „Gefällt dir die Vorstellung davon nicht, meinen Babysaft überall am Körper zu haben?"

„Eklig, Blake." Sie wand sich unter ihm.

Er reagierte darauf mit sanften Bissen in die Haut an ihrem Hals, bis sie quietschte.

„In mir?" Sie nickte. „Auf mir? Vielleicht. Überall auf meiner Haut verschmiert, als würdest du einen Kuchen glasieren? Verpiss dich." Sie wollte ihn an den Schultern von sich schieben, doch er rührte sich nicht von der Stelle. „Das klingt ja wie in einem Fetischporno. Also, nein. Nein, danke."

Er neigte nachdenklich den Kopf. „Ich bin irgendwie beeindruckt, dass du weißt, was ein Fetischporno ist."

„Pfft." Sie verdrehte die Augen. „Sogar meine Oma weiß, was ein Fetischporno ist."

„Ich finde langsam wirklich Gefallen an australischen Frauen."

„Ach, wirklich?" Verführerisch ließ sie einen ihrer schlanken Finger unter sein Kinn gleiten und sah ihm in die Augen. „An australischen Frauen im Allgemeinen oder meinst du eine bestimmte?"

Er zuckte mit den Schultern und verzog seine Lippen zu einem Grinsen. „Es wäre gemein, wenn ich es auf eine einzelne beschränken würde. Stell dir doch nur all die armen, untröstlichen *Sheilas* vor." Er sprach das letzte Wort, die typisch australische Bezeichnung für eine Frau, in seinem besten Aussie-Dialekt aus, aber es klang so schlimm, dass er dabei zusammenzuckte.

Gabi funkelte ihn an, aber sie konnte die Belustigung in ihren Augen nicht verbergen, als sie ihre Beine um seine Hüften schlang und versuchte, ihn auf seinen Rücken zu drehen. Er bewegte sich keinen Millimeter. Sie knurrte und Falten der Anstrengung bildeten sich auf ihrer Stirn. Er rührte sich immer noch nicht, zuckte nicht einmal mit der Wimper. Als sie ihre Finger in seine Rippen bohrte, warf er den Kopf in den Nacken und lachte.

„Okay. Okay. Ich höre auf, dich zu ärgern." Sein Lachen verstummte und er legte ihr seine Hände auf den Bauch und drückte sein Kinn zwischen ihre Brüste, um zu ihr hochzusehen.

Sie schwiegen beide und grinsten einander an wie vernarrte, verliebte Hornochsen. Obwohl die erotische Stimmung dahin war, surrten seine Nerven und konnten es kaum erwarten, dass er sich wieder mit ihr vereinte. Und mit jedem Moment, den sie ihn von oben herab mit Bewunderung ansah, wurde das Gefühl greifbarer.

„Können wir dorthin zurückgehen, wo dein Mund sehr schöne Dinge mit meinem Körper gemacht hat?", fragte sie leise.

Er kniff seine Augen zusammen und konnte nicht anders, als noch ein wenig länger mit ihr zu spielen. „Könntest du davon Abstand nehmen, über meine Freunde zu sprechen, wenn ich versuche, eine Erektion aufrechtzuerhalten?"

Sie presste die Lippen aufeinander und unterdrückte ein Lachen. „Ich verspreche es."

Er hob eine Augenbraue und bewegte seinen Kopf zu ihrer Brust, wo er ihren verhärteten Nippel leckte. Sie wimmerte, als er sie quälend langsam weiterleckte. Als sich ihre Beine um seine

Mitte lockerten, kletterte er an ihrem Körper entlang nach oben und raubte ihr mit seinen Lippen den Atem. Ihre Hände glitten um seinen Hals, hielten ihn an Ort und Stelle und jagten ihm einen Schauer über den Rücken bis zum Ansatz seiner Wirbelsäule. Er lag auf ihr und die Wärme ihres Körpers hüllte ihn ein, aber doch war er ihr nicht nah genug.

„Wir besprechen das …" Sie unterbrach sich, um laut aufzukeuchen, als er in sie stieß und die Krone seiner Erektion ihre feuchten Wände teilte, „… später."

Er gluckste und glitt tiefer, während er dabei zusah, wie sich ihr Rücken von der Matratze aufbäumte. Sie war eng wie eine geballte Faust um ihn herum, zog sich zusammen, quälte ihn und trieb ihn mühelos an den Rand seines Verstandes. Er fuhr mit einer Hand an ihrem Oberschenkel hinab, um ihre Beine anzuspornen, sich wieder um seine Hüften zu legen. Sie wiegte sich gegen ihn, hob ihre Hüften bei jedem seiner Stöße an, und immer noch waren sie einander nicht nah genug. Er wollte tiefer gelangen, wollte in ihr Herz eindringen, in ihre Seele. Er wollte ein Teil ihres Lebens werden, ohne den sie nicht mehr würde leben können. Er wollte ihre Sucht sein, so wie sie seine war.

Nun schlang er seine Arme um ihre Taille, ließ sich nach hinten fallen und hob sie mit sich hoch. Er verschränkte seine Beine unter sich und hielt die Verbindung ihrer Körper aufrecht, als er sich auf seinen Fersen abstützte und Gabi auf seinen Schoß setzte – auf seinen Schwanz. Ihre Arme legten sich um seinen Nacken, ihre Finger spielten mit seinen Haaren, ihre Nägel kratzten über seinen Kopf.

Das hier … war himmlisch. Er umarmte sie innig und presste seine Lippen auf ihre, liebte sie, als sie sich aneinander rieben. Ihre Zähne prallten aufeinander, ihre Zungen nahmen ihren Tanz wieder auf und bei jedem Stoß seines Schwanzes stöhnte sie in seinen Mund.

„Härter", keuchte sie und zog an seinen Haaren.

„Jederzeit." Er schob sich auf seine Knie und trug sie über die Matratze. Nachdem er sie mit dem Rücken an das Kopfteil gelehnt hatte, hob er ihr Becken an und stieß kräftig in sie hinein. Sie schrie auf und strich mit ihren Brustwarzen über seine Brust. Der Duft ihrer Erregung lag schwer in der Luft und berauschte ihn.

Nun bewegte er seine Hüften in langsamen Kreisen und rieb

sich an ihr, bevor er seinen Rhythmus mit einem herzhaften Stoß unterbrach. Das Vergnügen staute sich in seinen Eiern und der Ansatz seines Schwanzes zog sich zusammen. Er war nah dran. Zu nah. Eine Berührung weit vom Paradies entfernt.

Er öffnete seinen Mund und räusperte sich, fast unfähig zu sprechen. „Wie … nah …“

„Ich komme“, keuchte sie und schlang ihre Beine enger um seine Hüften.

*Scheiße.* Er folgte ihr nach, ohne zu denken oder zu fühlen, und stöhnte ihren Namen, als er kam. Sie zuckte um ihn herum und ihre Muschi klammerte sich an ihn, sodass sein Vergnügen in die Länge gezogen wurde. Es würde niemals eine andere für ihn geben. Sein Herz war vergeben.

Er lehnte seine Stirn an ihre Schulter, während seine Brust sich bei jedem seiner tiefen Atemzüge hob und senkte. Sie küsste seinen Kiefer und ihre Finger wurden lockerer in seinen Haaren, als ihr Körper an seinem ganz weich wurde.

„Ich liebe dich“, murmelte sie und streichelte mit ihrer Nasenspitze seine Wange.

Er drehte sein Gesicht zu ihrem Nacken, knabberte an der sensiblen Stelle unter ihrem Ohr und flüsterte: „Das zählt nicht.“

# Kapitel Elf

„SEHE ICH GUT AUS?", fragte Gabi zum dritten Mal, als der Aufzug ruckartig zum Stehen kam. Sie war nervös. Mehr als nur nervös. Vorhin war sie noch high gewesen von ihrem heißen Sex und hatte es kaum erwarten können, die Jungs von Reckless Beat kennenzulernen, aber jetzt … Was, wenn Blakes Freunde sie nicht mochten?

*Oh, Gott.* Gleich würde sie sich übergeben.

„Gabi, du bist wunderschön." Mit einem Arm um ihre Mitte führte er sie hinaus auf den Korridor. „Und sie werden dich lieben. Besonders Leah und Alana."

Er drückte ihr einen Kuss an die Schläfe, doch die tröstliche Geste hatte keine Auswirkungen auf ihre aufgedrehten Nerven.

„Aber halte dich von Mitch und Mason fern. Die machen gerne Ärger."

„Ä-Ärger?" Ihre Stimme brach.

Er gluckste und die Vibrationen seines Brustkorbs hallten an ihren Rippen nach. „Du kriegst das schon hin. Lass dir nur nichts gefallen."

Sich nichts gefallen lassen, das würde sie hinkriegen. Es war Missbilligung, die sie beunruhigte. Was, wenn sie sie hassten? Diese Leute waren seine Familie.

„Hör auf, dir Sorgen zu machen." Er führte sie zu einer Tür und klopfte laut an. „Sei einfach du selbst, dann wird alles gut."

Sie nickte. Kein Problem. Das konnte sie tun.

Die Tür öffnete sich und Mason Lynch stand vor ihr, sein

gieriger Blick musterte sie, angefangen von ihren schwarzen Riemchensandalen, hinauf über ihre Dreiviertelhose und weiter über ihr pfirsichfarbenes Top, bis er ihr schließlich in die Augen sah. „Aber hallo, sexy Lady."

Ihr Mund klappte auf und sie musste sich darauf konzentrieren, ihn wieder zu schließen. Mason Lynch. Sie schluckte heftig und legte sich eine Hand auf den Magen, um die Schmetterlinge zu beruhigen, die wild darin umherflatterten. Gab es eine richtige Antwort auf diese Art von Begrüßung?

„Verpiss dich, Lynch." Blake lachte hell.

Tja, Blake hatte eine parat. Er stieß Mason gegen die Brust und bahnte sich seinen Weg in die Suite. Gabi zog er neben sich her. „Das war Mason", erklärte er. „Mason, das ist Gabi."

„Mhm, nette Vorstellung, Mann", rief Mason ihnen hinterher.

Sie warf einen Blick über ihre Schulter zu dem weltberühmten Sänger, bereit, sich für Blakes unhöfliches Verhalten zu entschuldigen, stellte dann aber fest, dass Masons Blick an ihrem Hintern klebte. Die Gerüchte über ihn waren offensichtlich wahr – er war sündhaft sexy und gleichermaßen arrogant.

„Das ist nicht mein Gesicht", murmelte sie und konzentrierte sich dann wieder auf die Richtung, in die sie gingen.

„An deinem Gesicht war ich auch nicht interessiert, Schätzchen, aber wenn du deine sexy Lippen um meinen –"

„Halt die Klappe, Lynch." Blake wurde nicht langsamer, er blickte nicht finster drein und hob auch nicht seine Stimme. „Sie ist kein Groupie und du musst sie auch nicht testen."

„Testen?", quietschte sie.

Blake sah mit ausdruckslosem Gesicht zu ihr hinunter. „Um herauszufinden, ob ich zulassen würde, dass du seinen –"

„Um herauszufinden, ob du würdig bist", beendete Mason den Satz, tauchte neben ihr auf und legte ihr einen Arm um die Schultern.

Wieder zuckte Blake nicht mit der Wimper. Er schien in keinster Weise von Masons Nähe beunruhigt zu sein.

„Mein Mann verdient eine großartige Frau", fügte Mason hinzu. „Bist du diese großartige Frau, Gabi?"

„Ahh." Ihr klappte der Mund wieder auf und ihr Kopf wandte sich von dem gutaussehenden Mann an ihrer linken Seite zu dem gutaussehenden Mann an ihrer rechten Seite.

„Das ist sie." Blake drückte sie und zwinkerte ihr zu.

Sie wäre ins Schwärmen geraten, wenn Mason nicht den Moment ruiniert hätte.

„Ich glaube, das war gerade das erste Mal, dass du öffentlich einer Frau schöne Augen gemacht hast, Mann." Sein Arm glitt von ihrer Schulter. „Ich weiß nicht, ob ich verängstigt sein oder mich für dich freuen soll."

Sie blieben stehen und Blake sah seinen Freund an. „Freu dich." Er senkte seine Hand von ihrer Taille und verschränkte ihre Finger miteinander. „Und jetzt, wo ich annehme, dass deine erste Vollidiotenphase vorüber ist, Mason, möchte ich, dass du Gabi ordentlich kennenlernst."

Gabi sah Mason an, der immer noch ein teuflisches Grinsen im Gesicht trug, nur, dass sie jetzt aufrichtige Erheiterung darin erkennen konnte anstelle von Arroganz. Er neigte den Kopf und streckte seine Hand aus.

„Schön, dich kennenzulernen, Gabi." Sein Lächeln war ansteckend, verspielt und absolut anbetungswürdig.

„Gleichfalls."

Mason ließ ihre Hand los und sein gespielter Flirtversuch löste sich in Luft auf. „Komm, lern die anderen kennen."

Sie nickte und begann ihm in das Esszimmer zu folgen, als Blake an ihrer Hand zog und sie zurückhielt.

„Alles okay?", fragte er.

Sie schmiegte sich an seinen Körper, dankbar dafür, dass er sie mit der Sicherheit seiner Arme umgab. „Jep."

„Einen haben wir, fehlen noch sechs", sagte er mit den Lippen an ihren Haaren.

Sie unterdrückte ein Stöhnen und folgte ihm in einen Raum mit bodenhohen Fenstern. Eine Frau in einem maßgeschneiderten Hosenanzug stand in der hinteren Ecke, lehnte sich gegen die Scheibe und blickte hinunter auf den Yarra River. Unter dem weißen Kronleuchter in der Mitte der Decke stand ein Tisch, an dem Leute saßen – berühmte Leute – und sich angeregt unterhielten und lachten und sich von Platten mit Essen, Gläsern mit Orangensaft und Bechern mit Kaffee bedienten.

„*Gabi*." Der weiblichen Stimme folgte das Geräusch eines Stuhls, der über den Fliesenboden scheuerte.

Gabi schluckte die Panik hinunter, die ihre Kehle austrocknete, und versuchte, sich ihre Überraschung über die Frau, die nun auf sie zueilte, nicht anmerken zu lassen. Blake ließ ihre Hände los, als die grünäugige Schönheit mit den dunklen Haaren sie kurz umarmte.

„Es tut mir leid." Die Frau zog sich zurück. „Ich bin Alana. Blake hat mir so viel von dir erzählt."

*Hat er das?*

„Hat er das?" Eine männliche Stimme ertönte vom Tisch, gefolgt von einem weiteren über den Boden kratzenden Stuhl. „Wann zur Hölle hast du mit meiner Frau geredet?"

Mitchell Davies. Der Mann, Leadgitarrist und Rocklegende, kam anmarschiert, seinen haselnussbraunen Blick auf Blake fixiert.

Blake zuckte mit den Schultern. „Wann immer du den Raum verlässt, machen wir sofort rum. Es ist mittlerweile zur Gewohnheit geworden."

Mitchell streckte Blake den Stinkefinger entgegen und sein attraktives Gesicht verzog sich zu einer Grimasse. Dann wanderte sein Blick zu Gabi und sie hielt den Atem an. Seine dunkelbraunen Haare rahmten Augen ein, die mit unterdrückter Erheiterung funkelten. Vielleicht hätte sie eifersüchtig oder zumindest ein bisschen gekränkt wegen der Art sein sollen, wie Blake Mitchell aufzog, aber sie wusste, dass das ihr Ding war. Während der vergangenen Monate hatte Blake ihr gerne Geschichten davon erzählt, wie er Mitch wegen seiner atemberaubend schönen Freundin verarschte. Die Komik, mit der er die Situationen wiedergab, hatte sie immer zum Lachen gebracht. Einen Schlagabtausch nun live mitzuerleben hatte daran nichts geändert.

„Hi, Gabi." Er hielt ihr eine Hand hin, die sie nun ergriff, und deren sanfte Berührung ihr die Nervosität nahm.

„Hallo."

Diese Leute waren eine Familie. Sie konnte es daran sehen, wie sie alle aufrichtig lächelten, wenn sie miteinander sprachen, und auch an der Kommunikation, die abseits der Worte stattfand, die sie wechselten.

Mitch grinste sie an. „Falls du jemals das Bedürfnis verspürst, dir einen besseren Mann zu suchen, weißt du ja, wo du mich findest."

Gabis Mund klappte auf. Im selben Moment schlug Alana Mitch auf die Brust.

Ein feminines Keuchen ertönte vom hinteren Ende des Raumes. „Mitchell Davies! Du musst wirklich die Klappe halten", sagte diese andere Frau.

Gabi drehte sich zu der Blondine in dem maßgeschneiderten Anzug um, die sich von der Glasfront abstieß und nun auf sie alle zukam. Sie wirkte professionell und autoritär und ihr Auftreten war verpackt in die Hülle eines Titelmodels. „Ignorier ihn. Er hat die Fettnäpfchen-Krankheit. Ich bin Leah, ihre Managerin."

Gabi konnte zur Begrüßung nur lächeln, während Alana Mitch mit ihrem Blick zu töten versuchte.

„Was ist?", fragte Mitch schnaubend. „Ach, komm schon." Er warf seine Arme in die Luft. „Wieso darf Blake sowas sagen und ich nicht?"

„Dir ist schon klar, dass ich direkt neben dir stand", murmelte Alana.

„Ja, irgendwie schräg", fügte ein Mann mit kurz geschorenem Haar vom Tisch aus hinzu.

Sean? Gabi meinte ihn als den Schlagzeuger der Band zu erkennen.

„Hey", winkte er ihr träge zu. „Willkommen mitten in dem ganzen Theater."

„Von wegen Theater", blaffte Mitch. „Wie kann es sein, dass Blake schmutzig mit meiner Freundin reden darf, aber ich kann nicht einen einzigen Satz kontern?"

„Es ist auch schön, dich zu sehen, Blake." Alana ignorierte ihren Freund und ging auf Blake zu, um ihn zu umarmen. „Ich habe dich vermisst."

Gabi stand reglos da und versuchte, mit der Wand zu verschmelzen. Sie kriegte kaum Luft, während sie versuchte, ihr Lachen zu unterdrücken, obwohl sie sich nicht sicher war, ob Mitch einfach nur mitspielte oder ehrlich gekränkt war.

„Natürlich hast du das, Schätzchen", schnurrte Blake und zwinkerte Mitch über Alanas Schulter hinweg zu.

Mitch schüttelte den Kopf. „Wollt ihr mich verdammt nochmal verarschen?" Er drehte sich zum Tisch um und wandte sich an die anderen. „Wieso grillt ihr ihn nicht für so etwas? Häh? Ihr könnt euch eure tollen Kommentare in den Arsch schieben, mir reicht es nämlich." Damit schritt er beleidigt aus dem Raum.

Eine schwere Stille breitete sich aus. Dann, sobald die

Eingangstür ins Schloss gefallen war, sah Gabi zu, wie alle anderen in Gelächter ausbrachen.

„Mein armes Baby", gurrte Alana, als das Gelächter verebbte. „Ihr müsst wirklich aufhören, ihn so zu ärgern."

„Wir?", fragte ein weiterer Mann – der einzige, dem Gabi noch nicht vorgestellt worden war. Er schüttelte den Kopf und sein hellbraun gewelltes Haar schwang um seine Ohren. „Du bist schlimmer als Mason mit deiner gekränkte-Frau-Nummer. Ich verstehe echt nicht, wie Mitch das nicht durschauen kann."

„Weil er mich liebt", grinste Alana und ging zurück zu ihrem Stuhl.

„Das ist Ryan." Blake lehnte sich an sie und deutete gemächlich auf den Mann mit den jugendlichen blauen Augen und Bartstoppeln, die auf einen Vollbart schließen ließen. Er wirkte so jung. Zu jung, um der einzige verheiratete Mann in der Gruppe zu sein.

Ryan nickte ihr als Gruß zu und lächelte. „Schön, dich kennenzulernen, Gabi."

„Gleichfalls", fügte sie hinzu.

Eine Hand legte sich auf ihren unteren Rücken, löste ihre Anspannung und erfüllte sie mit Behaglichkeit.

„Willst du dich hinsetzen?" Blake sprach in ihren Nacken.

So nervös sie auch war, vor all diesen Leuten erregte sie das Gefühl seines Atems an ihrer Haut immer noch. Sie ignorierte das Kribbeln, das sich in ihrem Bauch zu bilden begann, und nickte, während sie nervös mit ihrer Halskette spielte und ihm zu den zwei freien Stühlen neben Alana folgte.

„Oh, die ist ja hübsch. Woher hast du sie?" Alana war nicht entgangen, wie Gabi angespannt mit dem Schmuckstück gespielt hatte.

„Ähm ... also", stotterte sie und spürte den Blick von mehr als einer Person auf ihrem Dekolleté. „Blake hat sie mir zum Geburtstag geschenkt." Sie ließ ihre Hand sinken und setzte sich auf ihren Stuhl.

Alanas Augen blitzten auf. „Wirklich wunderschön."

„Danke." Die Kette war für sie mehr als nur ein Geschenk. Sie verlieh ihr Kraft, gab ihr das Gefühl, geliebt zu sein, und wenn sie wieder getrennt waren, würde sie sie immer an ihre gemeinsame Zeit erinnern.

„Wow, Blake, die hast du wirklich gut ausgesucht", fügte Leah hinzu. „Was sind das für Anhänger?"

Gabi hielt die Kette vor ihrer Brust hoch und zeigte ihnen die einzelnen Anhänger.

„Sie liebt Schildkröten", fügte Blake hinzu.

„Und dein Ego hat die zwei anderen Anhänger drangehängt?", lachte Mason. „Schöne Art, dein Territorium zu markieren."

„Ja", zuckte Blake die Schultern. „Ein Halsband mit den Worten ‚Eigentum von Blake Kennedy' erschien mir unangemessen, also habe ich mich dafür entschieden."

Gabi grunzte und stieß ihm einen Ellbogen in die Rippen. Er war anders vor seinen Freunden – lockerer. Glücklich. Oder vielleicht war das eine weitere Fassade, hinter der er seinen Schmerz verbarg.

Er gluckste und zog sie an sich, um sie auf die Stirn zu küssen. „Du weißt, dass ich nur Witze mache", murmelte er ihr ins Ohr und spielte mit seiner Nasenspitze an der erogenen Zone dahinter.

„Ja, ich weiß."

Er atmete ein und rieb seine Nasenspitze jetzt über die Stelle, auf die sie ihr Parfum gesprüht hatte. „Himmel, Gabi, du riechst köstlich."

„Schh." Sie stieß ihn sanft von sich. Hatte jemand die Heizung aufgedreht? Plötzlich klebte ihr Oberteil an ihr und ihre Oberschenkel waren feucht und verschwitzt.

„Gehst du mit uns shoppen?", fragte Alana und holte Gabi aus ihrem Taumel der Lust.

Sie warf Blake einen Blick zu. „Ähm, ich weiß nicht. Gehe ich?" Sie hatten nicht viel Zeit miteinander und bei dem Gedanken daran, von ihm getrennt zu sein, zog sich ihr Herz zusammen. Diese Frauen waren freundlich, nahmen sie in ihre Gruppe auf, aber sie waren es nicht, wegen denen Gabi hier war.

*Bitte, Blake, sag ihnen, dass wir andere Pläne haben.*

~

Blake biss sich auf die Zähne, als er die stumme Bitte in Gabis Augen las. Er hatte keine Zeit gehabt, sie darüber einzuweihen, was sie heute Abend noch vorhatten. Nun, das war gelogen. Er hätte genügend Zeit dafür gehabt. Nur hatte sein Schwanz, wann immer er ihr von Mitchs Antrag erzählen wollte, die Kontrolle übernommen, und am Ende waren sie jedes Mal nackt gewesen und übereinander hergefallen.

Sie wusste nichts von dem heutigen Abendessen oder dem formellen Dresscode. Shoppen zu gehen würde es ihr ermöglichen, ein Cocktailkleid auszusuchen, während er und die Jungs sich ihre Anzüge anpassen ließen.

„Tut mir leid, Engel." Er beugte sich zu ihr und küsste ihre Schläfe. „Die Jungs und ich müssen etwas erledigen. Aber es dauert nicht lange." Das Bedauern, das er verspürte, spiegelte sich in ihren Augen.

Sie lächelte ihn gekünstelt an und nickte. „Kein Problem."

Aber das war es. Er wollte mit ihr zusammen sein, den ganzen Tag, jeden Tag, ohne Unterbrechung oder andere Sozialkontakte. Allerdings konnte er sein Angebot, Mitch bei der Planung seines Antrages zu helfen, nicht einfach zurückziehen. Der Kerl vermasselte ja sogar einen Liebesbrief, von einem Vorhaben dieses monumentalen Ausmaßes ganz zu schweigen.

„Wohin geht ihr denn?" Sie wandte ihre Aufmerksamkeit wieder Leah und Alana zu.

„Ich bin mir nicht sicher", sagte Alana nachdenklich, „ich kann mich nicht erinnern, was der Concierge gesagt hat – Church Street?"

„Chapel Street", korrigierte Leah sie und rieb sich freudig die Hände. „Ich dachte, wir Mädels könnten uns für das Abendessen heute aufhübschen."

„Es wäre toll, wenn du mitkommst." Alana schob schob ihren Stuhl zurück. „Ich sehe besser mal nach Mitchell."

Mason lachte auf. „Genau, als ob ihr zwei das nicht von Anfang an geplant hattet." Mit hoher Stimme sprach er weiter. *„Ich tue so, als wäre ich gekränkt, und renne zurück in unser Zimmer wie ein beleidigtes kleines Mädchen, und du kannst ein paar Minuten später nachkommen. Ich warte im Bett, nackt und eingerieben mit Babyöl."*

Alana runzelte die Stirn und schob ihren Stuhl an den Tisch. „Offen gesagt widert es mich an, dass du so etwas überhaupt denkst." Damit wandte sie sich zurück an Gabi und lächelte sie verhalten an. „Es war schön, dich kennenzulernen, Gabi, und ich hoffe wirklich, dass du uns zum Shoppen begleitest." Sie neigte ihren Kopf zum Abschied, presste die Lippen aufeinander und machte dann auf dem Absatz kehrt, um aus dem Raum zu gehen.

„Oh, ich bin so stolz." Sean starrte melancholisch auf die Tür. „Unser Junge wird endlich flachgelegt. Es fühlt sich wie gestern an, dass er den ganzen Tag vor dem Laptop verbracht und sich zu Pornos einen runtergeholt hat … oh, warte", grinste er dann Blake an, „das warst ja du."

Die Pornowitze wurden nie alt … zumindest nicht zwischen ihnen. Da half es auch nicht, dass sie jetzt wussten, dass er die ganze Zeit über mit Gabi gechattet hatte. In ihren Augen waren es Pornos. Würden es immer Pornos bleiben – selbst, wenn er in der Zukunft mit Gabi chatten würde.

„Was soll ich sagen", zuckte Blake die Schultern, „deine Mom sieht so toll aus in diesen Videos."

Gabi kicherte und das niedliche Geräusch brachte ihn zum Lächeln. Sie würde perfekt zu seinen Freunden passen. Er konnte erkennen, dass Mason und Mitch sie bereits mochten, Ryan bestimmt auch bald – er kam mit jedem gut aus, und Sean … war einfach Sean. Er würde sich kein Urteil erlauben und schloss sich immer der Meinung der Gruppe an.

„Nehmt euch doch was von dem Essen", bot Leah an und deutete auf die Platten auf dem Tisch. „Ich werde mich für den Shoppingtrip fertig machen." Sie zog eine Visitenkarte aus ihrer Tasche und schob sie Gabi über den Tisch zu. „Wir brechen in etwa einer Stunde auf. Ruf mich an oder schreib mir, wenn du mitkommen willst. Ich würde mich riesig freuen."

„Danke." Gabi griff nach der Karte und strich mit einem Finger über die Schrift. „Ich komme auf jeden Fall mit. Schließlich brauche ich ein Outfit für heute Abend."

Ein Anflug von Bedauern machte sich hinter Blakes Brustbein breit. Er rieb sich diskret über den Schmerz und atmete in aller Stille ein, bis seine Lungen ganz mit Luft gefüllt waren. Wenn er so auf den Gedanken reagierte, nur eine Stunde von ihr entfernt zu sein, wie würde er sich dann erst morgen Nachmittag fühlen, wenn sie wieder nach Hause flog?

Das war gar nicht gut. Er war schwer verliebt – so schwer, als läge er auf dem Grund des Ozeans mit einem Gewicht um seine Beine. Und der Panik in Gabis hellblauen Augen nach zu schließen, wusste er, dass es ihr ganz genau gleich ging.

# Kapitel Zwölf

Gabi nahm ein schwarzes Kleid von der Stange und seufzte. Es war atemberaubend. Spaghettiträger, ein tiefer Ausschnitt und eine aufwändig mit Perlen bestickte Corsage, die in einen schmal geschnittenen, knielangen Rock überging. Sowohl Leah als auch Alana hatten das, was sie heute Abend tragen würden, bereits gekauft, fünf Läden zuvor, doch sie haderte immer noch mit den hohen Preisen dieser Boutiquen.

„Es ist göttlich", sagte Alana hinter ihr. „Und du würdest großartig darin aussehen. Noch besser, wenn es eine hellere Farbe hätte, weil du so wunderschön gebräunte Haut hast."

Gabi drehte das Preisschild um und zuckte zusammen. Die Perlen mussten aus echtem Kristall sein, der Faden aus purem Gold und die Näherinnen arabische Prinzessinnen. „Heilige Scheiße."

„Vergiss den Preis", forderte Leah. „Blake zahlt. Und bevor du widersprichst, denk daran, dass er es sein wird, der davon profitiert, dich darin zu sehen. Das wird jeden Penny wert sein."

Gabi *wollte* widersprechen. Blake hatte schon so viel Geld für sie ausgegeben. Zuerst für sein Ticket auf einem Linienflug von London nach Australien, wo er doch ein paar Tage später mit ihrem Privatjet hätte anreisen können. Dann für ihre Halskette, die sie nun behutsam mit ihren Fingern streichelte. Und dann waren da noch ihre Flüge in der Business Class von Queensland nach Melbourne. Sie würde ihm das niemals zurückzahlen können.

„Ich sollte es nicht nehmen." Sie wollte nichts von seinem Geld verprassen, egal, wie großzügig er war.

Leah zückte ihr Handy und machte ein Foto. „Eine Sekunde." Ihre Finger tippten rasend schnell eine Nachricht ein.

„Du wirst es bereuen, wenn du es nicht tust." Alana sah auf das Preisschild. „Und *so* teuer ist es nun auch wieder nicht."

Gabi hob eine Augenbraue.

„Okay, vielleicht ist es ein bisschen teurer, aber ich bin mir sicher, für Blake rentiert sich die Investition."

Leah steckte ihr Handy zurück in ihre Tasche. „Du weißt, dass es nichts mit Stil zu tun hat, sondern ausschließlich damit, wie schnell er es dir ausziehen wollen wird, oder? Und er *wird* es dir ausziehen wollen. Sieh es als eine sehr genussvolle Form von Folter an."

„Na los, probier es an." Alana schob Gabi sanft an den Schultern in Richtung der Umkleiden. „Wenn es nicht absolut perfekt aussieht, werden wir dich nicht weiter drängen. Da draußen warten noch zehn Häuserblocks voller Läden, in denen wir nach etwas suchen können."

Gabi stöhnte auf und trottete in die Kabine, wo sie das Kleid an einen Haken hängte. Niemals könnte sie ein Kleid kaufen, das mehr kostete als ein kleines Land in Afrika. Was, wenn sie etwas darauf verschüttete?

Ein Handy piepte in der Ferne und sie zog die Vorhänge zu, um sich auszuziehen.

„Blake sagt", rief Leah, „wenn sie das Kleid nicht kauft, gibt es heute Nacht keinen heißen Sex."

Gabi lachte und zog sich das Kleid über den Kopf, bevor sie es um ihre Schenkel glattstrich. Diese Drohung würde Blake niemals wahrmachen.

„Ich mache nur Witze", kicherte Leah. „Blake hat geschrieben: ‚Sag ihr, dass sie dieses Kleid verdient, und dass ich es kaum erwarten kann, sie darin zu sehen.' Dann hat er noch geschrieben: ‚Sag ihr, dass ich sie liebe, und dass sie schnell zurück ins Hotel kommen soll.'"

Gabi schnaubte und zog die Vorhänge auseinander. „Das hat er nicht geschrieben." Blake war liebevoll, sogar sehr, aber trotzdem konnte sie sich nicht vorstellen, dass er seine Bandmanagerin bitten würde, eine Nachricht weiterzuleiten, die so viel seiner Liebe enthielt.

Alana keuchte auf und Leah kam näher.

„Du siehst absolut umwerfend aus", sagte Leah und reichte ihr das Handy. „Sieh selbst, wenn du mir nicht glaubst."

Sie nahm das Handy und las die Nachricht auf dem Bildschirm.

*Sag ihr, dass sie das Kleid verdient, und dass ich es kaum erwarten kann, sie darin zu sehen. Und sag ihr, dass ich sie liebe … und dass sie schnell zurück ins Hotel kommen soll. Ich habe Bedürfnisse ;)*

Das Handy piepte in ihrer Hand und ein weiterer Text tauchte unter dem vorigen auf.

*Wenn sie sich immer noch weigert, das Kleid zu kaufen, lass es von der Verkäuferin weglegen und ich hole es selbst ab. Ich will dieses Kleid, Leah.*

Es begann überall in ihrem Körper zu kribbeln, von ihren Zehen hinauf bis zu ihren Brustwarzen. Es interessierte sie gar nicht mehr, was sie mit dem Kleid machten. Sie wollte einfach nur zurück ins Hotel fahren und Blake mit ihrer Liebe überhäufen. Wie sollte sie nur ohne ihn leben, wenn sie wieder in Queensland war? Bei dem Gedanken drehte sich ihr Magen um, das Herz wurde ihr schwer und Tränen stiegen ihr in die Augen.

„Also gut. Ich nehme es, aber vorher probiere ich es noch in Crème an."

„Ich hole es dir." Leah ging davon.

„Blake wird ausflippen, wenn er dich darin sieht", strahlte Alana. „Ihr zwei seid so toll zusammen. Er ist so süß und lustig und leidenschaftlich."

Die Last ungewollter Eifersucht legte sich auf Gabis Schultern. Mit „süß" und „lustig" konnte sie umgehen, aber „leidenschaftlich" ließ auf Intimität schließen. Auf eine Intimität, von der Gabi nichts wissen wollte. Ihre Verunsicherung musste auf ihrem Gesicht lesbar gewesen sein, denn Alana versteifte sich und schluckte sichtlich.

„Tut mir leid, das ist jetzt ganz falsch rausgekommen." Alanas Wangen erröteten.

Gabi wollte nicht fragen. Sie sollte nicht fragen. Ihr Herz konnte die Frage nicht verkraften. „Habt ihr ... zwei ... ähm."

Seltsam war nicht annähernd das richtige Wort, um die Stimmung zwischen ihnen zu beschreiben, aber sie musste die Antwort hören. Kein anderer Mann hatte jemals dieses unangenehm nagende Gefühl ausgelöst, das sie nun unter ihre Haut kriechen spürte. Oder vielleicht hatte ihr noch keiner so viel bedeutet, dass es sich bemerkbar gemacht hätte.

Alana sah weg und suchte nach Leah.

„Ihr habt." Die Worte rutschten Gabi heraus. Die Vorahnung in ihrem Magen verwandelte sich in einen Klumpen aus Blei und sie saugte scharf Luft in ihre Lungen, um gegen das Böse anzukämpfen, das die Kontrolle zu übernehmen drohte. Alana war wunderschön, vermutlich die netteste Person, die Gabi jemals kennengelernt hatte ... und lustig. Das perfekte Paket. Es spielte keine Rolle, dass ihre Liebe zu Mitch in der Art, wie sie über ihn redete, unverkennbar war, oder dass Gabi Blake blind vertraute. Es war einfach nur ungerechtfertigte Unsicherheit.

„Tut mir leid." Gabi schüttelte den Kopf, um ihre eigene Dummheit abzuwerfen. Sie *war* nicht eifersüchtig. War es nie gewesen und jetzt war auch nicht der Zeitpunkt, um damit anzufangen. „Das geht mich nichts an."

„Nein, wir haben nicht ... ich habe nicht ... da war dieses eine Mal, als –"

Gabi hielt ihre Hände hoch in der universellen bitte-zur-Hölle-sag-es-nicht-Geste und zog sich in die Kabine zurück. „Wirklich, das geht mich nichts an." Und das stimmte. Was Blake getan hatte, bevor sie zusammengekommen waren, hatte nichts mit ihr zu tun.

Sie verschloss die Vorhänge vor Alanas gequältem Gesichtsausdruck und lehnte sich an die Wand. *Krieg deine Hormone in den Griff, Mädel!* Sie hatte kein Recht, sich darüber aufzuregen.

Sekunden später wurden die Vorhänge aufgerissen und Leah stand im Türrahmen, die Augenbrauen zusammengezogen. „Was ist hier los?" Sie hängte das cremefarbene Kleid an den Wandhaken und machte dann einen Schritt zurück, während ihr Blick zwischen Gabi und Alana hin und her huschte.

„Nichts." Gabi schüttelte den Kopf und ihre Verlegenheit trieb ihr die Röte in die Wangen. Das hier war lächerlich.

Alana kam auf sie zu und eine Entschuldigung lag in ihrem Blick. „Es war ein Missverständnis."

„Bezüglich?", fragte Leah.

Alana sah Gabi frontal an. „Blake war einmal anwesend, als Mitchell und ich …"

Leah räusperte sich, unterdrückte ein Lachen und Alana warf ihr einen bösen Blick zu.

„Er hat zugesehen …", fuhr Alana fort.

Neugierde trieb Gabi dazu an, Fragen zu stellen, obwohl sie besser den Mund gehalten hätte. „Er hat zugesehen?" Ein Kichern unterbrach die Peinlichkeit. Ihr Kichern. „Ich kann mir nicht vorstellen, dass Blake nur zusieht."

Alana schluckte sichtlich. „Nun, er war mit sich selbst … beschäftigt, könnte man wohl sagen."

Leah prustete los. „Tut mir leid. Ich wollte die Stimmung nicht ruinieren."

„Wie ich schon sagte, er hatte seinen eigenen Spaß, während Mitchell und ich …"

„Gefickt habt", platzte Leah heraus. „Himmel, Frau, spuck es aus."

Alana verschränkte ihre Arme vor der Brust und hob ihr Kinn. „Also gut. Wir haben *gefickt* und Blake hat uns dabei zugesehen." Sie wandte sich wieder an Gabi. „Aber er hat mich nie auf sexuelle Weise berührt. Niemals. Ich schwöre es. Mitchell ist viel zu besitzergreifend, um so etwas zuzulassen."

Scheinbar nicht besitzergreifend genug, um jemanden davon abzuhalten zuzusehen. „Wow. Das habe ich nicht kommen sehen." Nach ihrer Erfahrung im Bett mit Blake war er eindeutig nicht zurückhaltend genug, um einfach nur zuzusehen. Er war sehr sexuell gesteuert, unersättlich und willig. Sie konnte sich nicht vorstellen, dass er damit klarkam, nicht die Führung zu übernehmen.

Leah kicherte. „Alana schon, wette ich."

Gabi lachte, ohne nachzudenken, und zuckte dann zusammen. Sie hatte noch so viel über den Lifestyle eines Rockstars zu lernen.

„Mach dir keine Sorgen." Leah drückte ihren Oberarm. „Die Jungs von Reckless stehen nicht mehr wirklich auf Sex rund um die Uhr. Ich weiß, dass Sean und Mason sich ab und zu die Frauen teilen, aber im Vergleich zu anderen Bands, die ich repräsentiert habe, sind sie zurückhaltend.

Sie kriegen viele Angebote, und wenn sie single sind, genießen sie phasenweise ihr Playboy-Dasein. Aber ich bin überzeugt davon, dass sie alle zu Monogamie fähig sind. Nun, Mason vielleicht nicht. Ich bin mir immer noch nicht sicher, ob der Junge seinen Schwanz länger in seiner Hose behalten kann, als sie brauchen, um ein Lied zu spielen."

Alana kam auf sie zu und lehnte sich an die Wand der Umkleidekabine. „Blake liebt dich und er würde niemals etwas tun, was dich verletzen könnte."

„Ich weiß", antwortete Gabi und konzentrierte sich wieder auf das Abendkleid. Vertrauen war nicht das Thema. Es war reine Dummheit. Sonst nichts. „Ich war nur schockiert, das ist alles." Sie lächelte und versuchte, ihr Bedauern sichtbar zu machen. „Tut mir leid, wenn ich dich beunruhigt habe."

Alana stieß sich von der Wand ab und umarmte Gabi. „Okay. Alles vergeben und vergessen." Sie zog sich zurück. „Jetzt müssen wir dich nur noch dazu überreden, dir von Blake dieses Kleid kaufen zu lassen."

~

Blake saß auf einem Lesesessel und starrte aus dem Fenster. Er hatte eine Stunde mit den Jungs verbracht, mit jeder Menge Leibwächtern, und Smokings organisiert, die sie heute Abend tragen würden.

*Eine Stunde.*

Die Frauen waren seit drei Stunden unterwegs und immer noch nicht zurück. Fünf Männer, von oben bis unten eingekleidet in einer Stunde. Drei Frauen, die in allem, was sie trugen, perfekt aussehen würden, und drei Stunden waren nicht genug.

Sein Handy vibrierte in seiner Tasche. Schon wieder. Diesmal kurz und knapp, als es eine Textnachricht ankündigte. Sein Herz schlug schneller in der Annahme, dass es Gabi sein könnte, bis ihm die Sprachnachricht einfiel, die Michelle ihm früher an diesem Tag hinterlassen hatte, sodass sich nun Grauen unter seine Gefühle mischte. Er hatte sich nur die ersten paar hektischen Worte, „Blake, ich brauche –", angehört, bevor er die Nachricht gelöscht hatte, aber jetzt scheute er sich davor, auf den Bildschirm seines eigenen verdammten Handys zu sehen. Er musste seine Nummer wechseln.

Aber er hatte die Schnauze voll davon, ständig seine Nummer zu wechseln.

Während er betete, dass Leah ihm ein weiteres Foto geschickt hatte, öffnete er die Nachricht. Sein Magen verkrampfte sich und die Knie wären ihm weich geworden, hätte er gestanden.

Das hier war eindeutig kein Update von Leah. Oh, nein. Diese Nachricht kam von einer anonymen Nummer und ohne den Text unter dem Foto zu lesen, wusste er, dass sie von Michelle war.

Er starrte auf ein Foto von sich, während sich seine Kehle mit jeder verstreichenden Sekunde enger zusammenzog. Die Geheimnisse seiner Vergangenheit sahen ihm von seinem Bildschirm aus entgegen. Er, wie er vor einem Glastisch kniete, auf dem eine weiße Pulverbahn gezogen worden war, ohne T-Shirt, die Pupillen geweitet und mit manischem Blick, seine Hand an seinem Nasenflügel, kurz davor, sich das Kokain abzuwischen, das ihm noch an seinem Nasenloch klebte.

„Fuck. Fuck. Fuck. Fuck."

*Du hast zwei Optionen. Entweder du hilfst mir oder ich muss dieses Foto zusammen mit einigen anderen an die Boulevardblätter verkaufen. Tut mir leid, Blake, ich brauche dringend Geld.*

Sein Gehirn packte die Koffer und verließ das Gebäude, und er blieb zitternd und panisch zurück. Leah würde ihn umbringen. Mason würde ihn aus der Band werfen – sofern es nicht ihre Plattenfirma schon vor ihm tat. Mitch würde ihn enttäuscht und missbilligend ansehen und Gabi … *oh, fuck.* Gabi würde er während der Schlammschlacht in der Klatschpresse verlieren.

*Was willst du von mir?*

Seine Finger bebten, während er die Nachricht eintippte und auf senden drückte. Wenn er ihr das Geld gab, würde sie ihn vielleicht in Ruhe lassen.

Grundgütiger. Er stieß sich aus dem Sessel hoch und lief auf und ab. So naiv war er nicht. Michelle musste verzweifelt sein, wenn sie ihn in den frühen Morgenstunden nach amerikanischer

Zeit zu erpressen versuchte. Er würde verhandeln, würde sie anflehen, würde tun, was er musste, um diese Bilder zu zerstören.

Er stieß ein verächtliches Lachen aus und rieb sich den Nacken, um den Schmerz darin zu lindern. Klar, mit einer überzeugten Drogenabhängigen verhandeln, die auf dem verdammt viel längeren Ast saß. Michelle hatte nichts zu verlieren. Kein Geld, keine Karriere, ihr Ruf war längst ruiniert und ihr stinkreicher Vater wollte nichts mit ihr zu tun haben.

Ein Geräusch erklang vom Eingang zur Suite und ein Blitz schlug mit eintausend Volt in sein Herz ein. *Verflucht.* Er wischte sich den Schweiß von der Stirn und konzentrierte sich auf den Korridor, lauschte, als sich die Tür öffnete. Gabis Absätze klackten über die Fliesen und er hechelte wie eine Frau in den Wehen, um sich zu beruhigen, bevor sie vor ihm auftauchte.

Er konnte es ihr nicht sagen. Nicht jetzt. Nicht so kurz vor dem Todestag ihres Bruders.

„Hallo, Fremder." Sie strahlte ihn an und ließ ihre Taschen auf das Sofa fallen, bevor sie auf ihn zuschlenderte. „Hast du mich vermisst?"

Er ignorierte das Pulsieren in seiner Brust und schob das Handy in seine Tasche, bevor er mit zwei Schritten direkt vor ihr stand.

„Was ist los?" Sie legte ihm die Hände auf die Brust und suchte in seinem Gesicht nach einer Antwort.

„Ich habe dich vermisst." Er küsste sie fest, und hielt sie davon ab, ihn weiter zu mustern. Schuld legte sich schwer auf seinen Brustkorb, während ihre Zungen einander umspielten und ihre Hände sich um seinen Nacken legten. Er zog sie an sich, kämpfte gegen die Schuldgefühle an, die ihn zu überwältigen drohten, und wusste, dass er sie verletzen, ihr Sorgen bereiten würde, egal, wie die Sache ausging.

Sie zog sich zurück und starrte ihm in die Augen. „Ist alles in Ordnung?"

„Sicher. Zeig mir das Kleid." Er griff nach den Einkaufstüten auf dem Sofa in dem Versuch, ein wenig Abstand von ihr zu gewinnen.

„*Hey.*" Sie verscheuchte ihn. „Du darfst das nicht vor heute Abend sehen." Sie schnappte sich die Tüten, drückte sie an ihre Brust und marschierte ins Schlafzimmer. „Wann ist das Abendessen geplant, damit ich weiß, wann ich anfangen muss, mich fertigzumachen?"

Er atmete erleichtert und unhörbar aus und warf einen Blick auf seine Uhr. „Wir haben etwa eine Stunde."

„Was?" Sie drehte sich auf ihren Absätzen um. „Eine Stunde? Ich dachte, es ist ein Abendessen. Aber jetzt ist es erst halb fünf."

Sein Handy vibrierte in seiner Tasche und für den Bruchteil einer Sekunde schloss er die Augen und betete zu Gott, dass es eine Nachricht von Leah war, oder von Mitch oder sogar Mason. „Mitch hat heute Abend eine Überraschung für Alana geplant."

Gabi keuchte und ging mit federnden Schritten auf ihn zu. „Was für eine Überraschung?" Ihre Augen leuchteten erwartungsvoll.

„Er macht ihr einen Antrag."

Sie quietschte auf und wippte auf ihren Zehenspitzen. Diese Reaktion war so mädchenhaft und niedlich, dass seine Sorgen für eine Sekunde verschwanden.

„Wie wird er es machen? Beim Essen? Werden wir alle dabei sein?"

Er schüttelte den Kopf. „Nein und ja, deshalb müssen wir früher fertig sein. Zuerst fliegen wir mit dem Hubschrauber über die malerische Küste. Dann essen wir auf einem privaten Anwesen zu Abend – mit Blick aufs Meer."

Gabi riss die Augen auf und biss sich aufgeregt auf die Zähne, sodass er auflachen musste. „Ich mache mich besser fertig." Sie stellte sich auf ihre Zehenspitzen, um ihm einen schmatzenden Kuss auf die Lippen zu drücken und hüpfte dann aus dem Zimmer.

Als er die Dusche laufen hörte, stieß er den Atem aus, unter dem er seinen Brustkorb angespannt hatte, und erinnerte sich dann an die ungelesene Nachricht auf seinem Handy. Er zog es aus seiner Hosentasche und sein Magen verkrampfte sich panisch.

*Ich brauche Geld und Hilfe, um mich aus diesem Schlamassel herauszuholen, in dem ich stecke. Ruf mich an.*

Am Ende der Nachricht stand eine Handynummer.

Wenigstens war sie optimistisch. Er hätte ihre Probleme als weit entfernt von einem „Schlamassel" bezeichnet. Eher als einen Dauer- urlaub in der Gosse. Ihre Perspektive konnte ihm nur in die Hände spielen. Wenn sie wahnhaft war, würden die Dinge vielleicht nicht so schlecht laufen. Er könnte ihr das Geld geben und sie dazu überreden, ihm die Fotos zu übermitteln, oder eine rechtskräftige Einwilligung zu unterschreiben, damit die Fotos permanent gelöscht wurden.

„*Fuck.*" Er ballte seine Hände zu Fäusten. Tatsächlich würde er niemals wirklich herausfinden, was sie mit den Bildern machte, ganz egal, welchen Vertrag er sie unterschreiben ließ.

Er ließ den Kopf hängen. Wieder war er allein damit. Hatte niemanden, an den er sich wenden konnte. Auf den er sich verlassen konnte. Und diesmal war er entschlossen, Gabi aus der Sache rauszuhalten. Damit würde er sie nicht verletzen und abgesehen davon konnte keine Frau einen Mann respektieren, den sie immer wieder retten musste. Es war Zeit, dieses Problem ein für alle Mal zu lösen – und zwar allein.

Er marschierte in das Schlafzimmer, zog den Anzug aus dem Schrank und schnappte sich seine Schuhe. Er musste in Ruhe nachdenken und brauchte einen Ort, von dem aus er Michelle anrufen konnte, ohne dass es jemand mitbekam. Er holte tief Luft, öffnete die Badezimmertür und hielt inne. Gabi stand unter dem Wasserstrahl und ihre makellosen Kurven glitzerten in dem Licht, das von oben auf sie herabfiel.

Grinsend drehte sie sich zu ihm um. „Leistest du mir wieder Gesellschaft?"

Er schüttelte den Kopf, als die Worte ihm den Dienst versagten. Es war ein Zeichen, dass Michelle ihn ausgerechnet jetzt kontaktierte. Ein Zeichen dafür, dass Gabi so viel mehr verdient hatte als ihn und nicht in diese Scheiße mit hineingezogen werden durfte.

„Ich wünschte es, Engel." Er lächelte und hoffte, ihre Intuition blenden zu können, bis er hier raus war. „Ich ziehe mich an und muss dann kurz weg. Da sind noch ein paar Dinge, die ich vor heute Abend regeln muss." Das war die Wahrheit. Er musste dieses gigantische Chaos regeln, das sich sein Leben nannte.

„Oh." Sie runzelte die Stirn. „Okay. Wann bist du zurück?"

„Es sollte nicht allzu lange dauern." Er umklammerte die Türklinke und hasste sich dafür, dass er Dinge vor ihr geheim hielt. „Wenn du fertig bist, schick mir einen Text und ich komme dich abholen."

„Keine Sorge." Sie nickte langsam. „Bist du sicher, dass alles in Ordnung ist?"

Er drehte sich zum Gehen um, musste sein Gesicht von ihrem Blick abwenden. „Ja. Alles wird gut."

Er fühlte sich, als hätte man ihm ein Messer in die Brust gerammt, wissend, dass er gerade die Frau angelogen hatte, die er liebte. *Alles* würde überhaupt nicht gut werden. Tatsächlich schrie seine innere Stimme unaufhörlich, dass dies der Anfang vom Ende war.

# Kapitel Dreizehn

Blake saß auf einem der Klubsessel in der hintersten Ecke des VIP-Bereichs im dritten Stock des Hotels und starrte ausdruckslos auf Michelles Nummer auf dem Bildschirm seines Handys. Dasselbe hatte er schon die letzten fünfzehn Minuten getan, unfähig, sie anzurufen.

Im Moment konnte er sich einreden, dass alles klappen würde. Er konnte ihr jeden Geldbetrag geben, den sie brauchte – er hing sowieso nicht daran – und im Gegenzug würde er verlangen, dass sie ihm alle Fotos aushändigte, die sie von ihm besaß. So leicht war das, oder nicht?

Ein Pärchen mittleren Alters wanderte durch sein Blickfeld und setzte sich ans Fenster. *Scheiße.* Er neigte den Kopf und ließ sich tiefer in den Sessel sinken. Ihm lief die Zeit davon. Die letzten fünfundvierzig Minuten waren gedanklich nicht produktiv gewesen. Er hatte sich in seinem Selbsthass gesuhlt und gegen seinen Urinstinkt angekämpft zu fliehen und sich zu verstecken. Jetzt hatte er keine Wahl mehr. Er musste das durchziehen.

Während er tief einatmete, rief er die Nummer an und versuchte zu ignorieren, wie sich sein Brustkorb bei jedem Klingeln zusammenzog.

„Blake?" Michelles Stimme war rau, ob vom Schlaf oder von den Drogen wusste er nicht und es war ihm auch egal.

„Wieviel willst du?" Er hatte nicht den Geist für Höflichkeiten.

„Es geht nicht nur um das Geld –"

„Wieviel, Michelle?"

„V-Vierzigtausend." In ihrem Tonfall schwang ein Anflug von Reue mit, doch er entschied sich, ihn zu ignorieren.

„Geht klar." Vierzigtausend Dollar würden seinem Konto nicht wehtun. Wenn das der Preis dafür war, ihn von seiner Vergangenheit zu befreien, würde er ihn ohne zu zögern zahlen. „Ich will sämtliche Fotos. Alles, was du von mir hast. Egal, was es ist, ich will es haben. CDs, Kleidungsstücke, alles. Sobald ich dir das Geld überweise, war es das, Michelle. Ich will, dass du aus meinem Leben verschwindest."

Sie räusperte sich. „Das Geld ist nicht alles, was ich brauche, Blake."

Er biss die Zähne zusammen. Er war in Fahrt gewesen, hatte Forderungen gestellt und an Selbstvertrauen gewonnen, während sie still geblieben war. „Was noch?"

„Ich muss … ich muss mein Leben in den Griff kriegen. Und du musst mir dabei helfen."

„Wie zur Hölle soll ich das anstellen?" Er stieß sich von dem Sessel hoch und ignorierte die starrenden Blicke der Mitarbeiter und eintretender Gäste. Jeden Moment würde ihm der Kragen platzen. Seine Schuhe waren zu schmal, der formelle Anzug und die Krawatte engten ihn ein, raubten ihm die Luft zum Atmen, und ließen ihn an seinem Hemdkragen zerren.

„Ich will meine Karriere wieder auf Schiene bringen, damit ich in Zukunft selbst für mich sorgen kann. Ich muss in den Augen der Öffentlichkeit bleiben, damit die Produzenten mich wieder unter Vertrag nehmen wollen."

„Nein." Mehr brauchte er nicht zu hören. Die Richtung, in die dieses Gespräch ging, wurde ihm zu gefährlich.

„Das ist der Deal, Blake – das Geld und deine Hilfe. Du müsstest nur für eine Weile so tun, als würden wir miteinander ausgehen. Höchstens für ein paar Monate, bis die Leute wieder auf mich aufmerksam werden."

Nein. Zur-verdammten-Hölle-nein. „Das kann ich nicht machen." Keinesfalls.

„Dann bleibt mir keine Wahl, als die Fotos zu verkaufen. Die Klatschblätter werden mir geben, was ich brauche. Das Geld und kurzzeitige Medienpräsenz."

Blake umklammerte das Handy in seiner Hand, drückte so fest

zu, dass seine Knöchel weh taten. „Tu mir das nicht an, Michelle. Ich habe hier etwas richtig Gutes laufen. Mein Leben läuft gut." *Nachdem du mir geholfen hast, es so richtig zu vermasseln.* „Ich kann dir nicht auf diese Art helfen. Ich gebe dir mehr Geld. Achtzigtausend, hundert. Mir egal. Aber komm mir nicht noch einmal damit, in deiner Nähe sein zu müssen. Das kann ich nicht machen."

Sie lachte verächtlich. „Du kannst nicht in meiner Nähe sein? Als hätte es dir keinen Spaß gemacht mit mir? Ich habe dich zu nichts gezwungen, Blake. So wie ich es in Erinnerung habe, warst du damals sogar mehr als gierig darauf, mich zufriedenzustellen."

„Die Dinge ändern sich", knirschte er und fuhr sich mit den Fingern durch die Haare.

„Tja, die Dinge werden sich dahin zurückändern, wie sie früher waren. Zumindest für die Öffentlichkeit. Du nimmst mich zu Veranstaltungen mit und hilfst mir, mir einen neuen Namen zu machen. Sobald ich wieder auf den Beinen bin, kriegst du deine bescheuerten Fotos."

Hier ging es um so viel mehr als nur Geld. Es war so viel schlimmer, als alles davon zu verlieren. Das hier würde Gabi verletzen und der Gedanke daran ließ ein kleines Stück seiner Seele sterben. „Ich kann das nicht machen", flüsterte er zu sich selbst.

Es durfte nicht wahr sein, dass das gerade passierte. Er war dem Himmel so nah gewesen. Seine Liebe zu Gabi hatte sich tief in seiner Seele verankert. Sie hatte sogar davon gesprochen, mit ihm in die Staaten zu ziehen, was mehr war, als er verdient hatte, und doch hatte er sich gefreut. Nun drohten all seine Hoffnungen auf eine Zukunft zusammenzubrechen. Sein Leben war ein Sturzflug in Richtung Boden – den er nicht aufhalten konnte.

„Alles klar. Dann viel Glück mit den Konsequenzen –"

„*Warte.*" Welche Wahl hatte er? Vielleicht konnte er ein paar Leute anrufen und ihr einen Job verschaffen, bevor er die Australien-Tour zu Ende gespielt hatte. Dann müsste er sie gar nicht treffen. Ja. Das konnte er tun. Er konnte ein paar Gefallen einfordern. Dafür sorgen, dass sie eine Rolle als Schauspielerin bekam, dann wäre die Sache erledigt. Für immer.

„Ich helfe dir, einen Job zu finden, Michelle, und das Geld gebe ich dir auch. Aber du musst warten, bis ich zurück in den Staaten bin und mit einem Anwalt sprechen kann. Nach dieser Sache wirst du mich nie wieder erpressen."

„Wie du willst. Aber sei dir darüber im Klaren, dass ich weiß, wann deine Tour endet, und ich erwarte dich ein paar Tage später. Ich brauche das Geld."

Ja, da war er sich sicher.

„Und ich erwarte, dass du bis dahin aufhörst, mich zu belästigen", fauchte er. „Keine Anrufe oder Nachrichten mehr. Lass mich verdammt nochmal in Ruhe, bis ich zurück in New York bin."

„Abgemacht."

Dieses Wort presste ihm die letzte Luft aus den Lungen. Sich ihren Forderungen zu beugen würde seinen Hass gegen sich selbst nur noch verschlimmern. Er war so schwach, dass ihm die Galle in den Rachen stieg. Ohne sich zu verabschieden, trennte er die Verbindung und stürmte aus der VIP-Lounge.

Als Nächstes musste er einen Weg finden, mit sich selbst zu leben, nachdem er der Frau, die er liebte, eine weitere Lüge auftischen würde.

Gabi besserte ihren Lidschatten nach und fuhr sich mit den Händen über den cremefarbenen Stoff ihres Kleides, um sich selbst davon abzuhalten, ständig auf ihr Handy zu starren. Blake war nun seit einer knappen Stunde weg und es gab kein Lebenszeichen von ihm. Er hatte nicht einmal auf ihre Textnachricht geantwortet.

Ein Klopfen ertönte an der Tür und ihr Magen schlug Purzelbäume in der Hoffnung, dass er es war. Sie tappte barfuß über die Fliesen und schaffte es den halben Weg bis zur Tür, bevor ihr klar wurde, dass er seinen eigenen Schlüssel hatte und nicht anklopfen musste. Neugierig linste sie durch das Guckloch und erblickte Mason, Sean und Ryan.

Wo war Blake?

Sie öffnete die Tür und bemühte sich, nicht zu glotzen. Sie sahen so gut aus. Alle fein herausgeputzt in schwarzen Anzügen mit Krawatte, die Haare gestylt und die Gesichter glattrasiert. Sogar Ryan.

„Verdammte Scheiße, Frau. Du siehst absolut heiß aus." Mason zuckte schockiert zurück. „Warum zur Hölle bist du bei Blake gelandet anstatt bei mir?"

Sie lächelte und hob die Augenbrauen. „Weil Blake einer Frau auf so subtile Weise Komplimente macht, dass sie sich wunderschön findet. Während dein Ansatz hingegen einen schmutzigen Beigeschmack hinterlässt."

Masons Augen funkelten amüsiert und Sean gluckste, während er seine Schulter an die Wand neben der Tür lehnte.

„Du siehst fantastisch aus, Gabi." Ryan neigte seinen Kopf und lächelte verhalten. „Seid ihr zwei fertig? Die anderen sind unten und kümmern sich darum, dass die Limousine bereitsteht."

„Ah." Gabi schluckte die Anspannung hinunter, die in ihrem Inneren aufkeimte. „Ich dachte, Blake wäre bei euch. Er ist vor etwa einer Stunde los und sagte, er hätte etwas zu erledigen."

Die Jungs sahen einander fragend an.

„Ich habe ihm auch vor über fünf Minuten getextet, aber darauf hat er auch nicht reagiert", fügte sie hinzu.

Sean stieß sich von der Wand ab und holte sein Handy aus seiner Hosentasche. „Ich rufe ihn an."

„Vielleicht holst du deine Schuhe", sagte Ryan leise. „Wir kommen noch zu spät, wenn wir ihn nicht bald finden."

Sie nickte und ließ Mason die Tür aufhalten, während sie ins Schlafzimmer eilte. Dort schnappte sie sich ihre Tasche, angelte sich die kobaltblauen Stöckelschuhe an den Knöchelriemchen und ging zurück, um sich auf die Couch zu setzen.

„Er hebt nicht ab", murmelte Sean. „Was sollen wir tun?"

Das Klingeln des Aufzugs hallte durch die Suite. Gabi neigte ihren Kopf, um hinzuhören, während sie nach ihrer Tasche griff und aufstand.

„Wo zum Teufel bist du gewesen?", stänkerte Mason.

„Ich hab deine Mom gebumst", erwiderte Blake.

Gabi stieß einen erleichterten Atemzug aus und begann, vom Wohnzimmer in Richtung der Eingangstür zu gehen. Sie betrat den Fliesenboden im Flur und ihre Absätze klackten bei jedem Schritt, als Blake in die Suite kam und abrupt innehielt.

Er raubte ihr den Atem.

Er war wie verwandelt und all seine Hartgesottenheit lag nun unter seinem Anzug verborgen, doch nichts davon konnte das hungrige Funkeln in seinen Augen verbergen. Ihre Anzüge ließen die anderen Männer charmant und selbstbewusst erscheinen. Bei Blake war das Gegenteil der Fall. Er wurde eins mit seinem Outfit und trug es mit lässiger Raffinesse.

Bei seinem Anblick fehlten ihr die Worte. Er blinzelte sie an und sein Blick wanderte von ihren hochhackigen Schuhen mit den Knöchelriemchen über ihr Kleid, hinauf zu ihrem Gesicht und den ganzen Weg zurück.

„Wow." Er machte einen Schritt auf sie zu und seine Augen weiteten sich bewundernd. „Einfach ... wow." Er schlang einen Arm um ihre Taille und zog sie an seinen Körper. „Du bist einfach atemberaubend."

„Du siehst selbst nicht so schlecht aus." Sein Duft war göttlich und verleitete sie dazu, ihm über die kleine Vertiefung am Ansatz seines Nackens zu lecken.

Er drückte ihr einen sanften Kuss auf die Lippen und zog sich dann zurück, um mit einem Finger über den Ausschnitt ihrer Corsage zu streichen und mit den Anhängern ihrer Kette zu klimpern. „Du trägst Weiß."

„Crème", stellte sie klar und betrachtete durch verengte Augen sein Gesicht. Er wirkte anders und es hatte nichts damit zu tun, was sie anhatte. Seine Haut war blass, seine Augen scheu und sein Kiefer angespannt.

„Du siehst aus, als ob ..." Er sah an seinem Anzug hinunter, „Wir sehen aus, als ob ..." Er schüttelte den Kopf in einer verwerfenden Geste.

„Wir müssen los, Kumpel", sagte Ryan von der Tür aus.

Blake konnte nicht aufhören, sie anzustarren. „Gebt uns eine Minute. Wir treffen uns gleich in der Lobby."

Seine Lippen verengten sich zu einer dünnen Linie und die Ernsthaftigkeit seines Ausdrucks ließ ihr Herz stolpern.

„Ich weiß, dass du schnell bist, Emo", rief Mason ihm vom Flur aus zu, „aber wir haben trotzdem keine Zeit für deinen dreißig-Sekunden-Marathon. Wir kommen zu spät."

Gabi presste ihre Lippen aufeinander und kämpfte gegen ein Grinsen an.

„Schon klar, Süßer, dann geht zum Aufzug und wir kommen in einer Sekunde nach", murmelte Blake.

Er zog sie zur Couch, sodass sie nebeneinander saßen. Er verwebte ihre Finger miteinander und ihre Oberschenkel berührten sich, als die Fröhlichkeit aus seinen Zügen verschwand.

„Was ist los?"

Er sah über seine Schulter und wartete, bis die Tür zur Suite sich mit einem Klicken schloss. „Du musst mir vertrauen."

Ihre Brust füllte sich mit Schmetterlingen, deren Bewegungen in ihrer Lunge sich anfühlten wie die Flügelschläge eines Falken. Es lag nichts Verspieltes in seinen Worten. Irgendetwas war geschehen. Etwas Wichtiges. „Womit?"

Er sah auf ihre Hände und sein Adamsapfel wippte. Jetzt, wo sie so nah nebeneinander saßen und die erste Überraschung über seinen Anblick sich gelegt hatte, fiel ihr der dünne Schweißfilm an seiner Stirn auf.

„Etwas ist passiert und du musst mir damit vertrauen, dass ich das Richtige tue."

Sie verzog das Gesicht und schüttelte verwirrt den Kopf. „Ich habe dir immer vertraut."

„Ich weiß. Aber diesmal will ich die Sache selbst in die Hand nehmen. Du sollst nichts damit zu tun haben."

Ein Schauder lief ihr über die Wirbelsäule und breitete sich in ihren Gliedmaßen aus. „Blake, du machst mir Angst."

„Himmel, Gabi, es tut mir leid. Das war nicht meine Absicht. Ich könnte das nur nicht vor dir geheim halten. Aber in die Sache hineinziehen kann ich dich auch nicht." Durch seine dunkelbraunen Augen hindurch sah er sie entschuldigend an.

„Warum? Ich verstehe es nicht. Geht es um Drogen? Willst du es mir deshalb nicht sagen?" Sie plapperte drauf los und ihr kamen all die willkürlichen Gedanken über die Lippen, die ihr in den Kopf schossen.

„Nein, Gott, nein." Er drückte ihre Hand. „Meine Einstellung zu Drogen wird sich niemals ändern. Du bist das einzige High, das ich brauche, Gabi. Aber es geht um etwas, das ich allein machen will, ohne deine Hilfe oder die der Band."

Eine Faust pochte an die Eingangstür. „Beeilt euch, verdammt nochmal."

Blake knurrte und seine Augenbrauen trafen sich beinahe, als er das Gesicht verzog. „Ich verspreche dir, dass es keinen Grund zur Sorge gibt. Ich kläre das. Ich will mich nur nicht so fühlen, als würde ich etwas vor dir verheimlichen."

„Klar ..., weil mir zu sagen, dass du Geheimnisse vor mir hast, etwas ganz anderes ist, als mir etwas zu verheimlichen", flüsterte sie und starrte ihre glänzenden Schuhe an.

„Gabi." Blakes Hand wanderte zu ihrem Kinn und er zog ihren Blick zurück auf sich. „Ich will immer ehrlich mit dir sein." Er stieß ein unterlegenes Seufzen aus. „Es ist nur … *verdammt*. Ich hätte nichts sagen sollen." Er schloss die Augen und massierte sich die Stirn.

Gabi fing an, sich dasselbe zu wünschen.

*„Blake"*, rief Mason.

Herrje. Sie wusste aus Erfahrung, dass es in frischen Beziehungen gerne mal ruckelte, aber das hier war lächerlich. „Wir sollten besser gehen." Sie stand auf und ihre Füße fühlten sich taub an, doch sie wollte Distanz zwischen sich und das bringen, was auch immer das Thema dieser mysteriösen Unterhaltung war.

Blake stand ebenso auf und zog an ihrer Hand, um sie an sich zu ziehen. „Du bedeutest mir die Welt, Engel, das weißt du doch, oder?"

Sie nickte halbherzig. Sie wusste es, oder hatte es zumindest bis vor ein paar Augenblicken getan.

„Danke." Seine Stimme klang kratzig.

„Wofür?"

„Dafür, dass du nicht nachbohrst."

Gabi beugte sich vor und drückte ihm einen keuschen Kuss auf den Mund. „Ich will, dass du mir niemals etwas verheimlichst, und ich hoffe, dass du mir schon bald erzählst, was hier los ist. Aber für den Moment will ich einfach, dass du weißt, dass ich da bin, wenn du mich brauchst."

Was hätte sie sonst sagen sollen? Ihr war aufgefallen, dass er litt, sie hatte bemerkt, dass etwas nicht stimmte, als sie von ihrem Shoppingtrip zurückgekommen war. Trotzdem würde sie ihn nie drängen, sie in seine Geheimnisse einzuweihen. Ihre Lippen trafen sich und seine Hand legte sich in ihren Nacken, um sie besitzergreifend an sich zu ziehen. Er küsste sie mit einer Intensität, als würde die Welt um sie herum untergehen, und sie klammerte sich an ihn, da sie die Bestätigung brauchte, die sie in seiner Leidenschaft fand.

„Ihr beide fickt besser nicht", brüllte Mason.

Es polterte in Blakes Brust und Gabi löste sich lachend von ihm. „Komm schon. Wir sollten uns beeilen." Sie schnappte sich ihre Tasche von der Couch und dann eilten sie aus der Suite.

„Wie schön, dass ihr euch uns anschließt", murmelte Mason

und marschierte in Richtung des Aufzugs, den Sean für sie aufgehalten hatte.

Die Tür zu ihrer Suite schloss sich geräuschvoll und Gabi und Blake stiegen Hand in Hand in den Fahrstuhl. Blake lehnte sich an eine der Seitenwände und zog sie an sich, während Ryan und Sean an der Rückwand standen und Mason bei den Knöpfen wartete.

„Alles klar?", fragte Ryan.

„Abgesehen davon, dass Blake seinen Schwanz nicht in seiner Hose behalten kann, wenn wir es eilig haben?", knurrte Mason.

Blake drückte sanft ihre Hand, als er zu ihr hinuntersah. Ein Sturm der Gefühle braute sich in den dunkelbraunen Tiefen zusammen. Der Schmerz, den er ausstrahlte, ging ihr unter die Haut und nagte von innen heraus an ihr. Sie wollte ihn anflehen, sein Geheimnis mit ihr zu teilen, aber sie würde es nicht tun. Er war es ihr nicht schuldig, ihr all seine Probleme zu offenbaren. Er hatte ein Recht auf seine Geheimnisse.

„Engel, habe ich dir jemals von dem einen Mal erzählt, als Mason seine bisexuelle Ader erforscht hat?"

„Ach, verpiss dich", fauchte Mason und schlug mit seiner Hand auf den Knopf für die Lobby.

Der gequälte Ausdruck verschwand aus Blakes Augen. Er versteckte sich wieder und kaschierte seinen Schmerz hinter einem aufsässigen Grinsen und diesem arrogant geneigten Kopf.

„Nein, Schatz." Sie lächelte und tat weiter so, als wäre alles in bester Ordnung. „Was meinst du?" Es war eine glatte Lüge. Er hatte ihr die Geschichte schon vor Monaten erzählt, aber ihm eine Möglichkeit zu verschaffen, sich über Mason lustig zu machen, würde die Stimmung heben.

„Wir sind also auf dieser After-Party zur Veröffentlichung unseres letzten Albums und Mason fängt an, eine heiße Braut in einem roten, tief ausgeschnittenen Kleid an der Bar anzubraten."

„Willst du die Geschichte wirklich erzählen?", fragte Mason und funkelte ihn an. „Trotz allem, was ich gegen dich in der Hand habe?"

Sean gluckste und Blake ließ sich nicht aufhalten. „Die zwei verstehen sich gut und machen sich aus dem Staub. Eine halbe Stunde später finde ich unseren Süßen hier auf der Toilette, über eine Muschel gebeugt, wie er sich die Seele aus dem Leib kotzt."

Gabi versteckte ein Lachen hinter der Hand, in der sie ihre

Tasche hielt.

„Wie sich herausstellte, hatte die heiße Braut mehr als nur einen einladenden Vorbau zu bieten und war eigentlich ein Kerl. Nicht wahr, Mace?"

„Lutsch mir den Schwanz", fauchte Mason.

„Du bist nicht mein Typ", knurrte Blake zurück. „Und außerdem ist es doch die Moral der Geschichte, dass du nicht drauf stehst, wenn ein Typ dir die Stange poliert."

Ryan schüttelte den Kopf. „Es hört nie auf, Gabi. So machen sie den ganzen Abend weiter, bis Mason sich irgendwann eingesteht, dass er Blake nicht das Wasser reichen kann, oder anfängt zu schmollen."

Der Aufzug kam zum Stehen und die Türen glitten auf. Sie ging neben Blake in die Lobby und ihre Absätze klackten wieder bei jedem Schritt. Alana und Mitch entdeckte sie dabei, wie sie sich in einer Nische neben der Rezeption versteckten, Körper an Körper, nur Augen füreinander, ohne mitzukriegen, dass vorbeigehende Gäste sie bemerkten.

Plötzlich brach draußen wildes Geschrei aus, das sie so sehr erschreckte, dass sie beinahe mit ihren hohen Absätzen umgeknickt wäre. Gefolgt wurde es von dem Blitzlichtgewitter der Kameras.

„Oh mein Gott", keuchte sie und eilte in Blakes wartende Arme, um ihr Gesicht darin zu verstecken. An Fans und Paparazzi hatte sie nicht gedacht. Überhaupt nicht. Und nein, sie war nicht dämlich, die Flüge erster Klasse hatte sie genauso erwartet wie die Wagen mit Chauffeur, die teuren Suiten und schreiende, durchgeknallte Fans. Aber jetzt hier zu sein und all das aus erster Hand zu erleben, war … überwältigend. Speziell, da Blakes Anwesenheit der australischen Öffentlichkeit bisher fast gänzlich entgangen war.

„Mason und Mitch können ohne eine Horde Fans nirgendwo hingehen", murmelte Blake in ihr Ohr. „Aber wir haben diese Jungs, also mach dir keine Sorgen." Er zeigte auf ein Team von sechs kräftigen Männern, die neben der Rezeption standen. Ihre Aufmerksamkeit galt Leah, die mit erhobenem Kinn und selbstbewusstem Ausdruck vor ihnen stand und ein hautenges, mauvefarbenes Kleid mit glitzernden, silberfarbenen Schuhen rockte. Der Stoff war im Rücken tief ausgeschnitten und gab den Blick frei auf makellose, zart gebräunte Haut, während die Absätze ihrer Stilettos die Muskeln an ihren Unterschenkeln betonten.

„Mann, ist es falsch, dass ich da mal ran will?", fragte Sean und stieß einen bewundernden Pfiff aus.

„Ja", erwiderten Mason und Blake zeitgleich.

Leah sah über ihre Schulter und fixierte Sean mit einem frechen Blick, bevor sie sich zurück zu den Leibwächtern drehte. Augenblicke später löste sich die kleine Versammlung auf und Leah kam auf sie zu, der Saum ihres Kleides schmiegte sich eng an ihre durchtrainierten Schenkel. Mitch und Alana folgten ihr, sodass sie nun alle in der Mitte der Lobby standen, woraufhin die Menge draußen ein weiteres Schreikonzert veranstaltete.

„Ziehen wir es durch." Leah lächelte und zwinkerte Mitch diskret zu, der ruckartig nickte.

Drei der Sicherheitsleute gingen voran und hielten die Glastüren auf, sodass der ohrenbetäubende Lärm in das Gebäude drang. Draußen hielten Barrieren aus Metall die Fans zurück und formten einen Korridor, der sie zu einer Stretchlimousine führte, deren Hintertür offenstand und auf sie wartete.

„Geht es dir gut?" Blake hielt mitten in der Lobby inne und drückte ihre Hand.

Sie nickte, obwohl eine nervöse Anspannung ihren gesamten Körper beutelte. Überall waren Menschen, die mit ausgestreckten Armen winkten, auf und nieder hüpften und hysterisch lauter wurden. Und die Blitzlichter, Gott, die Blitze der Kameras trieben sie in den Wahnsinn.

„Du zitterst." Blake hob seine Stimme über die schreiende Menge hinweg.

„Es geht mir gut." Sie lächelte und hielt den Atem an, als er sie hinausführte. Der Lärmpegel stieg weiter an, doch nun mischten sich darunter Rufe nach den Jungs. Irgendjemand schrie nach Blake und er wandte sich Gabi zu, um einen Blick über ihre Schulter zu werfen. Dann lächelte er, winkte lässig und hielt sie die ganze Zeit über nah an seiner Seite, um sie zu schützen. Sie folgte seinem Blick und landete bei einer Gruppe von Frauen, die aufgeregt quietschten.

Ein uncharakteristischer Anflug von Unbehagen saugte ihr das Adrenalin aus den Adern und ersetzte es durch etwas Rührseliges und Schwaches. Verdammt nochmal, vor ihr tat sich ein Meer aus spärlich bekleideten Brüsten auf, das zweifellos selbst den stärksten Mann in Versuchung führte.

„Hör auf zu denken, was auch immer du denkst", sagte Blake gegen ihre Wange, bevor er ihr einen flüchtigen Kuss auf ihre Lippen drückte. „Ich liebe dich."

Kamerablitze tauchten sie in einen grellen weißen Schein, während die Menge bei seiner öffentlichen Liebesbekundung aufkeuchte, schrie und weinte. Es war eine Kundgebung, eine Stellungnahme an seine Fans und Bewunderer – *Ich bin vergeben*. Reporter mit Notizblöcken schrien ihnen Fragen hinterher, während sie weiter auf die Limousine zugingen und darauf warteten, dass die anderen hineinkletterten.

„Nach dir, Mylady." Blake machte mit seiner Hand eine Vorwärtsbewegung, ignorierte die Menschenmenge, die um seine Aufmerksamkeit buhlte, und schenkte ihr einen bewundernden Blick.

Für einen Augenblick starrte sie ihn, wie gelähmt von wilder Liebe und Verwunderung. Was für ein Mann. Was für ein gutaussehender, talentierter, liebevoller und lustiger und fürsorglicher Mann. Es hatte keinen Zweck. Sie war verloren. An ihn und für immer.

Sie neigte ihren Kopf und glitt über die Rückbank bis ans andere Ende. *Heilige Scheiße.* Das Innere der Limousine war riesig, viel größer, als man von außen erwarten würde, und sobald Blake neben ihr auf die Bank rutschte und der Leibwächter die Tür schloss, war es auch um Klassen leiser.

Pinke, weiße und violette Lichter markierten einen Gang auf dem Boden und begrenzten eine Bar, die an einer Seite des Fahrzeuges entlang verlief. Mason, Ryan, Sean und Leah saßen auf den Plätzen gegenüber der Bar und versorgten sich mit Getränken, während Alana und Mitchell eng aneinander gekuschelt am hinteren Ende der Bar saßen.

Leah lehnte sich von ihrem Sitzplatz am vorderen Ende der Bank nach vorne und formte mit ihren Lippen Gabis Namen. „Hat Blake dich in den Plan eingeweiht?", flüsterte sie dann.

Gabi sah schnell zu Alana, die gerade mit Mitchs Mund beschäftigt war, bevor sie nickte. „Ja. Soll ich irgendetwas tun?"

Leah setzte sich zurück und schüttelte den Kopf. „Alles unter Kontrolle. Naja, bis er –", sie zuckte mit dem Kopf in Mitchs Richtung, „– es vergeigt, zumindest. Es ist unausweichlich."

„Man weiß nie. Vielleicht überrascht er dich."

„Ich bete dafür." Leah lächelte. „Und habe ich nicht gesagt, dass du in dem Kleid fantastisch aussehen würdest?" Ihr Lächeln verwandelte sich in ein freches Grinsen. „Blake liebt es bestimmt."

„Blake liebt es tatsächlich", antwortete er, glitt näher zu Gabi, sodass sie sich berührten, und legte seine Hand auf ihren Oberschenkel. „Er liebt es sehr. Noch mehr würde er es auf dem Boden unseres Schlafzimmers lieben."

Gabi überkreuzte ihre Beine und presste ihre Schenkel zusammen, um gegen ihre Erregung anzukämpfen. Bei der Vorstellung davon breitete sich Wärme in ihren Nippeln aus und seine Handfläche, die über das weiche Material ihres Kleides rieb, bescherte ihr eine heftige Gänsehaut am ganzen Körper.

Leah kicherte. „Okay, okay. Das reicht. Bringt meine jungfräulichen Ohren nicht in Verlegenheit, und auch nicht meine jungfräulichen Augen, wo wir schon dabei sind."

Blake lehnte sich an Gabi und kratzte mit seinen Zähnen über ihr Ohrläppchen, während seine Hand auf ihrem Bein höher wanderte. Ihre Muschi krampfte sich zusammen, bedürftig und beharrlich. Sie waren nicht allein und doch schrie ihr Körper danach, dass sie auf ihn kletterte und ihn nahm, hier und jetzt.

Leah räusperte sich und seine Hand hielt am oberen Ende von Gabis Schenkel inne.

„Du musst aufhören", murmelte Gabi flüsternd. Ihr Körper war nicht darauf ausgerichtet, solche plötzlichen Schübe von Adrenalin, Panik und Erregung zu verkraften. Unter ihrem Rippenbogen pochte ihr Herz wild und drohte, ihr aus der Brust zu springen.

Sie brauchte eine Ablenkung.

„Wo warst du?", fragte sie und neigte ihren Kopf zur Seite, um ihm in die Augen zu sehen. „Als ich mich hergerichtet habe, wo bist du da gewesen?" Es war eine Ablenkungstaktik. Eine, die sie vorher zu Ende denken hätte sollen. Sie wollte nicht neugierig sein. Alles, was sie wollte, war, nicht mehr daran zu denken, diesen Mann aus jedem seiner Kleidungsstücke zu schälen, um den nackten tätowierten Mann darunter zu sehen.

Er starrte sie an und runzelte leicht die Stirn. „Ich brauchte Raum zum Denken." Seine Hand glitt von ihrem Bein, sodass sie etwas Abstand zueinander gewannen.

„Ich wollte meine Nase nicht in deine Angelegenheiten stecken."

Was für eine Kehrtwende. Sie fühlte sich innerlich zerrissen von diesem Hin und Her.

Blake antwortete nicht. Er saß einfach da, sein Ausdruck wechselte zu Besorgnis, vielleicht auch zu Angst, sie war sich nicht sicher. Über Jahre hinweg waren sie offen und ehrlich zueinander gewesen, und obwohl sie ihm versprochen hatte, dass sie mit seinem Geheimnis klarkam, war es unsagbar schmerzhaft zu wissen, dass er etwas vor ihr zurückhielt, jetzt, wo sie zusammen waren. Sie kannte die düsteren Aspekte seines Lebens, wusste über seine Ängste Bescheid und hatte ihm durch seine schwächsten Momente geholfen. Und doch wollte er nun etwas vor ihr geheim halten?

Sie schüttelte den Kopf. Sie war egoistisch. Das Letzte, was Blake jetzt brauchte, war, ihre Unsicherheiten abfedern zu müssen.

Sein Atem strich über ihren Nacken, woraufhin ihr verräterischer Körper anfing zu kribbeln. „Ich bin in den VIP-Bereich im dritten Stock gegangen, um nachzudenken, ohne dich zu beunruhigen.“

Sie presste ihre Lippen aufeinander und nickte, ohne ihn anzusehen. „Okay.“

„Nein“, sagte er leise, griff nach ihrem Kinn und lenkte ihren Blick sanft wieder auf sich. „Du hast mich jahrelang beschützt. Hast meine Kämpfe für mich ausgetragen, mir meine Dämonen ausgetrieben und bist diejenige gewesen, die mich gestärkt hat.“ Die Art und Weise, wie er seine Lippen zusammenkniff und sie intensiv anstarrte, ließ keine Widerrede zu. „Ich will ein einziges Mal auf meinen eigenen Beinen stehen. Ich will meine eigenen Schlachten schlagen und mir selbst beweisen, dass ich kein Schwächling mehr bin.“ Er strich mit einer Hand über die Haare an ihrer Wange und folgte mit seinem Blick der Bewegung, während er die Strähne hinter ihr Ohr steckte. „Alles ist in Ordnung, Engel. Du brauchst dir keine Sorgen zu machen.“

Sie griff nach seiner Hand und drückte ihre Wange an seine Handfläche, bevor sie sie in ihren Schoß legte. „Ich wollte wirklich nicht neugierig sein.“ Sie lehnte sich an seine Schulter. „Du hast mich so ... *scharf* gemacht, da habe ich einfach die erste Frage gestellt, die mir eingefallen ist, um dich von deinem kleinen Spielchen abzubringen.“

Er lachte hell. „Nun, du solltest stolz sein, denn es hat funktioniert.“

Sie zuckte zusammen. „Es tut mir leid.“ Wieso kamen sie nicht in ihr gemeinsames Gleichgewicht? Entweder lief es richtig gut oder richtig schlecht. Dazwischen gab es nichts. Vielleicht fühlte sich so das Leben mit einem Rockstar an – Drama und Aufregung am laufenden Band.

Er küsste sanft ihre Lippen und raubte ihr mit seiner Zärtlichkeit den Atem. „Es soll dir niemals leidtun, dass du dich um mich sorgst. Du weißt nicht, wieviel es mir bedeutet, dass du dir so viele Gedanken um mich machst. Dir habe ich es zu verdanken, dass ich meine Probleme jetzt selbst in Angriff nehmen kann.“

Seine Mundwinkel verzogen sich zu einem Grinsen und er beugte sich vor, um seine Lippen an ihre zu führen. Seine Zunge leckte über ihren Mund, forderte Zutritt, um sie mit seiner Leidenschaft zu überhäufen. Eine Hand bewegte sich in ihre Haare, packte sie, bis sie seiner Gnade ausgeliefert war, während seine andere Hand, *oh, seine andere Hand*, an ihrem Schenkel ganz nach oben glitt.

Leah räusperte sich wieder, diesmal laut, und ließ Gabi aus ihrem Sturzflug in verruchtere Gefilde hochschrecken. Sie drückte eine Hand gegen Blakes harte Brust und löste ihre sengend heiße Verbindung.

Er gluckste, nahm seine dominanten Hände von ihr und setzte sich wieder gerade auf seinen Platz. „Leah, du bist eine Spaßbremse.“

„Keine Sorge, Blake“, sagte Mason vom anderen Ende der Limousine aus und prostete ihm mit einem Glas Scotch zu. „Mir hat die Show gefallen.“

Hitze breitete sich auf Gabis Wangen aus. Sie errötete sonst nie. Kaum etwas war ihr peinlich. Also warum fühlte sie sich plötzlich wie ein Teenager? *Ach, richtig, vermutlich, weil sie sich wie eine hormonüberflutete Halbwüchsige verhielt.*

„Ich glaube, ich habe sogar einen Blick auf ein winziges, weißes Höschen erhascht.“

Gabi stöhnte und konzentrierte sich auf das Fenster. Sie waren Teenager, gefangen in den Körpern erwachsener Männer, da war sie sich sicher.

# Kapitel Vierzehn

Blake starrte aus dem Fenster der Limousine, als diese auf einen kleinen Flugplatz fuhr – es war ein anderer als der, auf dem sie gestern gelandet waren.

„Verdammt", murmelte Leah und rutschte zur Tür. „Okay, Jungs. Da sind Fans."

Gabi zuckte neben ihm zusammen.

Er legte ihr beschwichtigend einen Arm um die Schulter und hielt sie fest. „Ist uns jemand gefolgt?"

„Weiß ich nicht genau. Die Gesellschaft, mit der wir fliegen, könnte es ein paar Freunden erzählt haben, die es ein paar mehr Freunden erzählt haben. Das passiert ständig."

Es gab nichts, worüber sie sich Sorgen machen musste. Die Sicherheitsleute würden draußen warten, vor oder hinter der Limousine. Es würde nicht lange dauern, bis sie die kleine Gruppe von Menschen unter Kontrolle hätten, die sich an dem Zaun versammelt hatte, der zur Rollbahn führte.

„Halten wir hier an?", fragte Alana und sah Mitch mit großen Augen an. „Ich dachte, wir fahren nur zu einem frühen Abendessen."

„Tun wir auch", unterbrach Leah. „Aber an einem ganz besonderen Ort. Ich dachte, das wäre eine nette Überraschung."

„Und wir nehmen ein Flugzeug?" Alanas Blick huschte über die Gesichter in der Limousine und einer nach dem anderen wandte seinen Blick ab und konzentrierte sich auf etwas anderes – den Boden, die Landschaft vor dem Fenster, die Decke.

„Hubschrauber, Schatz", antwortete Mitch ohne die Nervosität, die Blake in seiner Stimme erwartet hätte.

„Du hast davon gewusst?", fragte sie und sprach vor Aufregung lauter.

Mitch räusperte sich und zuckte mit den Schultern. „Leah hat es erwähnt, aber ich habe nicht wirklich zugehört."

Alana schlug ihm spielerisch gegen die Brust und wandte ihren Blick aus dem Fenster in Richtung des meeresblauen Hubschraubers, der in der Mitte der leeren Rollbahn stand.

„Ich steige mal aus und kläre ab, ob wir startklar sind." Leah öffnete die Tür, was ein Schreien in der Menge auslöste.

Die Bodyguards schwärmten aus und verteilten sich mit ihren breiten Oberkörpern um ihr Fahrzeug. Einer der Leibwächter lehnte sich in die offene Tür, reichte Leah eine Hand und schloss die Tür hinter ihr, sobald sie ausgestiegen war. Gemeinsam marschierten sie auf das nächste Gebäude zu und durch die automatischen Glastüren hinein.

„Mach dir keine Sorgen, Engel." Blake küsste Gabis Haare und atmete den süßlich blumigen Duft davon ein. Er konnte nicht abstreiten, dass er es genoss, sie so zu sehen, wie sie seine Führung und Bestärkung brauchte. Es schmälerte seine Selbstverachtung ein wenig, dass er sich endlich gebraucht fühlte anstatt bedürftig.

Minuten später schritt Leah zurück auf die Limousine zu und öffnete kurz die Tür, um hineinzugleiten. „Es kann losgehen."

Das *knatter knatter* der Rotorblätter untermauerte ihre Aussage und das Geräusch wurde mit jeder Sekunde lauter.

„Dann lasst uns mal in die Gänge kommen." Sean rutschte über die Sitze in Leahs Richtung. „Geh voran, Schönheit."

Leah hob eine Augenbraue. „Ein Wort – unangebracht."

Er grinste sie unverfroren an.

„Ich steige zuerst aus", sagte Blake zu Gabi, „und du kommst direkt hinterher."

Sie nickte. Die Tür öffnete sich wieder. Sie glitten über die Sitzbank und bewegten sich dann von der Stille im Inneren der Limousine hinaus in den Lärm. Der Wind blies und wurde weiter verstärkt durch die sich drehenden Rotorblätter, als eine kleine Gruppe von Fans im Sprechchor zu rufen begann.

„Oh mein Gott", ächzte Gabi. „Das ist ja verrückt."

Verrückt, ja. Aber völlig alltäglich, wenn sie zusammen auf Tour gingen oder verreisten. Wenn sie Urlaub machten, mussten sich Blake, Ryan und Sean normalerweise nicht mit Paparazzi oder dreisten Fans herumschlagen. Mason und Mitch hingegen standen rund um die Uhr unter Beobachtung.

„Wohin fliegt ihr?", rief eine Frau ihnen zu und lehnte sich an einem der Leibwächter vorbei, der mit den anderen zusammen einen lebenden Zaun bildete. „Heiratet ihr beide?"

Gabis Hand zuckte in seiner und sie warf ihm einen Blick zu. Ihre Augen waren geweitet und der Mund stand ihr offen. Dasselbe hatte er vorhin auch vor seinem geistigen Auge gesehen. Er trug einen Smoking. Sie ein weißes Kleid. *Crème*, stellte er gedanklich klar. Der Farbton war irrelevant, sie sah trotzdem aus wie eine atemberaubende Braut und irgendwie wünschte er sich, sie wäre es auch.

„Nein", wandte Blake seinen Blick der Frau zu. „Wir heiraten nicht." Und heilige Scheiße, er hoffte, dass ihre Frage es nicht als Schlagzeile auf die Titelseite eines der Klatschblätter schaffte.

„Wer ist sie dann?"

Blake ignorierte die Frage und folgte Leah und Alana an das Heck des Wagens. Die anderen gingen auf die Fans zu, posierten für Fotos, gaben Autogramme und klärten hoffentlich sämtliche Fragen zu einer möglichen Hochzeit auf.

„Jungs, es ist Zeit", rief Leah und sah demonstrativ Mitch an, während sie auf ihre Uhr tippte.

Das ließ alle aufhorchen, bis auf Alana, die neben Leah stand und die unterschwellige Bedeutung ihrer Worte nicht mitbekam. Als Gruppe marschierten sie über das Rollfeld und duckten sich, als sie sich dem Hubschrauber näherten, an dem sie von einem Mann in schwarzen Uniformhosen, weißem Hemd und Krawatte begrüßt wurden.

„Guten Abend", schrie er und öffnete die Haupttür des Helikopters. „Kommen Sie an Bord und wir reden drinnen."

Sean ging voran und hielt seinen Kopf geduckt, während er in die Passagierkabine kletterte. Sobald sie sich in den Zweierreihen niedergelassen hatten, deutete der Pilot auf die Rückseite von Gabis Sitz und zu Kopfhörern, die über der Rückenlehne hingen.

„Setzen Sie die auf", formte er die Worte mit seinem Mund und schleuderte die Tür mit einem lauten Knallen zu.

Blake positionierte die Kopfhörer über seinen Ohren und das Mikrofon vor seinem Mund. Ein leises Rauschen dämpfte das laute Geräusch der Rotorblätter.

„Es war so ungezogen von dir, mir nichts von dem Helikopter zu erzählen", drang Alanas Stimme laut in seine Ohren.

Blake sah fragend Gabi an, die ihre Lippen aufeinanderpresste, um ein Lachen zu unterdrücken. War Alana nicht klar, dass jeder sie hören konnte?

„Keine Sorge, du kannst mich später dafür bestrafen", erwiderte Mitch.

„Hey, hey, hey." Mason drehte sich auf seinem Sitz in der ersten Reihe um und deutete auf seine Ohren. „Kopfhörer, Mann. So gerne ich mir Alana nackt vorstelle, aber es ist die Vorstellung von deinem weißen Arsch, der seine Strafe entgegennimmt, bei dem sich mir die Eier zusammenziehen. *Capito*?"

Lachen hallte durch Blakes Kopfhörer und der Pilot drehte sich mit einem verlegenen Grinsen von seinem Sitz im Cockpit um. „Tut mir leid, Leute. Ich hatte noch keine Gelegenheit, meinen Text loszuwerden. Mein Name ist Paul und ich bin heute Ihr Pilot. Der Flug zu unserer Destination wird etwa anderthalb Stunden dauern. Sollten Sie auf dem Flug etwas wissen wollen, fragen Sie mich gerne. Ich hätte wohl schon vorhin erwähnen sollen, dass die Kopfhörer so eingestellt sind, dass wir *alle* miteinander kommunizieren können. Wenn Sie mit der Person neben sich sprechen, werden wir alle es hören." Er lächelte Alana an. „Nur, damit Sie es wissen."

„Ja, danke für die Info, Captain Schlauberger", murmelte Mitchell.

Blake sah über seine Schulter an Sean und Ryan vorbei zu Mitch und Alana ganz hinten. Sie erwiderte seinen Blick, machte sich klein, deutete dann auf sich selbst und formte mit ihren Lippen das Wort „Idiot", bevor sie sich an Mitchs Brust drückte.

„Ich bin sicher, Mason oder Sean werden innerhalb der nächsten fünf Minuten etwas ähnlich Peinliches oder Unpassendes sagen, also mach dir keinen Kopf, Al", tröstete Blake sie.

Sie verdrehte die Augen. „Ja, danke."

Gabi wandte sich von dem Fenster neben sich ab, um ihn anzugrinsen. Sie duftete himmlisch und ihr süßer Geruch erfüllte seine Lungen bei jedem Atemzug. Ihre Lippen waren dunkel, prall und verführerisch. Er sehnte sich danach, sie zu küssen, seine Zunge in ihren Mund gleiten zu lassen und ihr submissives Stöhnen einzuatmen. Aber er konnte nicht. Wenn er damit anfing, würde er nicht mehr aufhören können und er musste auch so schon zumindest weitere fünf Stunden leiden, bevor sie wieder in ihrer Hotelsuite waren.

„Also gut, Leute, dann lassen wir den Vogel mal abheben", kündigte der Pilot an.

Das laute Knattern der Rotorblätter wurde noch intensiver und Blake verwebte seine Finger mit Gabis. Sie hoben ab und schwebten langsam in den Himmel über Melbourne. Gabis Lippen öffneten sich, als sie sich auf die Aussicht konzentrierte. Er liebte diese großäugige Unschuld, die ihre ohnehin schon sanften Züge noch weicher werden ließ, wenn sie etwas Neues erlebte. Es erfüllte ihn mit Stolz, dass er tatsächlich etwas Würdiges tat, anstatt sie immer nur mit sich runterzuziehen. Sie waren füreinander bestimmt. Fügten sich ineinander wie zwei einsame Puzzleteilchen. Und niemals würde er Michelle erlauben, sich zwischen sie zu drängen.

Niemand redete, als sie sich leise über das Meer erhoben und an der Küste entlangflogen, während die Sonne am Horizont tiefer sank.

„Das ist wunderschön", murmelte Gabi und beugte sich über ihn, um auf seiner Seite aus dem Fenster zu sehen. Der Himmel leuchtete in verschiedenen Schattierungen von Pink, Lila und Orange und tauchte die Landschaft in einen warmen Schein.

„Ich wünschte, ich hätte meine Kamera mitgebracht", seufzte Alana.

„Scheiße, ich wusste, ich habe etwas vergessen", fügte Mitch hinzu. „Tut mir leid, Babe."

Der Pilot wies sie auf ihrem Flug auf erwähnenswerte Anblicke hin, sodass die Zeit schneller verging – *„Das ist die Autobahn, die aus Melbourne führt ... Dieser Hafen verläuft weiter zur Hafenstadt Geelong ... Gleich da unten ist Torquay, das den Ursprung der Great Ocean Road darstellt."*

Das Tageslicht wurde langsam schwächer und Gabi kuschelte sich an Blake, die Wärme ihrer Hand wanderte über seine Mitte. Er legte ihr einen Arm über die Schultern und zog sie an sich, während er in Gedanken die Minuten hinunterzählte, bis sie wieder allein waren.

„Gleich tauchen vor uns die Zwölf Apostel auf“, kündigte der Pilot an. „Ich weiß, es ist kaum mehr Tageslicht übrig, aber ihr solltet ein paar davon zu Gesicht bekommen, bevor die Nacht einbricht.“

„Was sind die Zwölf Apostel?“, fragte Ryan.

„Eine Sammlung von Felsformationen aus Kalkstein, die aus dem Wasser ragen. Bei Tag sind sie ein beeindruckender Anblick. Dabei sind eigentlich gar keine zwölf mehr übrig. Das Meer hier im Süden hat einige davon bereits zum Einstürzen gebracht.“

Minuten vergingen und der Himmel wechselte seine Farbe nun langsam hin zu dunkelblauen Schattierungen, mit einem Klecks zarten Rosas am Horizont entlang.

„Dort.“ Der Pilot steuerte den Helikopter tiefer und in Richtung Festland, flog an der Küste entlang und eröffnete ihnen auf einer Seite der Fenster einen atemberaubenden Ausblick. Blake konnte die Umrisse einer großen Felsformation erkennen, die inmitten der brechenden Wellen aus dem Wasser hervorragte. Momente später flogen sie an einer weiteren vorbei, an noch einer, und alle erhoben sie sich aus dem Wasser wie Soldaten.

„Wow“, schwärmte Leah neben Mason. „Sie sind wunderschön.“

„Wir hätten früher herkommen sollen“, fügte Alana hinzu. „Es wäre toll gewesen, sie bei Sonnenuntergang zu sehen.“

Niemand kommentierte ihre Feststellung. Sie alle wussten, dass sie die Dunkelheit der Nacht brauchten, um Mitchs Antrag den passenden Rahmen zu verleihen.

„Vielleicht beim nächsten Mal, Liebling“, tröstete Mitch sie.

Die Küste verschwand nun in der Finsternis, sodass das sanfte Strahlen der Helikoptertechnik die einzige Lichtquelle in der sonst dunklen Kabine darstellte.

„Wir sind fast da“, meldete sich der Pilot. „Pünktlich.“

Mitch räusperte sich und Blake sah über seine Schulter zu seinem Freund nach hinten, der an seinem Hemdkragen zerrte. Nicht einmal das schwache Licht konnte seine Nervosität verbergen.

„Ich glaube, mir wird schlecht“, murmelte Mitch und alle

drehten sich zu ihm um. Überrascht sah er auf und verzog das Gesicht. „Verdammte Kopfhörer."

„Geht es dir gut?", fragte Alana ihn hektisch und lehnte sich zurück, um sein Gesicht zu begutachten.

„Alles bestens. Ich habe nur das verdammte Mikrofon vergessen. Schau einfach aus dem Fenster, wir sind bald da."

Sie lächelte und lehnte sich an ihn. „Da draußen gibt es nichts mehr zu sehen, nur tiefste Nacht."

„Unsere Destination sollte aus der Luft gut erkennbar sein", warf Leah ein. „Es ist ein erstklassiges Anwesen direkt an der Küste. Mir wurde gesagt, dass es nachts vom Meer aus absolut bezaubernd ist."

„Wirklich?" Alana setzte sich auf und starrte quer über den schmalen Gang aus dem Fenster.

Alle folgten ihrem Blick. Gabi lehnte sich über Blake, Ryan drückte sich gegen Sean und Leah machte dasselbe bei Mason.

Unter ihnen, gebettet in tiefste Dunkelheit, war mit flackernden Laternen eine Botschaft auf die Größe eines Fußballfeldes geschrieben worden – *Heirate mich, Allie.*

Die Stille war greifbar. Wurde schwer und schwerer, als alle auf eine Reaktion warteten.

Dann kam sie, ein scharf eingesaugter Atemzug, dann ein Wimmern, gefolgt von Alana, die sich langsam zu Mitch drehte, um ihn mit großen Augen anzustarren, bevor sie sich die Hand auf die Brust legte.

„Allie", begann Mitch und räusperte sich dann. „Du bist meine Glückseligkeit."

Blake hob eine Augenbraue und nickte zustimmend. Vielleicht würde sein Freund die Sache doch nicht vergeigen.

„Jeder meiner Gedanken und Träume und jede meiner Fantasien dreht sich um dich. Du vervollständigst mich und ich möchte mein Leben nie wieder ohne dich leben. Willst du mich heiraten?"

Blakes Herz zog sich zusammen – er empfand Stolz, Freude und ja, auch ein wenig Neid. Mitch und Alana waren perfekt füreinander. Vom ersten Moment an hatten sie perfekt zusammengepasst. Er wollte, was sie hatten – eine Beziehung, die keine Fernbeziehung war, und in der keine Geister der Vergangenheit sie heimsuchten.

„Ja", flüsterte Alana und nickte. „Himmel, ja."

Gabi atmete neben ihm tief ein und er zog sie nah an sich, um sich zu vergewissern, dass sie nirgendwo hinging. Noch konnten sie nicht für immer zusammen sein, aber die heutige Nacht gehörte ihnen.

Mitch zog eine Ringschachtel aus seiner Tasche, öffnete sie und nahm vorsichtig den Ring heraus. Seine Hand zitterte, als er Alanas Finger mit seinen eigenen begradigte. *„Scheiße."* Er fummelte herum, der Ring glitt ihm aus der Hand und fiel zu Boden. Geräuschlos landete er und drehte sich, bis Mitch sich hinkniete und ihn mit der flachen Hand niederdrückte.

Jemand stöhnte auf.

„Fast hätte er es hingekriegt. Armer unbeholfener Trottel", murmelte Sean.

Mitch hob den Ring auf und funkelte Sean an, während er auf seine Kopfhörer zeigte. „Ich kann dich hören."

„Ups, tut mir leid", zuckte Sean auf.

Alana kicherte und ihr strahlendes Lächeln erhellte den gesamten Hubschrauber von innen.

Mitch wandte sich zu seiner Verlobten, atmete so tief ein, dass es in Blakes Kopfhörern zischte, und steckte ihr den Ring an ihren Finger. „Ich liebe dich."

Tiefe Atemzüge waren auch von Gabi und Leah zu vernehmen. Dann beugte Mitch sich nach vorne, um Alana zu küssen ... und zuckte unmittelbar zurück, als ihre Mikrofone sich ineinander verfingen.

*„Verdammte* Kopfhörer", knurrte Mitchell und riss sie sich von den Ohren.

Alana schob sich den Bügel ihrer eigenen Kopfhörer in den Nacken und formte Worte mit ihren Lippen, die Mitch von Ohr zu Ohr grinsen ließen. Als sie sich endlich küssten, brach wilder Applaus über sie herein. Ein greller Pfiff bohrte sich in Blakes Gehörgang und er fluchte leise.

„Scheiße, tut mir leid", sagte Ryan über den Lärm hinweg.

„Ich gratuliere dem glücklichen Paar", sagte der Pilot. „Und damit setzen wir zur Landung an."

„Sie können gerade nichts hören", antwortete Leah.

Einer nach dem anderen drehte der Rest von ihnen sich in dem Hubschrauber wieder mit dem Gesicht nach vorne, als Mitch und

Alanas feierliches Geknutsche in etwas überging, das an Trockensex grenzte.

„Ich wünschte, sie könnten es", sagte Mason affektiert, „dann könnte ich dem Hengst sagen, dass er seinen Schwanz in seiner Hose lassen soll, bis wir aus dem verdammten Ding raus sind."

# Kapitel Fünfzehn

„Yo", grüßte Blake den Kerl, der die Eingangstür zu dem Haus direkt am Meer für sie offenhielt. Der Junge, kaum in seinen Zwanzigern, trug eine Kellneruniform und stand aufrecht da, das Kinn geradeaus. Alles von seinem Hals abwärts wirkte professionell. Es war sein Gesicht, mit dem aufgeklappten Mund und den weit aufgerissenen Augen, das seine Begeisterung verriet.

„Das hast alles du organisiert?", fragte Gabi Leah von hinten.

„Mitch hatte sehr klare Vorstellungen davon, was er für den heutigen Abend wollte. Ich habe nur telefoniert."

„Wow. Es ist toll."

„Oh mein Gott." Alanas schrille Stimme drang vom Eingangsbereich zu ihnen durch.

Blake drehte sich zu ihr um sowie auch alle anderen, und entdeckte sie dabei, wie sie im Türrahmen stand und auf ihre Hand hinunterstarrte.

„Er ist … er ist …"

„Ein Ring", brummte Mason.

„Er ist wunderschön", sprudelte es aus Alana heraus. „Im Hubschrauber konnte ich ihn nicht so gut sehen. Da war es zu dunkel. Aber, meine Güte. Er ist … Ich bin sprachlos."

Sie warf sich Mitch in die Arme und erstickte ihn mit ihrer Wertschätzung. „Ich glaube, wir brauchen ein wenig Privatsphäre", murmelte Mitch zwischen zwei Küssen und hob sie in seine Arme. „Leah, wo ist das Schlafzimmer?"

Der Mann an der Tür räusperte sich und deutete in eine Richtung. „Das Hauptschlafzimmer ist den ersten Flur hinunter links."

Mitch und Alana machten sich ohne einen Blick zurück auf den Weg.

„Und ich hoffe, ihr habt hier eine leistungsstarke Soundanlage, damit wir uns den Scheiß nicht anhören müssen", fügte Sean hinzu.

Blake lehnte an der Wand und wartete darauf, dass Gabi die Lücke zwischen ihnen schloss. Das Haus war nobel – eines Rockstars würdig. Alles glänzte, von den polierten Fliesen über die Ansammlung von Vasen und gerahmten Kunstwerken. Eine Kellnerin mit einem Tablett voller Champagnerflöten kam auf sie zu, ihr schwarzer Rock und die weiße Bluse formell und schmeichelhaft.

„Champagner?" Ihr Lächeln war strahlend und kokett. Was für eine Überraschung.

„Nein, danke." Er winkte mit einer Hand ab.

Gabi stellte sich nahe vor ihn und nahm seine Hand. „Ich auch nicht, danke."

Blake sah zu ihr hinunter, gleichermaßen frustriert und geschmeichelt, dass sie seinetwegen nichts trank.

„Eigentlich", hob er seine Stimme, als die Kellnerin weitergehen wollte, „ich nehme doch ein Glas." Er hob eine Flöte von dem Tablett und reichte sie Gabi. „Für dich, mein Engel."

„Ich sagte doch, ich will nichts."

„Das weiß ich, aber du hast es nur meinetwegen gesagt und das will ich nicht."

„Ich brauche keinen Alkohol, um mich zu amüsieren, Blake."

Er schwieg, um nicht wild loszuknurren, und zog sie in den Eingang eines weiteren Flurs. Dort drückte er sie mit dem Rücken gegen die Wand und stützte eine Hand nahe an ihrem Kopf ab, um sich an sie zu lehnen. „Ich will ganz deutlich sein, Gabi. Ich bleibe nüchtern, weil ich es *möchte*, nicht weil ich ein Alkoholproblem habe. Es gibt also keinen Grund, warum du nicht trinken solltest."

Ihre Lippen waren aufeinandergepresst und die Empathie in ihren blauen Augen ging ihm unter die Haut, während sie mit einer Hand ihre Champagnerflöte hielt und mit der andere ihre Tasche.

„Das Einzige was es also bringt, wenn du nüchtern bleibst, ist, dass es für mich schwieriger wird, dich zu verführen."

Einer ihrer Mundwinkel hob sich und sie verdrehte ihre

wunderschönen Augen in seine Richtung. „Als ob du in dieser Abteilung jemals Hilfe benötigt hättest."

Er zuckte mit den Schultern. Sie hatte Recht. Wann immer sie zusammen waren, schlüpfte er in die Rolle des geilen Verbindungstypen und sie verwandelte sich in ein gefügiges Betthäschen.

„Ich sehe dir gerne zu, wenn du angeheitert bist." Er erinnerte sich an die Nacht ihres ersten Treffens, wie sie mit ungezügelter sexueller Anmut getanzt hatte und allein ihr Hüftschwung ihn steinhart werden hatte lassen.

Sie räusperte sich und unterbrach ihren Blickkontakt, um einen großen Schluck von ihrem Champagner zu nehmen. Als sie das Glas senkte, sah sie durch ihre getuschten Wimpern zu ihm auf. „Mhm, ich habe schon gehört, dass du gerne zusiehst."

*Alarm. Alarm. Das klingt gar nicht gut.*

Er hob fragend eine Augenbraue und ignorierte Sean, Mason und Ryan, als sie an ihnen vorbei durch den Eingangsbereich marschierten. „Dein Tonfall impliziert eine versteckte Bedeutung, nach der ich lieber nicht fragen möchte."

Sie kicherte und schlang die Hand, in der sie noch ihre Tasche hielt, um seinen Hals. „Ein kleines Vögelchen hat mir gezwitschert, dass du gerne zusiehst." Sie schloss ihren Mund und spielte mit ihren Zähnen an ihrer prallen Unterlippe.

*„Wer* hat dir das gesagt?"

Sie zuckte mit den Schultern und senkte ihren Blick. Sein Herz tanzte einen wilden Tango und riet ihm, vorsichtig zu sein. Er sprach nie über Bettgeschichten und würde es auch nie tun. Und er hatte nur eine einzige voyeuristische Erfahrung im letzten Jahr gemacht. Eine, die es nicht in die Schlagzeilen geschafft hatte, weil alle beteiligten Personen heute Nacht anwesend waren.

„Hey." Er hob ihr Kinn an. „Hat Mitch etwas gesagt?" Wenn der Wichser die Klappe aufgerissen und Gabi verärgert hatte, würde er lange und schmerzhaft dafür bezahlen.

„Nein", lachte sie halbherzig auf. „Vergiss es, ich hätte es nicht ansprechen sollen."

„Dann war es Alana", vermutete er. Es hätten auch noch Leah oder vielleicht Sean, Mason oder Ryan sein können, aber er war sich ziemlich sicher, dass sie alle nicht ihre Eier dafür riskieren würden, etwas Privates auszuplaudern, das nicht sie selbst betraf.

„Sie hat es nicht erzählt, um Ärger zu machen", verteidigte Gabi sie. „Sie hat sich verplappert. Eigentlich war es nur eine ungünstige Wortwahl, aus der ich voreilige Schlüsse gezogen habe. Und dann musste sie es mir erzählen."

„Und jetzt machst du dir Sorgen." Ihre Unfähigkeit, ihm in die Augen zu sehen, sprach Bände.

„Nein", schüttelte sie den Kopf und senkte ihren Blick weiter, um die Wahrheit darin zu kaschieren.

„Genau", räusperte er sich und drückte sie fester an die Wand, indem er seine Hüften an ihre legte. Wie zum Teufel hatte diese Unterhaltung überhaupt angefangen? Sein Verlangen, es herauszufinden, nagte an ihm. Er ignorierte es allerdings und konzentrierte sich auf das Wesentliche – Gabis Verunsicherung. Er war nur allzu vertraut damit, sich minderwertig zu fühlen, und wollte nicht, dass Gabi diese Erfahrung jemals machen musste. Speziell, wenn es keinen Grund dafür gab.

„Alana ist ein toller Mensch." Er sah sie genau an und wartete auf den Moment, in dem sie ihm in die Augen sehen und anfangen würde, ihm zu glauben. „Ja, sie ist attraktiv. Aber zuerst einmal ist sie mit Mitch zusammen und zweitens ist sie nichts im Vergleich zu dir. Sie kann dir nicht einmal annähernd das Wasser reichen."

Ihre blauen Augen wanderten nach oben, um ihn anzusehen.

„Es gibt keine Andere für mich, Gabi. Das ist schon sehr lange so, nur war mir das nicht immer klar."

Sie drückte sich an ihn und presste ihre warmen Lippen für eine sengend heiße Sekunde an seine, bevor sie sich zurückzog.

„Ich würde dich niemals betrügen", flüsterte er, weil sie die Wahrheit erfahren musste. „Bitte vertrau mir so weit, dass du mir das glauben kannst."

Sie zog ruckartig den Kopf zurück und legte ihre Stirn in tiefe Falten. „Das tue ich. Darum geht es nicht." Sie schüttelte den Kopf. „Es geht um den ganzen versauten Sex."

„Um den ganzen versauten Sex?", fragte er und strich ihr lose Haare aus dem Gesicht.

„Du scheinst … andere Dinge zu mögen. Voyeurismus. Exhibitionismus. Ich weiß nicht, ob ich damit Schritt halten kann."

Nun war er damit an der Reihe, sich schockiert zurückzuziehen. Niemals zuvor hatte er diese Begriffe mit seinem Liebesleben in Verbindung gebracht. Er hatte keine speziellen Vorlieben. Er liebte einfach Sex, egal, in welcher Form er daherkam. „Ich habe genügend Dreier und One-Night-Stands mit Groupies gehabt, aber wenn es ums Vögeln geht, bin ich eigentlich ziemlich einfach gestrickt, Gabi. Ich habe wirklich keine Ahnung, wovon du redest."

Sie starrte zu ihm nach oben und das Weiß in ihren Augen leuchtete unter den Spots, die in die Decke eingelassen waren. „Ziemlich einfach gestrickt?" Sie wich zurück. „Dreier? Sex im Meer. In einem Flugzeug. Das ist für mich nicht ziemlich einfach." Sie quiekte förmlich. „In meiner Welt ist das ziemlich abgefahren."

Er lachte, unfähig, das Bedürfnis zu unterdrücken.

Sie funkelte ihn an. „Lach mich nicht aus!" Sie löste ihre Hand um seinen Hals und machte Anstalten, sich an ihm vorbeizuschieben.

Er griff nach ihrem Handgelenk und hielt sie blitzschnell auf. „Die Dreier sind ein Ding der Vergangenheit. Mitch war dabei, manchmal Sean, aber das haben wir seit Jahren nicht mehr gemacht. Okay?"

Sie sah ihn aus dem Augenwinkel an und neigte quittierend den Kopf.

„Und die ganze Meer-Flugzeug-Sache hatte nichts damit zu tun, dass ich auf ausgefallenen Sex stehe, sondern rein damit, wie sehr ich dich will." Er zog sie in seine Arme und es kümmerte ihn kein bisschen, dass dabei Champagner aus dem Glas spritzte. Er drückte sein Becken an ihren Bauch und untermauerte seine Aussage damit, dass er seinen härter werdenden Schwanz an ihr rieb. „Ich würde dich in diesem Augenblick ficken, wenn ich der Meinung wäre, du würdest mich lassen."

„Erstens ‚ficke' ich nicht", fauchte sie, „ich mache Lie–"

„Tut mir leid, wenn ich dir das sagen muss, Engel, aber was wir im Meer gemacht haben, war keine Liebe. Wir haben gefickt. Es war verdammt sexy, nass und traumhaft, aber es war ficken. Dasselbe gilt für das Flugzeug. Heute Nacht, allerdings", er lehnte sich an sie und flüsterte in ihr Ohr, „werde ich Liebe mit dir machen und dir den Unterschied zeigen."

„Wo sind alle?", hallte Leahs Stimme durch die Eingangshalle.

„Das ist wohl unser Stichwort", murmelte er an Gabis Lippen und ignorierte das Pochen in seinen Lenden, das mit jeder Sekunde dringlicher wurde.

Sie legte ihre Arme um seine Mitte. „Ich werde dich vermissen."

*Zack.* Ein Frontalangriff mitten in sein Herz. Noch schlimmer würde es für ihn werden, wenn sie erst wieder in Queensland war. Sie hatte ihre Arbeit und ein erfülltes Leben, mit dem sie sich ablenken konnte, wohingegen alles, was er tat, ihn an Gabi erinnerte. Seine Musik. Die Nächte, die er allein verbrachte, während die Jungs auf Sauftour gingen. Selbst in seine Träume würde sie ihm folgen.

„Es wird nicht für lange sein." Er konzentrierte sich auf die Halskette, die er ihr geschenkt hatte, und liebte es, dass sie sie kaum jemals ablegte.

„Ich weiß." Sie nickte und klemmte sich ihre Tasche unter den Arm, bevor sie nach seiner Hand griff. „Am Ende wird es das alles wert gewesen sein."

Das würde es. Dafür würde er sorgen. Eines Tages, schon bald, würden sie alle Blake und Gabis Verlobung feiern, ihr Zugeständnis zu einer gemeinsamen Zukunft. Es war unvermeidlich, etwas, das er sich nicht durch die Finger gehen lassen würde. Er musste nur auf den richtigen Zeitpunkt warten. „Ich werde sicherstellen, dass es so sein wird, meine Süße. Das verspreche ich."

# Kapitel Sechzehn

DER REST des Abends verlief wie im Märchen und Gabi konnte nicht glauben, dass das alles real war. Die Kellnerin und der Kellner – der junge Mann, der sie ursprünglich am Eingang begrüßt hatte – hatten Canapés serviert, Champagner und verschiedene Cocktails, bis Mitch und Alana mit ihrer kleinen „Feier" fertig gewesen waren. Dann hatte ein Koch als Vorspeise ein herrliches aufgetürmtes Gericht aus Krabbe, Avocado und Mango zubereitet, gefolgt von gefüllter Wachtel mit gegrilltem Gemüse als Hauptgang.

Bis sie fertig gegessen hatten, war Gabi beschwipst von dem Alkohol, den Blake ihr einflößte. Jedes Mal, wenn er ihr eine neue Flöte mit Champagner reichte, zwinkerte er und schenkte ihr sein verruchtestes Grinsen, das all die schmutzigen Dinge versprach, die sie kaum erwarten konnte mit ihm auszuprobieren.

Nach dem Essen verkündete Leah, dass sie noch eine volle Stunde hätten, bevor der Hubschrauber zurückkam. Mitch und Alana unternahmen zu zweit einen Spaziergang im Mondschein am Strand, während der Rest von ihnen im Haus blieb und plauderte, lachte und trank.

„Komm mit mir auf den Balkon." Blake zog sie hinaus auf die Holzplanken, mit denen der Boden belegt war. Er hatte früher an diesem Abend seine Jacke abgelegt und sich die Ärmel hochgekrempelt, um etwas von der Haut zu zeigen, die sie so sehr liebte.

Die steife Brise an der Küste wurde hier draußen von vier tragbaren Heizstrahlern erwärmt, die gleichmäßig verteilt entlang des hölzernen Geländers standen. An beiden Enden des Balkons führte eine Treppe hinunter zu einem Pool, der von den unter Wasser angebrachten Scheinwerfern funkelte. Das Rauschen des Ozeans war in der Ferne wahrnehmbar.

„Ich zähle schon die Stunden, bis wir wieder im Hotel sind. Das weißt du, oder?", murmelte er in ihr Ohr und drückte seinen Körper an dem Geländer gegen ihren.

Die Hitze der Heizstrahler wärmte ihre Wangen, verstärkte ihren leichten Rausch und befeuerte die Leidenschaft, die durch ihre Venen schnellte. Ihre Weiblichkeit pulsierte als Reaktion darauf, ihre Brustwarzen zogen sich zusammen und nur ihrer Entschlossenheit war es zu verdanken, dass sie nicht aufstöhnte.

Jeder im Haus konnte sie sehen und doch kümmerte es sie nicht, als sie sich nun hinter seinen breiten Schultern versteckte. Sie wollte Blake zu sehr, um sich heute um die Meinung anderer zu sorgen.

„Ich weiß nicht, ob ich so lange warten kann", neckte sie ihn.

Seine Hand glitt nach oben, um über die Halskette zu fahren, die er ihr geschenkt hatte, was die Durchblutung ihrer bedürftigen Körperteile verstärkte.

Sie hörten, wie sich die gläserne Schiebetüre öffnete, und kurz darauf laute Schritte.

„Mein Gott, ihr treibt mich in den Wahnsinn", sagte Ryan leise.

Blake sah über seine Schulter. „Hast du blaue Eier, Kumpel?"

„Blaue Eier und wunde Hände", murmelte Ryan, ging die Treppe hinunter und verschwand aus ihrem Blickfeld.

Gabi riss die Augen auf. Hatten diese Jungs denn gar keinen Anstand?

„Armer Kerl." Blake glitt mit einem Arm über ihren Rücken nach oben bis zum Ansatz ihres Nackens, wo er sie festhielt. „Wo waren wir?"

Sie stöhnte, als ein Kribbeln sich über ihre Wirbelsäule arbeitete, und legte ihre Hände auf seine Hüften. „Ich glaube, du wolltest mir mit deinen Liebkosungen langsam den Verstand rauben."

Er lachte hell und glitt mit seinen Zähnen über ihr Kinn. „Ich habe dich heute vermisst."

Gabi saugte Luft ein. Seine Berührungen fanden immer ihre

erogenen Zonen und mit einem einzigen Streichen seines Fingers, seiner Lippen oder seiner Zunge brachte er sie zum Zittern.

„Gott, Frau, ich kann deine Erregung riechen", knurrte er.

„Dann hör auf, mich zu berühren", antwortete sie, atemlos, schwerelos und in der absoluten Hoffnung, dass er ihre Aufforderung ignorieren würde. Sie schloss ihre Augen und ließ sich in das verträumte Gefühl fallen, das ihren Körper überkam, doch dann stöhnte sie auf, als sich die Glastür wieder öffnete.

„Tut mir leid, Leute … ich wollte nicht stören." Leah zog die Tür hinter sich zu und kam in ihre Richtung. „Habt ihr Ryan gesehen?"

Mit einem schweren Seufzer sah Blake über seine Schulter. „Er hat vor ein paar Minuten die Treppe genommen."

Gabi reckte ihren Kopf an Blake vorbei, um Leah anzusehen. Ihre Stirn war besorgt in Falten gelegt und ihre Lippen hatte sie fest aufeinandergepresst.

„Alles in Ordnung?", fragte Gabi und spürte unbehagliche Schwingungen.

„Ja." Leah schluckte. „Ich sehe nur nach all meinen Schützlingen."

„Hast du schon mit ihm gesprochen?", fragte Blake.

Leah verengte ihren Blick und funkelte ihn an. „Blake", wies sie ihn dann zurecht.

„Mit mir worüber gesprochen?" Ryan tauchte am oberen Ende der Treppe auf, sein Handy leuchtete in seiner Handfläche. Eine schwere Stille hing in der Luft, während er zwischen Leah und Blake hin und hersah. „Mit mir worüber gesprochen, Leah?"

Blake fluchte leise und Leah drehte sich zu Ryan. „Wir müssen reden."

Ryan zuckte mit den Schultern. „Dann rede. Blake weiß scheinbar schon, was du sagen willst, also sag es."

„Ähm", Leah warf erst Gabi einen Blick zu, dann Blake, während ihre Augen sich panisch weiteten. „Wir sollten das unter vier Augen besprechen."

Ryan machte ein paar Schritte auf sie zu und ließ sein Handy in seine Jackentasche gleiten. „Komm schon, Leah. Spuck's aus."

Sie seufzte zittrig auf und sah noch einmal flüchtig zu Blake, bevor sie sich wieder Ryan zuwandte. „Es ist nur Gerede und bis auf Weiteres völlig unbegründet. Ich wollte es nicht ansprechen, solange nicht bewiesen ist, dass die Behauptungen wahr sind."

Ryan verschränkte seine Arme vor der Brust und sah sie fragend an. Als sie nicht weitersprach, schnaubte er: „Was für Behauptungen?"

„Eines der Boulevardblätter zuhause behauptet, sie hätten Beweise dafür, dass Julie dich betrügt –"

Ryans jungenhafte Züge verwandelten sich in eine Mischung aus blinder Wut und Schock. „Was?" Er marschierte auf sie zu und ballte seine Hände an seinen Seiten zu Fäusten.

Gabis Magen zog sich zusammen und sie drehte sich um, um sich am Geländer festzuhalten und sich auf den dunklen Strand zu konzentrieren. Sie wollte nicht hier sein. Eine so private Angelegenheit ging sie absolut nichts an.

„Es ist ein Haufen Mist. Sie liefern keine Beweise für ihre Behauptung", fuhr Leah fort. „Sie fischen nur nach einer Schlagzeile."

Ryan stieß ein selbstkritisches Lachen aus. „Wenn sie keine Beweise haben, warum zur Hölle bin ich dann der Letzte, der davon erfährt?"

Gabi warf einen Blick über ihre Schulter, überrascht von dem Feuer in Ryans Stimme.

Er warf seine Hände in die Luft. „Herrgott nochmal, Leah, wie kannst du es wagen, mit Blake vor mir darüber zu sprechen?"

Leah erschrak und für einen flüchtigen Moment klappte ihr Mund auf, bevor sie ihn ruckartig schloss, um zu schlucken. „Sonst weiß es niemand." Sie senkte ihre Stimme. „Ich wollte dich nicht unnötig verl–"

„Oh, okay", nickte Ryan sarkastisch. „Dann sollte ich also froh darüber sein, dass du es vor mir nur mit Blake besprochen hast?"

Blake spannte sich an und ließ seine Hände von Gabis Körper sinken. „Lass das, Ryan. Ich weiß, dass das schwer zu ertragen sein muss, aber es ist nicht Leahs Schuld."

Ryan lenkte seinen vernichtenden Blick auf Blake, sodass Gabi sich klein machte, um der Wut in seinen Augen zu entgehen. „Du hältst das also für fair, ja?" Er stand jetzt nahe vor ihnen und positionierte sich direkt vor Blake. „Du solltest mein Freund sein. Mein verdammter *Bruder*. Und trotzdem hast du das vor mir verheimlicht. Wie lange schon, Blake?"

„Beruhige dich."

*„Wie lange schon?"*, hob Ryan seine Stimme.

„Erst seit heute Morgen", fauchte Blake. „Verdammt nochmal, Ryan. Ich weiß, dass du neben der Spur bist, aber Leah hat sich das wirklich nicht leicht gemacht. Sie wollte dich nicht grundlos verletzen. Wir alle wissen, wie hart es für dich ist, von Julie getrennt zu sein."

Ryan bohrte Blake einen Finger in die Brust. „Einen Scheiß weißt du."

Gabi keuchte auf und hielt sich eine Hand vor den Mund. Sie würden sich prügeln und sie konnte es nicht ertragen, einen der beiden verletzt zu sehen.

Leahs Absätze klackten über den hölzernen Terrassenboden, gefolgt von dem Geräusch der aufgleitenden Glastür. „Mason. Sean", rief sie. „Ich brauche euch."

„Na toll." Ryan zog sich ein paar Schritte zurück. „Hol die anderen dazu." Er schüttelte den Kopf und machte auf dem Absatz kehrt. „Ich bin raus."

„Wohin willst du?", rief Leah. „Der Helikopter ist in einer halben Stunde zurück."

Ryan ignorierte sie, schritt auf den Treppenabsatz zu und nahm dann mehrere Stufen auf einmal, bevor er in der Dunkelheit verschwand.

„Was geht denn hier ab?", fragte Mason und folgte ihren Blicken ans Ende des Balkons.

Blake kam auf ihn zu, sodass Gabi etwas Luft zum Atmen hatte. Blake und Leah taten ihr fürchterlich leid und am meisten fühlte sie mit Ryan mit. Der Gedanke daran, den Menschen, den sie liebte, morgen zurücklassen zu müssen, hatte sie bereits innerlich zu zerreißen begonnen, und dabei tat Ryan genau dasselbe seit Jahren.

Leah atmete zitternd aus und ließ den Kopf hängen. „Oh Gott, was habe ich nur getan?"

Blake ging auf seine Bandmanagerin zu, nahm sie in seine Arme und hielt sie, als sie zu weinen begann. Als immer mehr Tränen über ihr Gesicht strömten, bewegte Gabi sich langsam und leise am Geländer entlang, bis sie das andere Ende des Balkons erreicht hatte. Sie sollte in diesem Moment nicht hier sein. Blake tröstete und fand Trost bei Leah ... nicht bei ihr. Sie musste einen klaren Kopf bekommen und die Dinge relativieren. Es war eine freundschaftliche Umarmung, sonst nichts. Ihr Gehirn verstand das, dennoch fühlte sie sich unbedeutend.

Verdammter Alkohol.

Auf der untersten Stufe trippelte sie auf Zehenspitzen über den geschotterten Weg und ließ sich von den Lichtern im Inneren des Hauses zu dem Tor am Eingang des Gebäudes führen. Das Rauschen des Meeres rief nach ihr und sie war dankbar dafür, einen sandigen Pfad zu finden, der außerhalb des Zaunes verlief. Sie öffnete die Riemchen ihrer Schuhe und trug sie nun daran, während sie gemächlich in die Dunkelheit schritt.

Der Pfad wurde steiler und Holzbretter formten notdürftige Treppen, um das Vorankommen zu erleichtern. Über ihr leuchtete der gelbe Mond hell und voll und gab den Blick frei auf die mit Schilfgras bedeckten Dünen. Als sie den Strand erreichte, blieb sie stehen – und ihr Herz auch.

Vor ihr saß Ryan im Sand, seine Hände um seine angezogenen Knie geschlungen, seinen Blick starr auf das Wasser gerichtet.

„Ryan?", fragte sie leise. Dann sah sie zurück über ihre Schulter und fragte sich, ob sie zurückgehen und ihn mit seinen Gedanken alleinlassen sollte.

Er reagierte nicht.

Mit leisen Schritten bewegte sie sich neben ihn. „Ryan?"

„*Scheiße.*" Er riss den Kopf hoch. „Du hast mir einen Riesen-schreck eingejagt."

„Tut mir leid. Das wollte ich nicht."

Er schnaubte und konzentrierte sich wieder auf die Wellen. „Ich sollte derjenige sein, der sich entschuldigt."

„Nein, überhaupt nicht. Du hast jeden Grund, verärgert zu sein."

„Ach ja?" Er schüttelte sich seine Anzugjacke von den Schultern und legte sie neben sich. „Willst du dich hinsetzen?"

So zuvorkommend, so aufmerksam, selbst noch, wenn er verzweifelt war. „Danke." Sie strich sich ihr Kleid über ihrem Hintern glatt, setzte sich auf seine Jacke und zog ebenfalls ihre Knie an ihre Brust.

Schweigend saßen sie da und beobachteten den weißen Schaum, der mit jeder brechenden Welle zum Leben erweckt wurde.

„Weißt du", setzte Ryan mit leiser Stimme an, „für einen kurzen Moment war ich erleichtert, als Leah sagte, Julie hätte mich betrogen."

Gabi sah ihn an und legte ihre Wange auf ihre Knie.

„Ich glaube nicht, dass ich sie noch liebe."

Sie erstarrte, unsicher, was sie sagen sollte. Abgesehen von den Dingen, die Blake ihr über die Jahre erzählt hatte, wusste Gabi nicht viel von diesem so herzzerreißend verletzlichen Mann. Und doch schrie alles in ihr danach, näher an ihn heranzurücken und einen Arm um ihn zu legen. Wie Blake es mit Leah gemacht hatte.

„Wir sind nicht mehr glücklich. Wir sind ja kaum noch Freunde."

Gabi öffnete ihren Mund, aber keine Worte wollten ihr über die Lippen kommen.

„Ich fühle mich wie ein Versager."

„Tu das nicht." Sie richtete sich auf und schüttelte den Kopf. „Eine Ehe ist nicht einfach."

„Nein, ist sie nicht, aber jemanden zu lieben sollte nicht so schwierig sein."

Ryan starrte weiter schweigend auf das Wasser. Sein gebrochenes Herz war spürbar. Sie wusste nicht, welche Art von Frau zulassen würde, dass ein wunderbarer Mann wie Ryan sie nicht mehr lieben konnte. Wäre es Gabi gewesen, sie hätte mit allen Mitteln darum gekämpft, ihn nicht zu verlieren.

„Du und Blake, ihr habt etwas ganz Besonderes, nicht wahr?"

Nun war Gabi damit an der Reihe, nachdenklich auf das Meer hinauszustarren. Was sie mit Blake hatte, ging weit über *etwas Besonderes* hinaus. Dennoch war sie sich nicht sicher, dass sie es durch die Phasen schaffen würden, in denen sie getrennt waren.

„Er ist ein toller Kerl", antwortete sie.

„Und?"

Sie gluckste lustlos. „Ich liebe ihn." Dann sah sie Ryan an, der darauf wartete, dass sie weitersprach. „Er bedeutet mir so viel. Aber ich habe einfach Angst – und ich bin verunsichert."

Sie vergrub ihre Fersen im Sand und sah zu, wie ihre Füße verschwanden. Ihr Gesicht begann zu glühen, da sie wusste, dass Ryan sie immer noch anstarrte.

„Den Teil mit der Angst verstehe ich. Mir jagt Blake auch manchmal einen riesigen Schrecken ein." Ryan lehnte sich zu ihr hinüber und stieß ihr lachend an die Schulter. „Die Unsicherheit wird wohl leider für jede Frau ein Kampf sein, die sich dazu entschließt, mit einem von uns zusammen zu sein. Ich weiß, dass meine Frau den Gedanken an Groupies hasst. Aber immerhin habe ich sie niemals betrogen. Nicht einmal in all den Jahren, in denen wir zusammen sind."

Das Knattern des Hubschraubers ertönte in der Ferne und wurde über das Rauschen des Meeres hinweg lauter.

Ryan seufzte. „Ich will wirklich nicht zurück da hinauf."

Sie konnte es ihm nicht verübeln. Sie selbst wollte auch nicht zurück. Zum Glück hatte sich ihr Rausch ein wenig gelegt. Nun musste sie nur noch ihre irrationalen Gedanken besänftigen und alles würde gut werden. „Komm mit." Gabi stand auf, hob seine Jacke auf und bemühte sich, den Sand davon abzuklopfen. Sie streckte ihre Hand nach ihm aus und er ergriff sie, um sich von ihr hochziehen zu lassen. „Bringen wir die Sache hinter uns."

# Kapitel Siebzehn

Blake stand hinter der Glastür, die auf den Balkon hinausführte, und starrte in die Finsternis. Wo war sie?

Er hatte es verbockt. Schon wieder. Der Streit mit Ryan war seine Schuld, und als Leah aufgehört hatte, an seiner pochenden Brust zu weinen, hatte er sich auf der Suche nach dem Trost von Gabis Armen umgedreht, doch sie war fort gewesen.

„Wo zum Teufel sind alle?", fragte Mason in den leeren Raum hinein, als das entfernte Geräusch des sich nähernden Hubschraubers stetig lauter wurde. Er saß auf einer Sitzbank in der Küche und ließ die Beine baumeln.

„Hoffentlich kommen sie zurück, jetzt, wo der Heli da ist", sagte Leah von ihrem Platz neben Sean auf dem Sofa aus. Sie war immer noch aufgewühlt, hatte sich an Seans Seite gekuschelt und schniefte bei jedem Atemzug.

Schritte hallten über den Flur, gefolgt von weiblichem Kichern.

„Hör auf", rügte Alana Mitch, als sie neben ihm in der Spiegelung der Fensterfront erschien.

„Wart ihr beide nicht spazieren?", fragte Mason.

Blake drehte sich zu ihnen um und ignorierte dabei, wie seine Besorgnis mit jeder Minute wuchs, die Gabi fort war.

Alana sah zu Mitch, wurde rot und wandte ihren Blick ab.

„Wir haben einen Umweg gemacht." Mitch grinste und schlang seine Arme um Alanas Taille, sodass sie aufquiekte und sich zu winden begann.

„Lasst mich raten, über das Schlafzimmer?", murmelte Mason.

Alana schob sich aus Mitchs Armen und ging um das Sofa herum zu Leah. „Wo sind Ryan und Gabi?" Sie verengte ihren Blick. „Leah? Was ist los?"

„Es ist alles in Ordnung", unterbrach Blake sie, während er sich zurück zum Fenster drehte. Sie waren es Ryan schuldig, die Gerüchte nicht auszuplaudern. Wenn Ryan wollte, dass die anderen Bescheid wussten, dann sollte er es ihnen selbst sagen.

„Es sieht aber nicht danach aus." Alana rutschte neben Leah auf die Couch, während Mitch sich neben Blake stellte.

„Was ist los?", murmelte Mitch.

Blake drehte sich zu seinem Freund und setzte ein falsches Lächeln auf. „Nichts, worüber du dir Sorgen machen müsstest, Mann." Dann machte er einen Schritt auf ihn zu und verpasste ihm eine schnelle Männerumarmung. „Ich habe noch keine Gelegenheit gehabt, dir zu gratulieren. Ich freue mich wirklich sehr für euch beide."

Mitch klopfte ihm auf den Rücken. „Ich freue mich auch für dich, Mann. Es scheint, als hättest du die richtige Frau gefunden."

Blake nickte ruckartig. „Ja, das habe ich."

„Nun, ich hoffe, dass ihr nie auffällt, was für ein Sack du bist."

„Ja." Blake lachte, obwohl nichts Lustiges daran war. „Ich auch." Das Karma musste sich irgendwann gröber geirrt haben, denn Blake hatte es eindeutig nicht verdient, dass Gabi in seinem Leben war.

Mitch sah sich in dem Raum um und runzelte die Stirn. „Und wo ist sie?"

*Ich habe keinen blassen Schimmer.*

Etwas bewegte sich in seinem Augenwinkel und ohne nachzudenken machte er einen Schritt darauf zu. *Gabi.* Sie war draußen und ging an dem Zaun entlang, der das Anwesen umgab, Ryan neben ihr, seine Anzugjacke über ihren Schultern.

Er atmete tief aus und befreite damit die Enge in seiner Brust. *Gott sei Dank.*

Sie neigte ihren Kopf, konzentrierte sich auf das Haus und erwiderte seinen Blick. Das sanfte Lächeln, das sie ihm schickte, haute ihn fast um.

„Ähm, wieso ist sie bei Ryan?", fragte Mitch.

„Lange Geschichte." Blake öffnete die gläserne Schiebetür und ging hinaus auf den Balkon. Gabi und Ryan verschwanden und kurz darauf klapperte das kleine Tor. Als auf der Treppe Schritte zu hören waren, schaltete sein Herz einen Gang hoch. Er hatte sich Sorgen gemacht. Bis zu diesem Moment hatte er nicht bemerkt, was für große Sorgen, bis nun bei ihrem Anblick Erleichterung durch seinen Körper strömte.

Ryan erreichte den Treppenabsatz zuerst – Reue lag in seinem Blick – und nickte ihm als Gruß zu. „Wo ist Leah?"

„Drinnen."

„Alles klar. Ich werde wohl eine Weile auf Abstand gehen. Wir sehen uns beim Hubschrauber." Ryan wollte an ihm vorbeigehen.

Blake legte eine Hand auf die Brust seines Freundes und hielt ihn auf. „Hör zu, Rye, es tut mir leid, dass ich nichts gesagt habe, und Leah wollte dich genauso wenig verletzen. Ich wusste, dass sie wegen irgendetwas besorgt war, und habe so lange nachgebohrt, bis sie es mir gesagt hat."

Ryan fuhr sich mit einer Hand durch seine zerzausten schulterlangen Haare. „Ich verstehe."

Ja, Ryan war der verständnisvollste Kerl, den Blake kannte, was die Situation noch schwerer erträglich machte. Blake ließ seine Hand sinken und sah ihm nach, als er über die Treppen auf der anderen Seite des Balkons wieder hinunterging. Sobald seine Schritte von dem Surren des sich nähernden Hubschraubers übertönt wurden, wandte er seine Aufmerksamkeit Gabi zu, die wartend auf dem Treppenabsatz stand.

„Ich habe mir Sorgen um dich gemacht."

Sie tappte bloßfüßig auf ihn zu, ihre Stilettos baumelten an ihrer Hand. „Ich musste einen Spaziergang machen und den Kopf freikriegen."

„Du bist vor mir weggelaufen." Er bewahrte einen teilnahmslosen Gesichtsausdruck und verbarg die Kränkung, die ihn fest im Griff hatte. Er hatte gehofft, dass sie Ryan suchen gegangen war, anstatt seinetwegen zu gehen.

Sie stellte sich vor ihn und ihre großen blauen Augen wurden von ihren geweiteten Pupillen verdunkelt. „Nein." Sie schüttelte leicht den Kopf. „Ich war überfordert. Ich brauchte Zeit zum Nachdenken."

Seine Hände brannten danach, sie zu berühren, ihr Ryans Jacke von den Schultern zu ziehen und durch seine eigene zu ersetzen. „Habe ich etwas falsch gemacht?"

Gabi schloss die Lücke zwischen ihnen und legte ihre Arme um seine Mitte. „Du hast nichts falsch gemacht", flüsterte sie und ihre Stimme wurde beinahe geschluckt von den dröhnenden Rotorblättern auf der freien Fläche neben der Villa. „Ich glaube, ich stand unter Schock, als ich gesehen habe, wie Ryan und du euch beinahe geprügelt habt. Das hat mir Angst gemacht, das ist alles."

„Wieso hast du mir das nicht gesagt? Als ich mich zu dir umdrehte und du verschwunden warst, wusste ich nicht, was ich denken sollte."

Sie vergrub ihren Kopf unter seinem Kinn und schlang ihre Arme enger um ihn. „Du warst beschäftigt ... mit Leah."

Er spannte sich an. Als Ryan vorhin abgerauscht war, hatte Blake schwere Schuldgefühle bekommen. Er war der Grund für die ganze Aufregung und hatte instinktiv Leah trösten wollen. Schließlich war es seine Schuld gewesen, dass sie geweint hatte.

„Leah gehört zur Familie", sprach er seinen Gedanken laut aus.

„Ich weiß", nickte Gabi an seiner Brust.

„Sie ist wie eine Schwester für mich."

„Ja ... das weiß ich auch."

Er legte ihr einen Arm auf den Rücken und glitt mit seiner Hand über den Stoff von Ryans Anzugjacke. „Die letzten paar Tage waren ziemlich verrückt, nicht wahr?" Ihr erstes Treffen allein war schon monumental gewesen. Doch dank all der zusätzlichen äußeren Einflüsse, mit denen sie konfrontiert worden waren, war die Situation hochemotional geworden. Er war überrascht, dass keiner von ihnen beiden schon früher darunter zusammengebrochen war.

„Mmm-hmm."

Und der morgige Tag würde noch viel schlimmer werden.

„War es das, worüber du dir heute Morgen solche Sorgen gemacht hast?", fragte sie und löste sich aus seinem Griff, um zu ihm hochzusehen. „Die Geheimnisse über Ryans Frau, war es das, worum du dich kümmern musstest?"

Er starrte in ihre hoffnungsvollen Augen. Seine Antwort hätte ein einfaches „Nein" sein sollen, und doch hielt er inne und überlegte, ob es besser wäre, ihr ihre Sorgen mit einer unschuldigen Lüge zu nehmen.

„Zum Teil." Die Worte waren nicht so schmerzhaft, wie er erwartet hatte. In Wahrheit stimmte es auch irgendwie. Die Sache mit Julies Untreue war ihm im Hinterkopf herumgegeistert.

Erleichtert entspannte sie ihre Lippen und kuschelte sich wieder unter sein Kinn. „Können wir jetzt nach Hause?"

*Nach Hause.*

Wenn er sie doch nur in seine Wohnung in den Staaten mitnehmen könnte. Dort wäre alles so viel einfacher. Er würde sie einfach an sein Bett ketten, sich um jeden ihrer Wünsche und jedes ihrer Bedürfnisse kümmern und sie nie wieder gehen lassen.

„Ja, Engel." Er küsste ihren Scheitel und atmete den süßen Duft von Magnolie ein. Als er sich aufrichtete, fiel sein Blick auf Leah, die drinnen an der Fensterfront stand. Sie formte mit ihren Lippen die Worte „Beeilt euch", drehte sich dann um und verließ den Raum. „Ich glaube, die anderen sind schon alle beim Hubschrauber."

Gabi löste sich aus seiner Umarmung. „Ich ziehe mir nur schnell meine Schuhe an." Sie bückte sich vor ihm, sodass er einen Blick auf ihren knackigen Hintern erhaschte, und schloss die Riemchen.

Als sie sich wieder aufrichtete, nahm er ihre Hand und zog sie eng an sich, sodass er ihr etwas ins Ohr raunen konnte. „Weißt du noch, was ich dir zu zeigen versprochen habe, wenn wir zurück ins Hotel kommen?" Sie schnappte nach Luft und erschauderte. Er glitt mit einem Finger über die empfindliche Haut in ihrem Nacken und folgte dem Pfad mit seiner Zunge. „Dachte ich mir."


Blake war dankbar, dass der Rückflug nach Melbourne nicht genauso lang dauerte. Über Festland zu fliegen anstatt an der Küste entlang, verkürzte die Strecke um eine halbe Stunde, was gut war, da niemand redete.

Nachdem sie abgehoben waren, hatte Gabi ihren Kopf an seine Schulter gelegt und seither kein Wort gesprochen. Alana und Mitch saßen am hinteren Ende des Hubschraubers, eng aneinander gekuschelt, die Augen geschlossen. Mason und Ryan saßen nebeneinander vor Blake, Ryan lehnte sich an das Fenster, während Mason auf der anderen Seite hinausstarrte. Und Sean saß ganz vorne neben Leah und hatte seinen Arm entspannt um ihre Schultern gelegt.

Die Fahrt mit der Limousine war ähnlich unterhaltsam.

Kurz nach ein Uhr morgens erreichten sie das Crown Hotel und von den Fans war weit und breit nichts zu sehen. Ein paar Leute keuchten auf, als sie sie auf ihrem Weg durch die Lobby erkannten, aber die Sicherheitsleute des Hotels hielten sie auf Abstand.

Es war still im Aufzug, als dieser nach oben fuhr – sie alle waren zu müde oder fühlten sich unwohl dabei zu reden. Als die Türen in ihrem Stockwerk aufglitten, stieg Leah zuerst aus und ließ den Kopf hängen, während sie leise sagte: „Nacht, Jungs."

Blake verließ den Aufzug als nächster, Gabis Hand in seiner, und Mitch und Alana folgten ihnen. Sie alle hatten King-Suiten, während Mason, Sean und Ryan sich die größere Suite im Stockwerk darüber teilten.

„Spätes Frühstück in unserer Suite um elf?", fragte Mason.

„Klingt gut", rief Mitch über seine Schulter.

„Klar." Blake ließ Gabis Hand los und ging rückwärts, um mitanzusehen, wie Ryan einen Fuß aus dem Aufzug stellte.

Leah reagierte nicht. Sie war bereits in die entgegengesetzte Richtung zu ihrer Suite losmarschiert.

„Hey, Leah", rief Ryan ihr nach, sein Gesichtsausdruck gequält und seine Lippen eng aufeinandergepresst.

Leah blieb stehen und drehte sich dann langsam auf ihren Absätzen um. Sie sah Ryan an und sagte nichts, während ihre Hände sich fester um ihre Tasche legten.

„Können wir reden?" Er machte einen weiteren Schritt, sodass die Türen sich schließen konnten, während Mason und Sean im Aufzug blieben.

Leah presste ihre Lippen aufeinander und nickte. Ohne ein Wort zu sagen, ging sie dann weiter den Flur hinunter und wartete nicht auf Ryan, der im Laufschritt zu ihr aufschloss.

Blake sah zu, wie sie in ihre Suite gingen, und spannte sich an, als die Schuldgefühle sich in seinen Magen bohrten. Wieso zur Hölle hatte er nur den Mund aufgemacht?

„Die kriegen das hin", flüsterte Gabi hinter ihm und legte ihre Hand in seine. „Komm schon." Sie zog an seinem Arm und gemeinsam gingen sie die restlichen Schritte bis zu ihrer Tür.

Gabi nahm ihm die Schlüsselkarte aus der Hand und sperrte die Suite auf. Er folgte ihr den schwach beleuchteten Flur entlang, an dem kleinen Koch- und Essbereich vorbei in ihr Schlafzimmer und ließ sich auf das Fußende ihres großen Doppelbettes fallen. Sie drehte das Licht an, zog die Vorhänge zu und sperrte den Rest der Welt aus.

Er zerrte an seiner Krawatte, um das einengende Material zu lockern, und machte sich dann an die Knöpfe seines Hemdes. Die Stunden des Schweigens hatten ihm geholfen, sich ein Gesamtbild zu verschaffen – und zwar kein vorteilhaftes. Wieso war er so ein verdammter Versager? Er hatte einen Streit zwischen seinen Freunden verschuldet, seine letzte Nacht mit Gabi ruiniert und obendrein musste er sich auch noch um Michelle kümmern.

„Sprich mit mir", sagte sie leise und hob ihre Hände, um den Verschluss ihrer Kette zu öffnen und sie oben auf ihren geschlossenen Koffer zu legen.

Er stieß sich auf seine Füße, nahm ihre Hand und zog sie zurück zum Bett, wo er sie zwischen seinen Knien positionierte. Sie war das Licht in seinem Leben. Der strahlende Schein, der all die Dunkelheit erträglicher machte.

„Was soll ich denn sagen?" Alles an ihm war taub, seine Gliedmaßen, seine Brust, seine Gedanken. Das Einzige, was er fühlen konnte, waren sein Herz und die Liebe zu seinem Engel, die darin wohnte.

Sie fuhr ihm mit einer Hand durch seine Haare. Der zarte Stoff ihres Kleides strich um seine Schenkel. Im Licht des Schlafzimmers beobachtete er, wie es glänzte, wie es ihre Kurven umschmeichelte und ihre Brüste umspielte. Ihr Duft erfüllte seine Lungen – süßlich und feminin mit dem entferntesten Hauch ihrer Erregung.

Noch vor ein paar Augenblicken war er innerlich tot gewesen. Jetzt, von einer Sekunde auf die andere, brachte sie sein Blut in Wallung und seinen Schwanz dazu, hart zu werden.

Sie hob sein Kinn an und sah zu ihm hinunter. „Ich will, dass du mir sagst, was ich tun kann, damit du wieder lächelst."

Ein schiefes Grinsen legte sich um seine Lippen. „Das ist eine verfängliche Frage."

Ihre Mundwinkel hoben sich. „Und eine, die du zu deinem Vorteil hättest nutzen können, aber jetzt lächelst du schon. Meine Arbeit hier ist erledigt." Sie wollte sich umdrehen und weggehen. Doch er griff nach ihren Hüften und sie quietschte auf, als er sie zurück an sich zog.

Er schlang seine Beine um sie und starrte ihr in die Augen,

damit sie sich nicht rührte, während er seine Gürtelschnalle und seinen Reißverschluss öffnete. „Zieh es aus", verlangte er und nickte mit seinem Kinn in Richtung ihres Kleides.

Sie hob eine Augenbraue, ließ ihren stolzen Blick über seinen Körper wandern, ganz nach unten bis zu der Erektion in seinen Shorts, und schluckte. Heftig. Eine Sekunde später gehorchte sie und griff sich in den Nacken, um den Reißverschluss zu öffnen. Er lockerte seine Beine, um ihr ein wenig Bewegungsfreiheit zu verschaffen, und spürte, wie sein Puls schneller wurde, als sie die Träger ihres Kleides verführerisch von ihren Schultern schüttelte, sodass das Kleid zu Boden glitt.

„Und jetzt, *Meister*?"

# Kapitel Achtzehn

GABI PRESSTE ihre Lippen aufeinander und unterdrückte ein Lachen. Es war eine Erleichterung zu sehen, dass die Fröhlichkeit in seine Augen zurückgekehrt war. Auch wenn es typisch für ihn war, seine Freunde zu amüsieren und zu unterhalten, trug er doch das Gewicht der Welt auf seinen breiten Schultern. Heute Nacht wollte sie, dass er mit einem Lächeln auf den Lippen einschlief, befreit von all seinen Sorgen.

„Komm her." Er schlang einen Arm um ihre Taille und zog sie an seine Brust. „Küss mich."

Sie gehorchte und senkte ihren Kopf zu seinem nach oben gestreckten Gesicht. Ihre Lippen berührten sich in einer sanften Bewegung und sie stöhnte, als seine Zunge Einlass in ihren Mund verlangte. Sein anderer Arm schlängelte sich über ihren Rücken zum Verschluss ihres BHs, den er mit einer Hand bearbeitete, bis er sich öffnete. Dann glitten beide seine Hände tiefer und umschlossen ihren Hintern mit einem festen Griff.

Ein zittriger Atemzug entfuhr ihr und sie klammerte sich an ihn, legte eine Hand an seine leicht kratzige Wange, während die andere zu den Haaren am Ansatz seines Nackens glitt. Es polterte in seiner Brust und bei dem männlichen Geräusch zogen sich ihre Brustwarzen zusammen und Verlangen baute sich zwischen ihren Schenkeln auf. Er machte es ihr so leicht, ihn zu lieben, körperlich und emotional. Kein anderer Mann konnte ihm das Wasser reichen. Kein anderer Mann existierte.

Er zog sich zurück, sodass sie zu taumeln begann und fester an seinen Haaren ziehen musste, um stehenzubleiben. „Zieh dir dein Höschen aus. Ich will dich schmecken."

Sie wimmerte bei seinen Worten, bei seinen erweiterten Pupillen und bei der Art, wie seine Hände ihren Hintern bearbeiteten, als würde er Teig kneten.

„Jetzt, Gabi." Er ließ von ihren Pobacken ab.

Sie wankte rückwärts, ihr Blick hielt immer noch seinen, und ließ die Träger ihres BHs über ihre Arme nach unten und ihn dann zu Boden fallen. Seine Nasenlöcher blähten sich auf und lösten eine Gänsehaut an ihrem gesamten Körper aus, während er sich aus seinem aufgeknöpften Hemd befreite und es beiseite warf.

Mit zittrigen Fingern hakte sie zwei Finger in das elastische Bündchen ihres weißen Spitzentangas und zog ihn über ihre Schenkel hinunter. Dann stand sie vor ihm, völlig entblößt, abgesehen von ihren kobaltblauen Stilettos und einem nervösen Lächeln.

„Verdammt, du machst mich so scharf", murmelte er.

Ihr ging es gleich. Er raubte ihr den Atem, das Herz, all die Unsicherheit und verlieh ihr Flügel. Sogar jetzt, mit einem halben Meter Abstand zwischen ihnen, konnte sie seine Berührungen spüren. Sein Anblick war etwas, das sie niemals vergessen würde, egal, wie weit er fort war und wie lange er dort blieb. Er war ein Mann ohne jeden physischen Makel. Seine Arme bestanden aus reinen Muskeln und die intensive Farbe seiner Tätowierungen ließ ihr Inneres dahinschmelzen. Dann war da sein dunkler Dreitagebart, der seine zarte Haut bedeckte, und die rubinroten Lippen, die sie verheißungsvoll erschaudern ließen.

„Ich bete dich an", flüsterte sie.

Seine Nasenlöcher blähten sich wieder auf, und als er sie diesmal an sich zog, erhob er sich und drückte stattdessen sie auf die Matratze, sodass sie sich hinlegte.

„Willst du nicht, dass ich meine Schuhe ausziehe?"

Er kniete sich auf der Matratze zwischen ihre gespreizten Schenkel und schob sie an ihren Hüften höher auf das Bett. „Verdammt, nein." Dann griff er nach der Ferse ihres Schuhs, hob ihren Fuß an und umspielte mit seiner Nase ihren Knöchel. „So verdammt heiß." Sein Mund glitt seitlich an ihrem Unterschenkel entlang und hielt an ihrem Knie inne. Er ließ seinen Blick an ihrem

Bein nach oben wandern, verweilte an ihrer geöffneten Weiblichkeit und glitt dann zu ihrem Gesicht. „Bereit für eine Lektion in Sachen Liebe, Engel?"

Sie biss sich auf die Lippe und nickte. „Ich bin immer bereit für dich."

Er grinste, was seine Züge noch teuflischer erscheinen ließ, bevor er seinen Kopf senkte, um sanft gegen ihre geschwollene Knospe zu hauchen. „Lektion eins." Seine Zunge schnellte hervor, um gegen ihre Klitoris zu schnippen, was ein leidenschaftliches Zucken durch ihren ganzen Körper schießen ließ. Sie bäumte ihren Rücken auf und ihre Hände suchten frenetisch nach etwas, an dem sie sich festhalten konnten.

„Ich würde dich nicht langsam kosten, wenn wir ficken würden." Er senkte seinen Mund zu ihrem Schlitz und leckte sie genüsslich von oben nach unten und wieder zurück. Dann zog er ihre Klitoris in seinen Mund und saugte daran. „Ich würde dich mit deinen Beinen um meinen Hals verschlingen, bis du meinen Namen schreist."

Sie umschlang seinen Rücken mit ihren Beinen, die Absätze ihrer Schuhe ineinander verschränkt, und schloss ihre Augen fest. Die zärtliche Art, mit der seine Zunge sie bearbeitete, ließ sie wünschen, sie würden ficken, anstatt dass er sie auf diese qualvolle Weise folterte. Wenn seine Zunge gegen ihre Klitoris schnippte, tat sie es sanft, neckisch und heiliger Himmel, sie bescherten ihr Schmetterlinge im Bauch.

„Wenn wir ficken würden ..." Er ließ seinen Finger über die kleine Hautstelle zwischen ihrer Muschi und dem Eingang zu ihrem Po gleiten, wobei er den Druck mit jedem Mal verstärkte. „... hätte ich meinen Finger mit deinen Säften nass gemacht und so lange mit deinem Arsch gespielt, bis du dich gewunden und mich angefleht hättest, dort in dich einzudringen." Sein Finger glitt tiefer zu ihrem engen Loch.

Sie spannte sich an und öffnete erschrocken die Augen. „Blake."

Er hob seinen Kopf von ihrem Venushügel und gluckste. „Dort dürfte ich dich nicht berühren?"

Sie schüttelte den Kopf.

„Ich würde dafür sorgen, dass es dir gefällt."

Daran zweifelte sie keine Sekunde lang. In diesem Moment sehnte sie sich allerdings nach einer anderen Art von Penetration.

„Wann hörst du auf zu reden und machst tatsächlich Liebe mit mir?"

Er beugte sich wieder nach unten, knabberte an dem zarten Fleisch auf der Innenseite ihres Schenkels und runzelte die Stirn. „Hast du es eilig?"

*Ja. Nein.* Ihr Kopf wollte, dass das ewig so weiterging, doch ihr Körper schrie nach Vereinigung. „Bitte, Blake." Sie stützte sich auf ihre Ellbogen. „Ich brauche dich."

„Und dein Wunsch ist mir Befehl." Er rutschte von der Matratze und stellte sich vor das Bett. Mit schnellen, effizienten Bewegungen schob er seine Hose und Boxershorts zu Boden und legte seine Erektion frei.

„Du bist wunderschön", murmelte sie und nahm sich die Zeit, alles an ihm zu würdigen. Sie liebte die sanfte Definition seines Bauches, den angedeuteten Sixpack darunter. Und doch waren es seine Brustmuskeln und Arme, die ihr den Atem raubten. Sie waren definiert, wie in Stein gehauen, und wirkten so sündhaft durch die Tinte, die sie zierte.

„Nein, Süße, *du* bist wunderschön." Er glitt über ihren Körper, platzierte einen Kuss an der Innenseite ihres Schenkels, knabberte mit seinen Zähnen an ihrer Hüfte, leckte mit seiner Zunge über ihren Nippel. „Und verlockend." Nun senkte er seinen Mund an den Ansatz ihres Nackens, saugte und leckte daran. „Und nur für mich gemacht."

Sie ließ ihren Kopf nach hinten kippen und stöhnte unter den Empfindungen, die durch ihren Körper schwirrten. Ihre Brustwarzen kribbelten. Ihr Magen verkrampfte sich und zwischen ihren Schenkeln verspürte sie das köstlichste Pochen, dem nur Blake Erleichterung verschaffen konnte.

Sie schlang ihre Beine um seine Hüften und rieb ihr Becken an seinem. Die Reibung war viel zu schwach und half nicht, ihr Verlangen zu stillen. Und immer noch bedeckte er sie mit Küssen und ließ seine Hände über jede seiner Kurven gleiten, liebte sie, verehrte sie auf eine Weise, die sie noch nie zuvor erfahren hatte.

Blake wusste, wie man fickte, daran hatte es nie einen Zweifel gegeben. Aber wie er sie nun liebte und mit winzigen Küssen und sanften Knurrlauten anbetete, wenn er eine sensible Stelle an ihrem Körper fand, bestätigte die tiefen Gefühle, die er ihr versichert hatte.

Er war über Jahre ihr geheimer Freund gewesen, hatte ihr zugehört, wenn sie ihm Dinge anvertraut hatte, über die sie mit den Menschen, die sie jeden Tag um sich hatte, nicht sprechen konnte. Er hatte sie getröstet, zum Lachen gebracht und scharf gemacht und nun erfüllte er ihr all ihre Träume, indem er sie auf eine Weise liebte, wie kein anderer es jemals tun würde.

Sie ließ sich entspannt in die Matratze sinken und löste ihren Griff um die Bettdecke, um ihn im Gegenzug auch zu berühren. Ihre Finger glitten über die weiche Haut seines Rückens und mit ihren Nägeln zeichnete sie seine Schulterblätter nach. Er reagierte auf ihre Berührungen mit intensiveren Küssen, sanfteren Berührungen mit seiner Zunge und Zähnen, die an ihr knabberten und sie liebkosten.

„Du bedeutest mir alles", flüsterte er ihr ins Ohr. „Ich meine es ernst, Gabi. Es gibt keine andere für mich. Nie wieder."

Sie schloss flüchtig ihre Augen und atmete so tief ein, wie sie nur konnte, bis sie das Gefühl hatte, auf einer Wolke zu schweben. Dies war der Moment, den sie in Ehren halten würde. Der Augenblick, in dem sie nackt in Blakes Armen lag und von seinem Körper ebenso geliebt wurde wie von seinen Worten. „Ich empfinde dasselbe."

Er zog sich zurück, um auf sie herunterzusehen, und schob sich ein kleines Stückchen höher, sodass sein Becken wieder an ihrem ruhte. Ein Lächeln umspielte seine Mundwinkel, subtil, und doch spürte sie es bis in ihre Zehenspitzen. „Du bist mein ganzes Glück."

Er küsste ihre Lippen, ließ seine Zunge in ihren Mund gleiten und begann dort einen leidenschaftlichen Tanz mit der ihren. Seine Erektion stieß gegen ihren Eingang, neckte sie und folterte ihren bereits gequälten Körper noch weiter. Er beugte sich über sie und griff mit einer ausgestreckten Hand nach einem Kondom auf dem Nachttisch. Das Päckchen war in Sekunden aufgerissen und der Inhalt ähnlich schnell über seinen Schwanz gestreift. Dann stand er wieder an ihrer Muschi bereit und der Kopf seines Schafts glitt weiter und weiter vorwärts.

Sie küsste seinen Kiefer, seinen Mund, seinen Nacken, jede Liebkosung ihrer Lippen gemächlich und sanft wie die Bewegungen seines Körpers. „Ich liebe dich." Ihr Herz quoll über.

Er umschloss ihre Brust mit seiner Hand und kniff ihren Nippel. „Das zählt nicht. Du solltest es besser wissen." Sein Lächeln war aus Himmel und Glück gemacht. Nichts im Leben hatte sie jemals so allumfassend in seinen Bann gezogen wie seine Mundwinkel, wenn sie sich hoben. „Aber ich nehme deine Liebe, wie auch immer ich sie kriegen kann, Gabi."

Dann waren seine Lippen auf ihren, raubten ihr den Atem und ließen sie sich an seine Schultern klammern, um sich spirituell zu erden. Dieser Kuss war fordernd und mit einem einzigen festen Stoß war er in ihr, bis zum Anschlag. Sie beide stöhnten leidenschaftlich auf, immer lauter, als er seine Hüften zu bewegen begann und mit langsamer Bedächtigkeit in sie hinein- und aus ihr hinausglitt.

„Berühr dich", befahl er. „Ich will deine Finger an deiner Perle spüren."

Ein Wimmern kam ihr über die Lippen. Sie hatte immer diese Reibung gebraucht, um zum Orgasmus zu kommen, und doch, in diesem Moment war sie bereit, ganz ohne eine zusätzliche Stimulation den Verstand zu verlieren.

„Tu es."

Er stieß immer wieder in sie, seine Hüften wiegten sich in einer gemächlichen Bewegung, während ihre Hand dorthin glitt, wo ihre Körper miteinander verschmolzen. Sie tastete nach ihm und ließ ihre Fingerspitzen über seinen Schwanz gleiten, während er sich bewegte.

„Keine gute Idee", stöhnte er.

Sie sah ihm in die Augen und runzelte die Stirn, während sie ihre Hand um den Ansatz seines Schwanzes legte. Er schloss die Augen und knurrte, während er seinen Kopf leicht nach hinten kippte.

„Ahh, verdammt, fühlst du dich gut an." Er stieß fester in sie, einmal, zweimal, bevor er innehielt. „Du musst deine Hand da wegnehmen, Süße."

Widerwillig entfernte sie ihre Hand und bewegte sie aufwärts zu ihrem Venushügel. Seine Lippen fanden ihr Ohr, saugten ihr Ohrläppchen in seinen Mund und sie spürte seinen Atem heiß und schwer an ihrem Nacken. „Vergiss mich niemals, Gabi. Ich würde es nicht verkraften, wenn du weiterziehst, während wir getrennt sind."

Sie drehte ihren Kopf und sah in seine dunklen Iriden, in deren Tiefen sie wieder seinen Kummer aufflackern sah. „Du bist ein Teil meines Lebens, Blake. Einer, ohne den ich nicht sein kann. Ich werde dich niemals vergessen. Das ist unmöglich. Ich liebe dich zu sehr."

Er lehnte seine Stirn an ihre und sah ihr dabei in die Augen, als er in sie stieß und sich wieder zurückzog. „Ich will dich glücklich machen."

Sie kicherte leise. „Jetzt gerade kriegst du das richtig gut hin."

Er stieß ein Lachen aus, das kaum mehr ein Flüstern war, und seine Augen erhellten sich einen Moment lang, bevor sich wieder Sorge darin spiegelte. „Mein Engel", flüsterte er, schloss dann seine Augen und vergrub sich in ihr.

Ihre Hüften wiegten sich im Gleichklang und die Reibung trieb ihre bevorstehende Erlösung voran. Sie drückte ihren Rücken durch und schob ihre Brüste vorwärts, um ihre Nippel an dem Flaum auf seiner Brust zu reiben. „So nah dran ..."

Er trieb sich kräftiger in sie, schneller, öffnete seine Augen und sah zu ihr nach unten. Entschlossenheit war nun statt seines Schmerzes darin zu erkennen und seine Haut war bedeckt mit einem dünnen Schweißfilm. Ihr Unterbauch spannte sich an, ihre Mitte verkrampfte sich und mit seinem nächsten harten Stoß trieb er sie über die Klippe und sie schrie ekstatisch auf, als ihr Körper von einer Welle der Lust mitgerissen wurde.

Es summte in ihren Ohren und sie war sich sicher, dass ihr Griff um ihn fest genug war, um ihn zum Bluten zu bringen. Aber sie konnte nicht anders, konnte die Kontrolle über sich selbst nicht wiedererlangen bei all dem flüssigen Feuer, das durch ihre Venen brannte. Sein Stöhnen hallte vibrierend durch den Raum und der Klang seiner Erlösung zögerte ihren Höhenflug noch ein wenig hinaus, als ihre Muschi sich um seine Länger anspannte.

Seine Stöße wurden zu einem sanften Wiegen, das immer langsamer wurde, bis Blake sich neben sie fallen ließ und sie mit sich zog. Gabi schnappte nach Luft und versuchte, ihre Atmung zu beruhigen, während sie ihren Blick über ihn wandern ließ. Seine Lippen waren rubinrot und geschwollen. Sein sonst mit Gel aufgestelltes Haar klebte ihm flach auf der Stirn. Seine Schultern ließ er hängen und der Engel über seinem Herzen hob und senkte sich angestrengt.

„Wieso hast du aufgehört?", fragte sie und strich mit ihrem Finger über die Linien, die den Flügel des Engels beschrieben.

„Hmm?" Er sah sie fragend an.

„Mit den Tätowierungen. Als wir anfingen zu chatten, hast du dir ständig eines machen lassen. Von manchen hast du mir erzählt, wie der Schlange." Sie zeichnete den schuppigen Körper nach, bis er sich um seinen Arm nach hinten wand und nicht mehr zu sehen war. „Von anderen hatte ich keine Ahnung, von dem Engel beispielsweise." Sie küsste die Stelle über seinem Herzen und liebte es, wie er unter ihren Lippen erschauderte. „Dann hast du aufgehört."

„Ich habe sie nicht mehr gebraucht."

Sie hob ihren Blick von seiner Brust an und runzelte die Stirn. „Wie meinst du das?"

Er legte seinen Arm um ihren Bauch und zog sie an sich. „Sie waren Mahnungen – Erinnerungen an die Fehler, die ich gemacht habe, und auch an die Dinge, an denen ich festhalten muss, um geerdet zu bleiben. Der Schmerz hat mir auch geholfen. Jede neue Tätowierung war eine Bestrafung für etwas, das ich verbockt habe." Er zuckte mit den Schultern. „Dann habe ich dich gefunden." Er hob seinen Arm und winkelte ihn an, sodass sie den Schriftzug an seinem inneren Unterarm lesen konnte. *Du hast meine Seele gerettet. Meinem Leben einen neuen Sinn gegeben. Hast gegen meine Dämonen gekämpft, während ich schlief.*

„Das ist der Text von einem Reckless-Lied."

Er schüttelte den Kopf. „Das ist *dein* Text. In dem Lied geht es um dich."

Sie schluckte, um das enge Gefühl in ihrer Kehle zu lindern, und griff dann nach seinem Handgelenk, um die Zeilen noch einmal zu lesen.

„Ich verdanke dir mein Leben, Gabi. Ohne dich hätte ich es da nicht durchgeschafft. Niemand sonst war da, um mir zu helfen, und nachdem wir uns in diesem Chatroom kennengelernt hatten, wollte ich auch niemand anderen mehr. Niemand hätte mich so unterstützen können wie du. Und als wir das erste Mal telefonierten", sein Gesicht wurde von einem Lächeln erhellt, „da wusste ich ohne jeden Zweifel, dass ich nie wieder rückfällig werden würde. Weil ich dich hatte."

Sie ließ ihre Hand sinken. Ja, sie wusste, dass er seinen Kampf allein hatte kämpfen müssen, aber sie hatte keine Ahnung gehabt, wieviel ihm ihre Unterstützung bedeutet hatte.

Blake verengte seinen Blick. „Zu viel?“

Sie schüttelte den Kopf.

Er fuhr mit einer Hand durch eine Haarsträhne und steckte sie ihr hinter ein Ohr. Mit seinen Augen folgte er seinen Bewegungen. „Ich habe aufgehört mit den Tätowierungen, als ich sie nicht länger gebraucht habe.“ Seine Wimpern hoben sich und seine geweiteten Pupillen umgarnten sie, bis ihre Brust sich zusammenzog. „Mit dem hier habe ich aufgehört.“ Er deutete auf den Engel.

Wieder fehlten ihr die Worte. Sie wusste nicht, wie sie antworten sollte oder sich bewegen oder atmen. Er hatte sie mit seiner brutalen Ehrlichkeit schwer beeindruckt. Sie stieß einen keuchenden Atemzug aus und wünschte sich, es nicht getan zu haben, als Blake sich anspannte. „Ich wünschte, ich hätte das gewusst“, sagte sie hastig, in einem Versuch, seine Sorge zu lindern. „Dann hätten wir uns vielleicht schon früher getroffen.“

Er schüttelte den Kopf und küsste ihre Stirn. „Ich nicht. Damals war ich nicht gut genug für dich … ich bin es immer noch nicht. Aber jetzt habe ich zumindest einen meiner Dämonen besiegt und kann mich darauf konzentrieren, der Mann zu sein, den du verdienst.“

„Blake.“ In ihrer Stimme lag eine Warnung. „Bitte mach das nicht.“ Sie hob ihr Kinn und drückte ihm sanfte Küsse auf seine Lippen, während sie spürte, wie sein erschlaffendes Glied aus ihrem Körper glitt. „Du musst dir selbst vergeben. Wir haben beide unsere Unsicherheiten und darauf dürfen wir uns nicht konzentrieren. Wir müssen einander vertrauen und alle Zweifel abwerfen. Von jetzt an sind es nur du und ich auf Augenhöhe, okay?“

„Ja. Okay.“ Er sprach in ihren Mund und drückte seine Zunge gegen ihre. „Das kriege ich hin.“

„Gut.“ Sie wollte ihren Kuss vertiefen, doch ein Gähnen überkam sie.

„Oh, ja, wirklich toll. Erst sagst du mir, ich solle mich nicht unsicher fühlen, und dann gähnst du in meinen Mund. Das baut mein Ego wirklich auf.“

Sie kicherte und kuschelte sich unter sein Kinn. „Tut mir leid. Ich konnte es nicht zurückhalten.“

Er küsste ihre Schläfe und glitt von der Matratze. „Geh schlafen.“

Ihre Augenlider wurden schwer, während er um das Bett

herumging und das Kondom entsorgte. Wasser lief im Badezimmer, dann gingen die Lichter aus und Augenblicke später zog er an der Decke, sodass ihr Körper auf dem kühlen Bettlaken zum Liegen kam. „Gute Nacht, Engel." Er löffelte sich an sie, drückte seine starke Brust an ihren Rücken und schmiegte sein Gesicht an ihre Haare.

Gabi stöhnte auf, denn sie liebte das besitzergreifende Gefühl seines Armes um ihren Bauch. „Ich liebe dich."

„Mmm, zählt immer noch nicht", murmelte er. „Aber netter Versuch, meine Süße."

# Kapitel Neunzehn

SPÄT AM NÄCHSTEN Morgen saß Gabi auf einem weißen Plastikstuhl und versuchte, ihre Beine nicht ständig zu überkreuzen und dann die Seite zu wechseln, während sie geradeaus starrte. Die Jungs von Reckless Beat, zusammen mit ihrer Crew, schwirrten über die Bühne, verlegten Kabel, stellten Lautsprecher auf und stimmten Instrumente. Es war, als würde sie einer Ameisenkolonie zusehen, die sich für einen Sturm rüstete. Jeder hatte eine Aufgabe und sie griffen in geschmeidiger Synchronität ineinander.

„Es ist schwer zu glauben, dass in ein paar Tagen sechzehntausend Menschen diese Arena füllen werden." Alana sprach neben ihr und holte sie ruckartig aus einem schmutzigen Tagtraum, in dem es um eine Bühne, laute Musik und Blakes „Instrument" ging.

Gabi räusperte sich. „Ja", krächzte sie. Blake in einem schlichten weißen T-Shirt zu sehen, mit seinen aufgestellten Haaren, den gut sichtbaren Tattoos, in zerrissenen Jeans und mit seinen Ledermanschetten ... verdammt. Die Art, wie er jede seiner Gitarren zärtlich hochnahm, eine nach der anderen, mit selbstbewusster Ehrfurcht und einer Konzentration, bei der sich seine Stirn in Falten legte, als er sie stimmte. Allein die Vorbereitungen ließen ihr Herz höherschlagen. Sie wollte nicht darüber nachdenken, wie ihr Körper erst reagieren würde, wenn er tatsächlich zu spielen begann.

Alana kicherte. „Faszinierend, oder?"

Gabi lenkte ihren Blick mit Mühe von der Bühne, um Alana flüchtig zuzulächeln. „Absolut. Sie wirken alle so ..." Es gab kein

Wort, das ihrer Beschreibung würdig gewesen wäre – es war eine Mischung aus Selbstsicherheit, Intensität und Sex-Appeal.

Alana drehte sich lachend zurück zur Bühne. „Heiß.“

„Ja, *sehr* heiß.“

So begehrenswert, dass ihr das Wasser im Mund zusammenlief. Keine heißblütige Frau würde der Versuchung widerstehen können, diese Männer nach allen Mitteln der Kunst zu verführen. Und wenn Gabi nach Hause flog, wäre sie nicht in der Lage, sie alle in die Flucht zu schlagen.

„Test. Eins. Zwei“, sagte Mason in das Mikrofon und seine Stimme hallte durch die leere Arena.

„Klingt gut“, schrie einer der Roadies und hob seinen Daumen.

„Ich wünschte, ich könnte sie spielen sehen … also so richtig, meine ich“, sprach Gabi ihre Gedanken aus und seufzte. „Ich schätze, dafür ist in der Zukunft auch noch Zeit.“ Diesen Punkt auf ihrer Wunschliste abzuhaken, würde noch ein bisschen länger dauern. Es blieb nicht mehr viel Zeit, bevor sie zurück nach Queensland fliegen musste.

„Du hast Blake noch nie spielen gehört?“ Alana erhob ihre Stimme und ihre Knie drehten sich so, dass sie Gabis berührten. „Du kannst keinesfalls abreisen, ohne zumindest ein Lied gehört zu haben. Warte kurz.“ Sie stand auf und ging in Richtung Bühne.

„*Warte.*“ Gabi schnappte sich ihre Hand und zog sie zurück. „Was tust du denn?“

„Sie sind fast fertig. Bestimmt haben sie nichts dagegen, wenigstens ein Lied zu spielen, bevor du los musst.“

„Nein“, schüttelte Gabi den Kopf. Sie wollte keinesfalls die Abläufe stören. Sie hatten eine gewisse Routine, einen Zeitplan, und gerade lief alles wie am Schnürchen. Abgesehen davon wollte sie sich nicht blamieren, wenn sie auf ihrem Stuhl zum Orgasmus kam. „Das müssen sie nicht. Wirklich.“

„Was ist los?“, ertönte Mitchs Stimme über die Klangkulisse und Gabi sah zum Rand der Bühne, von wo aus er nun zu ihnen heruntersah.

„Gabi hat Blake noch nie spielen gehört“, rief Alana ihm zu.

Blake hob seinen Kopf, als er seinen Namen hörte, und runzelte die Stirn. „Was hast du gesagt?“

Mitchs Lippen zuckten und er drehte sich zu Blake, der zu leise sprach, als dass Gabi es hätte hören können. Sie hielt den Atem an, während sie ein paar Worte wechselten, und die Enge in ihrer Brust breitete sich aus, bis Blake Mason ins Visier nahm und fragte: „Haben wir Zeit für ein Lied?"

Mason zuckte die Schultern. „Ich bin startklar."

„Sean, was ist mit dir?", fragte Blake.

Gabi konnte Sean am hinteren Ende der Bühne hinter seinem Schlagzeug nicht sehen, aber sie hörte, als er antwortete: „Ja, alles klar."

„Rye?" Mitch zuckte fragend mit dem Kopf.

Ryan schlug ein paar Saiten seiner Gitarre an und ließ eine Hand über das Griffbrett gleiten, sodass ein Riff durch die Luft hallte, das ihre Nerven zum Kribbeln brachte. Seine Finger bewegten sich mit Präzision. Gabi verengte ihren Blick, um jedes Detail davon zu erkennen, und ihr Herz pochte bei jeder Note, die er spielte. Dann griff er nach dem Tremolo-Hebel und das verführerische Heulen, das folgte, ließ ihr das Adrenalin in die Venen schießen.

Als das Geräusch verhallt war, positionierte sich Mason vor dem Mikrofon. „Ein einfaches ‚Ja' hätte auch gereicht, Klugscheißer."

Der Klang einer weiteren Gitarre ertönte aus einer anderen Richtung und die Wildheit davon traf Gabi direkt in die Brust. Sie lenkte ihre Aufmerksamkeit auf Mitch. Selbstsicher stand er am Bühnenrand und starrte zu Alana hinunter, während er versuchte, Ryan zu übertrumpfen, indem er schneller, heftiger und länger spielte. Einer nach dem anderen griffen die Helfer nach Plastikstühlen und setzten sich, um sich das kleine Spontankonzert anzuhören.

Als Mitch weitermachte, marschierte Leah von der Seite auf die Bühne, direkt auf Mason zu, ihr Tablet unter einem Arm. Eine gewisse Autorität umgab sie, als sie sich das Mikrofon schnappte und sich räusperte. „Kommt schon, Jungs."

Mitch drückte seinen Handballen auf die Saiten und das Gewicht der plötzlichen Stille hing schwer in der Luft der Arena.

„Danke. Wenn ihr eure Johnsons fertig gewürgt habt, könnt ihr dann jetzt bitte etwas Anständiges für Gabi spielen? Sie muss in fünfzehn Minuten los zum Flughafen." Leah fixierte Mitch mit ihrem Blick. Sie wirkte professionell und entschlossen in ihrem maßgeschneiderten marineblauen Kostüm. Ihr blondes Haar trug sie offen und es fiel ihr über die Schultern.

Es folgte eine kurze Pause, dann klirrte ein Becken, laut und ohrenbetäubend, gefolgt von dem harten Beat der Drums in halsbrecherischem Tempo. Sean gab Vollgas auf seinem Hocker ganz hinten auf der Bühne, schlug hart zu, seine Arme flogen vom Hi-Hat zum Standtom und wirbelten frenetisch durch die Luft, bevor sie abrupt zum Stillstand kamen.

„Tut mir leid", rief er. „Mein Johnson hat sich ausgeschlossen gefühlt."

Leah schüttelte den Kopf und schob Mason den Mikrofonständer hin, bevor sie von der Bühne schritt. Gabi konnte nicht einschätzen, ob ihre Bandmanagerin wirklich genervt war oder nur so tat und eigentlich ihren Spaß dabei hatte. Sie hoffte, dass Letzteres der Fall war. Niemand hatte den Streit des Vorabends angesprochen und sowohl Ryan als auch Leah hatten ihren Abstand gehalten und den ganzen Morgen kein Wort gesagt.

„Ich denke, wir sind bereit", verkündete Mason mit weicher und verführerischer Stimme. „Welches Lied, Emo?"

Blake deutete auf seinen Schritt und formte mit den Lippen die Worte „Lutsch mich", bevor er sich Gabi zuwandte. Ihre Blicke trafen sich und lösten eine Kettenreaktion an Empfindungen aus, die nun durch ihre Gliedmaßen zuckten. Ihr Magen machte einen Rückwärtssalto, ihre Nippel zogen sich fest zusammen und ihr Mund wurde so trocken, dass es fast schon wehtat.

Sie himmelte diesen Mann an. Das hatte sie schon immer. Ihn auf der Bühne zu sehen, an dem Ort, an dem sein Selbstvertrauen am stärksten war, ließ sie seinem Charme nur umso mehr verfallen. Dort oben war er zuhause und es war belebend, ihn so lebendig zu sehen.

„Du, mein Engel", sagte er und sah ihr weiter in die Augen, als Mason zwischen ihnen hin und her sah.

Niemand wusste, dass das ihr Lied war. Himmel, bis gestern Nacht hatte sie gedacht, es ginge darin um eine Freundin von Blake, wie alle anderen auch. Doch nun sah Mason sie beide prüfend an und sein fragender Blick auf der Suche nach der Wahrheit ging ihr unter die Haut.

„Okay, rocken wir die Nummer", rief Mitch.

„Bereit, Mace?", rief Sean und hielt seine Drumsticks über seinen Kopf.

Gabi hielt den Atem an und wartete.

Eine Sekunde der Stille.

„Ja, ich bin bereit", antwortete Mason, legte seine Hände um das Mikrofon in dem Ständer und sah sie an.

Gabi stieß den Atemzug aus, der in ihren Lungen zu Eis gefroren war, und lächelte Blake erleichtert an. Er grinste zurück und sagte unhörbar die Worte Ich liebe dich.

Gabi ignorierte Alanas Keuchen und erwiderte seine Worte. *Ich liebe dich.*

„Danke, Schönheit, ich liebe dich auch", antwortete Mason.

Gabi durchbohrte den Leadsänger mit einem nicht überzeugenden Blick. Sie konnte nicht verhindern, dass ihre Mundwinkel zuckten. Mason schaffte es, so unbeschreiblich arrogant zu sein, dass es schon wieder attraktiv war. Er grinste sie an und seine braunen Augen strahlten, und dennoch lag kein Flirt in seinem Ausdruck. Er zog sie auf wie einen Kumpel, behandelte sie als Mitglied ihrer Familie und zeigte ihr damit, dass sie dazugehörte. Sie glaubte nicht, dass viele Menschen jemals Masons fürsorgliche Seite kennenlernen durften, und war dankbar dafür, eine der wenigen Auserwählten zu sein.

Sean gab mit den Sticks über seinem Kopf den Takt vor – eins, zwei, drei – und zwang sie dazu, sich zu konzentrieren. Auf vier begannen sie zu spielen und die verschiedenen Gitarren – Rhythmus, Bass und Lead –, zusammen mit Masons Stimme und dem Schlagzeug, brachten die Wände der Arena zum Vibrieren.

Mit bebenden Händen rutschte sie Zentimeter für Zentimeter auf ihrem Stuhl nach vorne, um einen besseren Blick zu bekommen. Blake zog ihre Aufmerksamkeit auf sich, hypnotisierte sie mit jeder Bewegung seiner Finger, jeder Spannung in seinen tätowierten Armen und jedem Schnippen seiner Handgelenke mit den ledernen Manschetten.

Der Liedtext tauchte in ihren Gedanken auf und zum ersten Mal, seit sie sich vor Ewigkeiten in diesen Song verliebt hatte, hatten die Worte nun eine ganz neue Bedeutung.

*Du hast mich vor mir selbst gerettet, vor meinem Untergang und all dem Schmerz.*

So sehr sie es auch gedanklich herbeisehnte, Blake sah sie nicht an. Vom ersten Moment an, als seine Finger die Saiten seiner Gitarre berührt hatten, hatte er sich nur auf sein Instrument konzentriert. Er ließ den Kopf hängen und schloss seine Augen für lange Intervalle.

*Du, mein Engel, bewahre mich vor der Finsternis und zieh mir das Gift aus meinen Venen.*

Als Mitch für sein Solo vortrat, sah Blake von seiner Gitarre auf und sie saugte einen Atemzug ein bei der blanken Verletzlichkeit, die in seinem Blick lag. Darin konnte sie erkennen, wie viel ihm dieses Lied bedeutete und sie spürte, wie es in ihrem Körper auf Resonanz stieß.

Er konzentrierte sich wieder auf seine Gitarre, begleitete und vertiefte den durchdringenden Klang, der von Mitchs Instrument ausging, und das Ergebnis davon traf sie mit seiner rauen Wildheit wie ein Speer in die Brust. Die Intimität der Worte und die Brutalität von Blakes Leben wurden vor Millionen von Menschen offengelegt, und doch wusste niemand, dass es in dem Lied um ihn ging. Um sie beide.

Als Mason den Refrain zum letzten Mal wiederholte, stand Gabi auf. Das Lied endete mit einer in die Länge gezogenen Note der Gitarre, doch zu diesem Zeitpunkt war sie schon losmarschiert und ihre Beine bewegten sich von selbst, als sie nun in Richtung der Podesttreppe schritt, die auf die Bühne führte. Ihr Herz schlug gegen ihr Brustbein und pochte mit jedem Schritt wilder.

Blakes Blick verfolgte sie, machte sie schwach und verletzlich, stark und sicher, alles gleichzeitig. Sie sah, wie er sich den Gitarrengurt über den Kopf zog und Mitch im Vorbeigehen seine Gitarre in die Hand drückte, während er auf sie zuhielt. Am oberen Treppenabsatz trafen sie aufeinander und ohne ein Wort fielen sie einander um den Hals, seine Arme schlangen sich um ihre Taille, ihre legten sich um seinen Nacken und ihre Lippen trafen sich in der Mitte.

Er raubte ihr ihren Atem, ihr Herz und ihre Liebe und schenkte ihr dafür die seine. Er küsste sie, als wäre ihr Geschmack sein Lebenselixier. Und er hielt sie fest, als wäre sie der Anker, der ihn am Boden hielt. Seine Hände streichelten sanft über ihren Rücken und würdigten jeden Zentimeter Haut, den er berührte. Und immer noch wollte sie mehr. Sie konnte ihm gar nicht nahe genug sein, konnte ihn nicht leidenschaftlich genug küssen, aber sie versuchte es, mit jedem Streichen ihrer Zunge und jeder Liebkosung ihrer Lippen.

Seine Hände glitten hinunter zu ihrem Hintern, legten sich um ihre Backen und hoben sie vom Boden hoch. Sie schlang ihre Beine um seine Mitte, klammerte sich an ihn und kümmerte sich nicht darum, wer zusah. Sie hatten nur diesen Moment. Morgen würde sie allein sein, aufgelöst und untröstlich. Nichts würde sie davon abhalten, diese letzten gemeinsamen Augenblicke zu genießen.

„Wieso geht ihr zwei nicht hinter die Bühne?", fragte Leah mit leiser Stimme. „Ihr habt noch zehn Minuten."

Blake unterbrach ihren Kuss und auf seinem Gesicht war eine Mischung aus Qual und unbestreitbarer Lust zu lesen.

„Er braucht nur zwei", gluckste Sean.

Blake presste seine Stirn gegen Gabis und ihre Lungen hoben und senkten sich gemeinsam in einem erbittert kraftvollen Rhythmus. Dann, ohne Vorwarnung, drehte er sich um, seine Hände hielten noch immer ihren Hintern fest, und er trug sie in einen kleinen Gang, der von der Bühne abführte. Der Bereich war dunkel, still, und führte weiter in einen kleinen Raum weiter hinten. Hastig schritt er darauf zu und trat die Tür mit einem Fuß hinter sich zu.

Dann ließ er sich gegen die Tür fallen und zog ihren Körper mit sich. „Ich kann das nicht", murmelte er. „Ich kann mich nicht verabschieden."

„Schh." Sie legte ihm einen Finger auf die Lippen. „Dann tu es nicht." Sie würde es sowieso nicht ertragen, die Worte von ihm zu hören. „Jeder Tag bringt uns näher dorthin, wo wir sein wollen. Es ist nur eine Frage der Zeit."

Sie löste ihre Beine von seinen Hüften und ließ ihre Füße zu Boden sinken. Ihre Lippen fanden seine und sie leckte mit ihrer Zunge über seine Unterlippe. Ein Grummeln polterte durch seinen Brustkorb, ermutigte sie, es wieder zu tun und immer wieder. „Zeig mir, wie sehr du mich liebst", flehte sie ihn an.

„Gabi." Es klang wie ein Flehen. „Ich werde es dir niemals zeigen können. Du würdest mir nicht glauben."

Sie ignorierte den Kummer in seiner Stimme und glitt mit ihren Lippen an seinem Kinn entlang, dann an seinem Kiefer. Schließlich umspielte sie seinen Nacken mit ihrer Nase und saugte seine Haut in ihren Mund, um ihn für sich zu markieren.

Er schnappte nach Luft und rieb die Härte seines Schafts über ihr Becken. Seine Hand glitt zwischen ihre Körper und er fischte ein Kondom aus seiner Hosentasche. Während er seine Gürtelschnalle öffnete, schüttelte sie ihre Schuhe ab und zog an ihrer Hose, um sie zusammen mit ihrem Höschen auszuziehen und mit ihrem Fuß beiseite zu schleudern.

Sie berührten sich hektisch, ihre Hände und Lippen und Zungen streichelten, rieben und liebkosten einander. Er hob sie vom Boden hoch und setzte sie auf den kleinen, hüfthohen Tisch, bevor er sich zwischen ihre Beine stellte.

Gabi umklammerte mit den Händen sein T-Shirt und hob den Stoff an, bevor sie ihn über seinen Bauch und seine Brustmuskeln nach oben zog. Schnell nahm er das Kondompäckchen an einer Ecke zwischen seine Zähne und riss sich das Shirt über den Kopf. Dann zog er ihr das seidene Trägertop herunter, sodass er Zugang zu ihrem BH hatte, den er auch nach unten schob, um mit seinen Händen ihre Brüste zu umschließen.

Er stöhnte und rieb die von seiner Unterwäsche bedeckte Erektion, die aus seinem geöffneten Reißverschluss hervorlugte, gegen ihre Weiblichkeit. „Berühr mich.“

Sie gehorchte und zog seine Boxershorts nach unten, um die mit dicken Venen überzogene Haut an seinem Schwanz freizulegen und eng mit ihrer Hand zu umschlingen.

Er zischte auf und ließ seine Hände von ihren Brüsten sinken, um die Kondomverpackung mit seinen Zähnen aufzureißen und auf den Boden zu spucken. „Das hier wird nicht lange dauern.“

„Gut“, keuchte sie. Sie wollte es hart und schnell und brutal.

Mit ruckartigen Bewegungen rollte er sich das Kondom über und ihre Muschi verkrampfte sich. Er packte seinen Schwanz und positionierte seine Krone an ihrem Eingang, um mit einem animalischen Stoß tief in sie einzudringen und ihr dabei einen leidenschaftlichen Schrei zu entreißen.

Sie klammerte sich an ihn und packte mit ihren Händen seine straffen Oberarme, während ihre Beine sich wieder um seine Hüften schlangen. Der Tisch stieß mit jeder seiner Bewegungen gegen die Wand, härter und immer härter.

„Oh, Blake … oh …" Sie schloss ihre Augen und gab sich ihrem Delirium der Lust hin.

Seine Hände suchten wieder nach ihrem BH und er zog die Körbchen nach unten, um ihre Nippel zu kneifen. Vergnügen schoss durch ihre Mitte und nach unten, sammelte sich in ihrer Weiblichkeit und sie bäumte sich gegen ihn auf.

„Gabi", warnte er sie und ließ eine ihrer Brüste los, um seine Hand in ihren Nacken wandern zu lassen, wo er ihr Haar packte. Er zog daran und legte ihren Nacken frei, sodass sie ihm ausgeliefert war.

Das *bumm, bumm, bumm* gegen die Wand wurde stärker, als er seinen Kopf an ihre Schulter senkte. Sie wollte kommen, stand kurz davor, an der Klippe vor dem Abgrund, aber ohne ihn würde sie nicht springen. Nicht bei diesem letzten Mal.

Sie neigte ihren Kopf und führte ihre Lippen an sein Ohr. „Ich bin deine Sklavin, bin dir ausgeliefert, wenn du mich fickst."

Er zog fester an ihren Haaren, woraufhin ihre Innenwände sich eng um seinen Schwanz spannten.

So nah dran. Oh, so nah.

„Engel." Der Kosename war diesmal nur ein gehauchter Atemzug, ein Flüstern an ihrer Haut.

Sie bekam davon am ganzen Körper eine Gänsehaut, das Kribbeln begann in ihrem Nacken und breitete sich über ihre Brust aus, bevor es schließlich in ihren Kern wanderte und sie in den Abgrund ihrer Ekstase stieß. Sie atmete scharf ein, stöhnte seinen Namen und atmete nicht aus, während eine lustvolle Welle nach der anderen über sie hereinbrach.

„Fuck", schrie Blake und hielt sie noch fester, versenkte sich tiefer in ihr, während sie gemeinsam ihre Orgasmen ausritten.

Sie krümmte sich unter ihm, wölbte ihren Rücken und kratzte mit ihren Nägeln über seine Haut, bis der Nebel der Lust sich langsam zu lichten begann und ihre Bewegungen ruhiger wurden, langsamer, und schließlich endeten.

„Jede Minute ohne dich an meiner Seite wird sich wie eine Woche anfühlen." Er zog sie an seine Brust und legte eine Hand an ihren Hinterkopf. „Es wird die Höl–"

Ein leises Klopfen ertönte an der Tür und Gabis Körper spannte sich an.

„Tut mir leid, ihr beiden, aber Gabis Wagen wartet", sagte Leah.

„Wir sind in einer Minute da“, entgegnete Blake über seine Schulter.

Es war soweit. Der Moment, den sie so sehr gefürchtet hatten, war gekommen. Ihr Herz drohte unter der Last ihrer unvermeidbaren Einsamkeit zu zerbrechen. Sie legte ihre Arme um seinen Brustkorb und hielt ihn fest. „Ich will nicht, dass du mit mir zum Flughafen kommst.“

„Was?“ Er zog ruckartig den Kopf zurück und starrte sie an, suchte frenetisch nach etwas in ihren Augen.

Sie wollte bei ihrem Abschied kein Publikum haben. Sie musste es hier tun, solange die Dinge perfekt waren. Intim. „Lass es uns jetzt hinter uns bringen. Dann kannst du den Jungs beim Aufbau helfen und musst nicht den ganzen Weg zum Flughafen und zurück fahren.“

„Scheiß auf das, Gabi. Ich will mit dir kommen.“

„Denk darüber nach.“ Sie legte ihre Hand an seine Wange und drückte ihre Stirn an seine. „Es werden hunderte von Leuten dort sein. Es ist voll und chaotisch und hektisch dort.“ Sie schüttelte den Kopf. „Das will ich nicht.“

Sie beide würden leiden und Gabi bevorzugte, es hinter verschlossenen Türen zu tun, anstatt Gefahr zu laufen, dass sich Paparazzi oder schreiende Fans in ihren Abschied einmischten.

Er löste sich aus ihrer Umarmung und hielt das Kondom fest, bevor er sich aus ihr zurückzog. „Gib mir eine Minute.“ Er entsorgte das Kondom, zog seinen Reißverschluss nach oben und schloss seine Gürtelschnalle, während sie von dem Tischchen glitt und sich Höschen und Hose anzog. Nachdem sie ihre Sachen zurechtgerückt hatte, sah sie auf. Er stand vor ihr, aufrecht, und starrte sie mit seinen dunklen gequälten Augen an.

Wortlos öffnete er seine Arme und sie ging zu ihm, ließ sich fallen und spürte, wie seine Liebe und Bewunderung sich über sie legten wie eine Decke. Er küsste ihr Haar und zog sie eng an sich. „Wir sehen uns in ein paar Wochen“, versprach er. „Sobald die Tour vorbei ist, sitze ich im ersten Flieger zurück zu dir, okay?“ Er packte ihre Schultern und zog sie ein Stückchen von sich, damit er sie ansehen konnte. „Wir kriegen das hin.“

Sie nickte. „Ich weiß.“ Sie war entschlossen, ihre Beziehung am Leben zu erhalten, egal, wie schwierig es werden würde. Es war tröstlich, dass sie dieselbe Entschlossenheit auch in Blakes Augen erkennen konnte.

„Und wir können auch weiterhin so reden wie bisher. Daran ändert sich nichts."

Sie lächelte ihn an. Er fing an, abzuschweifen, und es war niedlich. „Ich weiß." Sie legte ihre Hände um seinen Hals und prägte sich jedes Detail seines Gesichts ein. „Ich habe nicht vor, dich so leicht vom Haken zu lassen."

Er grinste. „Ich habe nicht vor, dich *jemals* vom Haken zu lassen." Er drückte ihr einen zärtlichen Kuss auf den Mund, bevor er sich seufzend zurückzog. „Wo sind deine Sachen?"

Ihr Herz wurde schwer in ihrer Brust. "Leah hat sich darum gekümmert."

„Okay." Er griff nach ihrer Hand. „Gehen wir."

Sie richtete sich auf und schüttelte den Kopf, während sie die Tränen wegblinzelte, die ihr in die Augen stiegen. „Nein. Verabschiede dich hier von mir. Bitte. Ich schaffe das nicht vor den anderen."

Er drückte ihre Hand und sein Adamsapfel wippte, als er kräftig schluckte. „Verdammt, Gabi. Das ist so verdammt schwierig."

Sie hob ihr Kinn und schüttelte wieder den Kopf. „Nein, ist es nicht. Wir werden nicht zulassen, dass es schwierig ist. Wir machen es kurz und schmerzlos, als würden wir uns morgen wiedersehen." Sie schmiegte sich an ihn und lächelte zu ihm hoch. „Ich werde dich jetzt küssen und dann gehe ich."

Er sah für einen langen Augenblick zu ihr hinab, starrte auf ihre Haare, in ihre Augen, auf ihre Lippen. „Also gut."

Gabi leckte sich über ihre Unterlippe und stellte sich langsam auf ihre Zehenspitzen. „Ich liebe dich, Blake Kennedy."

Er grinste für einen flüchtigen Augenblick. „Ich liebe dich, mein Engel."

Sie drückte ihren Mund auf seinen und ihre Nase begann zu kribbeln, als Tränen sich ankündigten. Ihr Kuss war federleicht und zärtlich und es verlangte ihr all ihre Stärke ab, sich von ihm zu lösen.

„Mach's gut", flüsterte sie und drehte sich in seinen Armen um.

Ihre Füße waren schwer und ihre Glieder schmerzten, als sie den ersten Schritt machte. Seine Hand griff nach der ihren und zog sie zurück an sich, was ihr einen Schluchzer entriss. Er hüllte sie in seine Arme und legte seine Hände an ihre Wangen, presste seine Lippen an ihre, hart und heftig, was ihren Liebeskummer verdoppelte und den darunterliegenden Schmerz vervielfachte. Ihre Zungen tanzten miteinander und ihre Hände wanderten unter sein T-Shirt, sehnten sich nach der Wärme der Haut über seinem Herzen.

Sie griff nach ihm, ließ ihre Zunge immer wieder über seine gleiten und genoss die Art, wie er sie liebevoll in seinen Händen hielt. Tränen strömten über ihre Wangen und verbrannten sie von außen nach innen, verstärkten nur noch die Leidenschaft und Qualen, die ihren Magen dazu brachten, sich zu überschlagen.

Als sie beide hitzig aufkeuchten, trennten sich ihre Lippen und sie gestattete es sich nicht, ein weiteres Mal schwach zu werden. Von einem Moment auf den anderen zog sie ihre Hände unter seinem Shirt hervor und schritt aus dem kleinen Raum.

„Bis bald, Engel."

# Kapitel Zwanzig

*ICH HABE meinen Eltern von dir erzählt.* Gabi verschickte die Nachricht und Sekunden später klingelte ihr Handy.

„Hey, Engel. Ich vermisse dich." Blakes Stimme klang müde.

„Ich vermisse dich auch." Sie vermisste seine Stimme, seine Berührungen, seine Liebe, und dabei waren gerade einmal vierundzwanzig Stunden vergangen. „Und danke für die Lilien. Der Florist hat sie heute Morgen geliefert."

„Ich hoffe, sie gefallen dir."

„Das tun sie immer." Blake hatte ihr die vergangenen drei Jahre über Blumen geschickt und jedes Mal hatten sie ihr die Kraft verliehen, den Tag zu überstehen.

„Wie war es mit deinen Eltern?"

Sie atmete ein und ließ sich auf ihr Bett fallen. Sie hatten sich verhalten wie erwartet – besorgt, beschützerisch und missbilligend. Sie hatte nicht vorgehabt, ihnen von Blake zu erzählen, hatte den ganzen Dienstagabend darüber nachgedacht. Aber als sie am Mittwoch bei ihrem Haus angekommen war, hatte sie gewusst, dass sie es niemals durch den Tag schaffen würde, ohne die Bombe platzen zu lassen.

Wenn sie nicht mit Blake zusammen sein konnte, musste sie über ihn sprechen. Und es war schließlich nicht so, dass ihre Eltern keine Ablenkung gebrauchen konnten. Sie hatte sie zum Friedhof begleitet, hatte die Hand ihrer Mutter gehalten, als diese an Gregs Grab geweint hatte, und hatte ihren Vater dabei beobachtet, wie er aufrecht und stolz dagestanden und sich auf den Grabstein seines Sohnes konzentriert hatte. Gabi hatte Frühstück gemacht, beim Mittagessen geholfen, dann die Unmengen an Geschirr abgewaschen und mit dem Abendessen begonnen. Und als sie sich zu einem weiteren Kaffee hingesetzt hatten, waren ihr die Worte einfach so über die Lippen gekommen. *„Mom … Dad … Ich habe jemanden kennengelernt."*

„Ich habe ihnen gesagt, dass ich mit jemandem ausgehe."

„Und?", knurrte er, „Komm schon, Süße, du bringst mich um."

Sie kicherte. Nichts war sexier als dieses kratzige Geräusch. „Ich denke, es ist besser ausgegangen, als ich erwartet habe."

„Was bedeutet?"

Sie konnte im Hintergrund ein Hämmern hören, Gitarren, die gestimmt wurden, und Leute, die umherriefen. „Arbeitest du? Ist es gerade ungünstig?"

„Herrgott. Nein. *Sag schon.*"

„Ich kann Geräusche im Hintergrund hören. Ich will dich nicht stören."

„Wir machen gleich eine Generalprobe mit der Vorgruppe. Ich spiele aber erst in einer guten Stunde, also sag schon. Sofort, Frau!"

Okay, sie hatte es lange genug hinausgezögert. „Meine Eltern waren … *besorgt* wegen deiner Karriere. Was vermutlich gerechtfertigt ist. Welche Eltern wünschen sich, dass ihre einzige Tochter mit einem Rockstar ausgeht? Am Ende konnte ich sie aber, denke ich, für uns gewinnen. Sie wollen dich kennenlernen … Naja, eigentlich denke ich, mein Vater will dir auf den Zahn fühlen, bis du heulst, aber zumindest hat er nicht geschworen, seine Schrotflinte auszupacken."

Stille.

„Blake?"

„Das ist toll." Sein Tonfall sagte etwas anderes.

„Ich verstehe das nicht. Ich dachte, du wolltest meine Eltern kennenlernen."

„Das wollte ich … das *will* ich." Unbehagliches Schweigen. „Aber jetzt, wo es tatsächlich passieren wird, mache ich mir irgendwie in die Hose."

Ihre Mundwinkel hoben sich und sie lächelte breit. „Ich freue mich selbst nicht darauf. Aber du kriegst das hin. Sie werden dich lieben. Irgendwann."

„Haha. Sehr witzig. Ich nehme an, du hast ihnen nicht erzählt, wie wir uns kennengelernt haben oder wie ich aussehe."

„Ähm, ja und nein. Ich habe ihnen gesagt, dass wir uns online kennengelernt haben."

Gabi zuckte zusammen, als ihr einfiel, wie ihr Vater darauf reagiert hatte. *„Ich hoffe, es war nicht eine dieser schnulzigen Paarvermittlungsseiten."*

Sie hatte lächeln und sagen wollen: „Nein, Daddy, es war eine Seite für Drogensüchtige." Stattdessen hatte sie sich auf die Zunge gebissen.

„Ich habe ihnen nur die wichtigsten Eckdaten genannt. Deinen Beruf, wo du lebst und am wichtigsten, dass du mich glücklich machst. Vorerst ist das alles, was sie brauchen."

Babyschritte waren der Schlüssel.

„Nun, ich bin froh, dass sie es wissen. War der heutige Tag ansonsten in Ordnung? Ich wollte dich jede Sekunde anrufen."

Gabi schloss ihre Augen und legte ihren Kopf auf das Kissen. Die Jahrestage waren immer hart. In diesem Jahr war er noch schlimmer gewesen, weil ihre Gefühle ständig umschlugen und sich ihr Herz so sehr nach Blakes Trost gesehnt hatte. „Ich habe es überlebt."

„Ich wünschte, ich wäre bei dir gewesen."

Sie kräuselte ihre Nase und presste ihre Lippen aufeinander. Keine einzige Träne hatte sie heute vergossen. Jetzt würde sie nicht damit anfangen. „Ich wünschte auch, du wärst hier." Gott, und wie sie es sich wünschte. Eine einfache Umarmung von Blake würde alles lindern, die Erschöpfung, den Liebeskummer, die Trauer. „Sag mir noch einmal, wie lange es noch dauert, bis die Tour vorbei ist?"

„Zu lange, Engel. Zu verdammt lange." Blake starrte auf den grauen Betonboden und konzentrierte sich in seinem Geist auf Gabis Gesicht. Die Stunden, seit sie getrennt waren, hatten ihn entschlossen gemacht. Er würde sein Leben in ein verdammtes Märchen verwandeln, nur für sie, die Frau, die er liebte – seine beste Freundin.

Die erste Hürde war Michelle. Er war bis in die frühen Morgenstunden wach gewesen, hatte eine Liste mit Kontakten niedergeschrieben, Anrufe in die Staaten gemacht und Leute um Gefallen gebeten, die ihm nichts schuldig waren.

Dem Himmel sei Dank für seinen Berühmtheits-Joker.

Die Leute hatten ihm zugesagt, die Augen nach passenden Schauspieljobs offenzuhalten. Manche hatten sogar angeboten, bei verschiedenen Agenturen nachzufragen, die das dämonische Biest besänftigen könnten.

„Rufst du mich morgen an, bevor du auf die Bühne gehst?", fragte Gabi.

„Ganz sicher." Er spielte mit seinem schwarzen Stiefel an einem Steinchen herum und sah zu, wie er über den Boden rollte. Diese Fernbeziehungssache war der reinste Mist. Wie schaffte Ryan das nur? „Ich rufe dich gleich morgen Früh an und danach alle fünfzehn Minuten, wenn du willst."

Er hätte es tatsächlich getan, wenn er nicht geglaubt hätte, dass sie irgendwann die Schnauze voll von ihm hätte. Er konnte es nicht erwarten, wieder mit ihr zusammen zu sein. Selbst der Duft ihres Shampoos, der noch in den Hotelkissen hing, trieb ihn in den Wahnsinn. Die Zimmermädchen hatten heute Morgen die Bezüge wechseln wollen und er hatte sie weggeschickt und sich wie ein Volltrottel an das letzte Stück von Gabi geklammert, das ihm noch geblieben war.

Ihr Lachen hallte durch sein Handy und der weibliche und freie Klang davon erwärmte sein Herz und ließ es im selben Moment in tausend Stücke zerbersten. „Ich denke, einmal vor dem Konzert sollte reichen", sagte sie. „Schon ohne dein Versprechen, mich alle fünfzehn Minuten anzurufen, ist es schwierig genug, mich auf irgendetwas anderes als dich zu konzentrieren."

Er konnte sich ums Verrecken nicht konzentrieren. Heute Morgen hatten die Werbeverpflichtungen der Band mit Interviews für Radio und Fernsehen begonnen und Blake war zu abgelenkt gewesen, als man ihn fragte: „Was hast du getrieben, seit du in Australien angekommen bist?"

Scheinbar war: „Ich habe es mit Gabi getrieben", nicht die richtige Antwort gewesen.

Leah hatte sie jedenfalls nicht lustig gefunden. Nicht, dass es etwas an ihrer auch so schon üblen Laune geändert hätte. Sie hatte sich immer noch nicht von ihrem Streit mit Ryan erholt und keiner der beiden wollte darüber reden.

„Ich lasse dich zurück an die Arbeit gehen.“

Gabis Stimme ließ sein Herz ein paar Gänge hochschalten. Die ganze Nacht über hatte sein Gewissen an ihm genagt, weil er ihr nicht von Michelle erzählt hatte. Die wenigen Stunden Schlaf hatten das Problem nur noch verstärkt. Er konnte es allerdings nicht heute tun, nicht am Todestag ihres Bruders. Blake würde ihr vermutlich nichts davon sagen, bis sie einander wiedersahen, und bis dahin war das Problem hoffentlich gelöst. Nein, es *würde* gelöst sein. Dafür würde er sorgen. Und bis dahin musste er damit leben, dass er ihr diese Information vorenthalten musste.

„Okay. Wir hören uns bald.“

„Ich liebe dich, Blake.“

Einer seiner Mundwinkel hob sich zu einem Grinsen an. Er würde nie müde werden, diese Worte von ihr zu hören. „Weißt du, Engel, diesmal zählt es glaube ich sogar.“

„Es zählt immer, wenn ich es sage.“

Das hoffte er, denn in diesem Moment war ihre Liebe das Einzige, was ihn bei Verstand hielt.

# Kapitel Einundzwanzig

„Ich will deinen Mitleidsjob nicht, Blake", wetterte Michelle über den schlechten Empfang hinweg durch das Handy.

Nachdem er eine Woche darauf hatte warten müssen, dass einer seiner Kontakte griff, hatte er endlich den Anruf erhalten. Die Rolle war nicht groß, eine Nebenrolle in einer neuen paranormalen Sitcom, aber es war ein Job. Ein bezahlter Job und einer, der Michelle helfen würde, einen Fuß in die Tür ... und aus seinem Leben zu kriegen.

„Wir hatten einen Deal und ich habe es satt zu warten. Ich habe nichts. *Nichts*, Blake. Kein Geld. Keinen Job. Kein Sozialleben. Entweder tauchst du hier am Tag nach deinem letzten Konzert auf – und ja, ich weiß, wann das ist –, oder unsere Abmachung ist vom Tisch."

Blake umklammerte das Geländer des Hotelbalkons und mahlte seine Backenzähne aufeinander, bis sein Kiefer drohte aus dem Gelenk zu springen. „Mach mir keinen Druck, Michelle. Du scheinst zu vergessen, dass ich nicht der Einzige bin, den diese Bilder öffentlich beschämen würden."

Ihre Drohung hatte ihn schon zu lange verfolgt wie ein Schatten und ihn reizbar gemacht. Da half es auch nicht, dass er es immer schlechter wegsteckte, von Gabi getrennt zu sein. Selbst das Atmen fiel ihm schwer, wenn er nicht in ihrer Nähe war, und er wollte ihr nicht das Herz brechen, indem er ihr Wiedersehen am Ende der Tour unnötig hinauszögerte. „Nimm den verdammten Job an."

„Nimm du doch den verdammten Job an", kreischte sie.

Wie zur Hölle hatte er sich jemals zu dieser Frau hingezogen fühlen können? Sie war völlig bekloppt.

Er schloss seine Augen, zählte in Gedanken bis zehn und ließ die sanfte Brise hier in Adelaide seine Wut wegwehen.

Reckless Beat flogen morgen für eine Woche voller Auftritte zur letzten Etappe ihrer Tour nach Perth. Damit blieben ihm noch sieben Tage, um einen Weg zu finden, die Böse Hexe des Westens zu beschwichtigen und sein Happy End zu kriegen. Vielleicht war es Intuition, aber wann immer er an Michelle dachte, und gleich darauf an Gabi, verspürte er unter seinen Rippen eine erbarmungslose Sehnsucht.

„Gut. Dann suche ich weiter", fauchte er.

„Nein, wirst du nicht. Das war nicht die Abmachung. *Ich* werde die Rolle finden, die *ich* will. Deine Aufgabe ist es, mein Gesicht wieder in die Magazine zu bringen."

Das konnte er nicht zulassen. Er musste sie besänftigen, bevor es so weit kam. Ihr Geld zu geben und sich mit ihrem Gegeifere abzugeben, war eine Sache. Gabi mit Fotos von ihm und seiner Ex zu verletzen, war nicht akzeptabel. Er selbst könnte es nicht ertragen, die Frau, die er liebte, mit einem anderen Mann zu sehen, egal, wie unschuldig die Sache war. Also würde er es ihr auch nicht antun.

„Und wenn ich das nicht tun kann? Was dann?" Blake hielt den Atem an und wartete auf die unvermeidliche Antwort.

„Dann lässt du mir keine andere Wahl."

Er schnaubte. „Ich hatte von Anfang an keine andere Wahl. Wieso kannst du diesen Job nicht annehmen? Ja, es ist eine kleine Rolle, aber sie ist besser als nichts. Und sie verschafft dir eine bessere Schlagzeile als Gespräche mit mir bei ein paar Veranstaltungen."

Sie lachte und von dem manischen Klang kriegte er eine Gänsehaut vor lauter Angst. „Wir werden nicht reden, Blake. Wir werden für Schlagzeilen sorgen, die Aufmerksamkeit auf uns ziehen und tun, was auch immer nötig ist, damit ich eine *große* Rolle in einem der nächsten Filme kriege. Nicht eine armselige kleine Nebenrolle in einer nichtssagenden Sitcom. Also verschwende nicht weiter deine Zeit damit, Freunde anzurufen."

Gedämpfte Schritte erklangen hinter ihm, und als er sich

umdrehte, starrte Alana ihn besorgt von der anderen Seite des Fliegengitters aus an.

„Ich muss los", murmelte er und legte auf. Als er sein Handy in die Tasche seiner Shorts steckte, betrat Alana den Balkon mit einem Becher Kaffee in der Hand.

„Alles okay?" Ihr Haar war noch zerzaust vom Schlafen und ihr Körper in einen pinken Morgenmantel aus Seide gehüllt.

„Bestens, Allie." Er lächelte, lehnte sich gegen das Geländer im zweiten Stock und täuschte eine Ruhe vor, die er nicht verspürte.

Sie sah weg und setzte sich auf einen der Holzstühle, die am Fenster entlang standen, bevor sie in ihren Kaffee starrte. „Es hat nicht bestens geklungen." Sie warf ihm einen schnellen Blick durch ihre Wimpern hindurch zu und schaute dann wieder auf ihren Becher.

Er zuckte mit den Schultern. „Es ist nichts." Er wollte noch ein „Bitte hör auf zu fragen" nachlegen, aber sie hatte seine Wut nicht verdient. „Nur eine alte Bekannte, die kleinere Probleme verursacht. Ich habe alles im Griff."

Sie nippte an ihrem Kaffee und konzentrierte sich über den Rand des Bechers hinweg auf ihn. Als sie diesen wieder senkte, starrte sie ihn immer noch an. „Mir fehlt es mit Sicherheit an Lebenserfahrung, Blake, aber ich bin nicht dumm. Ich sehe doch, dass du in Schwierigkeiten steckst. Und ich kann nur hoffen, dass du zu mir oder Mitchell kommst, wenn du Hilfe brauchst."

Blake spannte seinen Kiefer an und biss sich auf die Innenseite seiner Wange, bis er den metallischen Geschmack von Blut schmeckte. Gabi war immer diejenige gewesen, mit der er seine Sorgen geteilt hatte. Diejenige, bei der er sich darauf verlassen konnte, dass sie seinen Problemen etwas an Gewicht nahm. Zu Mitch oder Alana zu gehen, würde sich wie Betrug an der Frau anfühlen, die ihm während seiner schwersten Stunden beigestanden hatte.

„Danke." Er stieß sich von dem Geländer ab und stellte sich aufrecht hin. „Alles wird sich in Wohlgefallen auflösen. Da mache ich mir keine Sorgen." Und wieder eine Lüge. Mit jedem Mal, dass er eine Unwahrheit aussprach, lasteten die Schuldgefühle schwerer auf seinen Schultern.

Sie nippte wieder an ihrem Kaffee und nickte, während sie nun

zwischen den Streben des Geländers hindurch in den Park dahinter
sah. „Wie geht es Gabi?"

Frontalangriff.

„Gabi geht es … großartig." Seine Worte klangen wenig überzeugend. Verdammt, nicht einmal er selbst glaubte sie. „Ich
vermisse sie." Er vermisste sie, sehnte sich nach ihr, nicht nur in
seinem Bett, sondern auch in seinen Armen, ihren Duft in seinen
Lungen, ihr strahlendes Lächeln in seinem Geist. Dennoch hatte er
aufgehört, sie so oft anzurufen. Wann immer sie miteinander sprachen, fühlte er sich, als würde er sie hintergehen. „Ich fürchte, ich
muss die Pläne, die wir nach der Tour hatten, absagen. Da sind ein
paar Dinge, um die ich mich zuhause kümmern muss."

Alana sah ihn aus dem Augenwinkel an. „Gabi hat ein sensibles
Herz, aber ich bin sicher, dass sie Verständnis haben wird, wenn du
ihr die Gründe dafür erklärst."

Er nickte. Es gab nichts weiter zu tun. Gabi hatte tatsächlich ein
sensibles Herz. Eines, das mit Sicherheit brechen würde, wenn sie
von Michelle erfuhr. Vertrauen war ein großes Thema für Gabi und
dieses Vertrauen hatte er gebrochen. Sie wusste es nur noch nicht.
Und würde es hoffentlich niemals herausfinden.

„Ja. Sie wird es verstehen. Trotzdem vermisse ich sie."

Alana lächelte traurig.

„Oh, Überraschung!" Mitch öffnete die Fliegengittertür und
kam auf den Balkon, wo er Alana auf die Stirn küsste. „So ein
Zufall, euch beide hier zu treffen."

Alana warf ihrem Verlobten ein breites Grinsen zu. „Guten
Morgen, Schatz."

Mitch nahm ihr Kinn in die Hand und küsste sie mit Nach-
druck. „Morgen."

Eifersucht war eine Eigenschaft, die Blake verabscheute, und
doch nagte sie nun an ihm. Er freute sich für seine Freunde, aber
die Leichtigkeit ihrer Beziehung so ins Gesicht gerieben zu kriegen
ließ ihn sich nur noch mehr nach Gabi sehnen. „Wir sehen uns
später, Leute", murmelte er, öffnete die Tür und ging hinein.

„Was ist los mit B?", fragte Mitch leise.

„Ich weiß es nicht", antwortete Alana. „Aber ich fürchte, es ist
etwas Großes."

Die Tage fühlten sich an wie Monate, die Woche wie Jahre, bis Gabi darüber nachdachte, ihren Abschluss für Blake auf Eis zu legen. Die ersten zehn Tage, nachdem sie Melbourne verlassen hatte, hatten sie telefoniert und alle verfügbaren sozialen Medien genutzt, um in Verbindung zu bleiben – Skype, Snapchat, Facebook, Twitter, egal, welche App, sie waren dabei. Aber es hatte nicht gereicht. Über eine Woche lang hatte sie morgens nach dem Aufwachen eine aufrichtige E-Mail in der Inbox gehabt, in der Blake die Tage bis zu ihrem Wiedersehen hinunterzählte.

Dann war der Kontakt weniger geworden.

Blake hob nicht mehr ab, wenn sie ihn auf Skype anrief, und wenn er zurückrief, waren ihre Gespräche emotionslos und vage. Er schickte ihr keine Fotos mehr. Kommentierte nicht mehr auf Facebook und schickte ihr keine Tweets. Als sie ihn dazu befragt hatte, hatte er sich entschuldigt und Ausreden erfunden, wonach er müde und erschöpft sei.

Das verstand sie. Wirklich. Sein Leben drehte sich um lange Nächte, berauschende Konzerte und eine nicht enden wollende Serie öffentlicher Auftritte. Es musste beängstigend sein, und doch hatte er jahrelang dieses Leben geführt und sie noch nie so abgewürgt wie jetzt. Etwas hatte sich verändert, sie wusste nur nicht, was es war.

Hatte er jemanden kennengelernt? Tammy hatte diese Möglichkeit seit Tagen angedeutet, aber nicht einmal ihre enge Freundin wollte das Kind beim Namen nennen.

Ihr Handy vibrierte in ihrer Hosentasche und sie warf einen Blick zu ihrem Dozenten, bevor sie es hervorzog und den eingehenden Text las.


**Blake** – *Wir müssen reden. Hast du Zeit?*


Ein fürchterliches Gefühl braute sich in ihrem Magen zusammen und breitete sich auf ihre Gliedmaßen aus. Er müsste wissen, dass sie heute Unterricht hatte. Sie hatte es ihm in einer weiteren E-Mail geschrieben, auf die er nicht geantwortet hatte.

Ihre Kehle schnürte sich zu, während sie leise ihre Bücher einpackte, ihre Handtasche nahm und sich aus dem Hörsaal schlich. Draußen legte sie ihre Sachen auf den Boden des Flurs und scrollte zu seiner Nummer, als ihr Handy von dem eingehenden Anruf zu vibrieren begann.

Sie starrte auf den Bildschirm und ihre Intuition flehte sie an, nicht abzuheben. Rief er sie an, weil er dachte, sie wäre in der Vorlesung und hoffte, dass sie nicht abheben würde? Hatte er vor, ihre Beziehung mit einer Sprachnachricht zu beenden? Tja, sein Pech, denn sie hatte nicht vor, den Anruf in die Sprachbox gehen zu lassen.

Sie hob ab und hielt sich ihr Handy ans Ohr, während sie ihr Kinn nach vorne schob. „Hallo."

„Gabi? Ich – Ich war nicht sicher, ob du abheben würdest."

Wahrscheinlicher war, dass er nicht wollte, dass sie abhob.

„Ich bin aus dem Hörsaal gegangen", antwortete sie und ließ sich ihre Kränkung stimmlich nicht anmerken. „Du hast so lange nicht abgehoben, wenn ich angerufen habe, dass ich die Gelegenheit nicht verpassen wollte, wenn du ausnahmsweise tatsächlich mit mir reden willst." Sie hatte ihre Kränkung vielleicht aus ihrer Stimme herausgehalten, aber nun traf ihre Verärgerung ihn mit voller Wucht. Sie hatte zu lange neben sich gestanden und hatte ihren Schmerz und ihre Verunsicherung zu lange in sich hineingefressen, als dass sie sie nun unausgesprochen lassen könnte.

„Ich weiß." Seine Stimme war leise und jedes Wort, das er sagte, brach ihr ein wenig das Herz. „Es tut mir leid. Ich hatte Probleme zuhause, die mich abgelenkt haben. Ich hatte gehofft, dass sie mittlerweile erledigt wären."

„Was ist passiert? Was ist los?" Ihr Puls beschleunigte sich so schnell, dass ihre Hände leicht zu zittern begannen. Sie konnte den Schmerz in seiner Stimme hören, konnte die unvermeidlichen schlechten Nachrichten spüren, von denen sie wusste, dass sie sie treffen würden.

„Nichts ... zumindest nichts, worüber du dir Sorgen machen müsstest. Aber ..."

Er holte tief Luft, während sie den Atem anhielt. Und wartete. Panik kriegte.

„Wir können uns nicht sehen, wenn die Tour vorüber ist, Engel. Es tut mir so leid."

Sie schloss die Augen und wünschte, der Schmerz wäre nicht mehr da. Die Tage ohne ihn waren ein langer und nicht enden wollender

Kampf gewesen. Sie fühlte sich so losgelöst von ihrem Herzen. Allein und unvollständig. Einzig die Tage bis zu ihrem Wiedersehen hinunterzuzählen, hatte sie noch angetrieben, bis zu dem Tag durchzuhalten, an dem die verpassten Anrufe und unbeantworteten E-Mails nicht mehr wichtig wären, weil sie wieder vereint waren.

„Ich – ich verstehe", log sie.

Sie hatte keine Ahnung, was sie falsch gemacht, oder was sich zwischen ihnen verändert hatte. Machte er gerade Schluss mit ihr? Wenn ja, musste er es ihr sofort sagen. Sie wollte nicht tagelang, wochenlang oder gar monatelang hingehalten werden und sich fragen, was Sache war.

„Ist es vorbei, Blake? Wenn es so ist, dann sag es mir einfach. Sag es mir jetzt, damit ich nicht daran festhalte." Ihre Stimme brach und offenbarte die Gefühle, die ihr im Hals steckten. Zorn, vermischt mit Kränkung und Verwirrung. Er hatte sie noch nie im Unklaren gelassen, hatte nie Dinge vor ihr geheim gehalten oder sich vor ihr versteckt, nicht einmal in seinen schlimmsten Zeiten. Dass er es jetzt tat, nachdem sie körperlich zusammen gewesen waren, tat mehr weh, als er jemals würde nachvollziehen können.

„Nein, Gabi!" Der Kloß in ihrem Hals wurde ein wenig kleiner, als seine Antwort wie aus der Pistole geschossen kam. „Die Sache hat nichts mit dir zu tun. Ich will immer noch zu dir kommen – das ist alles, was ich will –, aber im Moment kann ich es einfach nicht. Sobald ich dieses Chaos beseitigt habe, sitze ich im ersten Flieger zurück zu dir."

Sie atmete unhörbar, aber tief aus und lehnte sich gegen die kalte Mauer. „Ich hasse es, wenn du mir Dinge vorenthältst. Das hast du noch nie gemacht. Wie schlimm können deine Probleme schon sein, nach allem, was du mir in der Vergangenheit anvertraut hast?"

Sie wünschte, sie könnte sein Gesicht sehen und seine Reaktion darin ablesen.

„Bitte mach dir keine Sorgen um mich. Das ist das Letzte, was ich will. Zur Abwechslung werde ich mich selbst um meine Probleme kümmern." Er gluckste, aber sie fand es nicht lustig. „Ich bin es nicht gewöhnt, meine Fehler selbst auszubügeln. Dafür hatte ich immer dich."

Nun nickte sie. Zum wiederholten Male sprach er sein Bedürfnis an, sein Leben selbst in geordnete Bahnen zu lenken, und das musste sie respektieren, egal, wie sehr es ihr wehtat, ausgeschlossen zu werden.

„Ich will, dass du stolz auf mich bist", flüsterte er.

Zittrig atmete sie aus, starrte an die Decke und riss ihre Augen auf in der Hoffnung, dass das Brennen darin nachlassen würde. „Ich war immer stolz auf dich. Ich wünschte, du wüsstest das."

„Das tue ich. Ich muss das hier auch erledigen, damit ich das Gefühl habe, ein Paar Eier zu haben. Echte Männer kümmern sich selbst um ihren Scheiß, weißt du?"

Sie kicherte und schniefte. „Okay."

„Und es tut mir leid, dass ich so distanziert war. Ich wollte jeden Tag mit dir sprechen, aber meine Stimmung ist ansteckend. Und ich will dich nicht runterziehen. Sobald ich mein Leben wieder im Griff habe, wird alles wieder so sein wie früher und fliege zu dir, sobald ich kann."

„Bitte beeil dich." Sie hätte ihm nicht diese zusätzliche Bürde auflasten sollen, aber sie vermisste seine Freundschaft zu sehr, als dass sie diese Worte nicht hätte aussprechen können. Körperlich von ihm getrennt zu sein, damit hatte sie jahrelang gelebt. Aber seine Unterstützung und seine Liebenswürdigkeit waren etwas ganz anderes.

„Ich habe eine E-Mail von Alana wegen ihrer Verlobungsfeier erhalten", sagte sie schnell, in der Hoffnung, das Thema zu wechseln. Die Einladung war eine Woche, nachdem Gabi Melbourne verlassen hatte, gekommen und die Feier war in New York geplant, nicht lange, nachdem Reckless Beat von ihrer Tour zurückkamen.

Blake schwieg für einen Moment, bevor er fragte: „Meinst du, du kannst kommen?"

„Ich wünschte, ich könnte es."

„Ich auch", flüsterte er. „Hoffentlich bin ich bis dahin schon wieder auf dem Weg nach Australien."

„Damit du die Verlobungsfeier verpasst?" Meinte er das ernst? Der Blake, den sie kannte, würde einen Anlass wie diesen niemals verpassen. Das war doch unlogisch. Zuerst konnte er nicht mit ihr telefonieren oder auf ihre E-Mails antworten und jetzt wollte er eine so wichtige Feier auslassen, um zu ihr zurückzufliegen?

Düstere Zweifel formten sich in ihrem Hinterkopf, doch sie verwarf sie schnell, bevor sie zu ihrer vollen Größe heranwachsen konnten. „Das darf nicht passieren. Wir werden schon bald zusammen sein." Sie sprach die Worte zwar, aber ihr fehlte der Enthusiasmus, der sie glaubwürdig hätte klingen lassen. Mit jeder Sekunde, die verstrich, wurde sie unruhiger und wollte nichts dringender, als Blake zu sehen.

„Ja. Aber schon *bald* fühlt sich an wie eine Ewigkeit."

*Schon bald* hatte keine Bedeutung für Gabi. Sie wusste nicht, mit welchen Problemen er sich zuhause herumschlagen musste.

„Verzeihst du mir, dass ich unsere Pläne absagen muss?"

Sie seufzte, lang und laut. „Ja." Ihr blieb keine Wahl.

„Ich werde es wiedergutmachen." Bei dem verspielt frechen Tonfall, mit dem er es sagte, ging ihr das Herz auf.

„Keine Sorge. Ich werde dich daran erinnern."

Er lachte und sie konnte ihn am anderen Ende lächeln sehen, wie seine dunklen Augen funkelten und seine Muskeln sich anspannten, als er sich in einem Polstersessel zurücklehnte.

„Okay, Engel. Ich werde auflegen. Tut mir leid, dass ich dich im Unterricht gestört habe. Sobald sich alles beruhigt, gebe ich dir Bescheid."

Ihr Herz machte Luftsprünge, zog sich dann eng zusammen und rutschte ihr schlussendlich in die Hose. Sie wollte wissen, wann sie wieder mit ihm würde sprechen können, und gleichzeitig wollte sie nicht bedürftig klingen. „Alles klar. Mach's gut."

Sie wartete seine Verabschiedung ab, bevor sie auflegte. Dann schnappte sie sich ihre Bücher und ihre Handtasche vom Boden und ging in Richtung der Tür zu ihrem Hörsaal. Der Dozent sprach mit lauter Stimme und deutete mit einem hölzernen Lineal auf das Whiteboard hinter sich. Um nichts in der Welt würde sie sich jetzt konzentrieren können. Nicht, solange die Gedanken in ihrem Kopf so wild umherrasten wie die silberne Kugel in einem Flipperautomaten.

Sie wandte sich von der Tür ab und ging dann den Flur hinunter in Richtung Parkplatz. Zuhause würde sie eine ihrer Kommilitoninnen um ihre Mitschrift bitten. Dann würde sie Alana eine E-Mail schicken. Wenn Blake ihr keine Antworten geben konnte, dann konnte es vielleicht Mitchs Verlobte.

# Kapitel Zweiundzwanzig

Blakes Finger schwebten über der Senden-Taste der E-Mail. Acht Tage waren vergangen, seit er das letzte Mal mit Gabi gesprochen hatte. Nun war er zurück zuhause und saß im Jet von Reckless Beat, der gerade über das Rollfeld des Flughafens Teterboro rollte. Sie hatte ihm jeden Tag gemailt und ihre Nachrichten hatten mit jedem Tag, den er nicht darauf antwortete, besorgter geklungen. Doch er wusste immer noch nicht, was er ihr sagen sollte.

Er las sich noch einmal die E-Mail durch, die er noch immer nicht abgeschickt hatte – *Hey, Engel. Tut mir leid, dass ich so distanziert war. Ich wollte dich nur wissen lassen, dass ich sicher gelandet bin und hoffe, bald wieder bei dir zu sein. In Liebe, Blake.*

„Was ist stimmt nicht mit dir?", fragte Mason von dem Sitz hinter ihm.

Blake sah hoch und sah, wie jedes einzelne der Bandmitglieder und außerdem Leah und Alana ihn anstarrten und von ihren Plätzen aus beobachteten. Sie alle wussten, dass etwas nicht stimmte. Und sie nahmen an, dass es damit zu tun hatte, dass er nicht bei Gabi sein konnte.

„Nichts." Er konzentrierte sich wieder auf sein Handy und drückte auf senden. Die E-Mail war bestenfalls lahm, aber zumindest hielt er den Kontakt aufrecht. Er konnte es nicht ertragen, mit ihr zu sprechen, den Schmerz in ihrer Stimme zu hören, besonders, solange er ihn ihr nicht nehmen konnte. Jetzt würde es nicht mehr lange dauern und seine Probleme würden sich in Luft auflösen. Er würde ein- oder zweimal mit Michelle einen Kaffee trinken gehen, sich mit ihr in ein paar Nachtclubs blicken lassen und einige nationale Schlagzeilen damit füllen – und sicherstellen, dass nichts passierte, das aufregend genug war, um weltweit Aufmerksamkeit in den Klatschblättern zu erregen. Und damit, zack, würde diese Brut des Teufels ihn verdammt nochmal in Ruhe lassen.

Bis dahin musste er weiter auf Abstand zu Gabi gehen. Sie musste sich sowieso auf ihr Studium konzentrieren und mittlerweile war die Sache zu weit fortgeschritten, als dass sie von Michelle erfahren durfte.

„Nichts? Ist es dasselbe ‚Nichts‘ wegen dem du seit drei Wochen miese Laune hast?", fragte Mason.

„Oder dasselbe ‚Nichts‘, das dich dazu bringt, auf Teufel komm raus am Handy zu fluchen? Leuten gegenüber, deren Namen du dich zu nennen weigerst?", fügte Mitch hinzu.

„Lasst ihn", sagte Alana sanft. „Er wird es euch sagen, wenn er dazu bereit ist."

Leah beugte sich in ihrem Sitz nach vorne. „Wir machen uns Sorgen um dich, Blake."

„Es gibt nichts, worüber ihr euch Sorgen machen müsstet", antwortete er und versuchte, bei all der Aufmerksamkeit nicht auf seinem Sitz herumzurutschen. „Ich vermisse Gabi. Das ist alles."

„Warum bist du dann nicht in Australien geblieben?" Leah runzelte die Stirn. „Du hast jetzt länger keine Verpflichtungen mit der Band. Du hättest nicht mit uns zurückfliegen müssen."

„Ich muss zuhause ein paar Dinge regeln. Sobald das geklärt ist, fliege ich sofort zurück zu ihr." Er zuckte mit den Schultern. „Es ist keine große Sache. Ich vermisse sie einfach, das ist alles."

Der Jet kam zum Stehen und einer nach dem anderen lösten sie ihre Sicherheitsgurte und damit war das Gespräch beendet. Während er aufstand und sein Handgepäck zusammensuchte, kam Ryan zu ihm.

„Es ist hart, nicht wahr? Sie zurückzulassen, meine ich. Ich mache das seit Jahren und es wird nie leichter." Ryan klopfte Blake auf die Schulter. „Ich hoffe, was auch immer du zuhause regeln musst, ist nichts allzu ernstes."

Blake drehte sich zu Ryan und stieß ihn mit seiner Schulter an. „Nein, alles entspannt. Aber ich ziehe den Hut vor dir, Mann. Diese ganze Fernbeziehungssache nervt. Wie kriegst du das hin?"

Ryan schnaubte: „Nicht sehr gut offensichtlich. Meine Ehe hängt am seidenen Faden.“

„Ihr schafft das schon. Hab Vertrauen.“

„Ehrlich gesagt glaube ich das nicht.“ Ryan zuckte die Schultern. „Und ich bin mir nicht sicher, ob ich es überhaupt noch will. Wozu? Wenn wir getrennt sind, geht es uns schlecht, und wenn wir zusammen sind, ist es um nichts besser. Ich fange an zu glauben, dass die Seitensprünge, bei denen Julie erwischt wurde, eine gute Ausrede sind, um die Sache sauber zu beenden.“

Blake zuckte überrascht zurück, während sein Freund sich umdrehte und auf die offene Kabinentür zuging. Hatten seine eigenen Problem ihn so sehr vereinnahmt, dass ihm das enorme Ausmaß dessen, was Ryan durchmachen musste, entgangen war?

„Ich bin so ein verdammtes Arschloch“, murmelte er zu sich selbst, schnappte sich sein iPad, das noch zwischen den Kissen seines Sitzes steckte, und klopfte die Tasche seiner Jeans nach seinem Reisepass ab. „Hey, Rye, warte auf mich.“

Blake ging als letzter die Gangway hinunter und schirmte seine Augen vor der frühen Morgensonne ab. Ein Transportbus wartete ein paar Schritte neben der Treppe, und als er einstieg, stellte er enttäuscht fest, dass Ryan bereits neben Mason saß.

Die Institution der Ehe hatte Ryan immer viel bedeutet, weshalb Blake ihr kurzes Gespräch nicht auf sich beruhen lassen konnte. Sie würden reden müssen, sobald sie geschlafen hatten und die Tatsache, dass sie wieder auf heimatlichem Boden waren, ihre Probleme weniger anstrengend machte.

Der Bus fuhr sie zum Zollgebäude, wo sie das übliche Sicherheitsprotokoll durchliefen. Innerhalb weniger Minuten schritten sie hastig zum Ausgang, der wie üblich von zwei Sicherheitsleuten bewacht wurde.

„Wieder ein Haufen Leute?“, fragte Leah.

Einer der Männer zuckte die Achseln. „Es geht.“

„Okay, Jungs, sehen wir zu, dass wir flott hier rauskommen. Ich will nach Hause.“ Damit ging Leah voran und wartete.

Wie üblich brach Geschrei in der Menge von Fans aus, als sie das Gebäude verließen. Frauen hielten Schilder hoch, auf denen sie ihre Liebe deklarierten, Männer riefen und Kameras blitzten – nichts Neues oder Außergewöhnliches. Bis auf die eine Frau, die sich nun aus der Menge löste.

Einer der Leibwächter machte einen Satz auf sie zu und seine Hände glitten über ihre schlanke Taille, als sie sich mit einem Sprung vor ihm rettete. Dann rannte sie auf Blake zu, warf ihre große, schwarze Sonnenbrille und ihre Baseballkappe zu Boden, sodass ihr dichtes erdbeerblondes Haar zum Vorschein kam.

*Scheiße.*

Michelle sprang an ihm hoch und schlang ihre Beine um seine Taille. Er hatte keine andere Wahl, als sie an den Hüften zu packen, um sein Gleichgewicht nicht zu verlieren. Dann taumelte er rückwärts, bis er ihr Gewicht ausbalanciert hatte. Sie klammerte sich an ihn und ihre Beine eng um seine Mitte, während sie ihre Arme um seinen Hals schlang.

„Fahr zur Höll–" Sie erstickte das Wort mit ihren Lippen, als ihr Mund hart und unnachgiebig auf seinen prallte. Er zuckte zurück und hob seine Hände von ihrem Körper, sodass sie auf ihre Füße plumpste. Kameras blitzten, Menschen jubelten, doch nichts davon drang vor zu dem wilden *bumm, bumm, bumm* in seiner Brust, während er sich fragte, wie er das Gabi erklären würde. „Verdammte Sch–"

„Aber, aber", flüsterte sie und legte ihm einen Finger über den Mund. „Begrüßt man so seine Freundin?"

Er machte einen Schritt rückwärts und verschaffte sich Platz zum Atmen. Mason kam auf ihn zu und sein Blick huschte von ihm zu Michelle und dann wieder zurück zu Blake. „Ist das das ,Nichts', von dem du gesprochen hast?"

Selbst das tiefste Loch wäre nicht tief genug gewesen, um darin zu versinken. Jeder starrte Blake an, die Fotografen, Fans, Bodyguards, Mitch, Leah, Alana und Sean. Den tödlichen Stoß verpasste ihm Ryan mit seinem Blick. „Erinnere mich daran, dass ich dich nicht in die Nähe meiner Frau lasse."

„*Das* ist die Art von Aufmerksamkeit, von der ich gesprochen habe", schnurrte Michelle und ihre Mundwinkel hoben sich zu einem teuflischen Grinsen.

Er wollte sie würgen. Seine Hände um ihren Hals legen und das Leben aus ihr herausquetschen. Sie stellte sich vor ihn, ihre Hände auf seiner Brust. Alles, was er tun konnte, war dazustehen, denn er war zu schockiert, um sich zu überlegen, wie er mit der Situation umgehen sollte, ohne sie noch schlimmer zu machen.

„Lass mich verdammt nochmal in Ruhe", knurrte er im Flüsterton.

„Ach, Süßer, die Fotos sind bereits im Kasten. Jetzt brauchst du dir darüber nicht mehr den Kopf zu zerbrechen." Sie rieb ihre Brüste an seinem Körper und er zuckte zusammen. „So schlimm war es doch nicht, oder?"

Er ignorierte die Frage, ging an ihr vorbei und steuerte auf die Limousine zu. Alles, woran er denken konnte, war Gabi. Was sie sagen würde. Und wie ihr wunderschönes Gesicht sich schmerzerfüllt verziehen würde, wenn sie die unvermeidbaren Bilder sah.

„Blake, warte", rief Michelle ihm über die vielen Fragen der Fans hinweg zu.

Mit ausladenden Schritten marschierte er weiter über das Rollfeld und kletterte in das wartende Fahrzeug, bevor er die Tür zuschleuderte.

Im Inneren herrschte Stille, eine sehr unbehagliche Stille.

„Gabi wird am Boden zerstört sein", flüsterte Alana Mitch so laut zu, dass alle es hören konnten.

Jepp. Gabi *würde* am Boden zerstört sein. Und das Schlimmste? Blake hatte das Gefühl, dass das erst der Anfang war.

# Kapitel Dreiundzwanzig

GABI WURDE vom Klingeln ihres Handyweckers aus dem Schlaf gerissen und wimmerte, da ihr Nacken steif war und ihr Kopf pochte. Sie war früh ins Bett gegangen. Jede Nacht mit den Sorgen über ihre Beziehung zu Blake schlafen zu gehen, hatte seinen Tribut an ihrer Gesundheit gefordert und nichts schien sie aufmuntern zu können. Was sie brauchte, waren Antworten. Richtungsweisende Antworten. Ein wenig Einblick in die Lage.

Sie steckte in einem Teufelskreis fest und war sich nicht sicher, ob er diesen emotionalen Abstand zu ihr wegen seiner Probleme aufgebaut hatte, oder weil er nicht wusste, wie er die Dinge zwischen ihnen beenden sollte. Sie griff nach ihrem Handy auf dem Nachttisch, schaltete den Wecker ab und runzelte die Stirn, als sie sah, welche Unmenge von Benachrichtigungen auf dem Bildschirm angezeigt wurden. Twitter, E-Mail, Facebook, verpasste Anrufe, Textnachrichten. Alle Symbole leuchteten auf.

Also strich sie mit dem Finger über den Bildschirm und öffnete die erste Benachrichtigung – ein Text von Tammy.

*Gabi, ruf mich sofort an, Schatz.*

Die verpassten Anrufe waren von ihren Eltern und … Tammy. Wieder keiner von Blake.

Es war zu früh, um jemanden anzurufen, daher öffnete sie die Twitter-App und suchte nach ihren Lieblingshashtags. #recklessbeat und #blakekennedy waren die einzigen, denen sie noch folgte, und an diesem Morgen tummelten sich unzählige neue Tweets in ihrem Stream.

*#blakekennedy Schön, dass du wieder mit Michie zusammen bist. Diese Frau ist so heiß.*

Ihr Herz setzte einen Schlag aus und mit einem Mal saß sie aufrecht im Bett. Das musste ein Irrtum sein. Oder vielleicht träumte sie noch.

*#blakekennedy landet mit einem KNALL! Kaum einen Fuß aus dem Jet gesetzt und schon wird er wörtlich von einer Frau besprungen. Ich verneige mich vor dir, Meister der M*schis.*

Gabi kriegte keine Luft, so eng zog sich ihre Kehle zusammen. Sie überflog den Twitter-Feed, las weitere ähnliche Kommentare, von denen die meisten sich um etwas zwischen Blake und Michelle drehten. Manche beinhalteten Links zu Fotos und aus Neugierde musste sie sie anklicken, obwohl ihr Geist sie anflehte, es nicht zu tun.

*#RecklessBlake Untröstlich über deine Wiedervereinigung mit Michelle am Flughafen. Aber freue mich für euch beide. Habe dieses Foto gemacht ...*

Das Blut rauschte laut in ihren Ohren, als sie auf den Link zu dem Foto klickte. Im nächsten Moment zog sich ihre Brust zusammen und sie keuchte auf. „Oh, Blake, was hast du getan?"

Das Foto zeigte eine Seitenansicht von ihm, wie er dastand, seine Hände an der Taille einer Frau, ihre Beine um seine Hüften, sein Mund an ihrem. Gabi wusste augenblicklich, wer es war.

*Sie.* Michelle Clarkson. Blakes Ex. Oder seine neue Freundin laut dem Twitter-Feed.

Gabi ließ ihr Handy fallen und presste sich ihre Knöchel vor den Mund, um sich nicht zu übergeben.

Er würde ihr das nicht antun.

*Wie* konnte er ihr das antun?

Sie glitt an den seitlichen Rand ihrer Matratze und stellte ihre Füße auf den Boden. Das würde er nicht. Nicht Blake. Nicht nach allem, was sie zusammen erlebt hatten. Er besaß mehr Anstand, als mit ihren Gefühlen zu spielen.

*Und wieso hat er dich dann nicht kontaktiert?*

Ihre Rationalität verhöhnte sie, zog sie hinunter. Darüber wollte sie nicht nachdenken. Wenn sie es täte, würde sie ihre bereits angeschlagene Selbstbeherrschung verlieren und so tief fallen, dass sie sich nicht mehr davon erholen würde.

Vielleicht war das der Grund für seine Distanziertheit. Hatte er Gabi zum Narren gehalten? Oder war Michelle die Situation, um die er sich allein kümmern wollte? *Ja, sieht so aus, als hätte er sich richtig gut um sie gekümmert.*

„Oh, Gott", würgte sie hervor.

Ihr Handy vibrierte und blinkte auf dem Bett, als ein Anruf hereinkam. Sie erstarrte, unsicher, was sie tun sollte, wenn Blakes Name auf dem Bildschirm angezeigt würde. Zentimeterweise bewegte sie sich vorwärts, hob ihr Kinn und linste auf ihr Handy.

Tammy.

Natürlich nicht Blake. Ein weiterer Schlag in die Magengrube. Obwohl sie nicht wüsste, was sie zu ihm sagen würde, wollte sie ihm zumindest genug bedeuten, dass er anrief. Dass seine Wiedervereinigung mit Michelle im gesamten Internet breitgetreten wurde, dürfte seiner Aufmerksamkeit nicht entgangen sein. Oder, oh Gott, was, wenn es ihm völlig egal war?

Vielleicht war er zu beschäftigt damit, die Schlampe zu ficken.

Sie rannte ins Badezimmer, fiel auf die Knie und würgte über der Klomuschel. Ihr Magen verkrampfte sich und Galle stieg in ihr auf, doch nichts kam. Minuten vergingen, in denen sie ihren Kopf hängen ließ und ihr die Tränen in den Augen brannten. Sie musste sich für die Arbeit fertigmachen: Duschen. Anziehen. Essen – sofern sie sich bei der Übelkeit, die sie vereinnahmte, dazu zwingen konnte.

Es war nicht so, dass sie etwas Derartiges nicht erwartet hätte. Blake war immer zu gut gewesen, um wahr zu sein. Nun half ihr eben die Realität, ihre Augen zu öffnen.

Sie rappelte sich auf, tappte in ihr Schlafzimmer, schnappte sich die Klamotten von ihrer Kommode und ging zurück ins Bad, um sie in das Waschbecken neben der Dusche zu legen. Ihre Nase kribbelte und sie schniefte das Gefühl weg, weigerte sich zu weinen. Klatschblätter lebten davon, Gerede zu generieren. Die Sache könnte nichts weiter sein als eine unnötig aufgeblasene Promi-Geschichte ... Oder war sie schwach und naiv, nach unwahrscheinlichen Ausreden wie dieser zu suchen?

Halt! Blakes Mund an einer anderen Frau würde für sie niemals akzeptabel sein, egal, wie die Presse die Geschichte darstellte.

Mit tauben Fingern drehte sie das Wasser auf und stellte sich unter den Strahl. Gerüchte würden sie nicht kleinkriegen. Nein. Sie war stärker. *Sie beide* waren stärker. Es war keine zwölf Stunden her, dass Blake in den Staaten angekommen war, und wenn etwas so Wichtiges wie ihre Beziehung gefährdet war, wäre seine oberste Priorität mit Sicherheit, sie zu kontaktieren.

Sie schloss die Augen und das Foto auf Twitter starrte sie aus der Dunkelheit heraus an. Er hatte seine Augen offen.

Blake hatte Michelle mit offenen Augen geküsst!

Ein Hoffnungsschimmer erhellte ihr sterbendes Herz. Sie richtete sich auf und kippte ihren Kopf unter dem Wasserstrahl nach hinten. Kein Mann küsste eine Frau, die ihm etwas bedeutete, mit geöffneten Augen. Es musste eine Falle gewesen sein. Blake würde sie anrufen. Sie konnte es spüren. Er würde anrufen oder ihr schreiben oder sich auf Skype melden, um alles zu erklären.

Sie musste sich einfach mehr anstrengen, sich das einzureden.

Blake drückte den Auswahlknopf auf seiner Fernsteuerung wieder und wieder und wieder. Er hatte keine Ahnung, was am Bildschirm angezeigt wurde, aber so beschäftigte er seine Hände und hinderte sie daran, zu seinem Handy zu greifen. Ein ganzer Tag war vergangen, seit er zurück nach Hause gekommen war, und er hatte nichts anderes getan, als sich in seinem Apartment vor der Welt zu verstecken.

„Hast du Gabi schon angerufen?", fragte Mitch, als er ins Wohnzimmer kam, sich neben ihm auf die Ledercouch setzte und ihm eine Dose mit Soda reichte.

Blake schüttelte den Kopf. Er konnte sie nicht anrufen. Das Stocken in ihrem Atem zu hören, wenn er ihr von Michelle erzählte, würde ihn in die Verzweiflung treiben. Und würde sie ihm überhaupt glauben? Die Schlagzeilen heute Morgen beschrieben ein inniges Wiedersehen zwischen ehemaligen Liebhabern. Damit lagen sie fernab der vor Wut brodelnden, mit Hass erfüllten Heimkehr, die sich tatsächlich abgespielt hatte. Alles, was er wollte, war Gabi glücklich zu machen. Er wollte dafür sorgen, dass ihre Augen immer strahlten und ihr wunderschönes Lächeln nie nachließ. Er wollte sie stolz machen und doch war jede seiner Handlungen eine Enttäuschung.

Jede wache Minute hatte er damit verbracht zu beten, dass sie die Fotos nicht gesehen hatte. So weit war seine Hoffnung auch nicht hergeholt, denn die Hysterie auf Twitter und Facebook war gekommen und gegangen wie die Miniaturausgabe eines Wirbelwindes der Gerüchteküche, und dennoch wären die Fotos nun im Internet abrufbar, sofern Gabi wusste, wonach sie suchen musste.

„Sie hat mich weder angerufen noch gemailt, seit ich zurück in den Staaten bin, und ich werte das als gutes Zeichen, dass sie die Fotos nicht gesehen hat. Außerdem habe ich ihr gesagt, dass ich mich eine Weile nicht melden werde, weil ich ein paar Sachen zu erledigen habe, und sie hat ihre Arbeit und die Ausbildung, die sie auf Trab halten."

„Du musst sie anrufen." Mitch öffnete seine Dose und lehnte sich mit dem Rücken an die Polster. „Allie kriegt Zustände, so sehr sorgt sie sich um Gabi."

*Allie kriegt Zustände?* Blake ließ den Stress und die Wut zu, gestattete es seinem Blut, vor Verärgerung überzukochen und seinem Herzen, so heftig zu pochen, dass es schmerzte. Dann knallte er seine Limodose auf den Couchtisch und schleuderte die Fernbedienung durch die Luft. Er sah dabei zu, wie sie über das polierte Holz schlitterte und auf den Teppichboden fiel. In einem Anflug aufkommender Emotionen stieß er sich auf seine Beine. „Allie soll sich um ihren verdammten eigenen Scheiß kümmern."

Er machte zwei wütende Schritte vorwärts, bevor er stehen blieb. *Scheiße.* Jetzt hatte er endgültig den Verstand verloren. Seine Freunde steckten Hals über Kopf in den Vorbereitungen für ihre Verlobungsfeier, und doch fand Mitch regelmäßig die Zeit, bei ihm vorbeizuschauen und Essen mitzubringen, das Alana ihm schickte.

Blake fuhr sich mit den Händen durch die Haare, zerrte daran und versuchte, seine emotionalen Schmerzen mit körperlichen zu erleichtern. Er musste die Kontrolle über sein Leben zurückerlangen. Allerdings schien er es jedes Mal noch schlimmer zu machen, wann immer er es versuchte. Es war Zeit, sich mit seiner Zukunft abzufinden. Er würde Gabi verlieren oder seinen Platz bei Reckless Beat. Oder beides.

Mitch räusperte sich und Blake drehte sich langsam um, um

seinem Freund in die Augen zu sehen. „Tut mir leid“, murmelte er. „Ich wollte nicht –“

„So ein Schwachkopf sein?“

Blake atmete tief ein, bevor er schluckte. „Ja.“

„Nun, schätze dich glücklich, dass Alana das nicht gehört hat. Sonst müsste ich dir jetzt den Arsch aufreißen. Und obwohl du es verdient hast und es mir eindeutig Spaß machen würde, siehst du aus, als würdest du schon genug leiden.“

Blake lachte halbherzig auf. Eine Tracht Prügel hatte er tatsächlich verdient. Der Schmerz von ein paar gebrochenen Rippen wäre ein Segen verglichen mit dem Gedankensturm, der ihn nachts wachhielt.

„Was ist los, Blake?“ Mitch deutete langsam mit seiner Hand in seine Richtung. „Das bist nicht du. Ich weiß nicht einmal mehr, wer du bist.“

Die Enttäuschung traf ihn frontal in die Brust und ließ ihn beinahe rückwärts taumeln. „Ich auch nicht“, flüsterte er. Er hatte sich selbst verloren, als Gabi zurück nach Queensland geflogen war. Und jetzt wusste er nicht, wie er sich wiederfinden sollte. Nicht ohne ihre Führung. „Ich stecke in Schwierigkeiten.“

Mitch hob fragend eine Augenbraue und lehnte sich nach vorne, um seine Dose auf dem Couchtisch abzustellen. „Welche Art von Schwierigkeiten?“

Blake schritt wieder auf und ab. Er hatte keine Ahnung, wo er anfangen sollte, oder ob er seine Vergangenheit überhaupt offenlegen sollte. Es gab zu viel zu erzählen und zu viel zu verheimlichen.

„Wenn du Hilfe brauchst, weißt du, dass du nur fragen musst. Was auch immer es ist, wir können es regeln.“

Blake schnaubte. Wenn es nur so einfach wäre. Er wusste, sobald er seine Leichen aus dem Keller holte, würde Mitch ihn durch andere Augen ansehen, und was würde das bringen? Es gab nichts, was irgendjemand tun könnte. Und doch konnte er den Druck nicht mehr ertragen. Er musste sich jemandem anvertrauen.

Er war so ein Schlappschwanz.

„Stehst du auf sie beide? Ist es das? Du bist verknallt in Gabi *und* Michelle.“

Blake blieb wie erstarrt stehen. „Nein. *Verdammt, nein.* Ich will nichts mit Michelle zu tun haben.“

„Was ist dann das Problem? Sag ihr einfach, dass sie sich verziehen soll."

Blake schlurfte zur Couch, setzte sich und beugte sich dann vor, um seinen Kopf in seine Hände zu stützen.

„Du fängst an, mir Angst zu machen", murmelte Mitch. „Ich habe dieses beschissene Gefühl in der Bauchgegend und je länger du es mir nicht sagst, desto schlimmer wird es."

Blake kniff die Augen zusammen und versuchte, einen klaren Kopf zu kriegen. Sein Kopf war verwirrt und sein Herz zu traurig. Er konnte an nichts anderes denken als an Gabis Gesicht, wie ihre Augen sich mit Tränen füllten und ihr Mund sich schmerzerfüllt verzog. Das war es, was er ihr antun würde. Er würde ihr das Herz brechen.

„Sie erpresst mich." Er öffnete die Augen und setzte sich aufrecht hin, als sich die schwere Last von seinen Schultern hob.

„Sie erpresst dich?", fragte Mitch langgedehnt. „Womit?"

Blake lehnte sich zurück, zog sein Handy aus seiner Tasche, scrollte durch seine Nachrichten und klickte auf das Bild, das Michelle ihm geschickt hatte. Dann reichte er es Mitch. Ein Bild sagte mehr als tausend Worte, was praktisch war, da Blake keinen Mucks herausbrachte.

Er wartete und seine Brust zog sich mit jeder Sekunde enger zusammen, in der Mitch nichts sagte. Die Stille wurde ohrenbetäubend laut und dröhnte in seinen Ohren, bis er sein Handy zurückbekam.

*Verdammt.* Blake hätte niemanden sonst in die Sache mit hineinziehen dürfen. Das hier war sein Kampf und er musste seinen Fehler selbst ausbügeln. Es war schwach und selbstsüchtig, jemand anderen mit seinen Problemen zu belasten.

Gerade wollte er den Mund öffnen und Mitch anflehen zu vergessen, was er gesehen hatte, als die Stimme seines Freundes die Stille durchbrach. „Sag mir, was ich tun muss, um dir zu helfen, da rauszukommen."

# Kapitel Vierundzwanzig

Zwei Tage waren vergangen, seit die Nachricht über Blakes und Michelles Wiedervereinigung das Internet überflutet hatte. Vielleicht auch drei. Gabi war emotional zu aufgeladen, um sich daran zu erinnern.

Und Blake hatte sie immer noch nicht kontaktiert. Nicht am Handy, per E-Mail, über Skype oder Twitter, oder per Brieftaube. Je mehr Zeit verging, desto schwächer wurde ihr Liebeskummer. Wut war nun ihr neuer bester Freund. Nicht einmal Alana konnte ihr die Fragen beantworten, die sie ihr gemailt hatte. Es schien, dass Blake mit niemandem über seine Probleme sprechen wollte.

Also hatte sie für eine gefühlte Ewigkeit ein tapferes Gesicht aufgesetzt und sich ihren Eltern und Freunden gestellt – und deren Fragen über Blakes Untreue.

„Es ist ein PR-Stunt", hatte sie die vorsichtig formulierten Fragen ihrer Eltern beantwortet.

„Er hat ein paar private Probleme zuhause, über die ich nicht sprechen kann", hatte sie Tammy erklärt. Das war zumindest nicht gelogen gewesen. Sie konnte nicht mit ihrer Freundin darüber sprechen, weil Gabi selbst keine Ahnung davon hatte.

Jeder sah sie mitfühlend an, als würde sie sich selbst etwas vormachen. Und vielleicht tat sie das auch. Jetzt, als sie an ihrem Laptop saß und kurz davor war, einen Flug nach New York zu buchen, schien es sogar noch wahrscheinlicher.

Auf ihrem Heimweg von der Arbeit gestern war sie an einer

Reklametafel vorbeigefahren, die den Beginn einer großen Tiefpreisaktion der internationalen Fluggesellschaften angekündigt hatte. Zufall? Vielleicht. Das Schicksal, das eine hinterhältige kleine Schlampe war? Ganz eindeutig.

Über Nacht hatte Gabi sich damit abgefunden, dass sie Blake so bald wie möglich sehen musste. Selbst, wenn er jetzt anrufen und jede der tausend Fragen beantworten würde, die ihr auf der Seele brannten, würde es nicht reichen. Ihre Unsicherheit hatte vor Tagen jede Skala gesprengt. Sie musste ihn sehen. Seinen Ausdruck lesen und nicht damit aufhören, ihn zu drangsalieren, bis er nachgab und ihr endlich sagte, was zum Teufel los war.

Sie hatte ihrem Dozenten an der Universität eine E-Mail geschickt und ihrem Boss eine Nachricht hinterlassen. Keiner der beiden würde erfreut sein, wenn sie plötzlich verschwand, aber es war nur eine Frage der Zeit, bis ihre Noten in den Keller rasselten oder sie in ihrem aktuellen aufgelösten Zustand gefeuert wurde.

In ihrem Kopf fügte sich alles so schön zusammen. Ihr Reisepass war gültig. Sie könnte heute ihren Koffer packen, morgen noch zur Arbeit gehen und dann, wenn ihre Schicht vorbei war, könnte sie den spätesten Flug nach Sydney nehmen und dort am Flughafen auf ihren Verbindungsflug in die USA warten.

Na bitte.

Ganz einfach.

Und das Sahnehäubchen auf ihrer lächerlichen Ausrede für einen zwanzigstündigen Flug war, dass sie es rechtzeitig zu Mitch und Alanas Verlobungsfeier schaffen würde. *Juhu.*

Es schien ihr so irrational, selbst in ihrem aufgedrehten Zustand, all ihre Ersparnisse für diesen Flug auszugeben, ohne vorher mit Blake zu sprechen. Ihr Stolz hatte sie verspottet, hatte von ihr verlangt, darauf zu warten, dass er sich zuerst meldete, und doch war der angemessene Zeitraum dafür längst verstrichen. Ja, sie musste ihn sehen, aber nicht, wenn er vorhatte, mit ihr Schluss zu machen, sobald sie ankam.

Bevor sie über das Ergebnis nachdenken konnte, griff Gabi nach ihrem Handy und scrollte zu seiner Nummer. Obwohl allein die Kosten für diesen internationalen Anruf sie in den Ruin treiben würden, drückte sie auf anrufen.

Beim ersten Klingeln bekam sie einen Schweißausbruch und wischte sich ihre feuchten Handballen an ihrem Pyjama ab. Allein die Tatsache, dass es zehn Uhr morgens war und sie noch in ihrem Pyjama steckte, sprach Bände über ihre Motivation, aber das war ihr kleinstes Problem.

Jemand hob ab und in dem Bruchteil einer Sekunde, in dem Stille herrschte, blieb ihr das Herz stehen. Die weibliche Stimme, die folgte, zerschmetterte es in tausend Scherben.

„Hallo", sagte die Frau mit einer tiefen, schlaftrunkenen Stimme.

„Ähm … hallo." Gabi brachte kaum ein Wort heraus.

Eine Frau hob bei Blakes Handy ab. Eine Frau mit einer Stimme, die so rau klang, als hätte sie ihm stundenlang einen geblasen. Noch gedankenloser als während ihrer Entscheidung, den Anruf zu tätigen, unterbrach Gabi die Verbindung.

„Verdammte Scheiße." Sie umklammerte ihr Handy und ihr wurde übel, als ihre Gefühle zu explodieren drohten. „Mist!" Ein Schrei kam ihr über die Lippen und ihr Handy segelte quer durchs Zimmer. Das laute Knacken, als es gegen die Gipskartonwand krachte, ließ sie in die Knie gehen. Sie kroch auf allen Vieren hinüber, um es aufzuheben. „Bitte sei nicht kaputt. Bitte sei nicht kaputt. Bitte sei – *verdammt.*"

Der Bildschirm war zertrümmert und ein Stück Plastik fehlte an der Rückseite, sodass die Elektronik im Inneren zu sehen war. Das war genau das, was sie brauchte – auf eine völlig sarkastische Art und Weise.

Es hielt sie jedoch nicht davon ab, auf Knien zu ihrem Laptop zu rutschen und ihren Finger auf die Enter-Taste zu rammen. Erledigt. Tickets gekauft. Es war eine Sache, es hinauszuzögern, die kurze Fernbeziehung mit seiner Freundin zu beenden. Es war eine ganz andere Sache, eine tiefgehende und sehr lange bestehende Freundschaft zu ruinieren.

Blake hatte einige Dinge zu erklären und Gabi würde nicht ruhen, bis sie wusste, was zum Teufel los war.

„New York, ich komme."

~

Alana fegte in Blakes Esszimmer und stellte ein Tablett mit Keksen auf den Tisch. Er sah zu, wie sie Michelle anlächelte, die ihm gegenübersaß, bevor sie Mitch umrundete, der an der Stirnseite des Tisches saß, und sich neben Blake setzte.

Ihre Haut war blass, ihre wunderschönen Züge nun von dem grippalen Infekt angeschlagener als noch vor einer Stunde, als sie sein Apartment betreten hatte. Sie sollte nicht einmal hier sein, aber Mitch hatte darauf bestanden, ihm beizustehen, wenn er Michelle konfrontierte, und offenbar hatte Alana sich geweigert, zuhause zu bleiben.

Jetzt lehnte sie sich zu ihm und er dreht sein Ohr zu ihr, um ihr heiseres Flüstern besser verstehen zu können. „Dein Handy hat geklingelt, als ich in der Küche war. Es tut mir leid, ich dachte, es wäre etwas Geschäftliches und ich könnte eine Nachricht entgegennehmen –"

Blake lehnte sich zurück und ihm wurde klar, dass ihre blasse Haut von ihrer Besorgnis kam, nicht von der Grippe. „Schon gut, Al, kein Problem. Was wollte der Anrufer?"

Ihr Blick wanderte zu Mitch und huschte dann zurück zu Blake. Sie lehnte sich noch näher heran, sodass die Hitze ihres Atems über seine Haut strich. „Als ich abhob, wurde Gabis Name am Bildschirm angezeigt. Es tut mir so leid, Blake. Ich weiß, dass du auf Abstand zu ihr gegangen bist, aber ich konnte nicht anders als abzuheben."

Er richtete sich auf und sein Herz begann so wild zu klopfen, als würde er einen Marathon laufen. „Wie geht es ihr? Was hat sie gesagt?"

„Ich habe Hallo gesagt und sie auch. Dann hat sie aufgelegt. Ich glaube, sie hat meine Stimme nicht erkannt."

Natürlich hatte sie das nicht. Er musste einen Schlag nach dem anderen einstecken. Er selbst erkannte Alanas Stimme kaum, so kratzig, wie sie von ihrer Grippe war.

„Okay." Er nickte und hielt seine Stimme neutral, damit Michelle nichts von seiner Panik mitbekam. „Ich kümmere mich später darum."

Alana zog sich zurück und legte ihre Stirn besorgt in Falten.

„Mach dir keinen Stress, Süße." Er lächelte sie halbherzig an. „Beschissener könnte die ganze Sache nicht einmal laufen, wenn ich mich anstrengen würde."

Ein gequältes Seufzen entfuhr ihr, bevor sie sich umdrehte und hinausging.

Mitch lehnte sich nach vorne und sein Blick war auf Alanas Rücken gerichtet, als diese aus dem Zimmer flüchtete. „Was ist los?"

„Ich hasse es, euch unterbrechen zu müssen", höhnte Michelle. „Aber ich habe in weniger als einer Stunde einen Termin. Du hast mich hierhergebeten, um zu reden, also rede."

Mitch richtete sich in seinem Stuhl auf und sein Kiefer zuckte.

„Also gut", knurrte Blake. „Ich habe dich gebeten zu kommen, weil ich die Nase voll habe. Ich ziehe jetzt einen Schlussstrich. Du hast mich am Flughafen überrumpelt und ich werde nicht das Risiko eingehen, dass du so eine Scheiße nochmal mit mir machst. Du erhältst genau eine einzige weitere Gelegenheit, um all die Aufmerksamkeit der Medien zu erhalten, die du zu brauchen glaubst, und dann ist das hier vorbei. Ich bin fertig."

Michelle neigte ihren Kopf zur Seite und ihr Blick wanderte langsam zu Mitch. „Er weiß Bescheid?"

„Ja, das tue ich." Mitch verschränke seine Arme vor der Brust. „Und ich habe außerdem vor, dir dein Leben zur Hölle zu machen, wenn du diese Fotos weitergibst."

Michelle lächelte kühl. „Schätzchen, ich bin schon in der Hölle."

„Ja", höhnte nun Mitch. „Das sehe ich an deinen manikürten Fingernägeln und den Designerklamotten."

Ihr Lächeln verwandelte sich in einen bösen Blick und sie stieß sich von dem Tisch hoch und stand auf. „Das habe ich nicht nötig."

„Setz. Dich." Blake bellte den Befehl heraus, und zwar laut genug, dass Michelle sich wieder auf ihren Stuhl plumpsen ließ. „Du kriegst eine einzige Gelegenheit – eine Cluberöffnung, einen Promi-Geburtstag, mir egal. Sag einfach, was du willst, damit wir es hinter uns bringen können. Und nur, damit das klar ist: Wir werden dort als Freunde auftreten und sonst nichts."

Michelle verengte ihren Blick. „Glaubst du wirklich, ein öffentlicher Auftritt bei einer dummen Cluberöffnung wird mir die Aufmerksamkeit verschaffen, die ich brauche? Du verarschst mich doch. Dem werde ich sicher nicht zustimmen."

Ihre Reaktion kam wie erwartet und bekräftigte ihn in seiner Entscheidung, den nächsten Schritt zu setzen. „Dann tu, was du nicht lassen kannst, Michelle. Verkauf die Bilder. Ist mir scheißegal. Ich bin hier fertig." Damit stieß er sich aus seinem Stuhl und verließ den Tisch.

Die Sache hinter sich zu bringen, war seine einzige Option. Er konnte nicht weiter in Angst um seine Zukunft leben und er musste zurück zu Gabi. Das nächste Jahrhundert würde er damit verbringen, seine Entscheidungen zu bereuen und sich dafür zu entschuldigen, bei sich selbst und bei der Frau, die er liebte.

„Warte", rief Michelle.

Er warf einen Blick über seine Schulter und sah sie mit erhobenem Kinn und geröteten Wangen dastehen.

„Also gut." Sie runzelte die Stirn. „Ich habe mir eine Veranstaltung ausgesucht – Mitchs Verlobungsfeier."

Mitch lachte. „Wie witzig." Dann dämmerte es ihm. „Warte, du machst doch Witze, oder?"

Michelle verdrehte ihre Augen und konzentrierte ihren selbstsicheren Blick auf Blake. „Eine Nacht und das war's dann. Die Paparazzi werden herumschwirren und ich kann ihnen mit einem Insider-Einblick über das glückliche Paar Honig ums Maul schmieren."

„Nein." Darüber musste er gar nicht erst nachzudenken. Es stand nicht zur Debatte.

„Es könnte klappen", ertönte Alanas kratzige Stimme hinter ihm. „Tut mir leid." Sie grinste unschuldig, als er sich umdrehte. „Ich habe vom Flur aus zugehört."

„Nein, Blake hat Recht." Mitch stand nun auch auf und stellte sich neben Alana. „Es ist unsere Verlobungsfeier." Er strich ihr ein paar lose Haare hinter ihr Ohr. „Die lasse ich sie nicht ruinieren."

„Sie wird sie nicht ruinieren. Nicht wahr, Michelle?" Alanas Stimme war freundlich, aber das Gift, das darin mitschwang, war unüberhörbar.

Michelles Lippen verzogen sich zu einem schmierigen Grinsen. „Natürlich nicht."

„Alana, nein." Blake konnte es nicht riskieren, ihre Feier zu ruinieren. „Das ist keine Option."

Alana kam auf ihn zu und blieb keinen halben Meter vor ihm stehen. „Lass uns das für dich tun." Sie fixierte ihn mit ihrem hoffnungsvollen Blick und ihre Augen funkelten vor Optimismus. „Wenn nichts weiter nötig ist, um das Problem aus der Welt zu schaffen, als sie bei unserer Verlobungsfeier dabei zu haben, dann machen wir das gerne."

Sie schloss die Lücke zwischen ihnen, umarmte ihn fest und

presste ihre Wange an seine Schulter. Etwas zerbrach in ihm. Er schloss fest die Augen und kämpfte gegen seine Hilflosigkeit an, während er seine Arme um ihre Taille legte. Er wollte nicht loslassen. Sie erinnerte ihn an Gabi. Ihr Duft. Das weiche Material ihrer Kleidung, die Wärme ihres Körpers, die Art, wie sie ihn nicht losließ. *Himmel.* Er konnte das nicht.

Er öffnete die Augen und sah, wie Mitch ihn missbilligend anstarrte. „Lass sie verdammt noch mal los, Kumpel."

Die vertrauten verspielten Scherze brachten Blake zum Lächeln. Trotz all der Finsternis, Ernüchterung und Hoffnungslosigkeit würde er immer noch seine Scherze mit Mitch treiben können.

Er küsste Alana auf die Stirn und ließ sie dann los. „Wir können das später zu Ende bringen, Schätzchen."

Mitch hob eine Augenbraue und seine Mundwinkel zuckten. „Bringen wir die Sache unter Dach und Fach, damit wir hier rauskommen."

„Willst du wirklich euren besonderen Abend riskieren?", fragte Blake. Er würde für den Rest seines Lebens mit Mitch und Alana lachen und spielen und witzeln können, aber in diesem Moment musste er ernst bleiben.

Mitch zuckte mit den Schultern. „Wenn Allie glücklich ist, bin ich es auch. Und abgesehen davon kommt ihre schwer bewaffnete Mom. Eine schäbige Begleitung mitzubringen ist deine kleinste Sorge."

Blake zuckte bei der Erinnerung an Mrs. Shelton zusammen und Michelle räusperte sich, was sie alle ignorierten.

„Bist du sicher?" Jetzt, wo seine Freiheit in greifbare Nähe rückte, begann sein Herz zu stolpern.

„Klar, kein Problem." Mitch überspielte die Tragweite der Angelegenheit. „Du bist mein Bruder, Mann. Ich würde alles für dich tun."

Tiefgründig und bedeutungsvoll war nicht ihr Stil. Tatsächlich fühlte es sich seltsam an. Wirklich seltsam. Blake grinste, in der Hoffnung, die Unbehaglichkeit damit zu vertreiben. „Wie zum Beispiel, mich deine Verlobte verführen zu lassen?" Er war sexuell nicht an Alana interessiert, aber der Nervenkitzel, Mitch damit aufzuziehen, war einfach unwiderstehlich.

„Wie zum Beispiel, davon abzusehen, dir mit meiner Faust die Fresse zu zertrümmern."

Sie grinsten beide und sahen Alana an, die ihre Augen verdrehte.

„Tja, nachdem euer entmannender Moment vorüber ist, können wir uns dann jetzt um die Details kümmern?", zischte Michelle. „Ich muss los."

„Ach, ist sie nicht ein zuckersüßes Ding?", murmelte Alana und griff nach Mitch, um ihre Finger ineinander zu verweben. „Wir machen uns dann auf den Weg."

Mitch klopfte ihm auf die Schulter, bevor sie den Raum verließen.

„Okay." Er wirbelte herum, um Michelle anzusehen. „Klären wir die Spielregeln."

# Kapitel Fünfundzwanzig

Gabi starrte ihr Spiegelbild im Aufzug an und kämpfte gegen den Drang an, mit ihren nervösen Händen über den glänzenden Satin ihres Abendkleides zu streichen. Der anthrazitgraue Stoff schmiegte sich eng an ihren Körper, betonte ihre Hüften und Taille und umspielte anmutig ihre Knöchel. Das Kleid war nicht neu. Zur Hölle, nach all dem Geld, das sie für den Flug und die Übernachtung im Plaza-Hotel ausgegeben hatte, würde sie nie wieder in einer Boutique einkaufen können. Aber hier war sie nun und in diesem Moment fuhr sie hinunter zum Terrassensaal, wo die Verlobungsfeier bereits in vollem Gange sein würde.

Ihr war flau im Magen nach den vielen Stunden, die sie zusammengepfercht in dem Flugzeug verbracht hatte, und je länger sie darüber nachdachte, die Feier zu betreten, umso unwohler wurde ihr. Auf halber Strecke über die Weltkugel war ihr Ärger verflogen und stattdessen hatte sich eine unheimliche Klarheit über sie gelegt. Der heutige Abend würde nicht gut ausgehen. Sie spürte es in ihren schmerzenden Knochen und dem flachen Klopfen ihres Herzens.

Sie hatte sogar ganz bewusst Blake nicht angerufen, um ihm zu erzählen, dass sie kommen würde, um das Überraschungsmoment auf ihrer Seite zu haben. Seine erste Reaktion, wenn sie auftauchte, würde ihr alles sagen, was sie wissen musste.

Nachdem sie den sonst leeren Fahrstuhl im zweiten Stock verlassen hatte, schritt sie in ein geräumiges Foyer, in dem es nach süßen Rosen duftete. Die Blüten waren in großen Vasen entlang eines langen, mit Geschenken beladenen Tisches aufgestellt. Sie bewegte sich in die Mitte des leeren Raumes und warf einen Blick in den Gang zu ihrer Linken.

„Ma'am", grüßte sie eine männliche Stimme.

Zwei Sicherheitsleute standen im angrenzenden Raum, jeder neben einer der vier Fenstertüren, die das Gelächter und Geplauder dämpften, das Gabi von der anderen Seite her wahrnehmen konnte.

„Sind Sie für die Verlobungsfeier hier?" Einer der beiden kam mit einem Klemmbrett in der Hand auf sie zu, während er an dem Spiralkabel zupfte, das von seinem Ohrhörer nach unten verlief.

*Verdammt.* Mit einer Einlasskontrolle hatte sie nicht gerechnet. „Ja", antwortete sie ein wenig atemlos. „Tut mir leid, dass ich zu spät bin. Mein Flug aus Sydney ist erst vor ein paar Stunden gelandet und ich musste mich noch frischmachen."

„Den ganzen Weg aus Australien?" Er grinste und ließ seinen Blick auf der sichtbaren Schwellung ihres Dekolletés verweilen. „Der Name?"

„Ah." Sie erstarrte und räusperte sich. „Ich bin Blake Kennedys Gast."

Der Mann runzelte die Stirn und konzentrierte sich auf das Klemmbrett in seinen Händen. „Ich dachte, ich hätte Mr. Kennedy schon vor einer Weile mit einer anderen Frau eintreten gesehen."

Sie bewegte ihre Lippen und spürte, wie das Blut aus ihrem Gesicht strömte. *Denk nach. Denk nach. Denk nach.* Sie hatte zu viel hinter sich, um jetzt abgewiesen zu werden, eine andere Frau hin oder her. „Es ist schon möglich, dass er mit einem anderen Gast hier angekommen ist", sagte sie höflich, obwohl sie am liebsten gegen die nächste Wand gesackt wäre. „Ich habe ihm gesagt, dass wir uns drinnen treffen, weil ich es nicht rechtzeitig schaffen würde." Die Lügen glitten ihr von den Lippen, und dass der Kerl sie nicht ansah, machte die Sache leichter, genauso wie die Tatsache, dass der Mann neben der anderen Tür halb zu schlafen schien.

„Mmm." Er arbeitete sich auf seiner Liste nach unten vor. „Da ist er."

Er tippte mit seinem Zeigefinger ans untere Ende der Liste und Gabi stockte der Atem. Wenn neben Blakes Namen der einer anderen Frau stand, war sie geliefert.

„Hier steht nur ‚mit Begleitung.'"

Gabi hob ihr Kinn, nickte und täuschte Freude vor. „Das bin ich.“

Er sah wieder auf und diesmal musterte er sie genauer. „Natürlich.“ Dann machte er einen Schritt zur Seite und warf dem anderen Kerl einen Blick zu, bevor er zögernd die Tür hinter sich öffnete. Geräusche drangen in das Foyer, jede Menge Menschen unterhielten sich, lachten und stießen mit ihren Gläsern an.

„Danke.“ Sie ignorierte seinen skeptischen Blick, schlenderte hinein und tat so, als gehörte ihr der Laden.

Und Mann, war das ein Laden. Sie stand am Beginn eines Verbindungsganges, der sich über die gesamte Länge des Bereichs erstreckte. Vor sich sah sie riesige Torbögen, die von einem goldenen Geländer eingefasst waren, von dem aus man einen Blick auf die feiernden Gäste unten im Saal hatte. Wunderschöne Menschen wurden in den zarten orangefarbenen Strahl des atemberaubenden Kronleuchters getaucht, der von der Mitte der Decke hing. Und wo immer sie hinsah, versorgte das Servicepersonal die Gäste mit Tabletts voller Häppchen und Wein.

Gabi brauchte dringend Wein.

Auf zittrigen Beinen ging sie quer durch den Gang, nah an der Wand entlang, in der Hoffnung, mit ihrer Umgebung zu verschmelzen. Als sie die Sicherheit der letzten Säule erreichte, blieb sie stehen, versteckte sich dahinter und atmete tief ein.

*„Gabi“*, rief Alanas vertraute Stimme nach ihr.

*Oh, Scheiße.* Gabi hatte nicht vor zu fliehen, aber nun, da man sie entdeckt hatte, wurde die Situation realer. Verrückter.

Sie linste hinter der Säule hervor und sah, wie Alana und Mitch die Treppe heraufkamen.

„Was machst du denn hier?“ Alanas Augen strahlten aufgeregt. Sie eilte in einem funkelnden rubinroten Kleid auf sie zu und nahm Gabi in ihre Arme. „Es ist so schön, dich zu sehen.“

Gabi erwiderte die Umarmung und sah über Alanas Schulter hinweg zu Mitch. Er stand aufrecht da und suchte mit aufeinander gepressten Lippen frenetisch die Menschenmenge unter ihnen ab.

„Es ist auch schön, dich zu sehen.“ Gabi machte einen Schritt zurück und fuhr sich nervös über die Halskette, die Blake ihr geschenkt hatte. Selbst jetzt, wo die Gefahr bestand, dass er eine andere hatte, hatte sie nicht die Kraft gefunden, sein Geschenk abzulegen.

Mitch kam auf sie zu. „Hey, Gab. Wir freuen uns, dass du es geschafft hast." Seine Worte klangen zögerlich, als er mit leicht gerunzelter Stirn zwischen ihr und Alana hin und her sah. „Äh … weiß Blake, dass du hier bist?"

Sie wollte über seine mangelnde Subtilität lachen. Die Panik in seiner Stimme ließ ihre eigene Anspannung weiter wachsen. Ihr Körper wartete mittlerweile nur noch darauf, dass er mit der schlechten Nachricht getroffen wurde. „Nein." Sie schüttelte den Kopf. „Ich weiß, ich bin unangemeldet hier aufgetaucht, aber ich musste ihn einfach sehen. Ich hoffe, das ist kein Problem."

„Ganz und gar nicht." Alana griff nach Gabis Hand und drückte sie, während sie sich nun zu dritt hinter dem Rundbogen versteckten. „Wieso holt Mitchell ihn nicht, während wir plaudern?"

Gabi starrte Alana flehend an. „Nein, bitte, ich möchte ihn selbst suchen gehen." Sie klammerte sich an Alanas Hand, während Mitch wieder seinen Blick nervös über die Gäste schweifen ließ. „Ich bin nicht hier, um Ärger zu machen. Ich muss nur herausfinden, was los ist. Wenn er mich nicht sehen will, gehe ich, versprochen."

Alana sah über ihre Schulter zu Mitch. Seine Züge wurden mit einem Mal weicher und Mitleid legte sich in seinen Ausdruck. „Gabi, Blake kämpft im Moment mit ein paar Dingen. Er ist –"

„Ich weiß", unterbrach sie. „Ich weiß, dass er Probleme hat, und es sind die Geheimnisse, die mir am meisten Angst machen. Sonst hat er mir immer alles erzählt." Ihre Augen begannen zu brennen, aber sie sah trotzdem nicht weg. Sie musste Mitch begreiflich machen, wie ernst es ihr war. Wenn sie jetzt ging, würde es kein Zurück geben. „Ich kann nicht länger herumsitzen und mich fragen, ob er mich aus seinem Leben ausschließt. Ich brauche eine Antwort, damit ich die Sache hinter mir lassen kann."

Mitch sah ihr suchend in die Augen und ließ seine Schultern leicht hängen. Schließlich seufzte er auf. „Lass mich mit dir kommen. Wir können ihn zusammen suchen."

Gabi stieß den Atemzug aus, der ihr die Lungen verengt hatte. „Danke." Sie wandte sich an Alana. „Ich danke dir. Ich werde keine Szene machen, das verspreche ich."

Mit einem traurigen Lächeln wandte sich Alana ab, um die Treppe hinunterzugehen. Gabi folgte ihr, setzte jeden Schritt mit

Bedacht und suchte die Menge ab, während Mitch an ihrer Seite blieb.

„Dort." Mitch nickte mit seinem Kopf in Richtung der gegenüberliegenden Seite des Raumes. „An der Bar."

Gabi ignorierte das wilde Pochen ihres Herzens, während sie nach Blake suchte. Menschengruppen standen an der Bar verteilt. Männer in Anzügen, Frauen in Cocktailkleidern und Kellner, die gefüllte Gläser auf ihre Tabletts luden. Und dann sah sie ihn. Sie hätte sein Profil überall entdeckt – die dunklen, stacheligen Haare, die breiten Schultern.

„Lass Mitchell ihn für dich holen gehen", sagte Alana.

Gabi schüttelte den Kopf und sah weiter den gutaussehenden Mann an der Bar an. Blake hatte nicht den Anstand besessen, sie anzurufen. Also würde sie ihm nicht die Gelegenheit geben, sich zu verstecken oder sich einen Fluchtplan auszudenken. „Nein." Sie sah zu Alana und lächelte. „Ich schaffe das schon, danke."

Gabi setzte dazu an, einen weiteren Schritt zu machen, als Blake sich herumdrehte und sie sein Gesicht sehen konnte. Sie hielt inne, ihr Fuß hing noch in der Luft. War das wirklich er? Er wirkte finsterer, rauer in dem spärlichen Licht. Vielleicht war es die Kluft zwischen ihnen. Er sah nicht mehr aus wie der lebensfrohe Mann, in den sie sich verliebt hatte.

Er führte ein Glas an seine Lippen und sie verengte ihren Blick, um sicherzustellen, dass ihre Augen ihr nichts vormachten. Sekunden verstrichen, begleitet von schmerzhaften Herzschlägen, aber nicht einmal für den Bruchteil einer Sekunde veränderte sich der Anblick, der sich ihr bot. Blake saß weiter an der Bar und trank aus dem halbvollen Whiskyglas mit dunkler Flüssigkeit.

„Er trinkt", flüsterte sie mehr zu sich selbst und senkte ihren Blick auf den Fußboden. Ein Gefühl des Verrats bohrte sich in ihre Brust wie die Klinge eines Messers, während ihr Fuß zu Boden und auf die Treppe darunter prallte. Er hatte seine Abstinenz an den Nagel gehängt und ihr nicht einmal davon erzählt. Was zur Hölle sollte das? Er hatte ihr immer alles erzählt. Und nein, sie war nicht seine Mutter, aber sie war jahrelang seine beste Freundin gewesen, verdammt nochmal.

„Scheiße", murmelte Mitch neben ihr.

Als sie zurück an die Bar sah, traf die Intensität von Blakes Blick sie wie der Strahl eines Flammenwerfers. Seine Augen waren geweitet, sein Mund klaffte nun leicht auf. Dann, langsam und kaum merklich, hoben sich seine Mundwinkel und seine Lippen verzogen sich zu einem Lächeln, auf das ihr Körper reagierte, indem ihr Blut in Wallungen geriet.

Mehr brauchte es nicht. Ein einfaches Lächeln und all ihr Kummer verflog, der Schmerz löste sich in Luft auf und Stück für Stück hob sich ihre Stimmung von allein. Sie lächelte zurück, ihre Wangen hoben sich, wurden heiß. Er würde sich nicht freuen, sie zu sehen, wenn er keine Gefühle mehr für sie hätte. Er würde nicht erfreut darüber wirken, dass sie hier war, wenn er etwas zu verbergen hätte.

Er stand auf und ihr Magen zog sich wieder zusammen. Sie wartete, ersehnte den Trost seiner Nähe.

In diesem Moment packte eine Hand seine Schulter und er erstarrte. Seine Lippen verkrampften sich zu einer dünnen Linie, sein Kinn hob sich, und doch waren es seine Augen, das Bedauern und die Beschämung darin, die Gabi erschaudern ließen. Sie musste die Frau nicht ansehen, die sich an sein schwarzes Hemd klammerte. Ihre Intuition und ihr Menschenverstand sagten ihr, wer sie war.

Michelle.

Die Schlange wand sich um Blake, fuhr mit ihren Händen über seine Brust und seinen Nacken, während ihr wunderschönes langes Haar bis weit in ihren unteren Rücken reichte. Gabi hielt sich am Treppengeländer fest, um nicht zu stürzen. Die Fotos von ihnen in den sozialen Medien waren schmerzhaft gewesen. Sie hatten sie aufgeschlitzt und verletzlich und schwach gemacht. Sie jetzt in natura zu sehen, zog ihr den Boden unter den Füßen weg und riss ihre Seele unwiderruflich in Stücke.

Blake machte einen Schritt rückwärts und ignorierte Michelles Zuwendung. Es war dieser Moment, in dem die Erbin sich umdrehte und seinem Blick dorthin folgte, wo Gabi auf der Treppe stand.

Mitch berührte sie am Ellbogen. „Vielleicht sollten wir –"

„Keine Sorge, ich gehe." Gabi trat hektisch den Rückzug an. „Es tut mir leid, dass ich unangekündigt aufgetaucht bin." Sie wandte sich Alana zu und zwang sich zu einem Lächeln, obwohl es wehtat. „Ich wünsche euch beiden eine glückliche Zukunft."

Bevor ihre Stimme versagte, machte Gabi auf dem Absatz kehrt und stützte sich auf das Geländer, um sich die Stufen hinaufzu-kämpfen.

„Gabi."

Sie ignorierte Alana und Mitchs Rufe und ging die paar Stufen zurück hinauf, die sie hinuntergegangen war, bevor sie über den Verbindungsgang schritt und die Fenstertüren aufstieß. Ihren Kopf hielt sie hoch erhoben – obwohl ihre Knöchel einzuknicken drohten –, während sie es bis zum Aufzug schaffte, ohne zurückzusehen.

Sie ignorierte die zwei Sicherheitsleute und auch den süßen Duft nach Rosen, der für sie ab jetzt mit Verrat verknüpft sein würde, und rammte ihren Finger gegen die Ruftaste des Fahrstuhls. „Mach schon."

„Gabi ... warte", hallte Blakes Stimme vom Festsaal zu ihr herüber.

Sie biss sich auf die Lippe und weigerte sich, über ihre Schulter zu sehen. Stattdessen stemmte sie die Türen auf, als sie anfingen, aufzugleiten. Blake war ihr Schwachpunkt, ihr Herz, ihr Ein und Alles. Sie konnte sich keine Erklärung darüber anhören, was ihn dazu gebracht hatte, zu Michelle zurückzugehen. Sie hatte mehr als das verdient von einem Mann, dem sie so lange zur Seite gestanden hatte.

„Gabi." Seine Stimme war jetzt lauter, näher.

Sie hastete zu dem Paneel mit den Knöpfen, um die Tür zu schließen. Sie bewegten sich mit der Geschwindigkeit einer Schne-cke, der man Schlaftabletten verabreicht hatte – einen Zentimeter nach dem anderen. Als sie fast geschlossen waren, polterte es von draußen dagegen und sie sah Blakes Gesicht durch den schmalen verbleibenden Schlitz.

„Gabi, *warte*."

Sie sah weg, denn mit dem Schmerz, der seine Züge verzerrte, konnte sie nicht umgehen. Er war so perfekt. Wütend, aufgebracht, frustriert, egal. Für sie würde er immer umwerfend sein.

„Verdammt nochmal!" Sein Fluch drang in die kleine Liftkabine und entriss ihr ein Schluchzen.

Sobald die Türen vollständig geschlossen waren, drückte sie mit einem tauben Finger die Taste für die Lobby und ließ sich gegen die Rückwand fallen. Sie brauchte frische Luft. So frisch, wie es in New York möglich war. Und die kalte Nachtluft würde ihre Gedanken von den Schmerzen in ihrer Seele ablenken.

Oh ja, sie war armselig, völlig und absolut lächerlich. Wer zum Teufel flog quer über den Globus, um sich eine Antwort zu holen, die sogar schon die Spatzen von den Dächern pfiffen? Jeder hätte diesen Ausgang voraussagen können. Und doch hatte sie ihre Instinkte ignoriert und ihre Ersparnisse dafür aus dem Fenster geworfen, auch noch öffentlich gedemütigt zu werden.

Der Aufzug ruckelte leicht und sie hob ihren Blick vom Boden an, als die Türen aufglitten. Sie nahm sich einen Moment, um sich zu sammeln, stieß sich dann von der Wand ab und drückte sich an einem Pärchen vorbei, das darauf wartete, dass sie ausstieg.

„Verzeihung", murmelte sie und schaffte ein paar Schritte, bevor die Schwere von Blakes Verrat sie dazu zwang, sich an die Armlehne des nächsten Polstersessels zu klammern.

Lügen. Affären. Alkohol. Das war nicht Blake. Das hier war ein Arschloch im Körper jenes Mannes, der den Schlüssel zu ihrem Herzen hielt. Sie kannte den wahren Blake, wusste, was für eine gütige, mitfühlende und verständnisvolle Seele er war. Und doch fand sie nicht die Kraft, den Fremden zu konfrontieren, der er für sie geworden war.

„*Gabi*." Blakes Stimme hallte durch die Lobby.

Sie richtete sich auf und ihr Körper erwachte wieder zum Leben, als er mit bebender Brust von der Hoteltreppe her auf sie zumarschierte. Er wirkte bedrohlich, sein schwarzes Hemd aus der Hose gezogen, die beiden obersten Knöpfe geöffnet, die Ärmel hochgerollt, um seine Tätowierungen zum Vorschein zu bringen. Ein Dreitagebart bedeckte seinen Kiefer und seine Augen blitzten mit solcher Entschlossenheit auf, dass sie am liebsten davonlaufen wollte.

Sie warf einen Blick zur Tür und versuchte abzuschätzen, ob sie ihm rechtzeitig entkommen könnte. Nein. Jeder Versuch wäre zwecklos, besonders in Stilettos und Abendkleid. Das Blitzlichtgewitter von draußen kündigte die wartenden Paparazzi an und so ergab sie sich ihrem Schicksal. Das Letzte, was sie wollte, war eine weltweite Demütigung.

Also hob sie ihr Kinn an und richtete sich auf, um ihm gegenüberzutreten. Er schritt auf sie zu und wurde umso langsamer, je näher er ihr kam. Er sah so aus, wie sie sich fühlte, gebrochen, müde und elend. Aber sie empfand kein Mitleid für ihn. Er hatte es verdient.

„Gabi …“

Seine Stimme klang so belegt und gequält, als er ihren Namen hervorpresste, dass sie aufwimmern wollte. Stattdessen legte sie all ihre Energie in ihre Wut. Als er nach ihr greifen wollte, zuckte sie zurück. Eine Sorgenfalte verunstaltete seine Stirn, als er seine Hand an seiner Seite hängen ließ.

„Lass es mich erklären.“

„Erklären?“ Sie lachte süffisant auf. „Nein, lass es lieber. Die Zeit für Erklärungen ist vor Wochen abgelaufen. Ich war nur zu dumm, um es zu verstehen. Ich hoffe, du hast bei Michelle alles gefunden, was mir offenbar fehlt –“

„Sie ist nicht –“

„*Und*“, fauchte sie, „ich hoffe, du genießt auch das Ende deiner Abstinenz.“ Zorn brachte ihre Wangen zum Glühen und ihre Nase dazu zu kribbeln. Warum zur Hölle entschied ihr Körper, das Wasser anzudrehen, obwohl sie vor Wut kochte? Sie wollte nicht weinen. Sie war nicht traurig. Sie war fuchsteufelswild!

Er trat näher. „Ich trinke nicht.“ Er senkte seine Stimme und warf einen Blick zu den Zaungästen hinter sich.

„Das ist mir egal.“ Sie zuckte mit den Schultern. „Es geht mich schließlich nichts mehr an.“

Er glitt näher und schloss die Lücke zwischen ihnen, bevor er sanft seine Hand um ihren Arm legte. Sie streckte ihr Kinn in die Luft und funkelte ihn an, während sie sich dafür verfluchte, dass ihr Herz sich nach ihm sehnte, sobald seine Finger ihre Haut berührten.

„Riech an meinem Atem.“ Er beugte sich zu ihr hinunter und seine Lippen schwebten Zentimeter über ihren. „Ich *trinke* nicht.“ Für einen flüchtigen Moment genoss sie seine Nähe – seinen Geruch, seine Hitze, seine Aufmerksamkeit. Und nein, er roch tatsächlich nicht nach Alkohol. Aber das war egal. „Ich verstehe nicht, warum du dir die Mühe machst, mich zu überzeugen. Es interessiert mich nicht mehr“, flüsterte sie schließlich und zog ihren Arm aus seinem Griff.

Ihre Haut brannte wie Feuer an der Stelle, an der seine Hand sie berührt hatte, und bevor sie auch nur einen Schritt von ihm weg machen konnte, war sie wieder in Reichweite seiner Arme, seine Hände hielten sie an den Schultern fest und zogen sie vorwärts. Sein Mund prallte in einem unnachgiebigen Kuss auf ihren und seine Zunge leckte über den Saum ihrer Lippen, um tiefer einzudringen, als sie aufkeuchte.

Sie stand unter Schock, war plötzlich schwach und verwirrt. So leidenschaftlich, wie er sie gerade küsste, konnte sie die schönen Erinnerungen nicht losgelöst von ihrer gemeinsamen Vergangenheit betrachten. Aber das Stöhnen, das nun durch seine Brust rollte, riss sie aus ihren Gedanken. Sie befreite sich aus seinen Armen und taumelte keuchend auf ihren Absätzen rückwärts.

„Du Mistkerl." Sie bedeckte ihre glühenden Lippen mit einer zittrigen Hand. „Du herzloser, verlogener Mistkerl." Ihre Stimme wurde mit jedem Wort lauter.

„Blake?" Die fremde weibliche Stimme erklang hinter ihm, Sekunden bevor Michelle erschien.

Gabi zog sich zurück – sie wollte keinesfalls in der Nähe des glücklichen Paares sein. Sie hatte sich immer eingeredet, dass seine Exfreundin im wahren Leben weniger attraktiv sein würde. Dass all der Promi-Glanz in der Realität nicht da wäre, aber nein, so gütig war das Schicksal nicht. Michelle war eine strahlende Schönheit, selbst unter einer dicken Schicht Make-Up und ihren von Drogen glänzenden Augen.

„Von mir aus können wir los, Schatz", gurrte sie und lehnte sich an ihn, um Blake ihre glänzend roten Lippen auf die Wange zu drücken.

Er wich aus. „Nicht jetzt", knurrte er.

„Doch, jetzt." Michelle grinste Gabi an, während sie ihre Finger mit Blakes verwebte. „Zwing mich nicht, deinem kleinen Spielzeug zu erklären, warum ich es so eilig habe zu gehen."

Gabi sah sie fragend an und ignorierte ihre spöttische Bemerkung. Sie brauchte keine falschen Brüste und Fettabsaugungen, um zu wissen, wie die Trolle der Upper East Side tickten. Sie hatte sich *Gossip Girl* mehr als einmal angesehen und wusste, dass reiche Biester ihre Kämpfe lieber von der Sicherheit ihres Elfenbeinturmes austrugen. Dagegen hätte Gabi keine Chance.

„Viel Spaß." Gabi lächelte zuckersüß.

Blake kniff seine Augen für einen flüchtigen Moment zusammen, bevor er sie wieder öffnete und Gabi mit seinem Blick fixierte. „Ich werde dir alles erklären."

Michelle zog an seiner Hand und schnaubte.

Gabi starrte den Mann an, in den sie jahrelang verliebt gewesen war, doch in seinen Augen fand sie einen Fremden – jemanden, mit dem sie nichts mehr zu tun haben wollte. Sie musste ihre Gedanken aber nicht aussprechen, denn in seinem Blick konnte sie erkennen, dass er verstand. Während sie verhalten ihren Kopf schüttelte, ging sie um ihn herum in Richtung des Aufzugs und ignorierte die neugierigen Blicke anderer Hotelgäste.

Die Zeit für frische Luft war verstrichen. Sie musste duschen, ihren Koffer umpacken und ein wenig schlafen, bevor sie ihre Fluglinie um den ersten Flug raus aus New York anflehen würde.

Sie betrat den Fahrstuhl, drückte den Knopf für ihr Stockwerk und gratulierte sich in Gedanken dazu, dass sie nicht zurückgesehen hatte. Jetzt konnte sie das alles hinter sich lassen und einen Neubeginn wagen. Die Türen schlossen sich und markierten das Ende eines wichtigen Abschnitts ihres Lebens. Ihre Brust zog sich zusammen, als der Aufzug losfuhr und ihr ein Schluchzen entlockte.

Blake war alles für sie. Er war ihre Stärke, ihr Glück und ihr Licht und so sehr sie es auch verleugnete, so entschlossen sie auch war, nichts würde sie davon überzeugen können, dass sie ohne ihn leben konnte.

# *Kapitel Sechsundzwanzig*

BLAKE STAND in der Lobby und es war der Schock, der ihn wie angewurzelt dastehen ließ, während die Fahrstuhltüren sich schlossen und ihm Gabi nahmen. In seinem Kopf drehte sich alles und seine Gefühlslage kippte von anfänglicher Verwirrung in schiere Verwunderung darüber, dass sie gekommen war.

„Gehen wir", zickte Michelle neben ihm und die Worte klangen leicht verzerrt.

Gut. Er würde sie nach Hause fahren und somit den letzten Punkt ihrer Vereinbarung abhaken können, bevor er zurückkam und Gabi alles unter vier Augen erklären konnte. Wären nicht die gaffenden Hotelgäste und Angestellten gewesen, hätte er Michelle in die Wüste geschickt und Gabi angefleht, ihn anzuhören. Aber er konnte diese unverfrorenen und unbarmherzigen Arschlöcher nicht ignorieren, die wenige Meter von ihm entfernt standen und mit ihren Handys Fotos und Videos machten.

Also drehte er sich um und schritt quer durch die Lobby in Richtung der Tür. Michelles Absätze klackten hektisch hinter ihm, als sie versuchte, Schritt zu halten.

„Warte", zischte sie. „Wir müssen gemeinsam gehen. Das bist du mir schuldig."

Er blieb stehen und wartete auf sie. Als sie mit der Hand nach seiner Ellenbeuge griff, biss er sich auf den Kiefer und konzentrierte sich nur noch auf die Minuten, die verblieben, bis er sie ein für alle Mal los war.

Der Concierge mittleren Alters grüßte sie an der Tür. „Dürfen wir Ihren Wagen vorfahren, Mr. Kennedy?"

Blake nickte. „Ja, danke."

„Es dauert nur eine Minute. Möchten Sie lieber drinnen warten?"

„Nein", antwortete Michelle für ihn. „Wir wollen unsere Fans sehen, bevor wir fahren."

Blake blähte seine Nasenflügel auf. Wenn sie jetzt etwas Dummes tat, würde er ausflippen. Er war fertig, erschöpft und bereit, der ganzen Welt von ihren manipulativen Spielchen zu erzählen.

„Kein Problem." Der Concierge öffnete die Tür und löste damit ein Blitzlichtgewitter und Schreie in der Menge aus.

Mit Michelle am Arm ging er über die Treppen hinab und in die kalte Nachtluft hinaus. Sie ließ von seinem Arm ab, als sie am unteren Treppenabsatz ankamen, schwankte leicht und ging dann auf die Absperrung zu, die die Fans zurückhielt. Einer der hoteleigenen Wachmänner stellte sich schützend neben sie, als sie auf die erste Person zuging, die eine Videokamera in Händen hielt.

Blake spannte sich an, seine Sinne waren in Alarmbereitschaft. Er stand hinter ihr, die Lippen fest aufeinandergepresst, und konzentrierte sich auf jedes Wort, das ihren hinterlistigen Mund verließ. Die Minuten vergingen und sie sorgte für noch mehr Verwirrung. Sie log nicht, machte ihm keine Szene, und als sein Wagen vorfuhr, hängte sie sich wieder bei ihm ein und verabschiedete sich überschwänglich.

Dann stiegen sie in seinen weißen Camaro und Sekunden später fuhr er los und die dunkle Straße hinunter.

„Bieg links ab und fahr einmal um den Central Park."

Er tat, was sie verlangte. „Das war's, Michelle. Ich bringe dich nach Hause oder setze dich ab, wo immer du willst, aber wir haben vereinbart, dass die Sache damit erledigt ist. Keine Spielchen mehr."

„Was auch immer, Arschloch", murmelte sie.

Er lachte spöttisch auf und schüttelte den Kopf. „Klar, ich bin das erpresserische, falsche Arschloch. Ich bin derjenige, der deinen Namen in den Dreck ziehen und alles ruinieren will, was du dir aufgebaut hast."

„Fick dich!" Sieh wandte sich ihm zu und hielt ihm den Mittelfinger seitlich an sein Gesicht. „Du hast doch keine Ahnung, wie mein Leben ist. Du benimmst dich so überheblich, als wärst du unschuldig und hättest nichts zu verstecken, dabei bist du genau wie ich. Du bist genau gleich schwach."

„Ich bin überhaupt nicht wie du", sagte er verächtlich und bremste seinen Wagen unter das Tempolimit herunter. Ihr irrationaler Zustand machte ihn nervös. „Sag mir einfach, wo du wohnst, damit ich dich dort hinbringen kann."

„Und was, wenn ich sagen würde, dass ich in einem Vorort lebe, über eine Stunde von hier?", schnurrte sie. „Was würdest du dann machen?"

Er biss sich auf den Kiefer und bog am Central Park West ab. Dabei ignorierte er, wie sie im Handumdrehen von biestiger Schlampe auf verführerischer Psycho umgeschaltet hatte. „Eine Stunde Autofahrt wäre es mir wert, wenn ich dich damit endlich los bin."

„*Fick dich*", schrie sie und schlug mit den Händen auf das Armaturenbrett.

Er erschrak und fluchte leise. Das Klicken ihres Sicherheitsgurtes ließ ihn den Kopf ruckartig zur Seite drehen, um nachzusehen, was sie vorhatte. „Schnall dich wieder an, Michelle."

Sie ignorierte ihn, griff mit einer Hand nach ihrer Tasche und mit der anderen an den Türgriff.

„Michelle", warnte er sie, sah prüfend in den Rückspiegel und fuhr näher an den Bürgersteig.

Ohne ein weiteres Wort flog ihre Tür auf und sie drehte sich zur Seite, um auszusteigen.

„Verdammte Scheiße." Er stieg auf die Bremse, kurz bevor sie aus dem Auto sprang und auf ihren Stöckelschuhen auf den Gehweg stolperte. „Michelle, steig in das verdammte Auto!"

Sie beugte sich vornüber, durchbohrte ihn mit ihrem bösen Blick und streckte ihm wieder ihren Mittelfinger hin. „Ich gehe zu Fuß, damit du mich ‚endlich los' bist." Sie setzte die beiden Worte mit ihren Fingern in Gänsefüßchen und richtete sich auf.

„Verdammt." Er schlug gegen das Lenkrad und steuerte den Wagen in ein Parkverbot. Bis er seine Tür öffnen und aussteigen konnte, stapfte sie schon in den Central Park. „Michelle!"

Sie blieb nicht stehen und verschwand bald in der Dunkelheit.

Er drehte sich zu den Leuten um, die vorbeigingen und ihn anglotzten. „Macht schon euer verdammtes Foto", fauchte er und ging zurück zu seinem Auto, um sein Handy zu holen. Er wählte Michelles Nummer und hörte es in einiger Entfernung klingeln, bevor sie abhob.

„Ich kann das allein, Blake", schniefte sie und wurde scheinbar Opfer eines weiteren Stimmungswechsels.

Er stützte seinen Ellbogen gegen das Dach des Wagens und rieb sich über die Stirn. Viel mehr von dieser Scheiße konnte er nicht ertragen. „Sei nicht dumm. Es ist nicht sicher, nachts allein umherzuwandern."

„Ich gehe runter an die fünfundsechzigste und rufe mir ein Taxi. Keine Sorge, jetzt bist du mich los", presste sie hervor. „Mach's gut, Blake."

Die Verbindung wurde unterbrochen und er senkte seinen Kopf, um ihn gegen das kühle Metall des Autodaches zu lehnen. Er sollte dankbar sein, aber egal, was für ein manipulatives, kaltherziges Miststück Michelle war, er sorgte sich trotzdem um ihre Sicherheit. Sein Handy vibrierte in seiner Hand und er richtete sich auf in der Hoffnung, dass sie ihre Meinung geändert hatte. Nope. Mitchs Name wurde auf dem Bildschirm angezeigt.

„Hey", antwortete er, sank zurück auf den Fahrersitz und steckte sein Handy in die Halterung.

„Alles klar? Wo bist du?"

Blake stellte sicher, dass die Straße frei war, und gliederte sich wieder in den Verkehr ein. „Michelle ist gerade aus meinem verdammten Auto gesprungen, während ich gefahren bin, und in den Central Park marschiert. Ich habe keine Ahnung, was ich tun soll."

„Verdammte Scheiße. Ist sie verletzt?"

„Nein, nur völlig durchgeknallt."

„Und Gabi? Wo ist sie?"

Blake stieg aufs Gas. „Ich weiß es nicht. Ich hoffe, sie ist immer noch im Plaza."

Schweigen, lange und schmerzhaft.

„Soll ich sie suchen?"

„Nein." Blake schüttelte den Kopf. „Du genieß deine Feier und mach dir um mich keine Sorgen." Obwohl die Dinge mit Michelle nicht geendet hatten wie geplant, waren sie dennoch quitt. Er hatte sich an seinen Teil der Vereinbarung gehalten und sie hatte zugestimmt, ihn nicht länger zu erpressen, sobald sie am Ende des Abends getrennte Wege gingen. Sein Anwalt hatte den Vertrag vorliegen, mit dem er all das beweisen konnte.

Ein Teil dieses Albtraums war vorbei. Jetzt musste er sich auf Gabi konzentrieren.

„Ich bin auf dem Rückweg", fügte Blake hinzu und sein Blut schoss ihm entschlossen durch die Venen. „Ich werde sie finden und alles geradebiegen."

~

Gabi wischte über den beschlagenen Spiegel im Badezimmer und schloss die übrigen Knöpfe ihres Flanellpyjamas. Sie sah großartig aus – aufgedunsen, zottelige Haare, die Haut unter ihren Augen nun gerötet vom Weinen und ihre Wangen blass vor Erschöpfung.

Sie hatte bereits ihre Fluggesellschaft angerufen und sich für den späten Vormittag einen Sitzplatz auf einem Flug nach Sydney gesichert. Nun musste sie nichts weiter tun, als zu schlafen, etwas zu essen und abzureisen. Einfach.

Sie hängte ihr Handtuch an eine Stange, schlurfte durch die Badezimmertür hinaus und betrat den Wohnbereich der Suite. Ihre Füße traten auf den dicken Teppich und im nächsten Moment erschrak sie.

„Wie bist du hier reingekommen?", flüsterte sie mit kaum hörbarer Stimme.

Blake stand in den Schatten nahe der Tür, ließ die Schultern hängen und hatte die Augen halb geschlossen. Er kam auf sie zu und im schwachen Lampenschein zeigte sich der Abdruck, den Michelles Lippen an seiner Wange hinterlassen hatten. „Geld öffnet Türen."

Ihre Lippen bebten. „Das tut es wohl. Und jetzt verschwinde."

Ein weiterer Schritt in ihre Richtung. Ein weiterer Krampf in ihrem Magen. Sie hob eine Hand, da sie wollte, dass er stehen blieb. *Brauchte*, dass er stehen blieb.

„*Raus*", schrie sie und atmete nun schneller, keuchte förmlich.

Ihre Glieder wurden weich, während sie wartete, und die angestaute Wut in ihrem Inneren wurde stärker. Er rührte sich nicht, zuckte nicht einmal mit der Wimper, stand einfach nur da, sein Kopf tief geneigt, und sah sie durch seine üppigen, schwarzen Wimpern hindurch an.

„Bitte", flehte sie.

Er schüttelte den Kopf. „Nicht, bis du es mich erklären lässt."

*Nein.* „Ich will keine Erklärung." Sie wollte mit dem Fuß aufstampfen. Stattdessen schritt sie an ihm vorbei zur Tür und riss sie auf, damit er ging. „Ich will zurück nach Hause und mit meinem Leben weitermachen."

Er seufzte lang und tief auf. „Ich gehe, sobald du verstanden hast, was passiert ist.

„Kapierst du es nicht?" Sie hob ihre brechende Stimme. „Es interessiert mich nicht mehr."

Er ignorierte sie und ging weiter in den Raum hinein. *Mistkerl.* Sie warf die Tür zu und stürmte ihm hinterher. Dann packte sie ihn an der Vorderseite seines Hemdes in einem Versuch, ihn dazu zu bringen, sich zu bewegen. Er hob sein Kinn und sie zerrte fest an dem weichen Stoff. Ein Knopf löste sich und sie schrie frustriert auf. Ihre Augen brannten und sie musste wiederholt blinzeln, bis die Tränen ihr über die Wangen strömten. Doch er rührte sich nicht. Sagte kein Wort.

Sie war nicht stark genug – körperlich, mental und emotional. Ein paar Schluchzer brachen aus ihr heraus und dann gaben ihre Knie nach. Bevor sie auf dem Boden aufschlug, schlang er seine Arme um sie, hob sie hoch und wiegte sie darin.

„*Lass das*", schrie sie. „Nimm deine Hände von mir!" Dann trommelte sie mit ihren Fäusten gegen seine Brust und schlug mit ihrer wenigen verbleibenden Kraft auf ihn ein.

Er hielt sie noch fester und atmete schwerfällig, während er sie an die nächste Wand schob. Dann erst ließ er sie los. *Gott sei Dank ließ er sie los.* Sie ließ sich gegen die Wand fallen und er stützte sich mit seinen Händen an beiden Seiten ihres Gesichts ab. Er fixierte sie, presste seinen harten Oberschenkel gegen ihren. Sie konnte ihn überall spüren, auf ihrer Haut, in ihrem gebrochenen Herzen, wie er ihre Seele in Beschlag nahm.

„Bitte ..." weinte sie, schloss die Augen und ließ ihren Schluchzern freien Lauf. „Was willst du von mir?"

Er berührte ihre Arme, legte seine Hände um ihre Oberarme und hielt sie mit jeder verstreichenden Sekunde fester. Sein Haar strich über ihre Wange. „Dasselbe, was ich immer wollte, Gabi", raunte er heiser in ihr Ohr. „Alles."

Sie öffnete ihre Augen, um ihn anzufunkeln, und stieß ihn dann gegen die Brust. „Du kannst uns nicht beide haben!" Sie wollte ihn los sein, und doch wollte sie, dass er sie weiter hielt und sie niemals losließ. *Ihr Lippenstift klebt auf deiner Wange, Herrgott nochmal.*

Er wischte sich über sein Gesicht und verschmierte den roten Abdruck auf seiner Haut. „Gabi", flüsterte er. „Gott, Gabi, lass es mich bitte erklären." Er seufzte auf und legte seine starken Hände an ihre Wangen, sodass sie ihn ansehen musste, den Schmerz in seinen glasigen dunklen Augen erkennen musste. „Michelle hat mich erpresst."

Sie erstarrte und schüttelte verwirrt den Kopf.

Er wischte ihr ein paar von ihren Tränen durchnässte Haarsträhnen aus dem Gesicht. „Ich war nicht mit ihr zusammen, Engel. Ich schwöre es dir. Ich war mit niemandem zusammen."

„Ich verstehe nicht." Sie schniefte und presste ihre Lippen aufeinander, damit sie aufhörten zu beben.

Seine Stirn lehnte nun an ihrer und seine Arme hielten sie immer noch fest. Die Wärme seines Atems strich über ihren Mund und zum zweiten Mal an diesem Abend musste sie ihm zugestehen, dass er nicht nach Alkohol roch.

„Sie hat Fotos davon, wie ich Kokain schnupfe. Sie hat gedroht, sie an die Medien zu verkaufen, wenn ich ihr nicht zurück ins Rampenlicht verhelfe. Zwischen uns ist nichts, das verspreche ich dir. Es war alles nur gespielt."

Gabi schwieg weiter und starrte ihn an. Sie sah die Wahrheit in seinem Gesichtsausdruck, in der Niedergeschlagenheit und Erschöpfung, die seine Züge verdunkelten, und dennoch half ihm das in keinster Weise. Alles, was er getan hatte, war, Michelles Handlungen zu erklären.

„Und das konntest du mir nicht früher sagen? Hast du dich jemals gefragt, wie es sich für mich angefühlt hat, diese Fotos von dir und Michelle zusammen zu sehen? Ich war am Boden zerstört. Ich habe noch nie einen Schmerz wie diesen gefühlt." Sie starrte ihn finster an. „Als Greg starb, hat mich das zerrissen, obwohl ich schon davor gewusst hatte, dass er mit seinem Leben spielt. Ich hatte gewusst, dass er es vielleicht nicht schaffen würde. Aber du …"

Sie hob ihr Kinn an, sah ihm direkt in die Augen und ignorierte dabei die Tränen, die ihre Sicht verzerrten. „Ich hätte niemals erwartet, dass du mich so hintergehst. Und wofür?" Sie warf ihre Hände in die Luft. „Weißt du was? Es ist auch egal. Die Sache ist erledigt."

„Gott, Gabi, ich wusste nicht, was ich tun sollte." Er schloss die Augen und zog sich ein wenig zurück, um den Kopf zu schütteln. „Ich dachte, ich könnte ihr geben, was sie wollte, und die Sache beenden, ohne dass du verletzt wirst. Ich hätte niemals damit gerechnet, dass es so läuft."

„Du hättest niemals damit gerechnet?", warf sie ihm an den Kopf. „Das ist ja lustig. Ich hätte auch niemals damit gerechnet, dass mein bester Freund mich hintergeht." Einen Moment lang fühlte sie sich schuldig, als sie sah, wie die Schuldgefühle wieder in seinen Zügen aufflammten. Dann fiel ihr ein, was er ihr angetan hatte, wie er sie unwiderruflich gebrochen hatte. „Ich habe dir vertraut."

Neue Tränen stiegen ihr in die Augen und drohten, ihr über die Wangen zu kullern. „Selbst, als du mich im Ungewissen gelassen hast, habe ich dich noch verteidigt. Ich habe dir die Stange gehalten, als meine Freunde und meine Familie angedeutet haben, dass du ein betrügerischer, verlogener Mistkerl bist." Wieder schlug sie ihm gegen die Brust und diesmal ließ er sie los und taumelte rückwärts.

„Es war so demütigend." Sie wischte sich mit dem Handrücken die Feuchtigkeit von den Wangen. „Du hast mich ausgeschlossen und glauben lassen, dass ich dir nie etwas bedeutet habe. Ich habe meine Ersparnisse aufgebraucht, meine Ausbildung *und* meinen Job riskiert, nur um hierherzukommen und etwas herauszufinden, was du mir auch einfach übers Telefon hättest sagen können." Sie bewegte sich vorwärts, stieß an ihn und schlug wieder mit Fäusten auf ihn ein. „Du hast mich angelogen –"

Er packte sie an den Handgelenken und zog sie an sich, bis sie sich an den Hüften berührten. „Ich habe dich niemals angelogen."

„Ach nein?", sagte sie verächtlich. „Tja, die Wahrheit zu verbergen ist dasselbe. Du hast mich betrogen und verraten."

Ein Knurren brachte seinen Brustkorb zum Vibrieren. „Ich bin nicht perfekt, Gabi, und du weißt das besser als jeder andere."

„Das tue ich." Sie nickte. „Ich hätte nur niemals gedacht, dass ich irgendwann diejenige sein würde, die deine Dummheit abkriegen würde."

Sie bereute ihre Worte, noch bevor Blake unter ihrer Brutalität zusammenzuckte. Sie wandte ihren Blick ab und zog ihre Nase kraus, um nicht zu weinen, während er immer noch ihre Handgelenke festhielt. Die Stille wurde ohrenbetäubend laut bis zu dem Punkt, an dem sie sie nicht länger ertragen konnte. Ein Teil von ihr wollte sich entschuldigen, während ein anderer ihn leiden sehen wollte.

„Das bist nicht du", flüsterte er. „Und es tut mir leid. Das alles tut mir so leid. Ich werde es wiedergutmachen."

Sie schüttelte den Kopf, mehr zu sich selbst als zu ihm. Eine Leere machte sich in ihr breit. Sie wusste nicht, wie sie jemals wieder dorthin zurückfinden sollten, wo sie einst gewesen waren. Zurück zu dieser Perfektion, die sie für wahre Liebe gehalten hatte.

Er packte ihr Kinn und zwang sie, seinem ungezähmten Blick zu begegnen. „Doch, das werde ich. Du wirst mich wieder lieben und du wirst mir auch verzeihen. Ich weiß, dass du das wirst."

Er presste seine Lippen auf ihre, fest und unnachgiebig. Ein Wimmern entfuhr ihr und ließ die letzten Mauern ihres Widerstandes einstürzen, sodass sie nun ungeschützt vor ihm stand. Sie hasste ihn. Hasste ihn dafür, dass er ihr Vertrauen missbraucht und sie gedemütigt hatte, und dafür, dass er sie mit solcher Leichtigkeit ausgeblendet und sich wieder seinem Leben zugewandt hatte. Niemals wäre sie dazu in der Lage gewesen. Und doch klammerte sie sich jetzt an ihn und vergrub ihre Hände in der Seide seines Hemdes, während ihre Lippen seinen Kuss erwiderten.

Seine Zunge glitt in ihren Mund und peitschte leidenschaftlich gegen ihre. Sie wollte ihn nicht begehren, aber ihr Körper erhitzte sich ungeachtet dessen, verzehrte sich nach etwas, von dem sie wusste, dass ihr Herz es nicht verkraften würde.

„Nicht." Sie zog sich zurück und verfluchte ihre gehauchte Stimme, der es an Überzeugung mangelte.

Seine Lippen hinterließen ein Brennen auf ihrer Haut, als er sich an ihrem Kiefer entlangküsste, an ihrem Hals nach unten und zu ihrem Schlüsselbein. Sie wollte aufstöhnen, schreien, wimmern. Sie liebte diesen Mann, sehnte sich danach, ihn in sich zu spüren, und konnte gleichzeitig die Wut nicht ertragen, die sie bei seinen Berührungen empfand.

Er ließ ihre Handgelenke los und zog an den Knöpfen ihres Pyjamas, öffnete manche, riss andere ab. Dann legte er seine Hände um ihre Brüste und das schiere Vergnügen kämpfte gegen das Messer an, das tief in ihrem Herzen steckte. Sie warf den Kopf zurück und schloss die Augen, ließ den aufgestauten Tränen freien Lauf. Sie vergrub ihre Finger in seinen Haaren, während sein Mund sich um ihren Nippel legte und ihr einen Schrei entlockte, der diesmal von Vergnügen motiviert war.

Niemand würde ihren Körper jemals so lieben wie Blake. Kein Mann würde ihm jemals das Wasser reichen können und es war diese brutale Ehrlichkeit, die sie dazu brachte, sich auf die Unterlippe zu beißen und diesen letzten Abschied zu genießen. Ein letztes Mal mit ihm zusammen zu sein, würde nicht ändern, was passiert war. Es würde die Trümmer der Vergangenheit nicht beseitigen oder die Unehrlichkeit ungeschehen machen. Aber es würde ihre Qualen betäuben, wenn auch nur für kurze Zeit.

Er schob ihr das Oberteil von den Schultern und hob sie vom Boden auf, um mit ihr in seinen Armen zurück zu der Wand zu gehen. Ihre Füße landeten sanft auf dem Teppich und er zog an dem Stoff um ihre Taille und bückte sich, um sanft ihre Hose und Unterwäsche bis zu ihren Knöcheln hinunterzuziehen.

Von unten herauf starrte er sie an. Sie ignorierte seinen zärtlichen Blick allerdings und konzentrierte sich auf die Art, wie er die verbleibenden paar Knöpfe an seinem Hemd öffnete und es ebenso zu Boden fallen ließ. Bei seinem Anblick musste sie schlucken. Er würde sie niemals kalt lassen – seine Muskeln, seine Tattoos, der Engel, der seine Brust zierte.

Sie schloss die Augen und versuchte vergeblich, sich an bessere Zeiten zu erinnern, als ihre einzige Sorge die räumliche Distanz gewesen war und nicht die Lügen und Erpressungsversuche und gebrochenen Herzen.

„Schließ deine Augen nicht, Engel. Schließ mich nicht aus." Er richtete sich wieder auf und das raue Material seiner Hose rieb über ihre nackte Haut. „Sieh mich an", flüsterte er an ihren Lippen.

Langsam ergab sie sich und öffnete ihre Augen, um den Mann anzusehen, der immer ihr Herz in seinen Händen halten würde.

„Ich liebe dich, Gabi." Er starrte ihr in die Augen und rührte sich nicht. „Es gibt keine andere für mich. Und ich werde nicht zulassen, dass es jemals einen anderen für dich gibt."

Er hatte Recht. Er hatte sie für alle anderen Männer ruiniert. Es könnte niemals einen anderen für sie geben.

Sie drehte ihren Kopf zur Seite und sah hinüber zu dem Vorhang vor dem Fenster, da sie ihm nicht zeigen wollte, wie richtig er lag. Mit ihren verschlungenen Körpern konnte sie umgehen, mit seinen leise gesprochenen Worten nicht. Er küsste ihr Schlüsselbein, ihr Brustbein, ihren Hals und mit jeder Berührung seiner Lippen brachte er ihren verräterischen Körper zum Schwingen. Sie drückte ihren Rücken durch, schlang ein Bein um seinen Oberschenkel und hoffte auf ein paar flüchtige Momente, um sich von der Realität zu distanzieren.

„Sieh mich an." Er stupste mit der Nase gegen ihr Kinn.

Sie schüttelte den Kopf und rieb sich stattdessen an ihm, suchte durch seine Hose nach seiner Erektion.

Er zog seine Hüften zurück, wo sie sie nicht erreichen konnte.

„Sieh mich an, Engel, oder die Sache endet hier und jetzt." Seine Zähne knabberten an ihrem Kiefer und eine schwielige Hand glitt an ihrer Taille nach oben, um ihre Brust zu umschließen. „Der einzige Grund, warum du mich nicht ansehen willst, ist, weil du weißt, dass ich die Wahrheit sage. Du weißt, dass ich dich liebe. Du weißt, dass da keine andere ist."

Als sie nicht antwortete, hörte er auf, sich zu bewegen, und senkte seine Stirn an ihre Schulter. Ein zittriges Seufzen entfuhr ihm. „Ich hab's total vermasselt, Liebling."

Sie presste ihre Lippen aufeinander und zog ihre Augenbrauen zusammen, während sie gegen das Brennen in ihren Augen ankämpfte.

„Bitte vergib mir."

„Ich werde dir vergeben", presste sie hervor. Sie *würde* ihm vergeben. Sie liebte ihn zu sehr, um es nicht zu tun. Aber noch war der Zeitpunkt dafür nicht da und vermutlich würde er noch sehr lange auf sich warten lassen.

Er neigte seinen Kopf, um sie anzusehen. „Ich werde warten. Egal, wie lange es dauert." Seine Lippen glitten zu ihrer Wange, an ihren Mundwinkel und sein Becken legte sich wieder an ihres. Er küsste sie zärtlich und er ließ seine Zunge in sanfter Bewunderung über ihre gleiten, bis sie eine Gänsehaut von seinen Berührungen bekam.

„Ich werde dich verehren, Engel. Ich werde den Rest meines Lebens damit verbringen, das wiedergutzumachen. Sag mir nur, wie. Sag mir, was ich tun –"

„Schh." Sie presste ihre Lippen auf seine und griff nach seiner Gürtelschnalle. Ihre Zungen setzten ihren leidenschaftlichen Tanz fort, während sie die Schnalle öffnete und ihm half, seine Hose abzuschütteln. „Bring mich ins Bett."

Er bückte sich und hob sie von den Füßen. Dann trug er sie ein paar Meter und ließ sie auf die Matratze sinken. Der Kummer war noch immer in seinen Augen erkennbar, der Schmerz stand ihm noch immer ins Gesicht geschrieben. Sie ignorierte all das, als sie eine Hand in seinen Nacken legte und ihn ermutigte, auf sie zu klettern.

Dann lehnte sie sich an die Kissen und er folgte ihr hinterher, um sich zwischen ihre Schenkel zu betten. Seine Erektion drückte gegen ihren Eingang, fest und beharrlich, und glitt durch ihre feuchte Erregung. Mit einem Stöhnen drang er langsam in sie ein, ungezwungen und mit bewusster Fürsorge.

Er würde sie nicht auf der Überholspur in den siebten Himmel befördern, wie sie es wollte. Vielmehr hatte er vor, ihr Liebesspiel hinauszuzögern, sie langsam zu lieben. Sie erkannte es an der Art, wie seine Hände gemächlich über ihre Haut glitten, um jeden Zentimeter ihres Körpers neu zu entdecken, und daran, wie er immer wieder innehielt, um ihr in die Augen zu sehen in dem Versuch, ihre Gedanken zu erraten.

Sie schaffte das nicht. Nicht langsam und intim. Es tat ihr so sehr in ihrem Herzen weh, brachte sie dazu, zu schnell verzeihen zu wollen, und sie war es sich selbst schuldig, seinen Betrug nicht unter den Teppich zu kehren. Sie drückte ihre Hände gegen seine Schultern und ermutigte ihn, sich auf den Rücken zu rollen, was er tat und sie mit sich zog, sodass sie sich auf ihn setzen konnte.

Nun hatte sie die Kontrolle. Sie starrte an die Wand, die in einem cremefarbenen Ton gestrichen war, und ritt ihn, rieb ihre Hüften in harten Kreisen an ihm und brachte ihn dazu, aufzustöhnen und nach dem Kopfteil zu greifen. In diesem Moment glitt ihr Blick nach unten und landete auf seiner Brust und dem Engel auf seinem Brustmuskel, der sie nun anstarrte.

Sie geriet ins Stocken. Hielt inne.

Der Engel war ein Symbol ihrer Freundschaft, der Loyalität zwischen ihnen – einer Loyalität, die nicht mehr existierte. Sie war nicht stark genug, das hier durchzuziehen, ihn ein letztes Mal zu lieben, bevor sie ihm den Rücken kehrte. „Es tut mir leid", flüsterte sie und kletterte von seinem Körper.

„Gabi, warte." Seine Arme legten sich um ihre Mitte. „Schon okay. Wir müssen das nicht tun, aber …"

Sie spannte sich an, als er seinen Kopf an ihren unteren Rücken schmiegte und einen gequälten Atemzug ausstieß.

„Lass mich dich einfach eine Weile halten."

Gabi sank zurück auf die Matratze, das Gesicht von ihm abgewandt, während die Wärme aus ihrem Körper schwand und wieder der gähnenden Leere Platz machte. Seine Berührungen machten sie schwach und verletzlich und ganz egal, wie sehr ihr Kopf von ihr verlangte, dass sie sofort aufstand und ging, ihr Herz wollte eine letzte Berührung, einen letzten Kuss, eine letzte Liebesbekundung, die er ihr in den Nacken hauchte.

Sie glitt unter die Decke und Blake tat dasselbe. Er löffelte sich an sie, legte seinen rechten Arm über ihre Taille und seine Hand auf ihren Bauch. Das tätowierte Wort ‚Reckless' starrte sie von seinen Knöcheln aus an und verspottete sie. Ja, sie war waghalsig gewesen. Im Hinblick auf ihr Herz, ihre Zukunft und diese eine Beziehung, ohne die sie sich ein Leben nicht vorstellen konnte.

Aber wie sollte sie ihm jemals wieder vertrauen? Die ganze Welt glaubte, dass er mit Michelle zusammen war. Gespielt oder nicht, es erniedrigte Gabi trotzdem vor ihrer Familie und ihren Freunden. Er hatte ihr die Wahrheit vorenthalten und Entscheidungen getroffen, die sie beide betrafen, ohne sich vorher mit ihr abzustimmen. Er hatte ihr das Herz gebrochen, sie hatte sich vor Kummer verzehrt und er hatte nicht ein einziges Mal angerufen, um zu sehen, was seine Handlungen angerichtet hatten.

Aber sie war nicht völlig wahnhaft. Sie würde Blake immer eine Freundin bleiben. Sie wusste, dass sie es nicht ertragen könnte, ihn nicht mehr in ihrem Leben zu haben. Aber gleichzeitig konnte sie sich nicht vorstellen, ihm noch einmal die Macht zu verleihen, ihr das Herz zu brechen. Ihr Körper begann zu zittern und Blakes Arm zog sich fester um ihre Mitte zusammen.

„Verlier nicht den Glauben an uns, Gabi."

Zu spät.

Blake war der einzige Mann, den sie jemals gewollt hatte. Seine Liebe war die einzige, nach der sie sich jemals verzehrt hatte. Und doch schien es nun, da die Lügen sich gesetzt hatten und die Wahrheit ans Licht gekommen war, dass seine Liebe nicht länger auszureichen schien.

# Kapitel Siebenundzwanzig

BLAKE WAR WACH GEWESEN, seit die ersten Sonnenstrahlen sich um den Rand des Hotelvorhangs abgezeichnet hatten. Er hatte Stunden damit verbracht, Gabi anzusehen, wie sie so friedlich neben ihm lag, und sich gefragt, wie lange es wohl dauern würde, bis sie ihm verzeihen konnte.

Wenn sie ihm doch nur erlaubt hätte, sie zu lieben. Er hatte gewollt, dass sie sich gut fühlte, hatte ihr zeigen wollen, dass sie füreinander gemacht waren, auf die primitivste Art und Weise, und doch hatte sie ihn weggestoßen. Selbst, als er sie danach in seinen Armen gehalten hatte, war sie starr dagelegen und hatte sich nicht entspannt, bis ihre Atmung schwer geworden und sie eingeschlafen war.

Er schuldete ihr so viel, emotional und finanziell. Sie besaß nicht die Mittel, um einfach in ein Flugzeug zu hüpfen und ans andere Ende der Welt zu fliegen, und doch hatte sie es getan. Für ihn. Und wie hatte er es ihr gedankt?

Er seufzte und lehnte seinen Kopf an das Kissen. Die Sache mit dem Geld könnte er schnell regeln. Er hatte ihre Bankdaten und würde ihr etwas überweisen, sobald er zuhause war. Die emotionalen Probleme zu reparieren, würde länger dauern. Viel, viel länger.

Sein Handy klingelte und die Titelmelodie von *Der weiße Hai* durchbrach die Stille und ließ Gabi hochschrecken. Jetzt war sie wach. Es war der Klingelton von Leah, jemandem, der es eigentlich besser wissen müsste, als ihn um diese frühe Uhrzeit anzurufen.

„Tut mir leid, Engel." Er rutschte vom Bett und schnappte sich seine Hose vom Boden, um nach dem Handy in seiner Tasche zu greifen. „Ich hätte es abschalten sollen."

Er überlegte, den Anruf abzulehnen, besann sich dann aber eines Besseren. Leah rief normalerweise nicht an, wenn es nicht um die Arbeit ging. Er drückte auf abheben und hob das Handy an sein Ohr. „Es ist ein bisschen früh, Lee."

„Wo bist du?" Ihre Worte klangen panisch.

„Ich, ähm …" Er sah hinüber zu Gabi, die sich die Decke vor die Brust hielt und ihn nicht ansah. „Ich bin noch im Plaza Hotel mit Gabi. Warum?"

„Was ist letzte Nacht vorgefallen?" Es lag ein Flehen in ihrer Stimme, eine Mischung aus Panik und Sorge, die ihn beunruhigte.

„Ich musste mit Gabi reden. Geht es darum, dass ich die Rezeptionistin bestochen habe, damit sie mir einen Schlüssel zu Gabis Zimmer gibt? Ich weiß, das war nicht in Ordnung, und ich rede mit dem Manager, wenn es nötig ist."

„Blake …"

Bei der Stille, die folgte, lief ihm eine Gänsehaut über den Rücken.

„Leah, rede mit mir."

„Mach den Fernseher an."

„Welchen Sender?" Er wirbelte auf seinen Zehenspitzen herum und suchte nach der Fernbedienung, die auf dem Couchtisch lag. „Was ist los?"

„Was ist letzte Nacht zwischen dir und Michelle passiert?"

*Oh, fuck.* Sie hatte die Sache öffentlich gemacht. „Verdammt nochmal." Er schaltete den Fernseher an und warf die Fernbedienung zurück auf den Tisch, um sich seine nun schmerzende Stirn zu reiben. Er hätte es besser wissen müssen, als zu glauben, dass Michelle still und leise aus seinem Leben verschwinden würde. „Wir müssen reden."

„Oh Gott, Blake, bitte sag nicht, dass es wahr ist."

Sein Herz zog sich zusammen. „Es tut mir leid. Ich war dumm, aber es ist Ewigkeiten her."

„Ewigkeiten?" Ihre Stimme brach. „Jeder einzelne Reporter in New York sagt, dass es letzte Nacht passiert ist."

„Was?" Er wurde lauter. „Nein. Das ist gelogen. Ich habe seit Jahren keine Drogen genommen." Er hastete zurück zur Fernbedienung, um die Kanäle durchzuklicken.

„Drogen?", fragte Leah. „Was für Drogen? Ich rede von der Körperverletzung an Michelle Clarkson letzte Nacht."

Er taumelte rückwärts, bis seine Waden gegen den Couchtisch stießen und er auf seinen Arsch fiel, während im Fernsehen eine Nachrichtensendung zu laufen begann. Ein Video von Michelle wurde abgespielt. Jemand begleitete sie in die Ambulanz eines Krankenhauses, während es draußen immer noch stockdunkel war.

„Heilige. Scheiße."

Gabi keuchte hinter ihm auf, und als er sich zu ihr umdrehte, starrte sie auf den Fernseher, das Gesicht nun kreidebleich, wodurch die dunklen Ringe unter ihren Augen stärker betont wurden.

„Ich will das nicht fragen, Blake, weil ich dich kenne, und ich würde niemals denken, dass du zu so etwas fähig bist, aber ich muss die Frage trotzdem stellen, weil es mein Job ist. Ich muss es wissen. Bitte sag mir, dass du sie nicht verletzt hast?" Die Worte sprudelten immer schneller aus Leah heraus und wurden von keuchenden Atemzügen abgehackt, als würde sie gerade rennen.

„Nein! Gott, nein!" Er würde niemals eine Frau verletzen. Nicht einmal eine wie Michelle.

„Okay. Gut. Das freut mich zu hören. In welchem Zimmer seid ihr? Ich bin auf dem Weg ins Plaza."

Blake nannte ihr die Zimmernummer und rappelte sich auf. Dann begann er, im Zimmer auf und ab zu marschieren. Leah würde ihn umbringen. Langsam. Mit einem stumpfen Gegenstand. „Leah?"

„Ja?" Geräusche des New Yorker Verkehrs drangen durch den Lautsprecher.

„Sammle auf dem Weg hierher Mason ein. Ich muss euch beiden etwas sagen."

Sie seufzte. „Sicher. Wir sind gleich da."

Er beendete das Gespräch und drehte sich um. Er brauchte die Sicherheit, die Gabis Gegenwart ihm immer vermittelte. Nur, dass sie nicht mehr da war. Das sanfte Schließen der Badezimmertür traf ihn mit der Intensität eines Kinnhakens. Sie hatte die Nachrichten

gesehen und sein Gespräch mit angehört und trotzdem war sie
gegangen.

~

Gabi hatte sich in der Dusche Zeit gelassen und war schließlich
herausgekommen, um sich die locker sitzenden Jeans und einen
bequemen Pulli anzuziehen, die sie aus ihrem Koffer gefischt hatte,
während Blake am Telefon gewesen war. Nun saß sie auf dem
heruntergeklappten Toilettendeckel, hatte die Beine an ihre Brust
gezogen und ihre Arme um sie geschlungen, während sie darauf
wartete, dass die Minuten verstrichen.

Der Morgen hatte nicht die Klarheit gebracht, auf die sie gehofft
hatte. Der Schlaf hatte den Schmerz nicht vertrieben. Es war alles
noch da, lastete schwer auf ihrer Brust und pulsierte mit jedem
Schlag ihres gebrochenen Herzens durch ihre Venen.

Sie wusste jetzt, dass Blake sie nicht betrogen hatte, dennoch
hatte er sie ausgeschlossen. Ihr Vertrauen missbraucht. Und daran
würde sich nichts ändern, egal, wie lange sie schlief. Er wollte seine
Probleme allein regeln? Gut. Dem angespannten Telefonat vorhin
und dem Nachrichtenbeitrag nach zu schließen, hatte er scheinbar
einiges zu regeln. Also würde sie seine Wünsche respektieren und
bei ihrem Plan bleiben, später den Flieger zurück nach Sydney zu
nehmen. So schmerzhaft es auch für sie war, ihm den Rücken zu
kehren.

„Gabi." Blake klopfte leise an die Tür. „Leah und Mason sind
auf dem Weg hierher. Ich muss mit dir reden, bevor sie da sind."

„Ich komme in einer Minute", log sie.

Sie hatte bereits angenommen, dass Leah und Mason
herkommen würden, und sie hatte vor, sich bis zu ihrer Ankunft
hier zu verstecken. Obwohl ihre Neugierde sie drängte herauszufinden, worum es bei seinen jüngsten Problemen ging, wäre es eine
gute Gelegenheit zu gehen, solange Blake abgelenkt war. Sie hoffte
nur, dass die beiden nicht mehr lange brauchen würden. Obwohl
ihr bei dem Gedanken an Essen übel wurde, knurrte ihr Magen
frustriert.

„Gabi, ich muss aufs Klo."

*Scheiße.* „Ich komme." Sie akzeptierte ihre Niederlage, ließ die
Schultern hängen und stand auf. Sie hatte das Gefühl, der teilweise

269

beschlagene Spiegel würde sie auslachen. Selbst die Unmengen an Make-Up hatte nicht die Sorgen überdecken können, die noch immer an ihren geschwollenen Tränensäcken erkennbar war.

Mit einem tiefen Atemzug drückte sie die Türklinke nach unten und betrat die Suite. Ihr Blick war abgewandt von Blakes dominanter Silhouette, doch er nahm ihre Hand und zog sie an sich. Er sagte kein Wort, zog sie einfach an seine Brust und verstärkte ihr Elend, indem er sie zärtlich umarmte und sein Gesicht in ihr Haar drückte.

Sie ignorierte die Hitze, die von ihm ausging, auch den Duft seines Aftershaves, der noch wahrnehmbar war, und starrte auf die Brusttasche seines schwarzen Hemdes. Er hatte seine Sachen von letzter Nacht wieder angezogen, die schwarze Hose und den Gürtel, und sein Hemd war offen und gab den Blick auf seine Bauchmuskeln frei. Er hatte keine Knöpfe. Nun, er hatte sie schon, nur lagen sie über den Fußboden verstreut.

Zeit verstrich und mit jeder Sekunde fiel es ihr schwerer, ihre Hände an ihren Seiten hängen zu lassen. Sie wollte Anspruch auf seine Zuwendung erheben, wollte sie an sich reißen mit allem, was sie hatte, und sie mit sich nach Hause nehmen. Schließlich hörte sie auf, dagegen anzukämpfen. Ihre Arme waren schwer, als sie sie um seine Mitte legte und ihren Kopf an seinen Hals lehnte.

*Mach's gut, Blake.*

Sie umarmte ihn fester und lauschte den leisen Schlägen seines Herzens, seinen gequälten Atemzügen. Mit der Zeit würde sich ihre angeschlagene Freundschaft erholen – das verlorengegangene Vertrauen wieder einstellen. Sie würde ihm verzeihen und die Dinge könnten wieder so sein wie sie waren, bevor sie sich persönlich kennengelernt hatten.

Es klopfte an der Tür und sie schrak hoch.

Blake rührte sich nicht, zog seine Arme nur noch fester um sie und bewegte seine Hand in ihre Haare. „Ich liebe dich, Engel."

Ihr Atem stockte, das Geräusch übertönt von einem weiteren Klopfen an der Tür.

„Blake?", rief Leah vom Flur.

Gabi ließ ihre Arme sinken und löste sich mit aufrechten Schultern aus seiner Umarmung. Ohne ihm in die Augen zu sehen, schnappte sie sich ihren Pyjama vom Boden, während Blake zur Tür ging. Schnell stopfte sie ihre Sachen in die kleine Tasche an der

Vorderseite ihres Koffers und huschte eilig ins Bad, um ihre persönlichen Sachen einzusammeln.

Die Stimmen von Leah und Mason drangen vom Flur her zu ihr herein, als sie ihre Sachen packte – Zahnpasta, Kamm, Make-Up und schließlich die Halskette, die Blake ihr zu ihrem Geburtstag geschenkt hatte. Sie hielt die Anhänger in der Hand und spielte mit ihren Fingern an den Gliedern der Kette. Dieses Geschenk hatte sie während der letzten Wochen gestärkt. Wann immer sie telefoniert hatten, hatte sie mit der Schildkröte und dem Plektrum gespielt und oft war sie nachts wachgelegen und hatte mit ihren Fingern über das glatte Gold gestrichen. Nun schnürte ihr der Gedanke daran, sie anzulegen, die Kehle zu.

*Sei stark.*

Sie schob die Kette in die Tasche ihrer Jeans und umklammerte den Waschtisch. Sie würde nicht daran zerbrechen. Sie würde nach Hause fliegen, sich auf ihre Ausbildung konzentrieren, sich den Arsch aufreißen bei der Arbeit und mit ihrem Leben weitermachen.

*Oh, wem machte sie etwas vor?*

Blake *war* ihr Leben und das schon seit langer Zeit. Aber sie hatte sich selbst geschworen, sich den nötigen Freiraum zu verschaffen, um einen klaren Kopf zu kriegen. Eines Tages, schon bald, würde er sein Leben wieder auf Schiene bringen. Hoffentlich würde Gabi bis zu diesem Tag darüber hinweg sein, wie er sie einfach stehen gelassen hatte.

Jetzt klemmte sie sich ihren Kosmetikkoffer unter den Arm, ging zurück in die Suite, in der es still war, und strauchelte. Blake saß am Fußende der Matratze, hatte den Kopf in seine Hände gestützt und wirkte, als wäre er am Ende. Gabi schluckte ihr Bedürfnis, zu ihm zu gehen, hinunter und sah hinüber zu Leah und Mason, die sie mit einer Mischung aus Besorgnis und Verwirrung beobachteten. Sie ignorierte ihre Blicke und lächelte Leah flüchtig zu, bevor sie zu ihrem Koffer ging, ihre persönlichen Sachen hineinpackte und den Reißverschluss wieder schloss. Dann griff sie nach ihren Stiefeletten am Boden neben sich und zog sie an.

„Was machst du da?" Blake hob seinen Kopf und fixierte sie mit seinem Blick.

Gabi konzentrierte sich auf ihre Schuhe und zog die Reißverschlüsse nach oben, bevor sie ihm in die Augen sah. „Ich gehe." Glücklicherweise wankte ihre Stimme nicht. Nach den vielen

Tagen, in denen sie so sehr gelitten hatte, fand sie nun endlich die Stärke, ohne Tränen ihren Weg zu gehen.

Blake stand auf, seine Stirn in Falten gelegt. „Bitte, Gabi. Geh nicht. Noch nicht. Gib mir eine Chance, die Dinge geradezubiegen. Dann können wir reden."

Sie schüttelte den Kopf. Sie hatte sich entschieden. In einer Beziehung ging es darum, Probleme gemeinsam zu lösen und in harten Zeiten – in den härtesten Zeiten – zusammenzuhalten, komme, was wolle. „Nein. Ich fliege nach Hause."

Er bewegte sich auf sie zu und schnaubte frustriert auf. „*Bitte.*"

Sein Flehen ließ sie ihren Vorsatz beinahe vergessen, raubte ihr fast ihre Kraft. Doch bevor sie einknickte, griff sie in ihre Hosentasche und saugte einen beruhigenden Atemzug in ihre Lungen. „Hier." Sie zog die Kette heraus und ging zu ihm, um sie in seine ausgestreckte Hand zu legen. „Als du sie mir geschenkt hast, hast du mir gesagt, die Anhänger sollten eine Erinnerung an dich sein, wenn wir getrennt sind."

Er zog seine Hand zurück, doch sie hielt ihn mit ihrer freien Hand am Handgelenk fest und legte ihm die Kette nachdrucksvoll auf die Handfläche.

„Ich will nicht länger eine Erinnerung an dich." Und sie hatte auch nie eine gebraucht. Er war immer in ihrem Herzen. Jetzt erwürgte die Kette sie förmlich, zog sie hinunter und führte ihr permanent vor Augen, was sie nicht haben konnte.

„Nein." Er schob sie ihr zurück. „Tu das nicht. Ich kläre alles. Ich regle die Dinge. Gib mir nur ein wenig Zeit." Seine Augen flehten sie genauso an wie seine Worte. „Ich schaffe das nicht ohne dich."

Sie schnaubte. Verstand er es nicht? Konnte er es nicht sehen? „Das ist es ja genau. Das Problem hat begonnen, als du versucht hast, mich aus allem rauszuhalten. Wir hätten ein Paar sein sollen. Alles miteinander teilen sollen. Aber du hast gelogen. Du hast mich aus–"

„Ich habe dich nicht –"

„*Nein.* Lass mich ausreden. Nichts von alledem wäre passiert, wenn du ehrlich gewesen wärst. Ich wusste, dass du gegen Giganten kämpfst. *Ich wusste es.* Ich wusste auch, wie wichtig es dir war, sie allein zu bezwingen. Aber das vor mir geheim zu halten …

mich in dem Glauben zu lassen, dass du mit einer anderen zusammen bist. Wieso zur Hölle hast du nicht angerufen?"

Er machte einen Schritt auf sie zu, sie einen zurück.

„Ich wusste nicht, wie ich es dir sagen sollte, und schon gar nicht übers Telefon. Es hätte mich umgebracht, deine Enttäuschung zu hören."

Sie nahm einen tiefen, zittrigen Atemzug und gab damit den unnachgiebigen Schmerz preis, den sie so sehr zu verbergen versucht hatte. „Ich war immer stolz auf dich. Immer."

Das Klingeln eines Handys durchbrach die Stille und Leah hob mit leiser Stimme ab.

„Engel." Blake griff nach ihr, sein Hemd geöffnet, seine Brust und ein Teil seines himmlischen Tattoos sichtbar.

Sie zuckte zusammen und wich zurück. „Nicht."

Wenn er sie jetzt berührte, würde sie in der Geborgenheit seiner Arme zusammenbrechen und es niemals schaffen, ihn hinter sich zu lassen. Sie liebte ihn immer noch, von ganzem Herzen und mit jeder Faser ihres Seins. Kein Mann würde jemals die Lücke füllen können, die nun in ihrem Inneren klaffte. „Ich brauche Zeit."

„Blake." Leahs Stimme unterbrach sie. „Es tut mir leid", sagte sie mit einem bedauernden Lächeln in Gabis Richtung, „aber wir müssen das jetzt besprechen. Die Plattenfirma ist am Telefon und sie wollen Antworten."

Gabi stellte ihren Koffer auf und schob ihn an seinem Griff vorwärts.

„Das ist mir egal", knurrte er und stellte sich ihr in den Weg. „Gabi, ich kann dich nicht gehen lassen."

Sie ging weiter und schob sich an ihm vorbei. „Das hast du bereits."

$$\mathscr{Kapitel\ Achtundzwanzig}$$

BLAKE STARRTE auf die Tür und sein Körper war durch und durch taub bis auf den Schmerz unter seinen Rippen. Er musste nicht länger kämpfen. Jetzt, wo er Gabi nicht mehr beschützen musste, war es egal, wer über die Finsternis in seinem Leben Bescheid wusste.

Reckless Beat hatte keine Bedeutung. Die Band war seine Zufluchtsstätte, aber Gabi war sein Herz und seine Seele. Ohne sie war alles sinnlos.

„Blake, wir müssen das besprechen." Leah tauchte hinter ihm auf und legte ihre Hände auf seine Schultern.

Die Geste hätte ihm Trost spenden sollen. Doch er spürte rein gar nichts – keine Hoffnung, keine Erleichterung, keinen Frieden. „Ist mir alles scheißegal", flüsterte er und meinte es so, wie er es sagte. „Ich bin fertig."

Er drehte sich zu ihr um und sie machte stirnrunzelnd ein paar Schritte zurück.

„Gib Gabi die Zeit, um die sie gebeten hat. Ich weiß nicht, was zwischen euch beiden los ist, aber ihr werdet das schon klären. Sie liebt dich."

„Sie *hat* mich geliebt", korrigierte er sie. Die Liebe, die Gabi einmal für ihn empfunden hatte, war nicht das Thema. Sie *hatte* ihn geliebt. Das wusste er. Aber jetzt war diese Liebe nicht mehr da.

Mason stand vom Sofa auf. „Komm schon, Blake. Da draußen brodelt ein Shitstorm und du steckst mitten drin. Wir müssen die

Sache klären und an die Medien gehen, bevor die Sache außer Kontrolle gerät."

Shitstorm war die reinste Untertreibung. Das Gerücht, dass er eine Frau misshandelt hatte, würde ab jetzt seinen Namen beflecken, ob er schuldig war oder nicht. Die Möglichkeit, dass es so gewesen sein konnte, würde den Menschen immer im Hinterkopf bleiben.

„Ich war das nicht", murmelte er und fuhr sich mit den Fingern durch seine jetzt öligen Haare. Gott, wie sehr er sich wünschte, Michelle wäre nie in sein Leben getreten. Er hatte nie wirklich einen Ruf zu verlieren gehabt, aber als Drogensüchtiger und Frauenschläger in die Geschichte einzugehen, war nicht der Plan gewesen.

„Das weiß ich", fauchte Mason und schritt auf ihn zu. „Glaubst du wirklich, einer von uns würde denken, dass du dazu in der Lage bist? Herrgott, werd erwachsen, Mann." Mason stand nur wenige Zentimeter von seinem Gesicht entfernt und funkelte ihn an. „Wir sind eine Familie. Deine Unschuld steht nicht zur Debatte. Wir müssen nur deine Version der Geschichte an die Medien füttern, bevor sie Gerüchte verbreiten, die wir nicht mehr aufhalten können."

Blake sah weg und zog fest seine Augenbrauen zusammen, um das Engegefühl in seiner Brust zu dämpfen. „Ich kann –" Er räusperte sich und schob seine Emotionen beiseite. „Ich kann das nicht ohne sie."

Er hätte von Anfang an wissen müssen, dass es falsch war, sie aus allem rauszuhalten. Sie war sein Schutzengel, diejenige, die mit Leichtigkeit seine Kämpfe für ihn austrug und ihn immer wieder zurück auf den richtigen Weg brachte. Sie war seine Stärke. Seine Klarheit. Sein Ein und Alles.

„Mach dir keine Sorgen um Gabi. Die Frau weiß, dass dein Schwanz nach Champagner schmeckt. Sie wird zurückkommen und dich um mehr anbetteln." Mason grinste, aber in seinem Blick war von seiner Arroganz nichts zu sehen. Stattdessen lag in den braunen Augen seines Freundes tiefe Besorgnis. „Und wenn nicht, kannst du sie immer noch anflehen. Ich selbst musste das noch nie tun. Aber vielleicht kann dir Ryan ein paar Tipps geben."

Blake reagierte mit einem Krächzen, das ein Lachen hätte sein sollen, und führte sie zurück zum Sofa. Während er sich auf die

Matratze setzte, wartete er darauf, dass Leah und Mason es sich gemütlich machten.

Das war es also – das Ende.

„Ich war letzte Nacht mit Gabi zusammen." Er starrte auf seine Füße und drückte seine Zehen in den dicken Teppich. „Sie ist mein Alibi."

Leah stieß einen erleichterten Atemzug aus. „Das ist großartig. Wieso hast du mir das nicht gleich gesagt? Die Medien haben wiederholt berichtet, dass Michelle keine Stellungnahme abgegeben hat, aber ihr zwei wurdet gestern Abend gesehen, als ihr euch in der Lobby gestritten habt. Irgendjemand hat die Auseinandersetzung sogar gefilmt."

„Wenigstens können wir das vor den Medien und der Polizei einfach erklären", fügte Mason hinzu.

„Ich rufe das Hotelmanagement an", sagte Leah und stand auf, ihre Erleichterung greifbar. „Wir können vor dem Hotel eine Stellungnahme abgeben und die Gerüchte aufhalten, bevor sie sich verbreiten."

„Warte", murmelte Blake und hob kurz seinen Blick, um Mason in die Augen zu sehen. Gott, das würde wehtun. Er hatte immer zu ihrem Leadsänger aufgesehen. Der Mann hatte sich rund um die Uhr und jeden Tag im Griff, während Blake sich immer fühlte, als würde er sich grade so über Wasser halten. „Michelle erpresst mich."

„Weswegen?" Leah sah ihn stirnrunzelnd an und ließ sich wieder auf das Sofa sinken. „Womit? Was könnte sie schon gegen dich in der Hand haben?"

Blake zog sein Handy aus seiner Gesäßtasche und scrollte hoch bis zu dem Foto, das Michelle ihm geschickt hatte. Er holte tief Luft, tat dann genau dasselbe, was er auch mit Mitch gemacht hatte, und reichte ihr das Handy.

Leah sagte kein Wort. Ihre Enttäuschung war klar erkennbar in der kaum merklichen Art, wie sie den Kopf schüttelte.

„Zeig her." Mason schnappte sich das Handy und starrte auf das Foto. „Wann zum Teufel wurde das gemacht? Du siehst darauf aus wie ein Minderjähriger."

„Ein paar Monate, nachdem ich bei Reckless angefangen habe."

„Nimmst du immer noch Drogen?", fragte Leah leise.

„Nein." Er schüttelte den Kopf und starrte sie an, in dem

Versuch, ihr seine Aufrichtigkeit zu vermitteln. „Ich habe seit vier Jahren weder Drogen noch Alkohol angerührt … Es tut mir leid, Leah. Ich weiß, das wird sich für dich zu einem Albtraum entwickeln, und das ist das Letzte, was ich will. Ich hatte gehofft, das Problem allein zu lösen. Aber scheinbar kriege ich nicht einmal das hin.“

Er biss sich auf den Kiefer und starrte wieder seine Füße an. „Michelle hat mich in der Nacht angefixt, als wir uns kennengelernt haben, und es hat nicht lange gedauert, bis mir klar wurde, dass ich ein Problem habe. Ich wollte nichts dringender als das nächste High – auf der Bühne, wenn ich allein war, sogar wenn ich mitten in der Nacht aufgewacht bin, um zu pissen. Zu dem Zeitpunkt habe ich Gabi gefunden.“

Schweigen. Leah und Mason rührten sich nicht, sie atmeten kaum.

„Sie war eine Online-Beraterin für Abhängige. Naja, keine richtige Beraterin mit Ausbildung. Sie war einfach da, um ein Auge auf die Chaträume zu haben und moralische Unterstützung zu leisten, wo es möglich war. In dieser ersten Nacht, als wir uns unterhalten haben, hat sie mich gerettet.“

Er sah hoch zu Leah und zuckte zusammen, als er die Tränen in ihren Augen sah. Er würde nicht weinen. Er würde verdammt nochmal nicht weinen. „Mit ein paar wenigen Worten hat sie mir Stärke verliehen und mir durch die härtesten Tage geholfen … das war alles sie. Gabi ist der einzige Grund, warum ich heute hier bin. Sonst nichts. Ich konnte mich selbst nicht retten. Das kann ich nie. Ich bin einfach zu verdammt schwach. Ich verdanke ihr alles.“

Leah stand auf, überbrückte den Abstand zwischen ihnen und setzte sich neben ihm auf das Bett. Er schluckte den wachsenden Kloß in seinem Hals hinunter und lehnte sich an sie, als sie mit einer Hand über seine Schulter strich.

„Verdammt“, flüsterte Mason. „Ich verneige mich vor deinen Fähigkeiten zur Geheimhaltung, Mann. Ich hatte keine Ahnung.“

„Ich auch nicht“, flüsterte Leah. „Das zeigt, wie schwer ich meine Aufgaben vernachlässigt habe. Ich hätte es bemerken müssen … aufmerksamer sein müssen.“

„Nein.“ Blake schüttelte den Kopf. „Das hat nichts mit dir zu tun. Ich habe in der Vergangenheit oft genug Scheiße gebaut, um zu wissen, wie man die Klappe hält. Am Anfang konnte ich an nichts anderes denken als daran, meinen Platz in der Band nicht zu verlieren. Ich hätte alles getan, um die Sache für mich zu behalten."

„Und jetzt?", fragte Mason.

Blake sog tief Luft ein. Er fühlte sich immer noch leer, taub und vom Hals abwärts nicht mit seinem Körper verbunden. „Und jetzt scheint nichts davon mehr wichtig zu sein. Alles, was ich will, ist, dass Gabi mir verzeiht. Ich darf gar nicht daran denken, sie zu verlieren. Sie ist alles, was für mich zählt." Er sah Mason an. „Tut mir leid, Mann. Ich hab's vermasselt, und wenn ich aus der Band fliege, bedeutet das eine Menge zusätzlicher Arbeit für dich."

„Aus der Band fliegen? Von wegen." Mason verzog das Gesicht. „Das wird nicht passieren."

Leah räusperte sich und ließ Blakes Schulter los. „Leider könnte es das tatsächlich. Blakes Vertrag mit der Plattenfirma beinhaltet genau aus diesem Grund eine Moralitätsklausel. Jeder, der die Firma in Verruf bringt oder etwas tut, das die Verkäufe gefährden könnte, bricht potentiell den Vertrag. Es wäre nicht das erste Mal … ich sehe es meistens in Bands, bei denen die Firma die Mitglieder für austauschbar hält."

*Also mich.*

„Soll das heißen, die Plattenfirma könnte ihn rauskicken, weil sie denken, wir könnten einen Ersatz für ihn finden?", fragte Mason bissig. „Das ist doch lächerlich."

„So ist das Leben", erwiderte Leah. „Reckless hat den Anschuldigungen von Drogenmissbrauch in der Musikindustrie immer stolz die Stirn geboten. Zur Hölle, als wir das letzte Mal in Richmond waren, hast du die dortige Entzugsklinik besucht und die Lokalzeitung hat darüber berichtet. Weder die Firma noch die Fans werden das auf die leichte Schulter nehmen."

„Schon okay." Blake zuckte mit den Schultern. „Ich habe mich schon damit abgefunden, dass ich die Band hinter mir lassen muss."

„Nein. *Vergiss* den Scheiß." Mason sprang auf. „Das ist keine Option. Wenn Blake geht, gehe ich auch. So einfach ist das."

Blakes Herz zog sich zusammen, das erste Lebenszeichen, seit Gabi gegangen war. Er hatte keine Ahnung, was er getan hatte, um Freunde – eine Familie – wie diese zu verdienen. Wenn es andersherum wäre, würde er ohne zu fragen seine Karriere für jeden einzelnen der Reckless-Jungs riskieren. Er hatte einfach nur nicht erwartet, dass Mason dasselbe auch für ihn tun würde.

„Leah, ruf die Plattenfirma an. Sag ihnen, was los ist, und frag sie, was sie vorhaben." Mason stand aufrecht da und in seinen Augen blitzte Zorn auf. „Wenn sie vorhaben, Blake rauszuwerfen, gehe ich. Sollen sie doch jemand anderen finden, der ihnen Millionen einbringt."

„So funktioniert das nicht." Leah seufzte. „Du bist der Leadsänger, Mason, und hast einen wasserdichten Vertrag. Du kannst nicht einfach aussteigen, weil du mit einer Entscheidung nicht einverstanden bist, die zu treffen sie jederzeit berechtigt sind."

„Ich weiß, dass ich das nicht kann", feuerte Mason zurück. „Aber ich kann schneller am Time Square sein und Kokain vom Bürgersteig schnupfen, als jemand eine Pressekonferenz organisieren kann. Und im Gegensatz zu Blake ist mir mein Ruf scheißegal. Meine niedrige Moral ist seit Jahren in Stein gemeißelt."

„*Himmel.*" Leah rieb sich die Stirn. „Beruhige dich. Wer sagt denn, dass die Sache überhaupt an die Öffentlichkeit muss? Können wir die Angelegenheit nicht weiter geheim halten?"

„Nein." Blake stand da, still und schockiert, unfähig zu glauben, zu welchen Schritten Mason bereit war, um ihn zu retten, aber er konnte sich nicht länger verstecken. „Ich kann nicht länger eine Lüge leben. Ich muss die Sache öffentlich machen, damit ich sie hinter mir lassen kann."

# Kapitel Neunundzwanzig

Das tiefe Brummen des Flugzeugs war nicht hörbar unter der Last von Gabis Gedanken. Sie starrte aus dem Fenster und ignorierte das tiefblaue Meer unter sich. Alles, was sie sehen konnte, war Blake. Das Essen auf dem Flug hatte sie eine halbe Stunde lang abgelenkt, dann hatte sie sich einen Film angesehen, Musik gehört und eine Dokumentation geschaut, aber nicht einmal ein paar Folgen *The Big Bang Theory* sprachen sie an.

Leider musste sie sich damit abfinden, viel Zeit zum Reflektieren zu haben, bis sie in Sydney landen würden – Stunden, in denen sie sich mit keinem Handy oder Computer beschäftigen konnte. Und ihre Gedanken waren der Feind. Schon jetzt stellte sie ihre Entscheidungen infrage.

Zu gehen, war die richtige Entscheidung gewesen. Sie brauchte Abstand und Zeit, um all die Dinge durchzudenken, die keinen Sinn ergaben. Und im Moment waren das eine Menge Dinge – Blake mit Michelle zu sehen, wie sie ihn so vertraut berührt hatte, die Art, wie sie ihn auf die Wange geküsst hatte. Trotz seiner Versicherung, dass all das nichts zu bedeuten hatte, hatte dieser Schock sie aus dem Gleichgewicht geworfen und beeinflusst, wie sie sich alles erklärte, was danach passiert war.

Wäre sie nicht so überrumpelt worden, wären die Dinge vielleicht anders gelaufen. Vielleicht, wenn sie Zeit gehabt hätte, sich hinzusetzen und nachzudenken, bevor sie aus dem Hotel ausgecheckt hatte und zum Flughafen gehetzt war. Vielleicht …

Oder vielleicht auch nicht.

Nach Hause zu fliegen, war ihre beste Option. Es musste ja keine permanente Entscheidung sein. Sie liebte Blake zu sehr, um eine gemeinsame Zukunft auszuschließen, aber in diesem Moment war es starkes Misstrauen, das sie empfand, wenn sie sich vorstellte, in seiner Nähe zu sein.

„Ganz sicher war er es", höhnte die korpulente Frau neben Gabi, während sie auf den kleinen Bildschirm sah, der in die Rückenlehne ihres Vordersitzes eingebaut war. „Sehen Sie ihn sich doch an. Tätowiert, gekleidet wie der Tod, und dann erst diese Augen." Die Frau rückte die Kopfhörer auf ihren Ohren zurecht und erschauderte. „Wer weiß, wozu der Kerl in der Lage ist."

Gabi folgte dem Blick der Frau und ihr Brustkorb zog sich zusammen, als sie sah, was auf dem kleinen Bildschirm lief. Dort war Blake, der vor dem Plaza Hotel stand und von Mikrofonen umringt war. Er trug das braune Poloshirt, das Mason vorhin angehabt hatte, tiefe, dunkle Schatten hingen unter seinen Augen und in seinen Zügen erkannte sie seinen Überdruss.

Mit zittrigen Händen griff sie nach den Kopfhörern, die noch um ihren Hals hingen, und setzte sie sich auf. „Welchen Sender sehen Sie da?", fragte sie und steuerte den Touchscreen von den Unterhaltungssendern zurück zum Startbildschirm und dann zu den Nachrichten.

Die Frau warf Gabi einen flüchtigen Blick zu. „Ich glaube, es ist gleich der erste."

Gabi drückte ihren Finger auf das erste Symbol und setzte sich auf, während der Sender aufgerufen wurde. „Mach schon. Mach schon. Mach schon."

Und da war er. Er stand vor ihr und bewegte seine Lippen, doch kein Ton war zu hören. *Mist.* Sie drückte auf das Lautsprecher-Symbol und hörte erst bei der vollen Lautstärke auf.

„… Fehler gemacht." Jetzt hörte sie seine Stimme, sie klang rau und emotionslos. „Die größten davon wohl jene, die in Zusammenhang mit Michelle Clarkson stehen. Aber ich habe sie nicht verletzt." Er litt, das konnte sie an den angespannten Lippen und seinen leblosen Augen erkennen. Reporter erwachten um ihn herum zum Leben, stellten Fragen und fuchtelte ihm mit ihren Mikrofonen ins Gesicht, was er jedoch geduldig und gleichgültig ignorierte.

„Ich habe die Nacht hier, im Plaza Hotel, verbracht und die Aufzeichnungen der Kameras können bestätigen, dass ich das Gebäude Stunden vor dem Zeitpunkt betreten habe, zu dem Michelle den Ärzten zufolge angegriffen wurde."

„Wie geht es Michelle?", rief ein Reporter.

„Mit wem waren Sie zusammen?", fragte ein anderer.

Blake starrte leblos auf etwas links der Kamera. „Ich habe nicht mit Michelle gesprochen. Soweit ich weiß, muss sie erst eine Stellungnahme abgeben. Und mit wem ich letzte Nacht zusammen war, geht niemanden etwas an."

Ein trauriges Lächeln umspielte Gabis Mundwinkel. Er versuchte, sie zu beschützen, obwohl sie ihn verlassen hatte.

Weitere Fragen wurden ihm zugerufen, doch Blake sprach über sie hinweg weiter, seine Worte kurzzeitig von den vielen Stimmen verschlungen. „… Gerüchte, dass Michelle und ich zusammen sind. Das ist nicht korrekt." Er hob sein Kinn und richtete seine Schultern auf. Der Kameramann zoomte soweit heraus, dass nun auch Leah und Mason zu sehen waren, wie sie steif zu seinen beiden Seiten dastanden. „Sie hat mich mit Fehlern aus meiner Vergangenheit erpresst. Mit Fehlern, für die ich mich schäme und die ich mit aller Kraft geheim zu halten versucht habe."

Gabis Puls beschleunigte sich. Wieso erwähnte er seine Vergangenheit? Wenn die Presse Wind davon kriegte, dass er Geheimnisse hatte, würde sie nicht ruhen, bis die Katze aus dem Sack war. Ihre Kehle zog sich zusammen und sie schluckte, um den Schmerz zu lindern. Sie wollte das nicht für ihn. Egal, wie wütend oder gekränkt sie war, das hatte er nicht verdient.

„Aber ich werde mich nicht länger verstecken."

Sie keuchte und legte eine Hand auf ihren Mund. *Nein.* Sie schüttelte den Kopf und flehte ihn innerlich an, aufzuhören.

Blake räusperte sich, während um ihn herum Stille herrschte und die Aasgeier gierig auf die Neuigkeiten warteten. „Ich war drogensüchtig. Es widert mich an, es zugeben zu müssen."

Reporter rückten vorwärts und bombardierten ihn mit Fragen. Gabi konnte keine davon hören, weil sie wild durcheinander redeten, aber der Entrüstung auf Leahs Gesicht und der Wut auf Masons nach zu schließen, wusste sie, dass es keine schönen Fragen waren.

Blake senkte seinen Blick und ergab sich schweigend dem

Angriff, der über ihn hereinbrach. Erst, als Mason sich zu ihm beugte und ihm etwas ins Ohr flüsterte, sah Blake wieder hoch, sein Kiefer nun gesetzt und in seinen Augen glühende Entschlossenheit.

„Zu Beginn meiner Karriere bei Reckless Beat begann ich, Kokain zu Entspannungszwecken zu nehmen. Aus der Entspannung wurde Sucht, und obwohl ich meinen Fehler früh erkannte, dauerte es einige Zeit, bis ich mich aus der Hölle, in die ich geraten war, zurückgekämpft hatte." Er sprach über die Fragen hinweg, die ihm zugerufen wurden. „Ich habe diesen Teil von mir vor den Menschen, die ich liebe, und der Band, die mein Leben geworden ist, geheim gehalten. Und zwar einige Jahre lang."

Gabis Augen brannten. Was würde jetzt mit ihm geschehen? Würde er Reckless Beat verlieren? Zur Hölle, was würde er dann tun? Die Frau neben Gabi murmelte etwas, was sie nicht verstand, aber sie ignorierte es und konzentrierte sich einzig und allein auf Blake, während sie sich wünschte, jetzt an seiner Seite zu stehen.

„Aber nichts davon ist mehr wichtig", verkündete er und starrte direkt in die Kamera. „Meine Loyalität der Band gegenüber, meine Liebe zur Musik –" Er schüttelte den Kopf und zog die Nase kraus. „Nichts davon zählt mehr, weil ich die eine Sache in meinem Leben ruiniert habe, die mir mehr bedeutet als das Leben selbst. Ich habe die Frau enttäuscht, der mein Herz gehört, und habe das Einzige getan, was ich mir geschworen habe, niemals zu tun – sie zu verletzen."

Der Bildschirm verschwamm und Gabi blinzelte krampfhaft die Tränen weg. Als sie wieder klar sehen konnte, hatte Blake seinen Kopf geneigt und ließ seine Schultern hängen. Seine Brust hob sich merklich, während er sich mit einer Hand durch seine wirren Haare fuhr und dann zurück in die Menge sah.

„Ich weiß die Unterstützung der treuen Fans von Reckless Beat sehr zu schätzen und hoffe, dass ich es ihnen gegenüber eines Tages wiedergutmachen kann. Aber bis auf Weiteres, und solange meine Rolle als Bassgitarrist gefährdet ist, bitte ich sie alle darum, mich allein dafür zur Verantwortung zu ziehen, dass ich die Band und unsere Plattenfirma in Verruf gebracht habe. Und ich bitte auch alle, haltet Mason, Mitch, Ryan und Sean aus dieser Situation raus, die ich verursacht habe. Danke."

Blake drehte sich um, ignorierte die Fragen der Reporter und marschierte zurück zum Hotel, Leah und Mason an seinen Seiten. Damit endete die Übertragung und das Studio wurde eingeblendet. Gabi senkte ihre Kopfhörer. Ihr Herz pochte wie verrückt und protestierte gegen ihre Entscheidung zu gehen. Damit konnte sie sich jetzt gerade nicht befassen.

Blake musste diesen Kampf allein austragen. Ausgerechnet sie musste die Gründe dafür doch verstehen. Er hatte sich selbst immer für schwach gehalten, obwohl er der stärkste und entschlossenste Mann war, den sie kannte. Aber er hatte es ihr nie geglaubt, hatte nie an sich geglaubt. Und egal, wie dringend sie zu ihm zurückkehren wollte, ihm helfen wollte, alles Schmerzhafte aus seinem Leben zu vertreiben, ging es hier nicht um sie.

Das musste er allein durchstehen.

# Kapitel Dreißig



*Eine Woche später*

Blake hörte ein Klopfen an der Tür und stöhnte. Er wollte niemanden sehen. Verdammt, er wollte sich nicht einmal bewegen. Die Position, in der er sich gerade befand, in seinem Lieblingssessel, zurückgelehnt vor dem Fernseher, die Fußstütze hochgefahren, dort wollte er sein. Und vor allem – allein.

Es klopfte wieder, diesmal lauter.

„Moment", murrte er und rappelte sich auf. Er schob sich durch die leeren Pizzakartons und zusammengeknüllten losen Blätter, die über den Boden verstreut lagen, bevor er die Eingangstür aufriss.

„Heilige Scheiße. Habe ich an der richtigen Tür geklopft?", gluckste Sean und drehte sich zu Mason.

„Ehrlich gesagt, ich bin mir nicht sicher", antwortete Mason. „Emo, bist das du unter den ganzen Haaren?"

Blake rieb sich über den Bart, der seinen Kiefer bedeckte, und zuckte zusammen. Er hatte sich nicht rasiert, seit ... nun, er konnte sich nicht erinnern, aber es kümmerte ihn einen Scheißdreck.

„Lasst ihn in Frieden", sagte Ryan und schob sich an Blake vorbei in sein Apartment. „Wir haben alle unsere Ziele. Er kann ein Yeti sein, wenn er das will."

Mitch grunzte und boxte Blake spielerisch in den Bauch, als er Ryan folgte. „Siehst ... top aus, Kumpel."

Mason und Sean warteten auch nicht auf eine Einladung,

sondern marschierten genauso einfach durch die Tür – mit Soda und Bier ausgestattet.

„Fühlt euch wie zuhause", murmelte Blake und warf die Tür ins Schloss.

Die Jungs hatten ihn die ganze Woche über nicht in Ruhe gelassen, hatten ihn täglich angerufen und viel zu oft besucht, um ihn permanent an die Außenwelt zu erinnern, obwohl er überhaupt kein Teil davon sein wollte.

„Ich steh drauf, wie du die Wohnung dekoriert hast", rief Mason vom Wohnzimmer herüber. „Sieht total nach Ghetto aus und passt zu deinem neuen Look."

Blake hielt ihm den Mittelfinger hin und fing an, Müll vom Boden aufzuheben.

„Sagt mir nochmal, was der Plan ist." Sean lehnte sich auf dem Sofa nach vorne und sah Mitch an. „Kann ich ihn niederhalten, während ihr ihm die Scheiße da aus dem Gesicht rasiert, oder kriege ich das Rasiermesser?"

„Verpiss dich", fauchte Blake.

„Was sind das alles für Zettel?", fragte Mason und ließ seinen Blick über die Hunderte von zusammengeknüllten Notenblättern auf dem Boden schweifen.

„Nichts." Blake starrte schlecht gelaunt vor sich hin und brachte die erste Ladung Müll in den Eimer in der Küche.

Die ganze Woche über hatte er seine schwindende Energie auf die Emotionen konzentriert, die ihm durch den Kopf gegangen waren – auf das Bedauern, den Liebeskummer, die Liebe. Er hatte alles niederschreiben, vielleicht ein Lied komponieren wollen, aber die Worte, die er auf die leeren Seiten gekritzelt hatte, hatten allesamt beschissen geklungen.

Das raschelnde Geräusch von Papier war über ihr Gerede hinweg hörbar und Blake ging zurück ins Wohnzimmer, um Mason die flach gedrückte Seite aus der Hand zu reißen.

Mason lehnte sich auf dem Sessel zurück und verzog das Gesicht. „Waren das Liedertexte?"

Sie waren nicht seine verdammte Angelegenheit. Blake schloss die Augen, atmete seine Verärgerung weg und knüllte das Papier wieder in seiner Faust zusammen.

„Die sind gut, Mann", sagte Ryan hinter ihm.

Blake wirbelte herum und schnappte sich auch die Seite, die

Ryan hochhielt. „Lass mein Zeug in Ruhe." Diese Seiten waren gefüllt mit Stückchen seiner Seele. Die Worte waren persönlich, intim und nichts, was er mit irgendjemandem sonst teilen wollte. Schon gar nicht mit diesen kindischen Arschlöchern, die ihn damit nur aufziehen würden.

„Aber du hast so viel davon, dass es für uns alle reicht", lachte Sean hell auf.

Blake mahlte seine Backenzähne aufeinander. Er war kurz davor, auszuflippen. Wenn sie nicht abhauten, würde er einem von ihnen wehtun. Ihnen allen. Egal, wie vielen. Er wollte ihnen nur ihre schmierigen Grinser aus den Gesichtern schlagen. „Wieso seid ihr hier?"

Die vier Jungs sahen einander an, bevor sie sich wieder ihm zuwandten.

„Um dir zu helfen, nach deiner Selbstmitleidsorgie hier aufzuräumen", antwortete Ryan.

Mitch fixierte ihn mit einem ernsten Blick. „Michelles Angreifer wurde gefasst, die Fans stehen hinter dir und die Plattenfirma geht voll ab bei der ganzen Publicity. Es ist an der Zeit, dass du deine Eier wiederfindest und die Sache hinter dir lässt."

Blake biss die Zähne zusammen. „Nein, danke. Mir gehts gut."

„Klar, das können wir sehen." Masons Blick wanderte über Blake, über die alte, schmutzige Jogginghose und das zerrissene T-Shirt. „Wann hast du das letzte Mal geduscht?"

„Bietest du mir etwa an, mir den Rücken zu schrubben?"

„Ich stehe eigentlich nicht auf sowas, aber wenn es dich wieder in einen Menschen verwandelt, bin ich dabei." Mason zuckte mit den Schultern.

Blake stellte sich ans Ende des Sofas und verschränkte seine Arme vor seiner Brust. Das war doch alles Mist. Er war ein erwachsener Mann, verdammt nochmal. Er konnte sich einen Bart wachsen lassen und die Dusche meiden, so lange er wollte. Zur Hölle, er war ein Rockstar. Die Öffentlichkeit erwartete diese Art von Verhalten von ihm, wenn es ihm schlecht ging.

Mason öffnete eine Bierflasche und lehnte seinen Kopf nach hinten, um zu trinken. „Mir ist auch egal, wie lange es dauert, dich aus diesem Loch zu ziehen. Die Biervorräte reichen bis morgen Früh."

Arschlöcher. Allesamt.

„Gut. Dann dusche ich eben." Blake drehte sich um und marschierte los in Richtung Badezimmer. „Und dann könnt ihr gehen."

„Sei nicht dumm", gluckste Mitch.


Fünfzehn Minuten später kam Blake aus dem Bad und betrat sein jetzt sauberes Wohnzimmer.

„Was zur Hölle?"

Sein Bett war gemacht, von den Kleidungsstücken, die er quer über den Fußboden verteilt hatte, war nichts mehr zu sehen, und das Fenster stand einen Spalt breit offen, um frische Luft hereinzulassen. Er warf sein Handtuch auf das Bett und ging auf den Flur hinaus. Sein Geschirrspüler surrte in der Küche und er steckte den Kopf in den Raum, um zu sehen, wie Sean leere Pizzakartons aufeinanderstapelte.

„Wichser."

Er ging weiter den Flur entlang bis zum Wohnzimmer, wo der Boden nun makellos sauber war und kein einziger Zettel mehr auf dem Boden lag. Mason und Mitch knieten vor seinem Couchtisch und strichen jede einzelne Notenseite glatt, bevor sie sie alle auf einen Stapel legten.

*Nein! Gott, nein.*

Er spürte, wie seine Eier zu verschrumpeln begannen. Nichts hätte ihn mehr entmannen können, als dass seine Freunde diese vor Liebeskummer triefenden Zeilen lasen. Die Dinge, die er niedergeschrieben hatte, waren tiefgründig – unsagbar tiefgründig. Und absolut scheißpeinlich. Die Jungs würden denken, er sei das größte Weichei aller Zeiten.

„Wieso bittest du nicht Sidney, dir damit zu helfen?", fragte Mitch und drückte den Stapel flach.

Blake schloss seine Augen und ließ seinen Kopf in seinen Nacken fallen. Wollte er diesen Weg wirklich gehen? Die berühmte Songwriterin anzurufen würde bedeuten, seine Schwächen wissentlich mit der Welt zu teilen. Hatte er das nicht schon zur Genüge getan?

„Die sind gut", fügte Mason hinzu. „Richtig gut. Handeln sie alle von Gabi?"

Blake rieb sich mit den Händen über sein nun glattrasiertes

Gesicht und stieß ein Stöhnen aus, das am Ende aber wie ein wahnhaftes Lachen klang. Jedes Wort davon handelte von ihr, jeder Gedanke, jede Erinnerung, jeder Funken des Bedauerns. Er hatte gehofft, seine Gefühle niederzuschreiben, würde ihm helfen, die Frau aus dem Kopf zu kriegen, und vielleicht hätte daraus ein Lied werden können, wenn er die Fragmente nur irgendwie schlüssig zusammenfügen hätte können.

„Ja", gab er zu, öffnete seine Augen und wartete auf ihr Gelächter.

Aber es kam keines. Seine Freunde nickten nur und glätteten weiter seine persönlichen Seiten.

„Alles wird gut, Prinzessin." Ryan kam in den Raum und klopfte Blake im Vorbeigehen auf den Rücken. „Wir haben deine Wohnung sauber gezaubert und du siehst wieder richtig hübsch aus. Es ist nur eine Frage der Zeit, bis du wieder die Alte bist."

„Du solltest Sidney wirklich anrufen." Mitch stand auf und deutete mit dem Daumen in Masons Richtung. „Oder lass das den Süßen hier erledigen."

„Liebend gern", erwiderte Mason. „Nur wäre das nicht zu deinem Vorteil. Die Frau will mir die Eingeweide rausreißen."

Blake gluckste und alle vier von ihnen hörten mit dem auf, was sie gerade taten, und sahen ihn an. „Ach, Leute, kommt schon. Es ist ja nicht so, als hätte ich noch nie gelacht."

Mitch zuckte mit den Schultern. „Es ist nur schön zu hören, das ist alles."

Blake ignorierte das reuevolle Zucken in seiner Magengegend. Obwohl er ohne Gabi todunglücklich war, musste er sich daran erinnern, dass er vieles hatte, für das er dankbar sein konnte. Seine Freunde standen ganz oben auf dieser Liste, dicht gefolgt von seiner Rolle bei Reckless Beat. Er wusste nicht, was er getan hätte, wenn die Plattenfirma seinen Vertrag gekündigt hätte.

Er ging zur Couch und setzte sich in die Ecke neben Ryan. Es war an der Zeit, sich zusammenzureißen. Sobald all diese gefühlsduseligen Gedanken erst einmal aus seinem Kopf verschwunden waren, würde er sein Leben weiterleben können. Zumindest hätte er dann die nötigen Gehirnkapazitäten frei, um sich den ersten Schritt zu überlegen.

Also zog er sein Handy aus der Hosentasche, entsperrte den Bildschirm und sah Mason an. „Okay. Gib mir Sidneys Nummer."

# *Kapitel Einunddreißig*

BLAKE LAS NOCH EINMAL Sidneys sauber per Hand geschriebene Worte und sein Lächeln wurde mit jeder Zeile breiter. „Das ist gut."

„Natürlich ist es gut." Sie lächelte und ihre haselnussbraunen Augen strahlten. „Du hast eine Menge Herzschmerz und Liebe in diese Zeilen gepackt. Ich denke, alle werden nach den Taschentüchern greifen, wenn sie dich das singen hören."

Er umklammerte die Gitarre in seinem Schoß fester und schluckte seine Nervosität hinunter. Singen war nicht seine Stärke. Er war gut genug als Zweitstimme für Mason, wenn sie auf Tour waren, die Musik laut war und die Fans seine Stimme übertönten. Aber allein zu singen, begleitet nur von einer Gitarre, die ihn führte, machte ihm eine Heidenangst.

„Mach dir keine Sorgen." Sidney tätschelte sein Knie. „Ehrlich, Blake, es klingt leidenschaftlich und aufrichtig. Die Frau, über die du singst, wird nicht widerstehen können, sich noch einmal Hals über Kopf in dich zu verlieben. Vertrau mir."

Er nickte, obwohl er nicht hundertprozentig überzeugt war. „Okay … Ziehen wir die Sache durch. Ich hole Mason." Er stand auf und nicht einmal ihr dunkler Pony konnte die Sorgenfalten auf Sidneys Stirn verbergen.

„Bist du dir sicher, dass *du* dafür bereit bist?", fragte Blake und setzte sich wieder hin. Sie planten, ein Video von seinem Lied – Gabis Lied – aufzunehmen und es auf YouTube hochzuladen. Er schaffte es nicht, sie anzurufen und wusste nicht, was er ihr in einer

E-Mail schreiben sollte, aber vielleicht schaffte es seine Musik, ihr die Gefühle zu vermitteln, die er auf keinem anderen Weg herauszubringen schien. Er konnte das Lied allein singen und mit seiner Gitarre begleiten, aber mehrstimmig mit Sidneys großartiger Stimme und Masons geschmeidigem Klang wäre die Sache einfach magisch. Sidney würde allerdings ihren Hass auf Mason währenddessen unterdrücken müssen.

„Ich?" Sie winkte beiläufig ab. „Mir geht's gut."

Blake verengte seinen Blick. Er war sich nicht sicher, ob Sidney und Mason seit dem Sexvideo-Skandal überhaupt ein Wort miteinander gesprochen hatten. Und jetzt, wo er sie ansah, mit ihren unschuldigen, verträumten Augen und dem heilsamen Lächeln, konnte er nicht nachvollziehen, wie eine so liebenswerte Frau es jemals zugelassen hatte, dabei gefilmt zu werden, wie sie mit Mason ins Bett ging – und gleichzeitig auch mit Sean.

„Komm schon, Blake. Starten wir." Sie stand auf, ging zur Studiotür und zögerte für einen flüchtigen Moment, bevor sie sie öffnete. „Hey, Arschloch", rief sie den Flur hinunter.

Blake räusperte sich, um sein Glucksen zu übertönen. Während der vergangenen beiden Tage, die er mit Sidney zusammengearbeitet hatte, war sie nicht ein einziges Mal unprofessionell gewesen. Sie hatte sich verhalten wie eine echte Dame, eine mit Manieren und Moral und Selbstachtung.

„Wir sind bereit für dich", fuhr sie fort und knallte Mason dann die Tür vor der Nase zu. In ihrem eleganten knielangen Business-Kleid und den anmutigen schwarzen Stöckelschuhen drehte sie sich um und ging zurück zu dem Stuhl neben ihm. „Siehst du? Alles bestens."

Er grinste und schüttelte den Kopf. Sie konnte den ganzen Tag lang so tun, als wäre alles in Ordnung. Aber sie wussten beide, dass das alles nur gespielt war. In seinen Augen konnte er die Kränkung sehen und in ihrem milden Lächeln die Verleugnung.

Mason schob die Tür auf und kam herein. „Auch schön, dich zu sehen, Wildkatze."

„Ich wünschte, ich könnte dasselbe behaupten", höhnte sie. „Warte, nein, tue ich nicht. Eigentlich wäre ich sehr glücklich darüber, dein Gesicht nie wieder sehen zu müssen." Sie lächelte und klimperte mit ihren dicken schwarzen Wimpern. „Oh, fast hätte ich es vergessen." Sie beugte sich nach vorne und hob ihre

Handtasche vom Boden auf, um darin herumzuwühlen. „Ich habe etwas für dich."

Mason blieb ein paar Schritte vor ihr stehen und stützte sich auf die Rückenlehne eines Holzstuhles, während er ihr zusah. Sie stellte die Tasche wieder ab und schleuderte etwas Kleines, Glänzendes an seine Brust. „Geh und fick dich selbst", murmelte sie, bevor sie ihren Blick auf die Notenblätter auf ihrem Schoß senkte.

Blake riss die Augen auf bei der Intensität in ihrem Tonfall, von ihrer Wortwahl ganz zu schweigen. Er hatte sie noch nie zuvor fluchen gehört, dabei kannten sie sich seit Jahren. Mason hatte diese Wirkung auf Frauen. Entweder liebten sie ihn oder sie wollten ihm die Augen aus seinem hübschen Gesicht kratzen.

Mason griff nach dem silbernen Päckchen, um es zu fangen, und hielt es dann zwischen zwei Fingern hoch. „Ich liebe deine Theatralik, Sid, aber wenn ich mich selbst ficke, erübrigt das ein Kondom nicht irgendwie?" Er sah sie fragend an.

Sidney würdigte ihn keines Blickes. „Bei deiner Neigung dazu, mit Huren zu schlafen, würde ich jeden Zentimeter meines Körpers vor den Krankheiten schützen wollen, die dieses Ding –", sie sah hinunter in seinen Schritt, dann wieder auf ihre Notenblätter, „verbreiten könnte."

Mason fixierte Blake mit einem verzerrten Grinsen. „Hat sie sich gerade selbst eine Hu–"

„Mason", warnte Blake ihn.

„Du erinnerst dich aber schon daran, dass wir miteinander geschlafen haben, oder?", stichelte Mason. „Falls nicht, kann ich jederzeit Sean fragen. Er hat das Video sicher noch gespeichert."

Sidneys gekränkter Blick wanderte zu Blake und sie biss sich auf die Unterlippe. Er wollte sie trösten. Aber das brauchte sie nicht. In der nächsten Sekunde hob sie ihr Kinn und blähte ihre Nasenflügel auf. Dann stand sie ruckartig auf und drehte sich zu Mason. „Ich erinnere mich. Du warst der größte Fehler meines Lebens."

Masons Grinsen wurde noch breiter. „Nun, ich war definitiv nicht der kleinste."

„Oh, ist das süß." Sie machte einen Schritt nach vorne und lächelte. „Du denkst, du hast da was ganz Besonderes zwischen deinen Beinen hängen. Tut mir leid, wenn ich es dir sagen muss,

Kumpel, aber du musst tatsächlich wissen, wie du das Ding verwendest, damit es irgendjemandem etwas bringt."

Mason strauchelte und legte seine Stirn in Falten, bevor er sich nach vorne beugte und sich nur noch wenige Zentimeter von ihren Lippen befand. „Ich erinnere mich noch sehr genau daran, wie du meinen Namen geschrien hast, als deine enge Muschi um meinen Schwanz herum gekommen ist."

Blakes Blick huschte zwischen den beiden hin und her, als würde er bei einem Tennismatch zusehen. Jeder Schlag spornte den anderen an und machte sie beide noch wütender. Hätte er die Umstände hinter ihrem hasserfüllten Konflikt nicht gekannt, hätte er vermutet, dass sie einen aggressiven Paarungstanz aufführten.

Schließlich legte sich eine schwere Stille über den Raum. Sidney ballte ihre Hände zu Fäusten, richtete ihre Schultern auf und drehte sich um, bevor sie sich wieder hinsetzte. Mason gluckste und der Klang davon wurde umso lauter, je länger sie schwieg.

Wieso benahm sich Mason wie ein riesiges Arschloch? Konnte er nicht sehen, dass sie verletzt war?

Sidney räusperte sich und sah schließlich Blake an. „Können wir dann weitermachen?"

Gabi saß an dem Tisch hinter der Rezeption und beschäftigte sich mit dem *klick, klick, klick* ihres Kugelschreibers. Sie hätte heute nicht arbeiten sollen, aber als ein Kollege sich krankgemeldet hatte, war Gabi bereitwillig eingesprungen, um sich abzulenken. Nur war sie nicht abgelenkt. Sie war gelangweilt. Und Langeweile führte zu Gedanken an Blake, die wiederum zu der Herzschmerz-Depression führten, die sie seit Tagen abzuschütteln versuchte.

„Oh, mein Gott", drang Tammys Stimme aus dem Gepäckzimmer hinter ihr, gefolgt von fremden Stimmen, die etwas von einem Video murmelten.

„Was ist?", fragte Gabi und drehte sich in ihrem Sessel in Richtung der Tür.

Tammy erschien in ihrem Blickfeld, die Augen aufgerissen, das Handy in der Hand. „Warst du in letzter Zeit mal online?"

„Ja." Gabi verzog das Gesicht. „Ich schaue in mein E-Mail-Konto, wenn es ruhig ist." Tatsächlich schaute sie in jeder freien Sekunde in ihr E-Mail-Konto, in der Hoffnung, eine Nachricht von Blake vorzufinden. Leider hatte er ihren Wunsch nach Abstand und Zeit respektiert und sie hatte nichts von ihm gehört, seit sie die Staaten verlassen hatte.

„Ähm." Tammy schluckte.

„Was ist denn?" Panik überkam sie und ihre Hände begannen zu schwitzen. *Bitte nicht ein weiterer Medienskandal von Blake.*

„Geh auf YouTube."

Gabi hielt inne, nicht in der Lage zu erkennen, ob Tammy aufgeregt war oder panisch, bevor sie sich in ihrem Stuhl wieder herum und zu ihrem Computerbildschirm drehte. Sie startete den Browser und tippte den Domainnamen ein. „Und jetzt?" Ihre Finger verharrten über der Tastatur und ihr Körper war angespannt, während sie darauf brannte herauszufinden, was so wichtig war. Wenn es ein weiteres Katzenvideo war, hätte Tammy ein ernsthaftes Problem.

„Tipp ein ‚Blake Kennedy – Gebrochenes Herz'."

Gabi erstarrte. Sie saß da, starrte auf den Bildschirm und das Herz klopfte ihr bis zum Hals. Sie wusste nicht, was sie erwarten sollte, aber ‚Gebrochenes Herz' klang fast schon lachhaft ominös.

„Tu es, Gabi."

Tammy legte ihr eine Hand auf die Schulter, aber die Geste vermittelte Gabi keinerlei Trost. Wieder einmal fühlte sie sich einsam und die vertraute Taubheit kroch wieder unter ihrer Haut entlang und wollte die Oberhand gewinnen.

„Na gut. Dann mache ich es eben." Tammy griff um sie herum und schnappte sich die Tastatur. Ihre Finger huschten über die Tasten und mit jedem leisen Klackern stieg Gabis Unruhe.

„Ich denke nicht …" Ihre Worte verstummten, als ein Bild von Blake mit einer Akustikgitarre in seinem Schoß auf dem Bildschirm auftauchte. Er trug ein schwarzes Reckless Beat T-Shirt und seine tätowierten Arme und seine Ledermanschette waren sichtbar. Seine Lippen bewegten sich, als er eine wunderschöne, dunkelhaarige Frau ansprach, die neben ihm saß. Mason saß auf seiner anderen Seite. „Mach lauter. Mach lauter."

Tammy klickte auf das kleine Lautsprecher-Symbol und lenkte Gabis Aufmerksamkeit auf das Datum, an dem das Video hochgeladen worden war, gestern, und schon war es über zwanzigtausend Mal angeklickt worden.

„Bist du bereit?", trällerte die Frau im Video leise.

Blake nickte und strich mit seinen Fingern über die Saiten der Gitarre. Bei dem zarten Geräusch begann Gabis Herz aufgeregt in ihrer Brust zu hüpfen und sie saß sprachlos da und saugte jede seiner Bewegungen auf. Sie liebte seine Hände, die Art, wie sie so mühelos über das Instrument glitten und einen himmlischen Klang erzeugten. Dann begann er zu singen und raubte ihr damit den Atem.

„Wow", sagte Tammy und atmete dabei aus. „Einfach … wow."

„Schh." Gabi wollte nichts davon verpassen. Sie hatte ihn noch nie singen gehört, zumindest nicht allein. Seine Stimme war rau, körnig und kraftvoll, der männliche Klang davon absolut hypnotisch. Mason und die Frau begleiteten ihn leise und melodisch, wiederholten den Text, verstärkten die Emotionen.

*Du bist meine leidenschaftliche Sucht, das einzige High, das ich je suchen werde …*

Blake starrte auf seine Gitarre, seine Schultern hingen locker herunter und beide seiner Hände griffen in synchronisierter Schönheit ineinander. Sie wollte ihre Finger über die dunklen Stoppeln an seinem Kiefer gleiten lassen und ihm mit ihren Händen durch die üppige Länge seiner Haare fahren.

*Die Farben sind verblasst. Nichts ist mehr wichtig …*

Ihr Kopf forderte sie auf, wegzusehen, und doch ließ ihre Bewunderung für ihn es nicht zu. Sie vermisste und liebte ihn. So sehr, dass der Schmerz niemals nachlassen würde.

*Ich bin zerrissen, zerbrochen und zerschlagen, und doch ist das nichts im Vergleich dazu, wie ich dich behandelt habe.*

Mason klopfte mit seinem Fuß und erschuf einen sanften Beat, während Blake nun lauter sang, mehr Gefühl in seine Worte legte. Die Melodie summte in ihren Ohren und wärmte ihre eiskalten Glieder. An irgendeinem Punkt brach seine Stimme und Gabi hielt den Atem an, als ihr Kummer sie überrollte.

*Ich kann mich nicht von dir fernhalten. Eines Tages komme ich zu dir zurück. Bis dahin halte mein gebrochenes Herz in deinen Händen.*

Blake schlug ein letztes Mal die Saiten seiner Gitarre an und sah dann in die Kamera. Seine Mundwinkel hoben sich zu einem traurigen Lächeln, seine nachtschwarzen Augen unergründlich, als er ihr direkt in ihre Seele blickte. Dann wurde das Video ausgeblendet, bis das Bild schwarz war, und endlich konnte sie wieder atmen.

„Was denkst du gerade?", fragte Tammy.

Gabi zuckte mit den Schultern und griff über den Tresen nach einem Taschentuch. „Er ist Musiker. Lieder zu schreiben ist Teil seines Jobs." Sie wollte seine Gründe dafür, dieses spezielle Lied zu schreiben, nicht auseinandernehmen, da sie wusste, dass er nicht oft Liedertexte zum Repertoire von Reckless Beat beisteuerte. Ihre Gedanken überschlugen sich bereits mit Fragen, auf die sie keine Antwort hatte, und nachdem sie Tag für Tag seinetwegen gelitten hatte, sehnte sie sich jetzt nur noch nach der altbekannten Taubheit, an die sie sich gewöhnt hatte.

„Du machst Witze, oder?"

„Nein, tue ich nicht." Gabi stieß sich von ihrem Stuhl hoch. „Er hat es nicht für nötig befunden, mich anzurufen, seit ich abgereist bin. Wieso sollte ein Lied meine Gefühle für ihn ändern?" Ja, es klang albern, auch für sie selbst, und doch hätte ihr ein einfacher Anruf so viel mehr bedeutet. Gabi wartete nicht auf eine Antwort. „Ich mache Mittagspause."

Tammy nickte und starrte sie immer noch mitleidsvoll an. Wie sehr sie diesen Blick satt hatte – von ihren Freunden, ihren Eltern, sogar von sich selbst, wenn sie in einen Spiegel sah.

Sie schnappte sich ihr Handy vom Tresen und ging hinaus. Bei dem Gedanken an Essen drehte sich ihr der Magen um. Während sie über die Straße und die Treppen zum Strand hinunter ging, wehte ihr die warme Brise ein paar Haare aus dem Gesicht, aber sie schaffte es nicht, ihr Gemüt zu beruhigen. Auf der untersten Stufe schüttelte sie ihre Schuhe ab und vergrub ihre Zehen im Sand.

Immer noch nichts.

Ihr Leben lang hatte das Meer sie beruhigt. Das Rauschen der Dünung, das Brechen der Wellen. Hier war sie zuhause. Doch jetzt war es nur noch eine Erinnerung an das, was sie einst gehabt hatte. Blakes Gesicht tauchte auf, wann immer sie auf das Wasser hinaussah. Wenn sie schwamm, konnte sie seine Stimme unter den Leuten um sie herum hören. Das Meer war nicht mehr ihr Seelenheil. Nichts tröstete sie mehr.

Sie vermisste ihn zu sehr, als dass der Schmerz sich legen hätte können.

Jetzt seufzte sie tief auf und setzte sich mit ihrem grauen Kostüm in den Sand. Sie wünschte, er hätte sie angerufen, bevor er dieses Video online gestellt hatte. Vielleicht hätte sie dann glauben können, dass er es geschrieben hatte, um sie zurückzugewinnen, und nicht als Werbegag.

Allerdings hatte er sie nicht ein einziges Mal kontaktiert und sie wusste nicht, was sie dagegen unternehmen sollte. Rief sie ihn an, würde sie es bereuen. Sie war ihm schon beim letzten Mal nachgelaufen. Sie würde weder sich noch jede zukünftige Beziehung respektieren können, wenn sie es erneut tun musste.

Ihre Hand begann um ihr Handy herum zu schwitzen und sie sah auf den Bildschirm hinunter in der Hoffnung, dort Antworten zu finden. „Ich sollte damit abschließen." Sie sprach die Worte laut aus, damit sie sich realer anfühlten. Aber wie sollte sie jemals über Blake hinwegkommen? Sie war sich sicher, dass er sie liebte, nur schien er ihre Beziehung nicht so ernst zu nehmen wie sie.

„Verdammte Scheiße." Sie hatte keine Ahnung, wie sie die Dinge in Ordnung bringen sollte.

„Alles okay, Engel?"

Ihr Körper spannte sich an. Das konnte doch nicht seine Stimme sein. Langsam blickte sie über ihre Schulter und musste nach Luft schnappen, als sie ihn sah. „Blake?"

Seine Mundwinkel hoben sich. „Ja, meine Schöne. Ich bin es." Da stand er, die Hände in den Taschen seiner Jeans, ein legeres, schwarzes Hemd, das über den Bund seiner Hose hing, und die silbernen Nieten, die an seinen Ledermanschetten in der Sonne funkelten.

„Was machst du hier?" Ihr Herz machte Luftsprünge. *Böses, verräterisches Herz.*

Er zuckte mit den Schultern. Nervosität und Sorge standen ihm ins Gesicht geschrieben. „Ich war gerade in der Gegend und dachte, ich komme kurz vorbei." Er machte einen Schritt auf sie zu und streckte seine Hand aus, um ihr beim Aufstehen zu helfen. „Tammy sagte, du würdest vielleicht hier unten sein.“

Als er ihre Hand losließ, wischte sie sich den Sand vom Hintern, um ihre Hände beschäftigt zu halten. Er stand so nahe vor ihr, dass sie ihn hätte berühren können. Und ihre Finger brannten darauf, sich mit ihm zu verbinden. Sie wollte die dunklen Ringe unter seinen Augen streicheln und ihm seine Erschöpfung nehmen.

Er hob eine Hand, um ihr die Haarsträhnen aus dem Gesicht zu wischen, die in der Brise wehten. „Es tut mir leid. Ich weiß, du wolltest Zeit zum Nachdenken, aber länger kann ich mich nicht von dir fernhalten.“ Seine dunklen Augen sahen auf sie hinunter und brachten ihr Blut in Wallung. „Ich kann nicht länger ohne dich leben, Engel.“

Sie schüttelte den Kopf. „Ich glaube dir nicht.“

Er runzelte die Stirn. „Was glaubst du nicht? Dass ich nicht ohne dich leben kann? Frag doch die Jungs, sie sind diejenigen, die mein Leben wieder auf Schiene bringen mussten.“

„Nein. Ich will nicht die Jungs fragen oder ein Liebeslied auf YouTube hören. Alles, was ich brauche, ist, dass du ehrlich zu mir bist und es mir selbst sagst.“

Er ließ seine Hand von ihrer Wange sinken. „Ich muss dir einiges erklären.“

„Ja, das musst du.“ Und sie flehte zu Gott, dass diese Erklärungen überzeugend sein würden.

„Willst du irgendwo hingehen, wo wir ungestört sind?“

Sie schüttelte den Kopf. Sie konnte keine Sekunde länger warten, seine Gründe zu erfahren.

„Okay. Setzen wir uns hin?“

Sie nickte und sank neben ihm in den Sand, setzte sich nah an seine Seite. Er griff nach ihrer Hand und für lange Zeit schwieg er, ließ nur seine Finger über die Linien auf ihrer Handfläche wandern.

„Ich weiß nicht, was ich sagen soll, Gabi. Ich will es nicht noch schlimmer machen. Ich ertrage den Gedanken nicht, dass du mich für immer verlässt.“

„Ich brauche die Wahrheit. Im Moment schaffe ich es nicht, das alles zu verstehen. Die Dinge waren so wunderbar zwischen uns und plötzlich hast du dich verändert. Du hast mich aus deinem Leben ausgeschlossen und das ist die eine Sache, die ich nicht nachvollziehen kann. Ich hätte dir das niemals antun können.“

„Ich hatte es satt, der Kaputte zu sein", sagte er so leise, dass sie seine Stimme über das Rollen der Wellen kaum hören konnte. „Und meine Angst davor, dich zu verletzen, hat meine Perspektive eingeschränkt. Als Michelle mich erpresst hat, konnte ich nur daran denken, wie du reagieren würdest. Wie enttäuscht und außer dir du sein würdest. Also habe ich es für mich behalten und mir geschworen, die Sache zu klären, ohne dich mit hineinzuziehen."

„Deine Ehrlichkeit hätte um Einiges weniger wehgetan."

Er wirkte erschüttert und schließlich nickte er. „Ich ..." Er lachte höhnisch auf und wandte seinen Blick von ihr ab. „Die Wahrheit ist, ich habe tatsächlich gedacht, dass ich das Richtige tue." Er sah ihr wieder in die Augen, suchte darin nach etwas. „Du warst immer meine Beschützerin, Gabi, und zur Abwechslung wollte ich dich beschützen – vor mir selbst."

Ihr Herz zog sich zusammen. „Deinen Schutz habe ich nie gebraucht, Blake. Ich habe immer nur dich gebraucht."

Er sah wieder auf das Meer hinaus und starrte in die Ferne. „Das weiß ich jetzt. Der Blick zurück ist schmerzhaft." Er hob ihre Hand und führte sie an seine Lippen, um einen sanften Kuss auf ihre Handfläche zu drücken. „Ich habe mehr Fehler gemacht, als ich zählen kann. Und die meiste Zeit kann ich meine eigene Dummheit nicht fassen. Ich hätte es dir sagen sollen. Aber ich konnte es nicht ertragen, schon wieder schwach zu sein."

Gabi drückte sich an ihn und spürte die Kraft, von der er nicht glaubte, dass er sie besaß. „Du musst damit aufhören, dich über deine Vergangenheit zu definieren, Blake. Ich wünschte, du könntest den großartigen Mann erkennen, den ich in dir sehe."

Sein Arm legte sich um ihre Schultern und er hielt sie fest. „Das sagst du mir seit Jahren, und während wir getrennt waren, hatte ich sehr viel Zeit, darüber nachzudenken. Mir ist klar geworden, dass ich niemals einen von uns glücklich machen werde, bis ich mir selbst verziehen habe."

„Und, hast du es?" Sie zog sich zurück, um ihm in die Augen zu sehen.

Einer seiner Mundwinkel hob sich und der Anflug eines Lächelns umspielte seine Lippen. „Nach einer kleinen TinteTherapie denke ich, dass ich das habe."

„Du hast dir noch ein Tattoo stechen lassen?"

Er nickte und hob den Saum seines Hemdes, um die Haut unter

dem Engel auf seinem Brustmuskel zu entblößen. *Vergebe. Vergesse. Sei endlich frei.* Die Worte waren in zarter, schwarzer Schrift geschrieben worden.

„Es ist wunderschön." Sie fuhr mit ihrem Finger über die erhabene Haut und sein Bauch zog sich zusammen, als die Muskeln unter ihrer Berührung hervorzutreten begannen. Ein aufgeregtes Rauschen schoss durch ihre Blutbahn und Hitze stieg in ihren erogenen Zonen auf.

„Ich danke dir."

Sie ignorierte das Feuer in seinem Blick und legte ihren Kopf auf seine Schulter. Für Intimität war später noch Zeit. Jetzt gerade wollte sie einfach nur gehalten werden und spüren, wie die Kraft seiner Liebe sie einhüllte. Er ließ sein Hemd wieder nach unten gleiten und zog sie an seine Seite, während seine Finger gemächlich über ihre Taille streichelten und ihr eine Gänsehaut bescherten.

„Ich werde es wiedergutmachen, Liebling", flüsterte er in ihr Ohr. „Nichts ist mir wichtiger, als dich für den Rest meines Lebens glücklich zu machen."

Gabi presste ihre Augenlider fest zusammen, als sie von ihrer eigenen Erleichterung überwältigt wurde. Heute Morgen noch hatte sie sich in ihrem Liebeskummer verloren und jetzt, selbst, wenn er kein Wort gesagt hätte, hätte sie das Bedauern und die Aufrichtigkeit in seinen Augen glauben können.

„Lüg mich nie wieder an." Sie verbarg ihr Gesicht, da sie nicht wollte, dass er das Grinsen sah, das sie sich nicht verkneifen konnte.

„Niemals. Ich verspreche es." Er küsste ihre Schläfe und entfachte das Feuer in ihrem Herzen. „Glaubst du mir? Kannst du *an mich* glauben, nach allem, was ich getan habe?"

Sie kuschelte sich an seinen Hals und atmete tief jenen Duft ein, den sie so stark mit Liebe und Leidenschaft verband. Sie waren füreinander geschaffen. In der Zukunft würden sie weitere Fehler machen, weitere Hürden überwinden und Kompromisse eingehen müssen, aber nichts davon war wichtig, solange sie einander vertrauten. Sie würden es schaffen.

„Ja." Mehr konnte sie nicht dazu sagen, so heftig pochte ihr Herz und so wild flatterten die Schmetterlinge in ihrem Bauch, als wären es die Flügelschläge eines Adlers.

Er zog sie eng an sich und drückte seine Lippen auf ihre Haare.

„Gott, ich habe dich so sehr vermisst." Er küsste sie wieder. „Mit jedem Schlag meines Herzens habe ich mich nach dir gesehnt." Sie glaubte ihm. Das würde sie immer. „Es gibt keine Andere für mich. Nicht jetzt und niemals", fuhr er fort und riss ihre inneren Schutzwände nieder.

Gabi sah zu ihm hoch. Sie konnte die Aufrichtigkeit in seinen Augen sehen, seine Ernsthaftigkeit daran erkennen, wie er seine Lippen zu einer dünnen Linie zusammenpresste. Wenn sie in seinen Armen lag, umgeben von seiner Wärme und Zuneigung, war alles andere bedeutungslos.

Er senkte seinen Blick und fixierte ihn auf etwas hinter ihrer Schulter. Etwas Glänzendes spiegelte sich in seinen Pupillen und ein metallisches Klimpern ertönte über die Wellen hinweg. Sie richtete sich auf und presste ihre Lippen aufeinander, als sie erkannte, dass es ihre Halskette war, die von seinen Fingern baumelte.

„Sie von dir zurückzunehmen, hat mich fast umgebracht." Er machte eine Pause, während seine Worte sie mit der brutalen Kraft seines Bedauerns trafen. „Nie war ich stolzer oder glücklicher als an den Tagen, an denen du diese Kette getragen hast. Ich habe den Gedanken geliebt, dass ein Teil von mir bei dir ist und dich berührt." Er drehte seine Hand um und legte die Kette auf seine Handfläche. „Nimm sie zurück, Gabi. Bitte."

Sie hatte sie ihm in New York zurückgegeben, weil sie das Gefühl gehabt hatte, dass die Kette nach all seinen Lügen wie ein bleiernes Gewicht um ihren Hals hing. Aber sie hatte sich geirrt. Es war nicht sein Betrug gewesen, der dem Gold zusätzliches Gewicht verliehen hatte, sondern seine Liebe – die Erinnerung daran, dass er ein Geschenk ausgewählt hatte, das perfekter und aufrichtiger gewesen war als jedes andere, das sie jemals erhalten hatte. Mit dem atemberaubenden Geburtstagsgeschenk um ihren Hals hatte sie sich schuldig gefühlt, sich von ihm hintergangen zu fühlen. Und zum damaligen Zeitpunkt hatte sie diese Emotionen nicht empfinden wollen. Sie hatte nur wütend sein wollen.

Jetzt glitt sie mit ihrer Hand über seine und griff nach der Kette. Schon allein das warme, glatte Gold zu berühren besänftigte ihr Herz. Er sah aus dem Augenwinkel zu, wie sie sich die Kette anlegte und das Metall auf ihrem Schlüsselbein zum Ruhen kam.

Blake lehnte sich zu ihr und griff in seine Hosentasche. Diesmal zog er ein weiteres Schmuckstück hervor. Es war kleiner, rund und hatte einen im Smaragdschliff geschnittenen Diamanten in der Mitte.

*Heiliges Kanonenrohr.*

„Er ist nicht gut genug", setzte er an und drehte den Ring zwischen seinen Fingern, sodass die Sonne den glitzernden Stein zum Funkeln brachte. „Nichts, was ich habe, wird jemals gut genug sein für das, was du verdienst, aber ich will, dass du zu mir gehörst, Engel."

Er drehte sein Gesicht zu ihr und sie musste schlucken bei der Liebe, die er jetzt ausstrahlte. Sie konnte nicht denken, konnte nicht atmen. Tatsächlich hatte sich jeder Atembezug beengend angefühlt, seit sie sich zum ersten Mal gegenübergestanden hatten.

Jetzt stand er auf, nahm ihre Hand und zog sie daran auf ihre wackligen Beine. Dann kniete er sich auf einem Knie vor ihr nieder und hob den Ring zwischen ihnen in die Luft. In seinen Augen funkelten Tränen der Rührung und seine Lippen zierte ein verhaltenes Lächeln. „Du, mein Engel, ich liebe dich mit jeder Faser meines Seins, mit allem, was ich einmal gewesen bin, und mit allem, was ich jemals sein werde. Willst du mich heiraten und mein Leben vervollständigen?"

Gabi schnappte zittrig nach Luft und hielt dann den Atem an, bis ihr aufgeblähter Brustkorb zu schmerzen begann. Sie empfand dasselbe. Sie liebte ihn mit jeder Zelle ihres Körpers und mit allem, was sie jemals sein würde … aber das hier war zu früh. Zu schnell.

„Bitte?"

Ein panisches Kichern kam ihr über die Lippen und sie ließ sich vor ihm auf ihre Knie sinken, bevor sie seine Wangen in ihre Hände nahm. „Blake Kennedy, du bist ein unglaublicher Mann, den ich von ganzem Herzen liebe. Und ich *will* dich heiraten."

Er machte ein langes Gesicht.

„Ich habe nicht Nein gesagt." Sie schüttelte warnend ihren Kopf und hielt ihn ein wenig fester. Sie sah in seine Augen, deren dunkle Farbe fast schon an Schwarz grenzte und die sie immer wieder zum Schmelzen brachte. „Bevor wir uns verloben, können wir nicht einfach ein wenig Zeit als Paar genießen? Ich will Spaß mit dir haben, damit wir noch mehr über einander lernen können, ohne den Stress, eine Hochzeit und eine gemeinsame Zukunft zu planen."

Er neigte seinen Kopf und senkte den Ring zwischen ihnen. Sie griff danach und legte ihre Hand um seine.

„Steck ihn nicht weg." Sie lächelte, frech und verführerisch, um ihn wissen zu lassen, dass alles zwischen ihnen in Ordnung war. „Ich will ihn tragen. Ich will jeden Tag an dein Versprechen erinnert werden, aber kann ich ihn einfach eine Zeit lang an meine Kette hängen?"

Er hob fragend eine Augenbraue und legte ihr den Ring in ihre Hand. „Dann ist es also ein *vorläufiges* Nein?"

„Es ist ein Ja mit Verzögerung. Ich will mir diesen Ring verdienen. Ich will, dass wir beide ihn uns verdienen. Und mehr Zeit zusammen wird uns dabei helfen. Wir müssen uns über einige Dinge klar werden und ich will keine Sekunde mit dir überstürzen."

Seine Mundwinkel hoben sich und sein verhaltenes Lächeln verwandelte sich in ein breites Grinsen. „Also werden wir heiraten?"

„Ja, das werden wir." Sie küsste ihn, hielt ihn noch fester und wollte ihn nie wieder loslassen. „Aber zuerst werden wir uns diese Beziehung erarbeiten."

"WER WILL NOCH EIN BIER?", fragte Mason und ging in die Küche in seinem Haus in Richmond, Virginia.

„Ich", grunzten Sean und Mitch gleichzeitig.

Blake sah zu den zwei leeren Flaschen neben sich auf dem Pokertisch und lächelte. „Ja. Bring mir auch noch eines mit. Danke."

Er hätte nie gedacht, dass er jemals wieder etwas mit seinen Freunden trinken würde. Verdammt, er hätte nie gedacht, dass er jemals die Kraft haben würde, sich nicht zu hassen, wenn er eine Bierflasche auch nur ansah. Aber er hatte sich verändert.

In den paar Monaten, die er nun mit Gabi zusammenlebte, hatte er viel über sich gelernt. Sie hatte ihn dazu gebracht, neue Erinnerungen zu schaffen, die für ihn mit dem Rausch des Alkohols in Verbindung standen. Und genau das tat er jetzt – er entspannte sich und hatte Spaß mit seinen Freunden, während sie den Weihnachtsabend in Masons abgelegenem Haus verbrachten. Er hätte sich nur gewünscht, dass Ryan sich entschieden hätte, bei ihnen zu sein, anstatt daheim bei seiner Frau zu bleiben.

„Hier, bitte." Mason reichte Blake eine Flasche gekühltes Bier und setzte sich neben ihn. „Wie geht's dir?"

Blake sah hinüber zu Gabi, die mit Alana auf dem Sofa saß, beide versunken in einen riesigen Stapel Brautmagazine. „Mir geht es großartig … Danke, dass wir das Wochenende hier verbringen können."

Gabi hatte zwar den Verlobungsring nicht von ihrer Kette genommen, aber es hätte nicht besser zwischen ihnen laufen können. Sie waren verliebt – es war diese schwere und alles umfassende Verliebtheit, die ständig für Pärchen-Terror sorgte, der seine Freunde in den Wahnsinn trieb.

Mason drehte den Verschluss seiner Flasche auf. „Kein Problem. Ehrlich gesagt hatte ich dabei einen Hintergedanken."

Blake sah ihn fragend an. „Falls dieser ‚Hintergedanke‘ etwas mit Gabi zu tun hat, kannst du es dir abschminken, Süßer."

„Nein, darum geht es nicht." Mason nahm einen Schluck von seinem Bier. „Ich habe nicht wirklich gute Ideen für neue Lieder und ich dachte, euch Jungs um mich zu haben, könnte mir helfen. Ich habe noch nicht einmal mit dem nächsten Album begonnen und über kurz oder lang wird Leah wissen wollen, was Sache ist."

„Wieso rufst du nicht Sidney an?", unterbrach ihn Mitch, der gerade die Karten für die nächste Runde mischte.

„Mhm, großartige Idee. Und wenn ich schon dabei bin, kann ich gleich meinen Schwanz in einen Mixer stecken, nur so zum Spaß."

Mitch lachte. „Es würde sicher noch mehr Spaß machen, wenn du sie das machen ließest. Ich würde liebend gerne sehen, wie sie es genießt."

„Lass sie in Frieden", knurrte Sean. „Sie hat genug durchmachen müssen dank eurer blöden Witze."

Mason funkelte Sean an und sie starrten einander nieder. Das Knacken des Feuers und Alanas und Gabis leises Murmeln waren die einzigen Geräusche, die die unbehagliche Stille durchbrachen.

„Bist du immer so empfindlich?", fragte Mason und schob sich von seinem Stuhl hoch. „Was geschehen ist, ist nicht meine verdammte Schuld, also glotz jemand anderen an."

Sean verengte seinen Blick. „Du hast ernsthafte Egoprobleme, wenn du denkst, ihr ruinierter Ruf sei nicht deine Schuld."

„Dein Schwanz hat auch in ihr gesteckt, Mann", fauchte Mason und ging um den Pokertisch herum.

„Ja, aber du warst der Einzige mit einer Kamera."

Ein paar Augenblicke verstrichen, in denen jeder im Raum den Atem anhielt und abwartete, ob der Streit eskalierte.

Dann hob Mason sein Kinn und sah Mitch an. „Ich setze die nächste Runde aus und gehe pissen." Dann warf er Sean einen letzten warnenden Blick zu und marschierte aus dem Zimmer.

Sean reagierte nicht. Mitch mischte weiter die Karten. Und Blake saß da, trank sein Bier, zufrieden und ein wenig aufgeregt, weil sein Leben zur Abwechslung nicht das Dramatischste war.

„Warum lächelst du?" Gabi schlenderte auf ihn zu und stellte sich hinter ihn, legte ihre Arme um seine Schultern und schlang sie um seine Brust.

„Ich denke nur daran, wie sehr ich dich liebe", flüsterte er an ihrer Wange.

Sie kicherte und der süße Klang davon verstärkte seinen leichten Rausch. Das Leben war zu verdammt perfekt. Er hatte seine Probleme bewältigt, den besten Job der ganzen Welt und am Ende auch noch das Mädchen bekommen.

„Weißt du", murmelte sie in sein Ohr, sodass von der Hitze ihres Atems sein Schwanz wach wurde, „ich denke, es zählt nicht, wenn du betrunken bist."

*Luder.* Gott, wie sehr er diese Frau liebte.

Mitch sah ihnen zu und seine Hände mischten die Karten, während er zu Blakes Brust hinuntersah. „Schöner Klunker, Gab."

Blake runzelte die Stirn. „Welcher Klunker?"

Gabi räusperte sich, löste ihre Arme von ihm und beraubte ihn ihrer Wärme.

„Welcher Klunker?", wiederholte er und drehte sich um, um sie anzusehen.

Sie lächelte ihn schüchtern an und ihre Wangen erröteten. Dann knabberte sie an ihrer Unterlippe, sodass sein Schwanz zu zucken begann, während er ihr Gesicht nach Antworten absuchte.

„Ich habe ihn wegen der Größe anprobiert." Sie schluckte merklich, als sie ihre linke Hand hob und ihm den Verlobungsring zeigte.

*Bumm, bumm, bumm.* Sein Herz lief auf Hochtouren, während sein Gehirn ihm den Dienst versagte. Er stellte sein Bier auf dem Tisch ab und nickte, während er eine Ruhe vortäuschte, die er nicht empfand. „Trägst du ihn nur heute? Oder vielleicht ein bisschen länger?"

Sie zuckte mit den Schultern, kaute immer noch auf ihrer Unterlippe und trieb damit seinen Schwanz in den Wahnsinn. „Ich dachte, vielleicht trage ich ihn jetzt immer", flüsterte sie, und doch trafen ihn die Worte, als wären sie von einem Mikrofon verstärkt worden.

Schweigend starrte er sie an und war überwältigt von seiner Ungläubigkeit und Freude. Er wollte loslaufen. Wollte Luftsprünge machen. Er wollte sie in seine Arme schließen und so lange küssen, bis er keine Luft mehr bekam.

*Frohe verdammte Weihnachten, Leute. Ich habe gerade den Jackpot geknackt.*

Er stieß sich von seinem Stuhl hoch und stand auf, ohne seinen Blick von der wunderschönsten Frau zu lösen, die er jemals gesehen hatte, und zog sie in seine Arme.

Sie quietschte auf und schlang aufgeregt ihre Arme um seinen Hals. „Was machst du denn?"

„Wir werden das feiern … privat. Und ich werde der Frau, die ich liebe, zeigen, wie unfassbar glücklich sie mich gemacht hat."

Gabi kicherte, süß und hypnotisch. „Und wenn sie nicht überzeugt ist?"

Er grinste zu ihr hinunter und war verzaubert davon, wie sie ihn anstrahlte, mit großen Augen und jetzt feucht glänzenden und einladenden Lippen.

„Dann werde ich niemals aufhören, es zu versuchen, Engel. Ich werde nie aufhören, dich zu lieben."

# Weitere übersetzte Titel von Eden Summers

RECKLESS BEAT

- Blinde Verführung
- Leidenschaftliche Sucht
- Gewagtes Wochenende
- Verwehrte Lust

HUNTING HER

- Hunter
- Decker
- Torian

THE VAULT

- Erwacht
- Vereint
- Gnadenlos

Abonniert den Newsletter, um über Eden Summers nächste deutsche Veröffentlichungen Bescheid zu wissen.

# Über die Autorin

Eden Summers ist eine Bestsellerautorin von zeitgenössischen Liebesromanen, die sich durch eine gehörige Portion Knistern und Sarkasmus auszeichnen.

Sie lebt in Australien mit ihrer jungen Familie, die sich durchaus bewusst ist, dass sie langsam aber sicher dem Wahnsinn verfällt.

Eden hat ein Faible für extrem dominante, dunkelhaarige und sarkastische Romanhelden; ihre Heldinnen sind starke Frauen, die ein Gespür dafür haben, wann sie sich auf die Zunge beißen oder mit einem lieblichen Lächeln Rache nehmen sollten.

Weitere Informationen:
www.edensummers.com
eden@edensummers.com